M.J. Arlidge

IN DE MANE SCHIJN

In het bos schuilt iets duisters

BOEKERIJ

Eerste druk november 2018
Tweede druk december 2018

ISBN 978-90-225-8556-6
ISBN 978-94-023-1181-5 (e-book)
NUR 330

Oorspronkelijke titel: *Down to the Woods*
Oorspronkelijke uitgever: Michael Joseph, an imprint of Penguin Books
Vertaling: Harmien Robroch en Annemarie de Vries
Omslagontwerp: Wil Immink Design
Omslagbeeld: iStock
Zetwerk: Mat-Zet bv, Soest

1

Zoekend stak ze haar hand uit, maar ze vond niets. De zijdezachte stof voelde koel aan, wat vreemd was. Er zou een warm levend wezen naast haar moeten liggen, maar in plaats daarvan was er... een leegte.

Geschrokken hees Melanie Walton zich overeind. Daar had ze direct spijt van vanwege een beginnende, knallende hoofdpijn. Het was altijd hetzelfde als zij en Tom gingen kamperen. Plannen voor een ontspannen, ingetogen avondje maakten al snel plaats voor onbeheerste genotzucht – een bulderend vuur, luide muziek en dan de onvermijdelijke van whisky doordrenkte seks. Toegegeven, ze zou niet anders willen, ze kon Toms aanwezigheid nog op haar huid voelen en daardoor was de leegte naast haar des te verwarrender.

Hun tent was oud en klein – een tweepersoonsgevalletje dat Tom in de uitverkoop had gekocht – en Melanie was eraan gewend dat het geruststellende lijf van haar verloofde naast haar lag. Hij snurkte wel, maar de whisky filterde dat weg en ze vond het heerlijk als ze dicht tegen elkaar onder de sterren lagen. Meestal bracht die gedachte een glimlach op haar gezicht, maar vanavond niet. Terwijl ze zich half omdraaide en door de duisternis tuurde, bevestigde het zien van Toms lege slaapzak wat ze al wist: ze was alleen.

Haar blik schoot naar rechts en ze zag dat de tent openstond. De flappen wapperden zachtjes in de bries. Ze raakte meteen geïrriteerd: echt iets voor Tom om naar het toiletgebouw te lopen en de tent niet dicht te doen. Daar had ze al vaker wat van gezegd. Ze was niet bang aangelegd, maar ze waren niet de enigen op de camping en er kon zomaar iemand binnenkomen. Het feit dat een dichtgeritste tent weinig bescherming bood tegen een vastberaden indringer deed er niet toe, ze vond het gewoon niet prettig dat iemand in hun kleine heiligdom kon kijken.

Melanie bleef nog een paar minuten zitten luisteren of ze Tom kon horen en nam zich voor hem goedmoedig uit te foeteren, maar het bleef doodstil buiten. Vloekend gaf ze het op, trok haar spijkerbroek en slippers aan en kroop de tent uit.

Het was een warme zomerdag geweest, maar toen ze haar cocon verliet, rilde ze in de koele avondlucht. Hij streelde haar schouders en nek tot ze kippenvel kreeg, en ze sloeg haar armen om zich heen terwijl ze haar blik over het kampeerterrein liet glijden. Daarstraks was het een levendige boel geweest; het was voor het eerst aanhoudend mooi weer en tientallen kampeerders hadden Southampton verlaten om hun tent op te zetten op deze camping in de New Forest, maar nu was het doodstil. Het enige wat ze kon horen was het geritsel van de bries en hier en daar wat tevreden gesnurk.

'Tom?' Zijn zacht uitgesproken naam dwarrelde met de wind mee. Waar wás hij? Vaak neuriede Tom in zichzelf als hij 's nachts moest plassen en de muziek van eerder op de avond in zijn hoofd klonk, maar vanavond hoorde ze niets. Ook brandde er geen licht bij het toiletblok.

'Tom? Waar ben je?' Luider deze keer – haar bezorgdheid won het van haar angst om anderen lastig te vallen – maar nog steeds geen reactie. Speelde hij een spelletje met haar? Sprong hij zo dadelijk uit de bosjes om haar de stuipen op het lijf te jagen? Dat was niets voor hem – normaal gesproken was hij op dit tijdstip compleet van de wereld – maar wat was er anders aan de hand?

'Ik weet niet of je dit grappig vindt...' Het maakte haar niet meer uit hoe luid haar stem klonk. Ze wilde hem vinden, hem op z'n donder geven en daarna met hem in de tent kruipen. Hun avond, die zo fijn was geweest, was nu niet leuk meer. 'Ik meen het, Tom. Als je hier bent, als dit een geintje is...' Haar stem sloeg over, overmand door zorg en angst. Als hij dit als grapje had bedoeld, zou hij er toch nu wel mee opgehouden zijn? Tom was niet wreed of vals. Hij was lief, teder, zorgzaam...

'Alsjeblieft, Tom. Je maakt me bang...' ging ze verder, terwijl de tranen in haar ogen prikten. 'Waar bén je?'

Maar haar woorden stierven zachtjes weg in de duisternis.

2

Ze sloop heel stil door de kamer, om vooral geen geluid te maken. Dit was onbekend terrein voor haar en ze moest voorzichtig om het bed, een stoel en rondslingerende kleren heen navigeren. Opeens merkte ze dat ze haar adem inhield. Eigenlijk sloeg dat nergens op, maar als ze op deze manier kon voorkomen dat ze werd opgemerkt, dan moest het maar. Ze was vastbesloten om ongehinderd te ontsnappen.

Helen bukte om haar ondergoed, haar kleren en haar motorpak op te rapen. Het kostte moeite om ongemerkt in dat pak te komen, want het was al oud en gehavend en het leer kraakte luidruchtig bij het aantrekken. Maar de grote man die een paar meter verderop vredig in het bed lag te slapen leek niets te horen. Met een zucht van verlichting liep Helen snel naar de deur en greep naar de deurkruk.

'Jane?'

Helen bleef stokstijf staan, waarna ze zich langzaam omdraaide. 'Ik moet vroeg naar m'n werk. Sorry…'

Als Daniel haar zwakke leugen al doorzag, liet hij het niet merken. Hij haalde zijn hand door zijn warrige haar en staarde haar gelukzalig aan, de herinnering aan een prettig samenzijn nog vers in het geheugen.

'Hé... zullen we dit een andere keer nog eens doen?'

'Ja, hoor.'

Dat kwam er te snel uit en het klonk onoprecht. Stom van haar, want ergens zou Helen best nog een nacht met deze knappe vreemdeling willen doorbrengen. De laatste tijd was zo slopend geweest – met het onderzoek naar de dood van rechercheur Sanderson en het feit dat Helen daar (in haar optiek onterecht) niet verantwoordelijk voor werd gehouden – dat het een bevrijding voor haar was geweest om zich één nacht te laten gaan. Ze had Daniel ontmoet in een nieuwe club vlak bij Lime Street en hem ingeschat als de enige aanwezige die sterk en dapper genoeg was om haar de pijn te bezorgen waar ze zo naar snakte. Hun sessie was bevredigend geweest en had eindeloos geduurd. Het had Helen dan ook niet verbaasd dat ze kort daarna samen zijn appartement binnen waren gerold. Jammer genoeg verbaasde het haar ook niet dat ze het na afloop op een lopen wilde zetten.

'Mag ik dan je telefoonnummer?'

Het klonk luchtig, maar hoorde Helen daar een vastberaden ondertoon in zijn stem? Een verlangen om niet als een speeltje voor een nacht behandeld te worden? Helen aarzelde voordat ze antwoord gaf. Ze wist niet zeker of ze daaraan toe was en bovendien, als ze hem haar gegevens gaf, dan zou hij weten dat ze de hele avond had gelogen. Over haar achtergrond, haar werk, haar naam...

'Jane?'

Zijn zachte stem onderbrak haar gedachten en zette haar ertoe aan om te blijven liegen. Als ze dit gesprek naakt en intiem in bed hadden gevoerd, had ze misschien alles opgebiecht. Dan had ze zich misschien laten overtuigen. Maar nu stond ze hier, gekleed in haar harnas en klaar voor vertrek.

'Ik zie je wel op de club.'

Daniel wist dat hij werd afgeserveerd en ze moest hem nageven dat hij niet protesteerde toen ze de kamer uit liep. Helen beende weg, boos op zichzelf. Met iedere stap ging ze sneller lopen. Na de seks wilde ze alleen maar haar motor en naar huis. Maar terwijl ze door de gang stormde kwamen de welbekende twijfels en vragen weer opzetten. Hoe druk ze het ook had met het leiden van Southamptons team Zware Misdrijven en hoe betrokken ze ook was, het viel niet te ontkennen dat ze eenzaam was. Ze had een uitlaatklep nodig en gezelschap; ze had léven nodig om de duisternis te weerstaan die vanbinnen en vanbuiten aan haar vrat. Waarom wees ze het dan af zodra ze het aangeboden kreeg? Wat mankeerde haar?

Waarom zette ze het altijd op een lopen?

3

Hij rende door de bosjes, rukte in het wilde weg aan het gebladerte. Pijn schoot door zijn lijf toen doornen over zijn huid krasten, maar hij hield vol, stormde blindelings verder. Hij had geen idee waar hij vandaan kwam of waar hij naartoe ging, maar wist alleen dat hij door moest.

Hij droeg een boxershort en T-shirt, maar zelfs deze dunne kledingstukken zaten in de weg; de knoestige struiken bleven aan de stof haken en dreigden hem terug te trekken naar het gevaar. Het was alsof het bos vannacht zijn vijand was, maar zijn angst joeg hem voort en met alle kracht die hij kon opbrengen, sprintte hij weer verder tot hij vanuit het dichte bladerdek op open terrein kwam. Even leek de weg vrij – was dat een pad dat hij in het donker zag? – en hij rende die kant op. Maar zodra hij dat deed, schoot er een meedogenloze pijn door hem heen waardoor hij schokkend tot stilstand kwam.

Hij had een behoorlijke afstand afgelegd, maar nu kon hij opeens geen gewicht meer op zijn linkervoet zetten. Met een angstige blik over zijn schouder bukte Tom zich om zijn voet te bekijken. Tot zijn afschuw zag hij een grote, grillige doorn van zeker tweeënhalve centimeter in het zachte vlees zitten. De huid begon al te trekken en zag er rood en schrijnend uit, terwijl er bloed uit de diepe wond stroomde. Hij kreunde, maar beet snel op zijn lip. Hij durfde geen geluid te maken.

Met zijn tanden op elkaar geklemd pakte hij het uiteinde van de doorn met zijn vingers vast. In stilte telde hij tot drie, gaf toen een harde ruk en trok de doorn er in één keer uit. Weer een kreun van pijn, gevolgd door een snelle golf van opluchting voordat een doffe, zeurende pijn opkwam. Kon hij erop lopen? Het leek onmogelijk gezien de kloppende pijn, maar hij moest het proberen.

Weggedoken achter een doornstruik tuurde Tom naar het bosgebied om hem heen. Zijn achtervolger was ergens... maar waar? Tom was al tien minuten op de vlucht, misschien langer, en zijn achtervolger had al die tijd in zijn buurt gezeten, hem op de voet gevolgd. Zo nu en dan kon hij hem horen als er een takje knapte of een struik ritselde. Soms kon hij hem zien, een lange schaduw, maar hij kon zijn aanwezigheid vooral voelen – kwaadaardig, bedreigend, meedogenloos.

Plotseling een beweging links van hem. Tom draaide zich razendsnel om... maar het was een knaagdiertje dat over de bosgrond schoot. Hij richtte zijn blik weer op de duisternis voor zich en kneep zijn ogen tot spleetjes op zoek naar tekenen van zijn achtervolger. Maar hij was nergens te bekennen. Het was stil in het bos.

Het liefst wilde Tom geloven dat dit een nachtmerrie was, dat hij straks onrustig en met een stevige kater naast Melanie wakker zou worden. Toch wist hij dat dit te echt was voor een droom. Maar hoe was dit gebeurd? Hoe was hij hier terechtgekomen? Hij was met een vrolijke dronk in slaap gevallen naast de vrouw van wie hij hield... en hij was verward en halfnaakt wakker geworden in een onbekend deel van het bos terwijl een man met een capuchon hem opdracht had gegeven om te rennen.

Hijgend probeerde Tom zichzelf te kalmeren. Als hij dit wilde overleven, moest hij slim zijn, de juiste keuzes maken. Snel keek hij om zich heen in de hoop zijn achtervolger te spotten, maar ook op zoek naar een vluchtroute. Een idee welke kant hij op moest.

Achter hem was een onduidelijk pad, maar even verderop was ook iets wat op een pad leek. Welke van de twee moest hij kiezen? Hoe kon hij er zeker van zijn dat een van beide hem naar een veilige plek zou brengen, terwijl hij niet wist waar hij was? Nergens was de camping, de bewoonde wereld of een vorm van menselijke aanwezigheid te bekennen. Hoe kon hij er zeker van zijn dat hij nog wel in de New Forest was? In paniek flitste zijn blik tussen de twee paden heen en weer. Hij werd plotseling gegrepen door besluiteloosheid, zich ervan bewust hoe duur de verkeerde keus hem zou komen te staan. Hij had geen idee waarom hij werd opgejaagd, welke kant hij op moest of wat voor gruwelijkheden hem te wachten stonden.

Hij wist alleen dat de dood hem op de hielen zat.

4

Een schreeuw klonk door de nacht. Charlie schrok wakker van het schrille, getergde, angstige geluid en ze kwam meteen in beweging. Haar lichaam kon haar hersenen niet helemaal bijhouden, dus wankelde ze, half struikelend, naar de deur. Ze rukte hem open en haastte zich over de donkere overloop naar de slaapkamer van Jessica.

Haar dochter zat rechtop in bed met haar ogen opengesperd van paniek. Aangeslagen liep Charlie naar haar toe en sloeg haar armen om het angstige vierjarige meisje heen.

'Het is al goed, kindje. Mama is er.'

Ze kreeg een elleboogstoot in haar keel. Geschrokken hapte ze naar adem, terwijl haar dochter in haar armen lag te worstelen.

'Nee, nee, nee...' jammerde Jessica, die haar best leek te doen om haar moeder van zich af te slaan.

'Jessie, ik ben het. Het is goed...' Maar de tranen brandden al in Charlies ogen door de schok van de klap en een totaal gevoel van hulpeloosheid. Het was helemaal niet goed. Dit was al de vijfde avond op rij dat Jessica zo'n vreselijke nachtangst had.

'Gaat het met haar?'

Steve was inmiddels binnengekomen. Slaperig strompelde hij in zijn slobberige pyjama naar haar toe. Charlie durfde niet te praten, dus schudde ze alleen haar hoofd. Steve ging bij hen zitten en sloeg zijn armen om het panische kind heen. Het spartelen werd langzaam minder, en Jessica's ogen vielen dicht. Uiteindelijk liet ze zich door haar ouders weer in bed leggen.

'Ik wil weer slapen,' zei ze suf, terwijl ze zich met haar rug naar hen toe draaide.

Nog natrillend trok Charlie de deken over haar schouders en stopte haar dochter in. Het was nauwelijks voor te stellen, maar Jessica sliep al weer vredig, alsof er niets was gebeurd. Charlie zelf was nog niet rustig en ze bleef over haar kind heen gebogen staan alsof ze verwachtte dat ze weer overeind zou vliegen.

'Kom, we gaan terug naar bed.'

Een zacht klopje op haar schouder om haar naar de deur te bewegen.

'Het gaat goed met haar,' hield Steve zachtjes vol. 'We gaan weer slapen.'

'Twee minuutjes.'

Hij liep weg. Charlie vermoedde dat hij een zucht had ingeslikt, en daar was ze hem dankbaar voor. Kritiek kon ze op dit moment niet verdragen want ze voelde zich al rot genoeg. Iedere avond was het hetzelfde liedje: een vlaag van pure paniek gevolgd door urenlange, diepe slaap. De volgende ochtend kon Jessica zich niet herinneren wat er 's nachts was gebeurd en kon ze niet uitleggen waarom ze zo bang was geweest.

Als ze op haar werk even tijd had, zocht Charlie op het internet bij de NHS en andere gezondheidssites informatie over de oorzaken van Jessica's nachtangst. Het advies dat ze vond was beknopt en verre van geruststellend: er leek geen duidelijke oorzaak te zijn voor nachtangst en er was geen beproefde manier om ervan af te komen. Op een gegeven moment zouden ze vanzelf wel ophouden.

Charlie had zo haar vermoedens over de oorzaak. Jessica's eerste schooljaar liep ten einde en hoewel in het begin alles goed was gegaan, probeerde ze de laatste tijd onder school uit te komen door te klagen dat ze moe of ziek was. Misschien was dat ook wel zo. Het wás ook vermoeiend om van de peuterspeelzaal over te stappen naar hele dagen op de basisschool, maar Charlie vroeg zich toch af of er niet meer aan de hand was. Lag het soms aan de lerares, mevrouw Barnard, die iedereen zo streng vond? Of had ze ruzie met een klasgenootje? Werd Jessie misschien gepest?

De klok aan de muur tikte hard. Toen Charlie erop keek, zag ze tot haar verbazing dat er al meer dan tien minuten verstreken waren. Steve zou zich ongetwijfeld liggen ergeren, want hoewel hij veel van Charlie hield en haar altijd steunde, vond hij dat ze veel te veel piekerde. Irritant genoeg had hij daar waarschijnlijk gelijk in, maar ze kon het niet helpen. Jessica had een jaar langer op de peuterspeelzaal mogen blijven, maar ze hadden ervoor gekozen om dat niet te doen. Deels omdat ze klaar leek voor de basisschool, maar ook omdat het makkelijker zou zijn voor hun werk. Was dat een foute beslissing geweest? Hadden ze het leven alleen maar moeilijker gemaakt in plaats van makkelijker?

Jessica had het nooit over problemen op school, dus kon Charlie alleen gissen naar de oorzaak van haar onrust. Dit was voor het eerst sinds Jessica's geboorte dat Charlie machteloos was en haar dochter niet kon helpen, wat waarschijnlijk betekende dat ze nog een heleboel nachten vol angstig geschreeuw tegemoet gingen. Terwijl Charlie op haar slapende dochter neerkeek, voelde ze zich opeens verdrietig, ongerust en bang.

5

Verstijfd van angst bleef hij in de doornstruik weggedoken zitten. Zijn achtervolger was nu maar een paar meter bij hem verwijderd. Tom was tussen de bomen door blijven turen en had zitten dubben welke kant hij op zou gaan toen hij opeens de schaduw vanuit de duisternis zijn kant op had zien komen. Intuïtief had hij geprobeerd zich tussen de prikkende stekels kleiner te maken, maar zijn achtervolger kwam steeds dichterbij.

Tom wilde het liefst zijn ogen dichtdoen, maar besefte dat hij ze moest openhouden. Hij moest zeker weten of hij gezien was. Dus hield hij zijn blik op de figuur gericht die hij tussen de bomen dan weer kwijt was, dan weer zag. Hij kwam steeds dichterbij, als een wezen uit een lugubere nachtmerrie.

Bij de struik bleef de figuur staan. Tom wilde het uitschreeuwen, zijn blinde paniek van zich af brullen, maar wist zijn angst te beheersen. Hij hield nu al meer dan een minuut zijn adem in – zijn longen begonnen te branden en hij wilde niets liever dan de lucht uitblazen. Maar hij hield zijn lippen op elkaar geklemd, zijn neus dichtgeknepen, doodsbang om ook maar het kleinste geluid te maken. Als hij nu werd ontdekt, was alle hoop verloren, omdat hij verstrikt zat in die struik.

Tien seconden gingen voorbij. Daarna nog tien. Toen draaide

de figuur zich om en keek hem recht aan. Tom maakte zich op voor een triomfkreet, voor een duik boven op hem, maar tot zijn verbazing liep zijn achtervolger verder, liet de struik achter zich en tuurde door het bos op zoek naar zijn prooi. Slap van opluchting hield Tom zijn adem nog een paar seconden in en blies toen langzaam en stil uit.

Hij telde tot zestig, keek hoe de figuur in het bos verdween en kwam langzaam overeind. Behoedzaam keek hij om zich heen en liet langzaam gewicht op zijn zere voet zakken. Pijn schoot door hem heen, maar hij slikte hem weg. Als hij deze beproeving wilde overleven, moest hij snel zijn.

Hij liep naar het vage pad dat hij eerder had gezien. Misschien kwam de maan achter de wolken vandaan, misschien raakte hij gewend aan het donker – hoe dan ook, hij kon nu beter zien waar hij liep. Tot zijn enorme opluchting werd het pad steeds duidelijker en hij volgde het half rennend, half strompelend. Gek genoeg barstte hij bijna in lachen uit door een plotselinge opwelling van optimisme en opluchting. Hij weerstond die absurde neiging en ploeterde behoedzaam verder om afgevallen doornen en konijnenholen in het pad te ontwijken.

Hij had flink wat afstand weten te creëren tussen hem en zijn achtervolger en deed het nu wat rustiger aan. Het pad, dat tot nu toe zo duidelijk had geleken, liep opeens dood. Zwetend keek hij van links naar rechts. Niets, niets, niets…

Hij knipperde met zijn ogen, probeerde een gevoel van paniek te onderdrukken en zette nog een stap. Deze keer zag hij links van zich iets. Het was geen duidelijk pad, maar leek wel een vervolg. De struiken waren weggedrukt en een paar bloemen waren vertrapt.

Hij volgde het pad zo goed en zo kwaad als het ging. Het ene moment was hij het kwijt, het volgende aarzelde hij en vond het weer. Zo ging het een tijdje door en zijn vluchtpoging, die tot nu toe vlot was verlopen, haperde. En nu was hij het pad opnieuw kwijt, helemaal deze keer.

'Shit, shit, shit...' Hij ademde de woorden zachtjes uit in de hoop dat ze zijn bonkende hart zouden kalmeren. Maar angst overviel hem, zijn armen en benen voelden slap en zijn hoofd deed pijn. Er moest een uitweg zijn. Dat moest...

Wanhopig keek hij om zich heen. Was dat nog een pad links van hem? Hij wilde niet echt die kant op, maar wat was het alternatief? Ploeteren door het struikgewas waardoor hij dieren de stuipen op het lijf joeg en de aandacht op zichzelf vestigde? Op hetzelfde moment vloog een fazant krijsend op.

Dat gaf de doorslag en Tom dook op het pad af. Hij dacht niet meer aan de pijn in zijn voet, maar sprintte zo snel mogelijk over het uitgesleten pad. Ja, dat leek er meer op. Dit was een fatsoenlijk pad dat hem naar een veilige plek zou brengen, terug naar het normale leven, terug naar zijn lieve Melanie...

Met elke stap versnelde hij zijn tempo, voortgedreven door adrenaline. Het kwam goed, hij zou hier weg weten te komen. Dan kon hij eindelijk proberen om deze nachtmerrie te bevatten. Het enige wat hij moest doen, was volhouden. Hij ging met de bocht mee, hoopte dat het pad breder zou worden, dat hij ergens in de verte licht tussen de bomen zou zien. In plaats daarvan versperde een doornstruik het pad. Wankelend staarde hij ernaar. Het ding kwam hem bekend voor en ja, er lag een bloedvlek onder. Dit was de struik waar hij daarstraks achter had gescholen. Hij had gewoon een groot rondje gelopen.

Achter zich hoorde hij een takje knappen. Zijn hart klopte in zijn keel en Tom draaide zich om. Hij wist wat hij zou zien, maar toch stokte zijn adem. De figuur met de capuchon op stond nu zes meter voor hem en versperde hem de weg.

'Alsjeblieft, ik heb niets gedaan...'

Zijn achtervolger deed een stap. En nog een. Op dat moment kwam de maan achter de wolken vandaan, waardoor de jager, die vlak voor zijn prooi tot stilstand was gekomen, werd verlicht.

'Wie ben jij? Wat móét je van me?' Hij schreeuwde de vraag, maar de figuur reageerde niet. Tom kneep zijn ogen samen in een poging het gezicht van zijn achtervolger te zien, te begrijpen welk kwaad er tegenover hem stond, maar onder de capuchon kon hij geen menselijke gelaatstrekken ontdekken.

Alleen duisternis.

6

De wind beukte tegen haar lichaam terwijl ze over de weg raasde. Het was een prettig gevoel: het bloed stroomde sneller door haar aderen en dat gaf energie voor de nieuwe dag. Zo diep over haar Kawasaki gebogen voelde Helen zich helemaal opfleuren. Het was een rusteloze nacht geweest, maar een nieuwe dag bracht altijd weer nieuwe hoop.

Ze gaf richting aan naar links en met een sierlijke zwaai reed ze Southern Road op, naar de parkeerplaats. Het was nog vroeg en het hoofdbureau van politie in Southampton moest nog tot leven komen, dus kon ze kiezen welke van de tien motorparkeerplaatsen ze nam. Ze kwam elegant tot stilstand, zette de motor uit en zette hem op de standaard. Zolang ze zich kon herinneren was dit 's ochtends haar vaste ritueel en dat voelde goed.

Eerst zette ze haar helm af en ritste ze haar motorpak open. Daarna pakte ze haar telefoon en draaide ze zich om naar het imposante gebouw, opgetrokken uit kalksteen en graniet. Net toen ze ernaartoe wilde lopen, reed er een andere motor langs, die een paar plaatsen verderop parkeerde. Argwanend bleef Helen staan. Ze herkende noch de motor, noch de berijder, en in deze tijden van verhoogde paraatheid was het altijd goed om alert te zijn als er iets niet helemaal normaal was.

Toen de motorrijder was afgestapt, zag ze tot haar verbazing dat hij vrolijk naar haar zwaaide. Even later zette hij zijn helm af en liep met een vriendelijke maar respectvolle glimlach naar haar toe.

'Goeiemorgen, chef.'

'Hudson,' antwoordde Helen, die haar verbazing wist te verhullen. 'Jij hebt er zin in.'

'Jij toch ook?'

Helen wist niet zeker of het een compliment was of een serieuze vraag, maar het was een feit dat ze elke werkdag op het hoofdbureau vol enthousiasme begon. Dat was ook een van de eigenschappen van Joseph Hudson die haar hadden aangesproken bij zijn sollicitatiegesprek. Tijdens zijn carrière had hij op een aantal lastige plekken gewerkt, zoals Zuid-Londen en het centrum van Liverpool, maar hij had zijn werklust en zijn optimisme weten te behouden, wat ze verfrissend vond. Er waren er heel wat die met het doorgroeien naar hogere functies de moed verloren, maar hij niet.

'Nu je toch zo vroeg bent, kan ik je wel een rondleiding geven. Het zou jammer zijn als je op je eerste dag verdwaalde...'

'Ik denk dat ik me wel red,' antwoordde hij met een onderdrukte glimlach. 'Maar als je toch tijd hebt...'

Ze liepen de trap op naar het atrium. De eerste halte was natuurlijk de receptie, waar Jerry Taylor al zolang Helen zich kon herinneren de scepter zwaaide. Zorgvuldig nam Jerry de verschillende beveiligingsprotocollen met Hudson door, en Helen maakte van de gelegenheid gebruik om haar nieuwe rechercheur te observeren.

Heel lang had ze geen sollicitatiegesprekken willen voeren voor een vervanger voor Sanderson. Ze werd nog steeds letterlijk ziek als ze aan die brute moord dacht, verweet het zichzelf dat ze de jonge vrouw zo hard had gepusht dat ze zich in de vuurlinie had geplaatst. De gedachte dat ze haar moest 'vervangen' vond ze weerzinwekkend.

Niettemin was er een gat in het team gevallen dat opgevuld moest worden, iets waar commissaris Simmons, de nieuwe bureauchef, haar graag aan herinnerde. Dus hadden ze de advertentie geplaatst. Zoals te verwachten viel waren ze overstelpt met reacties, want ondanks de intrinsieke gevaren die de baan met zich meebracht, voerde Helen een populair en gerenommeerd team aan. Vanaf het eerste gesprek had Hudson met kop en schouders boven de rest uitgestoken. Met zijn gedegen academische opleiding en zijn specialisatie in cybercriminaliteit, gekoppeld aan zijn jarenlange ervaring met het aanpakken van georganiseerde misdaad, mensenhandel, drugshandel en ergere zaken, had hij een streepje voor. Maar het waren vooral zijn houding, zijn persoonlijkheid en zijn mentaliteit waarom hij verkozen was. Hij was fit en gezond, had een knap, open gezicht, was scherpzinnig en had inzicht en bovendien was hij erg prettig in de omgang. Niet iedere agent had een goed gevoel voor humor, maar Hudson had dat zeker wel. Een beetje brutaal en ondeugend was hij ook. Hij was zo iemand die een stalen gezicht kon trekken terwijl zijn ogen bleven lachen. Helen mocht dat wel. Hij zou nauw met haar en Charlie moeten samenwerken om het team te leiden en intuïtief wist ze dat hij een betrouwbare, innemende collega zou zijn.

'Nou, voor zover ik heb kunnen nagaan, werkt hij niet voor de Russen,' meldde Jerry met een mislukte ondeugende knipoog.

De man was een fossiel, maar een aardige, dus bedankte Helen hem vriendelijk en leidde ze Hudson het hoofdbureau binnen. Een paar minuten later liepen ze op de zevende verdieping, Helens tweede thuis.

'Later moet je maar een uitgebreide ronde doen. Ik laat nu alleen de hoofdattracties zien. Personeelszaken zit op de tweede verdieping, de kantine op de derde, de wapenkamer, mocht je die ooit nodig hebben, zit op de eerste en de herenkleedkamer op de verdieping hieronder. Heb je dat?'

'Twee, drie, een, zes,' antwoordde Hudson.

'De zevende verdieping wordt bijna helemaal in beslag genomen door team Zware Misdrijven, maar vergeet vooral deze deur niet. Als je hier moet zijn, heb je iets heel verkeerds of heel opmerkelijks gedaan.'

Ze stonden voor het kantoor van commissaris Simmons. Haar naam stond met gouden letters in het gevlekte glas van haar deur gegraveerd. Simmons was een oude vriendin van Helen – haar mentor zelfs – en ze was er zeker van dat ze hun nieuwe rekruut warm zou verwelkomen. Maar dat moest later, want Simmons was in vergadering en Helen wilde Hudson vertrouwd maken met de interne werkwijze van de recherchekamer. Hoe eerder hij aan de slag kon, hoe beter.

Ze liepen snel door naar het hart van de afdeling, waar Helen heel wat uren van haar leven had doorgebracht – soms heel aangename uren, soms ook absoluut niet. Hoe dan ook, het voelde altijd fijn om terug te zijn. Misdaad was continu in ontwikkeling en er kwam geen einde aan, wat betekende dat er altijd werk was voor Helen.

'Hier zul je het merendeel van de tijd doorbrengen. Daar zitten de data-analisten, hier zit de kern van het team,' ging ze verder, wijzend naar een stel goed gebruikte bureaus.

Achter een daarvan zat Ellie McAndrew, die net een telefoontje afhandelde.

'Ik zit daar. Ik ben de enige met een deur. En jij zit daar, samen met rechercheur Charlene Brooks. Iedereen noemt haar "Charlie" en ze is een geweldige collega, maar 's ochtends vroeg moet je niet te veel tegen haar zeggen. Ze heeft een kleine thuis en ze heeft een paar koppen koffie nodig om op gang te komen.'

'Begrepen.'

Net toen ze Hudson wilde meenemen naar het schrijfbord kwam McAndrew toegesneld. Zij en Helen hadden al jaren een wisselende verstandhouding, maar McAndrew was een kundig en ervaren agent die zich niet snel uit het veld liet slaan. Daarom schrok Helen ook van haar bleke gezicht en haar gespannen uitdrukking.

'Sorry dat ik stoor, chef, maar er is iets gebeurd.'

Het was duidelijk dat dit 'iets' behoorlijk uitzonderlijk was. Helen wist direct dat de dag die zo stralend begonnen was een stuk duisterder zou worden.

7

Ze hield haar handje stevig vast terwijl ze haastig verder liepen, deels omdat ze een paar wegen moesten oversteken, maar vooral omdat ze laat waren. Charlie was uiteindelijk rond een uur of twee in slaap gevallen, had zich prompt verslapen en was even voor acht uur wakker geworden. Dat betekende een gehaast ontbijt waarbij Charlie opeens bedacht dat het de laatste dag van de Ruimteweek was en dat Jessica als een of ander 'ruimtewezen' verkleed naar school moest.

Gelukkig had Jessica zich laten overtuigen door Charlies redenatie dat een paar kartonnen kokers langs haar zij en een punthoed genoeg waren om haar op een raket te laten lijken, en zo waren ze vertrokken in de hoop dat ze nog voor de bel bij school zouden zijn. Uitgeput zette Charlie de pas erin en het duurde niet lang of Skywood Primary kwam in zicht. Ze wierp een snelle blik op haar horloge en besefte dat ze wonder boven wonder nog drie minuten hadden.

Ze vertraagde haar pas en keek naar Jessica, die naast haar dribbelde. Het meisje had vanmorgen heel tevreden geleken, maar begon wat te trekken toen ze dichter bij het toegangshek kwamen.

'Het wordt vast een leuke dag,' zei Charlie, opgewekt. 'Wedden dat je niet hoeft te rekenen en te lezen? Alleen maar verkleedpartijtjes doen, spelletjes spelen en lol maken.'

Jessica haalde haar schouders op alsof het haar niets kon schelen. Zo te zien vond ze haar regenboogveters interessanter.

'Wat gaan jullie doen, denk je? Wedstrijdjes? Ruimtereizen? Ga je écht naar de maan?'

Jessica knikte alsof dit daadwerkelijk een optie was. Ze stonden nu bij het hek en Charlie liet de hand van haar dochter los. Terwijl ze dat deed, zag ze dat Jessica even aarzelde, alsof ze zenuwachtig was. Charlie volgde haar blik over het schoolplein, waar het krioelde van de kinderen die allemaal verkleed gingen als buitenaards wezen of astronaut. Het zou een hartverwarmende aanblik moeten zijn, maar vandaag gaf het Charlie een uitgesproken vreemd gevoel. Jessica was klein voor haar leeftijd, maar toch leken de andere kinderen zo gróót. Vanaf de plek waar ze stonden leek het net of ze haar zouden verzwelgen.

Charlie hurkte naast haar dochter en streek met een geruststellend gebaar over haar rug.

'Weet je, lieverd, als er iets is waar je je zorgen over maakt, mag je het me altijd vertellen...'

Jessica zei niets en leek nog steeds gebiologeerd door haar veters.

'Als iemand iets tegen je heeft gezegd of je bang heeft gemaakt of je pijn heeft gedaan...' De gedachte was om misselijk van te worden, maar toch ging Charlie verder. '... dan mag je me dat vertellen, zodat we het kunnen oplossen. Mama's kunnen alles oplossen, dat weet je toch, hè?'

Jessica knikte en glimlachte even. Een tel dacht Charlie dat haar dochter iets ging zeggen, maar op hetzelfde moment ging de bel, en Jessica pakte haar tas en liep het schoolplein op.

'Ik hou van je,' riep Charlie haar na, en ze bedacht opeens dat ze was vergeten Jessica haar gebruikelijke afscheidszoen te geven.

Met een knoop in haar maag keek ze haar dochter na. Als er iets aan de hand was, als Jessica iets dwarszat, bleef het voorlopig een geheim.

Jessica ging op in de menigte. Dralend probeerde Charlie nog een glimp van haar op te vangen, totdat ze werd opgeschrikt door een indringend geluid dat haar aandacht van het schoolplein wegrukte. Geagiteerd pakte ze haar telefoon en zag dat het Helen was. Als Helen zo vroeg belde, kon dat maar één ding betekenen.

Problemen.

8

Emilia Garanita staarde naar haar scherm en zag zichzelf terug staren.

Ze zat aan haar bureau naar een publiciteitsfoto van zichzelf te kijken die, samen met een bijzonder lovend stuk over haar, in een van de landelijke dagbladen zou verschijnen. Zoals altijd had ze wat aan te merken op haar verschijning, met het enorme litteken dat de rechterkant van haar gezicht ontsierde, hoewel ze moest toegeven dat dit een van de betere foto's was.

De laatste tijd waren er heel wat foto's van haar verschenen. Emilia's ontvoering door Daisy Anderson, de massamoordenaar die Southampton vierentwintig uur lang had geterroriseerd, had de verslaggeefster geen windeieren gelegd. Ze had talloze televisie-interviews gedaan en stukken geschreven. Nu, negen maanden later, stond haar boek over 'haar tijd met Daisy' op het punt van uitkomen. Vandaar die foto op haar scherm.

Emilia wendde haar hoofd af en draaide met haar stoel om de redactie rond te kijken. Dit uitzicht gaf haar altijd voldoening. Niet alleen had het 'akkefietje' met Anderson haar bekendheid en geld opgeleverd, ze had haar verhoogde aanzien ook gebruikt om een betere positie bij de *Southampton Evening News* los te peuteren. Ze had gedreigd om ontslag te nemen en haar heil te zoeken bij een publicatie met wat meer allure, waarop de redacteur zich gedwongen had gezien om haar de positie van senior misdaadverslaggever terug te geven, ten koste van de incompetente opportunist die de functie kortstondig had bekleed. Emilia vond het de hoogste tijd voor deze rehabilitatie en ze moest toegeven dat Martin Grace haar van harte promotie had gegeven, ook al was het gedwongen. Terwijl Emilia haar medewerkers en hulpjes gadesloeg, had ze het gevoel dat eindelijk alles ging zoals het moest gaan.

Het enige minpunt was dat ze geen verhalen kon máken. De afgelopen tijd waren er in Southampton de gebruikelijke voorspelbare misdaden gepleegd: een enkele aanranding; een racistisch misdrijf in een nachtclub en een reeks inbraken met geweld waar alle inwoners in Southampton en omstreken nerveus van werden. Maar er gebeurde niet echt iets opwindends. Na het dramatische bloedvergieten van Daisy Anderson leek alles zo kleurloos.

Emilia draaide zich weer om naar haar bureau. Knagend aan haar pen probeerde ze enthousiasme op te brengen om een eind te breien aan het stuk over inbraakpreventie, dat ze een half uur geleden al af had moeten hebben. Normaal gesproken schreef ze dit soort paniekstukjes met twee vingers in haar neus, maar ze had zich laten afleiden door het gepraat op de politiezender, waar ze onder het werk altijd naar luisterde, zodat ze wist op welke incidenten en verkeersongelukken de crème de la crème van de politie van Southampton afgestuurd werd.

De details kreeg ze vaak niet mee – de welbekende stemmen die de betreffende teams op de hoogte brachten waren een aangenaam gekabbel op de achtergrond als ze nadacht. Maar nu veerde ze plotseling geïntrigeerd op. Vijf teams hadden zich naar de New Forest gerept om een plaats delict af te zetten. Nog interessanter was dat het team Zware Misdrijven was ingezet, met inspecteur Helen Grace als hoofdrechercheur.

Nu verscheen er een glimlach op Emilia's gezicht. Zodra Grace ergens bij betrokken was, werd het spannend. Snel schreef ze de locatie op. Daarna vloog ze overeind, trok ze haar oordopjes uit en haastte zich, met jas en telefoon in de hand, de redactie af zonder haar zwoegende collega's een blik waardig te keuren. Zij wisten niets van deze verrassende ontwikkeling, maar Emilia vond nu eenmaal dat teamwerk zwaar overschat werd.

Dit nieuwtje hield ze voor zichzelf.

9

De bomen wiegden boven haar en wierpen lange, dreigende schaduwen op de grond in de vroege ochtendzon. Behoedzaam baande Helen zich een weg door het bos en zocht naar afgebroken takken, voetafdrukken of kleding. Ze werkte nauwgezet, was opmerkzaam, maar hield het tempo hoog. De eerste berichten van de plaats delict waren zo alarmerend dat ze er zo snel mogelijk wilde zijn.

Een boswachter had het lichaam diep in het Nationaal Park New Forest gevonden. Het telefoontje was die ochtend even na half negen binnengekomen en de centralist was er op de een of andere manier in geslaagd het verhaal van de doodsbange vrouw te begrijpen. Helen had direct een team gestuurd. Het lijk was in een afgelegen deel van het park gevonden, in een onaangetast bosgebied tussen de gehuchten Blissford en Fritham. Zodra Helen het nieuws had gehoord, had ze aan een ander lichaam diep in het bos moeten denken – een van de slachtoffers in Helens eerste grote onderzoek – maar snel had ze die akelige herinneringen opzijgeschoven om zich op deze zaak te richten. Als de eerste berichten klopten, was dit een heel onaangename zaak.

Er lagen geen wegen, huizen of campings in de buurt van de plaats delict – Helen had haar auto achthonderd meter verderop langs Abbots Well Road moeten parkeren – dus hoe was het slachtoffer in zo'n afgelegen deel van het bos terechtgekomen? En minstens zo belangrijk, waarom? Helens ogen schoten heen en weer terwijl ze langs het vage pad liep, maar er was in deze idyllische omgeving weinig wat angst opriep of de merkwaardige ontwikkelingen van die ochtend kon verklaren. De grond was droog en hard, dus voetafdrukken zouden niet helpen, en de begroeiing in dit deel van het bos leek onberoerd. Sterker nog, het bos zag er vanmorgen prachtig uit, waardoor de brute moord onwerkelijk leek.

Het pad werd iets breder en Helen ving een glimp op van de activiteiten voor haar – de bekende fluorescerende jassen van agenten in uniform. Ze versnelde haar pas, naderde het einde van het pad en kwam bij een grote open plek waar het al wemelde van de politieagenten en medewerkers van de technische recherche. Met een knikje naar Meredith Walker, het hoofd van de technische recherche van Southampton, bleef Helen staan en maakte ze zich op om het lichaam te bekijken.

Ze was niet snel van slag, maar iets zoals dit had ze nog nooit gezien. Een jongeman – eind twintig, misschien begin dertig, zeker niet ouder – hing aan de takken van een eikenboom in het midden van de open plek, zijn gezicht verwrongen van afschuw. De voeten van de man waren samengebonden met een touw dat over een dikke tak was geslingerd en bij de stam was vastgezet, zodat het halfnaakte, verminkte lichaam op z'n kop hing, met de armen in een hopeloos gebaar naar de grond. De man leek een merkwaardig stuk fruit dat besmeurd en levenloos aan de oeroude takken hing.

De manier waarop hij was gedood, was nog erger. Helen zag drie pijlen uit de diepe wonden in zijn borst, nek en rug steken. Toen ze wat dichterbij kwam en recht onder het lichaam ging staan, besefte ze dat het kruisboogpijlen waren die, gezien de diepe wonden, vermoedelijk van dichtbij waren afgeschoten. Het leek wel een executie... maar dat was nauwelijks een verklaring voor de merkwaardige enscenering van deze wrede moord.

Helen werd overspoeld door vragen. Waarom hier in een afgelegen open plek die maar weinigen kenden? En waarom een kruisboog? Dit soort aanvallen kwamen zelden voor. En waarom was het slachtoffer hier zo achtergelaten, zo opvallend tentoongespreid, zodat een ongelukkige wandelaar of parkmedewerker hem zou vinden?

Helen deed een stap opzij en keek naar de andere kant van de open plek naar een vrouw van middelbare leeftijd die werd ondervraagd door rechercheur McAndrew. Janice Smith ging in het bekende groen van de New Forest National Park Authority gekleed, maar verder was er geen kleur bij haar te bekennen: ze zag lijkbleek en was duidelijk in shock. Ze zouden zo veel mogelijk details aan haar vragen – ze zou haar aanwezigheid en het ontdekken van het lichaam moeten verklaren – maar Helen was bang dat het weinig concrete informatie zou opleveren. Ze was niet sterk genoeg en leek een onwaarschijnlijke kandidaat om een volwassen man in een boom op te hangen, en gezien het tijdstip van haar telefoontje was ze waarschijnlijk geen getuige geweest van de aanval. Smith had het hoofdbureau van politie nog geen uur geleden gebeld, maar het bloed op de wonden van het slachtoffer was al gestold en verkorst. Meredith Walker en Jim Grieves, de gepassioneerde patholoog-anatoom, zouden mettertijd meer informatie kunnen aanleveren, maar Helen vermoedde dat de moord midden in de nacht was gepleegd. Er ging een rilling over haar rug bij die gedachte.

Ze richtte haar aandacht weer op het lichaam, maar keek toen recht in het gezicht van Graham Ross, hun meest ervaren forensisch fotograaf, die hard aan het werk was. Hij trok even goedmoedig zijn wenkbrauw naar haar op, deed toen een stap opzij en liep om het lichaam heen om close-ups van de benen en voeten van het slachtoffer te maken. Helen was er blij om: ze had ruimte nodig om het lichaam te bekijken en de betekenis van deze gruwelijke moord te begrijpen.

Er was geen poging gedaan om het lijk te verbergen. Integendeel, er was veel moeite gedaan het tentoon te spreiden, wat vermoedelijk een boodschap inhield. Was het een waarschuwing? Vergelding? Was het soms een occulte moord, gezien de uitgebreide enscenering en de timing van de aanval? Of wilde de moordenaar opscheppen en zijn of haar vaardigheid en handwerk aan de hele wereld laten zien?

Helen bleef in gedachten bezig met deze angstaanjagende mogelijkheden, terwijl ze naar de afgeslachte man staarde en haar blik onverbiddelijk naar de grote plas bloed werd getrokken die de bosgrond onder het langzaam draaiende lijk bevuilde.

10

‘Wat is er met hem gebeurd? Waar is hij?’

Melanie Walton staarde Charlie met doordringende, betraande ogen aan. Zodra de zon opkwam had ze haar verloofde als vermist opgegeven, maar wat dat echt betekende werd pas duidelijk toen er niet lang daarna in het bos een lichaam werd gevonden. De foto’s van Tom Campbell op haar telefoon en de beschrijving van de zegelring van het slachtoffer deden sterk vermoeden dat haar verloofde inderdaad het ongelukkige slachtoffer was.

Helen, die de plaats delict verder wilde onderzoeken, had Charlie en rechercheur Hudson naar camping Woodland View gestuurd, een indrukwekkend, nieuw kampeerterrein aan de rand van het bos. Charlie had nog geen twee woorden met haar nieuwe collega kunnen wisselen, maar hij leek erg aardig en doortastend. Hij ging alle kampeerders af terwijl Charlie Campbells geschokte verloofde ondervroeg.

‘Er is een lichaam gevonden in het bos...’ begon Charlie ernstig.

‘O god...’

‘We kunnen pas met zekerheid zeggen wie het is als hij geïdentificeerd is. Zou je dat willen en kunnen doen als het zover is?’

Melanie knikte stil en staarde vervolgens naar haar handen, alsof daar een uitleg of een verklaring op te lezen stond.

'Hoe lang zijn jullie al samen?'

'Een jaar of vijf...'

'Hoe oud is Tom?'

'Negenentwintig...'

Helen had de leeftijd van het slachtoffer op eind twintig ingeschat – weer een kleine aanwijzing dat ze op het juiste spoor zaten.

'Gaan jullie vaak kamperen?'

'Ja.'

'Op deze camping?'

'Nee. Deze is vrij nieuw.'

'Waarom zijn jullie hiernaartoe gegaan?'

'Weet ik niet. Er zat een keer een folder in de brievenbus en het sprak ons wel aan. Tom is dol op kamperen, dus...' Haar stem stierf weg, uit het veld geslagen door haar gebruik van de tegenwoordige tijd en de duistere angsten die door haar hoofd spookten.

'Hoe laat kwamen jullie hier gisteravond aan?'

'Een uur of zeven. We moesten allebei nog werken...'

'Wanneer heb je Tom voor het laatst gezien?'

Melanie aarzelde even, wreef met haar handen over haar gezicht. 'Rond middernacht, denk ik. We hebben nog wat gedronken, een sigaretje gerookt, en daarna zijn we naar bed gegaan...' Ze huiverde even, alsof de herinnering haar pijn deed.

'En toen?'

'Nou, toen...' stamelde Melanie, met een kleur op haar gezicht. 'Toen hebben we gevreeën en zijn we gaan slapen,' ging ze verder. 'Zoals altijd, eigenlijk.'

'Met wederzijdse instemming?'

'Ja, natuurlijk,' antwoordde ze vinnig.

'Geen problemen? Geen ruzie?'

'Nee, helemaal niet. We zijn verloofd. We zijn gelúkkig...' Er gleed een traan over haar wang.

Charlie kon zich voorstellen hoe gebroken Melanie zich moest voelen nu ze besefte dat haar hele wereld op instorten stond, en ze leefde met haar mee. Belangrijker nog: ze geloofde haar. Familieleden en geliefden waren altijd automatisch hoofdverdachten, maar niets aan deze mooie jonge vrouw wees erop dat ze erbij betrokken was geweest, geen krassen, schrammen, schaafwonden, niks, en de campingbeheerder had al bevestigd dat er gedurende de nacht niets was voorgevallen. Bovendien leken haar emoties en haar schok oprecht te zijn. 'Wil je nog een keer vertellen wat er precies is gebeurd? Langzaam, als dat gaat.'

Melanies verhaal was in eerste instantie nogal verward geweest, maar omdat de jonge vrouw wist hoe belangrijk haar verklaring was, probeerde ze zich te vermannen. 'Ik werd midden in de nacht wakker.'

'Weet je nog hoe laat?'

'Niet echt. Twee uur? Drie uur? Het spijt me...'

'Geeft niet. Ga maar verder.'

'Tom was naast me in slaap gevallen, maar hij was er niet meer. Ik ben naar hem op zoek gegaan, bij de toiletten, bij onze auto, maar...'

'Heb je geprobeerd hem te bellen?'

'Ja, natuurlijk. Maar zijn mobiel lag nog in de tent. Dus heb ik gewacht tot het ochtend was en toen hij nog steeds nergens te bekennen was, ben ik naar de campingbeheerder gegaan.'

'En je hebt hem niet horen weggaan?'

'Ik lag te slapen.'

'Niets wat je je vaag kunt herinneren? Een beweging? Een geluid? De tent die werd opengemaakt?'

'Nee, helemaal niets. Het ene moment lag hij naast me...'

Melanie keek op naar Charlie. De angst stond op haar gezicht geëtst.

'En het volgende moment was hij verdwenen.'

11

'Niemand heeft iets gezien of gehoord.'

Brigadier Hudson had duidelijk gehoopt dat hij beter nieuws voor Helen had.

'Ik heb de andere kampeerders gesproken, maar eerlijk gezegd vinden ze al die vragen maar verbijsterend. Een paar hebben Tom Campbell gisteravond gezien, maar volgens hen was het een rustige avond en waren er geen problemen...'

'We moeten ze toch maar nagaan. Om te zien of ze banden met Tom Campbell of Melanie Walton hadden...'

'Doe ik. Ik heb ze ook gevraagd hun telefoons een uurtje af te staan. Voordat we ze laten gaan, wil ik controleren of ze beelden van gisteravond hebben, iets wat ons een idee kan geven wat er is gebeurd.'

'Goed plan. Hoe zit het met Campbells auto?'

'Die staat waar hij hem gisteravond heeft geparkeerd.' Hudson wees naar een Audi aan de andere kant van het kampeerterrein. 'De sleutels liggen nog in de tent,' ging hij verder.

'Sporen van een ander voertuig? In de buurt van hun tent of bij de auto?'

'Er zijn meerdere bandensporen – je moet langs het kampeerterrein rijden om op de parkeerplaats te komen – maar niemand heeft een auto gehoord, dus...'

Helen nam de informatie in zich op. Had Tom Campbell het kampeerterrein vrijwillig verlaten om diep het bos in te lopen? Dat was niet waarschijnlijk, maar toch leek het de meest waarschijnlijke verklaring.

'Blijf zoeken. Als je iets te weten komt, geef het dan door.'

'Ja, chef.'

Hudson liep naar een groepje kampeerders dat zich bij de picknicktafels had verzameld. Helen liep de andere kant op naar een gejaagd uitziende man in een vale ribbroek en een bruine fleecetrui.

'Meneer Robinson, ik ben inspecteur Grace,' zei ze, terwijl ze hem haar penning toonde. 'Ik weet dat u al met een van mijn rechercheurs hebt gesproken, maar ik zou u nog wat vragen willen stellen.'

'Ga uw gang...' stamelde Robinson.

'U bent de beheerder hier?'

'Beheerder en eigenaar.'

'Sinds wanneer?'

'Ik heb het terrein nu een jaar, maar we zijn vier weken geleden opengegaan. Het duurde langer dan gepland om de afvoerbuizen te leggen, het toiletblok te bouwen...'

'Waarom?'

'Bouwvakkers. Zo gaat dat toch altijd?' antwoordde hij meesmuilend.

'Aha.'

Helen keek hem onderzoekend aan terwijl ze haar volgende vraag formuleerde. Nigel Robinson deed zijn best om rustig te blijven, maar hij zag er gestrest en ongemakkelijk uit. Het zweet stond op zijn voorhoofd. Of dat kwam doordat hij bang was voor de slechte publiciteit die de moord hem zou opleveren of omdat hij er niet aan gewend was door de politie ondervraagd te worden, kon ze niet met zekerheid zeggen.

'Bent u 's nachts op het terrein?'

'Momenteel wel. Zodra we honderd procent operationeel zijn, neem ik iemand in dienst, maar voorlopig wil ik alles zelf regelen.'

'En gisteravond was er wat u betreft niets aan de hand?'

'Nee, helemaal niets...'

'En daarvoor? Zijn er problemen geweest? Tijdens de bouw? Sinds de opening?'

Robinson schudde zijn hoofd.

'De mensen die hier komen zijn goed volk. De mannen die voor me werken ook, ondanks de vertraging. Dit is een rustige familiecamping, een fijne plek om...'

'Dat was het voorlopig,' onderbrak Helen hem, omdat ze geen zin had in het hele reclamepraatje. 'Blijft u alstublieft aanwezig. Het kan zijn dat we meer vragen hebben.'

Robinson knikte driftig – hij ging nergens naartoe zolang er over het hele terrein politieagenten liepen, dat was wel duidelijk. Helen liep weg om een rondje over de camping te maken. Het was een groot terrein met gloednieuwe gebouwen: trekkershutten, een toiletgebouw, een winkel en een café. Robinson had er duidelijk geld in gestoken. Of dat een verstandige investering zou blijken, was de vraag.

Helen begaf zich in de richting van Campbells tent, onderzocht hem vanbuiten en stak toen haar hoofd naar binnen. Hij stelde niet veel voor – sjofel en versleten – en binnenin lag niet veel: wat kleren, twee slaapzakken, een duur uitziende camera en een bijna lege fles whisky. Hoe dronken was Tom gisteravond geweest? Had hij te veel opgehad? Was hij verdwaald en het bos in gelopen? Gezien de omstandigheden leek dat waarschijnlijker dan een gedwongen ontvoering, hoewel hij wel behoorlijk ver heen moest zijn geweest. Was hij dan het bos in gelókt? Was er iets in dat deel van het bos waar hij naartoe wilde?

Helen rechtte haar rug en maakte haar ronde af. De winkel was goed bevoorraad en rook naar verf; de flessen sterkedrank in het café waren nog bijna vol, hoewel de drankkast op dit moment was afgesloten. Vervolgens liep ze weer naar buiten tot aan de rand van het bos. Dit was de plek waar de wereld van de mens en de wildernis elkaar ontmoetten, maar zelfs hier waren sporen van Robinsons vlijt te zien. Een stuk of twaalf bomen waren gekapt om ruimte te maken voor een kleine speelplaats – de speeltoestellen waren voornamelijk van hout, passend bij de huidige trend – en nog een stel had het veld moeten ruimen om cafégasten uitzicht op het meer te bieden. De hele bosrand leek te zijn gewijzigd voor het plezier van de betalende gasten.

Alleen bij het toiletgebouw stond nog een handjevol bomen, die hier uit de toon leken, dacht Helen. Niets had de ontwikkeling van de camping in de weg mogen staan en toch leken deze bomen niet op hun plek. Hun takken waren gesnoeid om het dak van het gebouw niet te beschadigen, maar de bomen zelf waren blijven staan, ondanks het feit dat hun wortels uiteindelijk een bedreiging zouden vormen voor de stabiliteit van de constructie. Nieuwsgierig ging Helen die kant op. Ze liep om het gloednieuwe gebouw heen tot ze bij de eerste boom was. Met haar hand gleed ze eroverheen en ontdekte al snel iets onnatuurlijks in de bast.

Een metalen pin was in de boom geslagen – met zo veel kracht dat alleen de kop nog zichtbaar was en hij er niet meer uit te krijgen was. Nader onderzoek liet nog vijf pinnen zien die op verschillende hoogtes in de boom waren geslagen. Helen liep naar de tweede boom. Hier zag ze precies hetzelfde en bij de derde ook.

Helens gedachten draaiden overuren en allerlei scenario's passeerden de revue toen ze zich omdraaide om naar de camping te kijken. Ze wist niet welke ervan zouden blijken te kloppen, maar terwijl ze naar de campingbeheerder keek, die haar vanaf een afstandje ingespannen had gevolgd, wist ze één ding zeker: Nigel Robinson had tegen haar gelogen.

12

'Wat zijn we aan het doen?'

Emilia verstijfde en vloekte binnensmonds. Met een onschuldige, niet-begrijpende blik liet ze het politielint los dat ze net omhoog had willen doen. 'O, sorry!' zei ze, alsof ze een wereldvreemde huppeltut was. 'Ik wilde hier gaan wandelen en toen zag ik opeens dit... lint.'

'Ja, en ik ben Brad Pitt.'

'Pardon?'

'Ik weet precies wie je bent en wat je komt doen, dus wegwezen. Als je informatie wilt, moet je dat gewoon via de gebruikelijke kanalen doen.' Met zijn armen over elkaar geslagen keek hij haar vol zelfvertrouwen aan.

Emilia had zin om hem fijntjes te vertellen wat hij wat haar betrof kon doen, maar in plaats daarvan zei ze: 'Oké. Op heterdaad betrapt.' Ze draaide zich om, om het bosgebied in zich op te nemen en probeerde in te schatten hoe ver ze moest lopen voordat ze ongezien onder het lint door kon.

'En voor het geval je het ergens anders wilt proberen: langs de hele afzetting staan politiemensen, die ik nu via de portofoon op de hoogte ga brengen van jouw aanwezigheid.'

Het liefst had Emilia hem een oplawaai gegeven, maar ze wist haar woede in bedwang te houden. Ze draaide zich om en liep weer naar hem toe.

'Ik zei: wegwezen...'

'Dat hoorde ik wel, maar ik kan toch niet met lege handen terug naar kantoor? Mag ik je alsjeblieft een paar vragen stellen?'

'Nee.'

'Ik neem aan dat er daar een lichaam gevonden is?' vroeg Emilia snel.

'Daar kan ik geen antwoord op...'

'Ik gok dat het moord is?'

'Gok maar een eind weg...'

'Voor een zelfmoord laten ze geen rechercheteam uitrukken, of wel?'

Het feit dat Emilia zo goed op de hoogte was van hun inzet bracht hem van zijn stuk.

'Hoe erg is het? Waar hebben we het over?'

De agent zei niets, maar hij keek erg ongemakkelijk.

'Lag het lichaam er al lang? Dit is een behoorlijk afgelegen deel van het bos. Of is het een recente moord?'

'Ik zeg niets,' zei de agent, die snel naar links en rechts keek, alsof hij hoopte dat er versterking aankwam.

'Ik snap dat je je aan het beleid houdt, agent...?'

'Je hoeft mijn naam niet te weten.'

'Maar ik zei al dat ik niet met lege handen kan aankomen, en ik meen het. Als het moet kan ik zo nog rustig een paar uur doorgaan, dus tenzij je me wilt arresteren voor het verdoen van je tijd...'

Kennelijk had hij daar geen zin in. Hij schoot er niets mee op als hij het opnam tegen zo'n beruchte, wraakzuchtige verslaggever van de plaatselijke pers. 'Er is vanochtend een lichaam gevonden, oké? Meer kan ik er niet over zeggen.'

'Dan is het vast gevonden door een campinggast, of een wandelaar...'

'Nou...'

'En dat aan het begin van het seizoen. Zeg alsjeblieft niet dat het een gezin was, met kinderen...'

'Nee, geen kinderen,' reageerde de agent fel. 'Schrijf dat alsjeblieft niet op. Het was een boswachter, als je het dan per se moet weten. Meer kan ik er...'

'Man? Vrouw?'

'Zo is het genoeg!' blafte hij, terwijl hij een stap naar haar toe deed. 'Je hebt gekregen waar je voor kwam. Wegwezen nu!'

Hij stond bijna te schreeuwen. Zou een agent in de buurt hem horen en op onderzoek uitgaan? Hoe dan ook, Emilia wist dat ze beter kon gaan. Misschien had ze niet het complete plaatje, maar ze had nu wat ze wilde, namelijk de bevestiging dat er inderdaad een moord had plaatsgevonden en een manier om aan meer informatie te komen, zónder dat via de gebruikelijke kanalen te doen. Emilia was vastbesloten om met dit ene verhaal de rest voor te blijven.

Ze bedankte de agent en ging er snel vandoor.

13

'Het slachtoffer is Tom Campbell. Hij is negenentwintig en woont in Winchester samen met zijn verloofde Melanie Walton.'

Helen en het team waren terug op het hoofdbureau van politie en stonden rond het schrijfbord. Rechercheur McAndrew was nog op de plaats delict om het detailonderzoek van de plaats delict te overzien, maar Helen had alle andere rechercheurs teruggehaald naar het bureau om de nieuwste ontwikkelingen door te nemen.

'Hij werkt als biochemicus bij Nexus, iets wat mogelijk een rol heeft gespeeld bij zijn moord...'

'Wat is Nexus voor bedrijf?' vroeg rechercheur Bentham gretig.

'Ze produceren petrochemicaliën en aardolieproducten. Wereldwijd het op drie na grootste bedrijf in z'n soort. Hun nieuwe hoofdkantoor in Lyndhurst bracht nogal wat beroering teweeg toen het een jaar geleden werd gebouwd...'

'Dat weet ik nog...' viel rechercheur Osbourne haar in de rede. 'We moesten agenten in uniform sturen om mensen uiteen te halen...'

'Er werd door milieuactivisten en plaatselijke belangengroeperingen geprotesteerd,' zei Helen met een knikje, 'vanwege het aantal vierkante meters bos dat ervoor moest wijken. Sommige protesten waren vreedzaam, maar uiteindelijk kreeg Nexus zijn zin omdat het bedrijf werkgelegenheid naar het gebied bracht...'

'Alles draait om geld,' zei rechercheur Reid lijzig, en iedereen beaamde dit.

'De gemeenteraad van Hampshire heeft onlangs een aantal controversiële bouwvergunningen toegekend,' ging Helen verder boven het geroezemoes uit, 'waarmee ontwikkelaars en bedrijven grond in of in de buurt van de New Forest kunnen ontwikkelen. Ze proberen uit de recessie te komen en over het geheel genomen zijn ze daar tot nu tot redelijk in geslaagd, maar de bedreiging van een stuk bos dat voorheen beschermd was, heeft heftige protesten opgeroepen.'

'En Robinsons camping was een van die nieuwe bedrijven?' vroeg Charlie, in navolging van wat Helen had gezegd. 'Hij is vrij enthousiast in de weer geweest met de kettingzaag...'

Helen knikte en hing wat foto's op het bord.

'Ik heb zeker twintig bomen geteld die gekapt zijn, maar de drie op deze foto's zijn *gespiked*.' Ze wees naar de close-ups van de metalen spijkers die diep in de boom waren geslagen.

'Het is een bekende techniek van milieubeschermers of milieuactivisten, het is maar hoe je ertegen aankijkt. Het maakt het onmogelijk om bomen te kappen, omdat je schade aan zagen riskeert en je mensen in gevaar brengt op het moment dat de zaag de spijker raakt.'

'Weten we wie hier verantwoordelijk voor is?' vroeg rechercheur Hudson, om maar direct ter zake te komen.

Helen keek weer naar het bord en hing een digitale compositietekening van een mannengezicht op. Intuïtief leunde de groep naar voren om zijn gelaatstrekken in zich op te nemen – de ongekamde baard, het verweerde gezicht, de indringende ogen.

'In tegenstelling tot zijn eerste verklaring, blijkt Nigel Robinson wel degelijk vanaf de eerste dag problemen te hebben gehad op zijn terrein. Het begon met dreigbrieven en werd erger toen een dode vos aan het kantoortje werd gehangen.'

'Gatver...' Rechercheur Edwards huiverde.

'Daarna werd het nog erger. Bouwvakkers werden bedreigd en er werd een trekkershut in brand gestoken. Robinson had op dat moment contact met ons moeten zoeken, maar huurde in plaats daarvan beveiliging in. Het ging een tijdje goed, maar toen de betalende gasten kwamen, moest Robinson de zware jongens wegsturen.'

'Waardoor hij weer kwetsbaar werd,' concludeerde Charlie.

'Robinson heeft deze man de laatste tijd een paar keer in het bos bij de camping zien rondhangen,' ging Helen verder, en ze gebaarde naar de compositietekening. 'Hij is er negenennegentig procent van overtuigd dat het dezelfde man is die zijn bouwvakkers heeft bedreigd en de rottende vos heeft opgehangen...'

'Denken we dat Tom Campbell ook het doelwit van deze man is geweest?' kwam rechercheur Bentham ertussen. 'Dat hij specifiek uitgekozen is omdat hij voor een bedrijf werkte dat ergens anders in de New Forest milieuverwoestingen aanrichtte?'

Het was een goede vraag. Een waar Helen geen antwoord op had.

'Daar moeten we achter zien te komen. Rechercheur Hudson leidt het onderzoek naar het privéleven en de carrière van het slachtoffer. Campbell lijkt geen duidelijke vijanden te hebben en op een arrestatie wegens drugsbezit na, heeft hij geen strafblad. Hij komt hier niet vandaan en is vanuit Winchester naar de New Forest gereden om er te kamperen, dus laten we uitzoeken wie wist dat hij hiernaartoe zou gaan, wie op de hoogte was van zijn plannen. Ik wil ook weten of hij betrokken was bij de ongeregeldheden bij Nexus.'

Hudson knikte en Helen wendde zich tot rechercheur Reid. 'Rechercheur Reid coördineert een uitgebreider onderzoek naar lokale wapenliefhebbers, schietverenigingen en dergelijke. We moeten weten of iemand onlangs bedreigingen heeft geuit, uit een vereniging is gezet of is gearresteerd wegens bedreigingen. De anderen assisteren mij en rechercheur Brooks bij het onderzoek naar deze man...'

Helen draaide zich naar het bord om en hing een politiefoto naast de compositietekening. Weer ging er gemompel door de ruimte – er was een opvallende gelijkenis tussen de foto en de tekening.

'Nathaniel Martin. Tweeënvijftig jaar. Eerder veroordeeld wegens drugs, haatmisdrijven en zware mishandeling. Tijdens een demonstratie eind jaren negentig ging hij een politieagent met een ijzeren staaf te lijf. Ging van Greenpeace over naar agressievere groeperingen die pleiten voor een harde aanpak voordat hij een paar jaar geleden zijn banden met hen verbrak. Sindsdien werkt hij alleen, stuurt hij brieven naar ontwikkelaars en gemeenteraadsleden met scherpe taal zoals...' Helen keek in haar dossier. '"Wie bouwt, zal branden" en "Als je de moeder raakt, slaan haar kinderen terug". Momenteel wordt hij gezocht wegens mishandeling van een politieagent, op basis van een opsporingsbevel van twee jaar geleden.'

'Waar is hij al die tijd geweest?' vroeg Reid oprecht verbijsterd. 'Hij kan toch niet zomaar zijn verdwenen?'

'Zijn laatste bij ons bekende adres is dat van een ex-vriendin, verder niets. De afgelopen anderhalf jaar geen geldopnames, geen uitkeringen, geen telefoontjes, geen belastingopgaven, geen nieuwe misdrijven. Misschien zijn er mensen die hebben gedacht dat hij soft was geworden, was overleden, of dat hij gek was geworden, maar ik denk dat hij doelbewust is verdwenen, zijn oude leventje de rug heeft toegekeerd...'

‘Er gaan geruchten dat er een kluizenaar, een wilde, in het bos woont,’ onderbrak Charlie haar.

‘Als het Martin is, moeten we hem vinden. Die man is gevaarlijk, mogelijk gestoord en hij heeft iets tegen Robinson, Tom Campbell en anderen zoals zij. Ik wil hem in hechtenis hebben voordat de situatie uit de hand loopt. Goed, aan het werk.’

Het team sprong overeind en iedereen haastte zich naar zijn bureau. Helen maakte van de gelegenheid gebruik om nogmaals naar de tekening van Martin te kijken. In zwart-wit was het beeld bijzonder dreigend. De bleke gelaatstrekken, levenloze ogen en omfloerste blik vormden samen een bloedstollend geheel.

Een gezicht uit je ergste nachtmerries.

14

McAndrew moest een rilling onderdrukken toen ze het ambulancepersoneel het lijk op de brancard zag wegduwen. Ze was veel liever naar het bureau gegaan in plaats van hier op de duistere, griezelige open plek in het bos te blijven, maar ze had zich kundig van haar taken gekweten. Ze had de teams geleid en met Graham Ross overlegd welk gebied hij zou fotograferen. Zolang ze zich omringd wist door bekende gezichten, had ze haar toenemende onrust kunnen negeren. Een onrust die ze had gevoeld vanaf het moment waarop ze het geteisterde lichaam had gezien. Maar nu was ze helemaal alleen en absoluut niet op haar gemak.

Kwam dat door het beeld van het afschuwelijk verwrongen gezicht van het slachtoffer? Of door het gekraak van de eeuwenoude takken en het geritsel van het gebladerte? Dat laatste klonk als een fluisterkoor, alsof er onzichtbare wezens rondwaarden die haar ongezien bespiedden. Ze liet zich niet snel meeslepen door haar fantasie, maar vandaag leek het bos vol raadsels en gevaren. McAndrew was een stadsmens en eerlijk gezegd niet erg dol op bos. Ze vond het er eerder eng dan mooi en kon zich nooit van de gedachte ontdoen dat niemand iets zou merken als er hier iets met je gebeurde. Haar ogen werden als vanzelf naar de bloedrode vlek op de bosgrond getrokken.

'Kom op, joh,' zei ze tegen zichzelf. In een poging dat onrustige gevoel van zich af te schudden keek ze op haar horloge. De onderzoeksteams waren nu al twee uur bezig het gebied uit te kammen. Ze waren anderhalve kilometer verderop begonnen en werkten van daaruit naar de plaats delict toe. Het zou niet lang duren voordat ze verslag zouden doen van hun bevindingen, maar voor het zover was, wilde ze nog één keer goed rondkijken.

Inspecteur Grace en Meredith Walker hadden bij aankomst een eerste onderzoek gedaan, maar het was haar taak om vast te stellen of er al dan niet iets over het hoofd was gezien. Grace stelde de inbreng van het onderzoeksteam erg op prijs – het bewijsmateriaal dat zij leverden was vaak doorslaggevend – maar ze vertrouwde ook op het geoefende oog van een doorgewinterde rechercheur. Vandaar dat zij, een van de oudgedienden van het team, hier de leiding had.

McAndrew liep snel langs de buitenste rand van de open plek, dicht bij de meest begaanbare paden. Eerder was haar blik gefixeerd geweest op het lichaam en daarna op de grond, op zoek naar voetafdrukken, wapens of kledingresten. Nu ze daar niets had gevonden, keek ze omhoog, naar de takken, de boomstammen, de vogels, het bladerdak dat meebewoog met de wind. Voorzichtig maar doelbewust liep ze verder, speurend naar het onbenulligste dingetje dat misschien een licht zou werpen op de brute moord. Maar op deze stille, schilderachtige plek leek niets bijzonders te vinden en hoe langer ze keek, hoe meer het decor leek te vervagen. Nu begreep ze wat het écht betekende om door de bomen het bos niet te kunnen zien.

Ze stond op het punt om haar rondje af te sluiten en te gaan overleggen met haar teams toen ze links van haar iets zag. De boomstammen waren hier begroeid met klimplanten – het bos was immers honderden jaren oud – die allemaal dezelfde bruinachtige tint hadden. Maar langs een van de bomen zag ze iets ongebruikelijks: het leek net een klimplant, maar de kleur klopte niet. Hij was te groen, alsof hij handgemaakt was. Nieuwsgierig haastte McAndrew zich ernaartoe.

Het was een kabel. McAndrew knielde neer om de bladeren aan de voet van de boom opzij te duwen en daar vond ze een plastic doosje waar de kabel uit kwam. Gezien de staat van de kabel ging ze ervan uit dat hij kortgeleden was aangelegd, maar niet door de moordenaar. Het was een vogelcamera.

McAndrew huiverde van spanning. Dit soort camera's hingen door het hele bos. Zou deze toevallig vannacht opnames gemaakt hebben? Zou er iets bruikbaars op staan? Ze deed een stap achteruit om de boom eens goed te bekijken en te bedenken hoe ze de camera het best kon pakken.

Ze zag verschillende laaghangende takken en het duurde niet lang of ze zette haar voet op de dikste en hees zichzelf omhoog. De volgende tak was dunner, dus voelde ze even of hij haar gewicht kon dragen. Toen ze daar zeker van was, trok ze zich op en klom ze verder. Het gat in de boom zat nog maar zo'n anderhalve meter hoger, maar de takken zaten verder van elkaar en ze zou een sprongetje moeten maken naar de volgende. McAndrew had hoogtevrees en wist dat iedere aarzeling fataal kon aflopen, dus zette ze zich snel af en belandde veilig en wel op de volgende tak, met haar armen om de boomstam heen. Met een zucht van verlichting strekte ze zich uit om in het gat te kunnen kijken.

Zoals ze al had verwacht zat er een vogelnestje in, met twee eitjes. De kleine camera hing er precies boven. Normaal gesproken hing zo'n camera precies achter het nestje, met de lens naar de uitgang gericht, zodat zowel de eitjes als het komen en gaan van de moeder vastgelegd konden worden. Dat zou nu ook het geval zijn geweest, ware het niet dat het scharnier van de camerabevestiging beschadigd was en McAndrew haar hoop op mogelijke camerabeelden van de open plek meteen zag vervliegen. Want de camera bungelde met de lens naar beneden in het gat, waar niets te zien was behalve duisternis.

15

'Mijn naam is Annie Brewster. Ik bel namens de *Southampton Evening News…*' De leugens gleden moeiteloos over Emilia's lippen. 'Ik werk voor het katern sociale zaken. We zijn momenteel bezig met een onderzoek in heel Southampton naar productiviteit op de werkvloer. Hebt u een paar minuten om wat vragen te beantwoorden?'

De hr-manager van de New Forest National Park Authority klonk onzeker – Emilia had zo'n gevoel dat er vandaag veel gebeurde op het hoofdkantoor – maar stemde al snel in onder de druk van Emilia's enthousiasme voor het onderwerp.

'Mag ik vragen hoeveel medewerkers zich vandaag ziek hebben gemeld?'

Het was even stil, terwijl er gekeken werd. Voldaan luisterde Emilia naar het geluid van vingers op een toetsenbord – een geslaagde list was altijd leuk.

'Er zijn op dit moment zeven medewerkers met ziekteverlof,' zei de manager uiteindelijk met haar monotone kantoorstem.

'Hoeveel zijn er langdurig ziek?'

'Vijf,' was het snelle antwoord, alsof ze stuk voor stuk simulanten waren die de organisatie geld kostten.

'Aha. De andere twee zijn dus…'

'Kortdurend ziek, het gebruikelijke,' antwoordde ze kordaat, waarmee ze dat onderwerp afkapte.

'Mannen, vrouwen...?'

'Ik zie niet in waarom dat relevant zou zijn,' was de reactie van de manager, die nu voor het eerst wantrouwig klonk.

'Ik wil alleen een zo goed mogelijk beeld krijgen van langetermijntrends in productiviteit...'

'Allebei vrouwen, maar dat betekent mijns inziens nog geen trend...'

'En zijn dat veldmedewerkers of administratief medewerkers?'

'Veldmedewerkers.'

'Ik vermoed dat ze onregelmatig werken, in weer en wind, en dus vatbaarder zijn voor ziekte?' Emilia bleef vragen stellen, maar luisterde nauwelijks naar de antwoorden. Ze had het te druk met het wegstrepen van namen op de personeelslijst van de Park Authority. Het was een organisatie die nog altijd werd gedomineerd door mannen, zeker als het om veldwerk ging en dat maakte haar werk een stuk gemakkelijker. Er waren maar vijf vrouwen die regelmatig het veld in gingen en Emilia wist zeker dat ze er niet lang over zou doen om erachter te komen wie van hen zich had ziek gemeld na haar onaangename ontdekking van die ochtend. In deze tijd van social media, gedeelde databases en het – zo nu en dan ongepaste – gebruik van privégegevens was het nog nooit zo gemakkelijk geweest om in de privélevens van anderen te graven.

En dat was een van de vele redenen dat Emilia het geweldig vond om journalist te zijn. In haar wereld was niemand veilig.

16

Eleanor Brown keek nerveus toe terwijl Helen rondsnuffelde in de kleine ruimte. Op de groezelige zolder lagen stapels en stapels boeken, verhandelingen, pamfletten en manifesten, veel met ezelsoren en beklad met hanenpoten. Het leek wel of Helen iemands brein was binnengelopen. De kleine ruimte was een ware schatkist voor milieuextremisten, vol boekwerken over Gaia, Moeder Aarde en de nieuwe utopie, aangevuld met handleidingen over anarchoprimitivisme, *rewilding* en anarchie in de praktijk. Op de dichtstbijzijnde stapel lag een biografie van de Unabomber, het grote voorbeeld voor alle milieuextremisten. Toen ze erdoorheen bladerde zag ze dat het boek vol stond met aantekeningen en dat vele passages onderstreept waren met dikke blauwe balpen.

'Wanneer hebt u Nathaniel voor het laatst gezien?' Ze keek niet op, maar ze wist dat Eleanor Brown heel dicht bij haar stond. De ex-vriendin van Nathaniel Martin was er niet happig op geweest om iemand van de politie in haar vervallen huis binnen te laten, dus zou ze haar zeker niet zomaar laten rondneuzen.

'Zo'n anderhalf jaar geleden. Toen ik hem op straat heb gezet.'

'Waarom hebt u al zijn spullen nog?'

'Hij zei dat hij die nog zou komen ophalen, maar een paar weken nadat we uit elkaar waren, werd hij opgenomen.'

Eleanor haalde haar schouders op alsof het haar niets kon schelen, maar haar poging tot nonchalance mislukte. Uit angst? Of uit schuldgevoel?

'Waarom werd hij opgenomen?'

'Hij heeft bijna zijn hele leven psychische problemen gehad. Zijn vader was gewelddadig, sloeg zijn moeder vaak in elkaar. Ik denk dat dat een van de redenen is dat Nathaniel altijd zo vreselijk boos was...'

Helen legde het boek weg en liet haar blik over een gammel bureau glijden. Daar zag ze een foto van Martin en Brown in gelukkiger tijden. Ze pakte hem op en zag toen pas voor het eerst wat een grote man Martin was. Zeker een meter vijfennegentig, en breed bovendien. Hij torende boven zijn vriendin uit, die eruitzag als een kwetsbaar vogeltje.

'Zijn drugsgebruik hielp natuurlijk niet... Hij kon heel achterdochtig zijn, heel vijandig...'

'Heeft hij ooit geweld tegen u gebruikt?'

'Wat denkt u zelf?' zei ze uitdagend, maar haar stem trilde. 'Toen ik zei dat hij weg moest, werd hij heel agressief. Daarna was hij erg van streek. Ontroostbaar. Het verbaasde me niets toen hij werd opgenomen.'

'Hoe lang waren jullie bij elkaar?'

'Iets van een jaar. Maar hij heeft hier maar een paar weken gewoond.'

'Beviel het huiselijke leven hem niet?'

Brown begon te lachen, lang en verbitterd.

Verbaasd keek Helen naar de achtenveertigjarige vrouw; naar haar mooie, handbedrukte hoofddoek, onopgemaakte gezicht en lange, hoekige lichaam.

'De hele beschaving beviel hem niet. De wortel van alle kwaad...'

'Dat betekent?'

'Dat betekent dat, volgens hem, de beschaving niet natuurlijk is. Dit allemaal...' Brown gebaarde. 'Huizen, gebouwen, wegen, spoorwegen, expansie, mechanisatie, industrialisatie... het doet allemaal afbreuk aan de oorspronkelijke staat van de natuur.'

'Hij wilde in het paradijs wonen?'

'Hij wilde de tijd terugdraaien. Terug naar hoe het vroeger was. Nathaniel hoorde niet in een rijtjeshuis: dit was alleen een plek waar hij zijn spullen kon dumpen.' Ze gebaarde naar de overvolle zolder.

'U deelt zijn denkbeelden niet?'

'Ik geloof zeker in het beschermen van het milieu, zoals ieder weldenkend mens,' antwoordde Brown scherp. 'Maar ik ben nooit een extremist geweest.'

'En hij wel?'

'Kijk eens om u heen. Hij is bij Greenpeace weggegaan omdat het slapjanussen waren, met hun pinguïnpakken. Daarna ging hij bij Earth First!, omdat die van de harde actie waren, maar die vond hij ook te soft, dus sloot hij zich aan bij de Earth Liberation Army. Toen raakte hij in de problemen...'

'Vanwege de mishandeling van die politieagent?'

Brown haalde haar schouders op, maar het ging haar weer niet overtuigend af. Helen had het gevoel dat die aanval op een jonge politieagent haar dwarszat.

'Daarna hebben ze hem eruit gegooid, maar het interesseerde hem niets. Hij had het helemaal gehad met het georganiseerde verzet, het samenwerken met anderen. Hij vindt het prima om in zijn eentje tegen de wereld te vechten.'

'En u hebt hem in huis genomen?'

'Stomme trut die ik ben. Het zou nooit wat zijn geworden. Nathaniel is een échte milieuextremist. Een echte anarchoprimitivist, die maar bleef doorgaan over rewilding...'

'Sorry, maar dat moet u even vertalen.'

'Dat betekent teruggaan naar de oorspronkelijke staat. Zonder gestructureerde landbouw, zonder industrie, zonder machines. Terug naar het leven als jager-verzamelaar. Leven van wat Moeder Natuur zelf verschaft door te jagen, te foerageren en zelf gewassen te verbouwen.'

'Gelooft hij daar nog steeds in? Volgens u?'

'Ik denk het wel, maar ik weet het natuurlijk niet zeker. Hij schijnt behoorlijk van het pad geraakt te zijn. Voordat hij verdween hebben vrienden van mij hem stomdronken, smerig en agressief op straat zien rondzwerven. Dus wie zal het zeggen?'

Haar stem trilde een beetje. Hield ze nog van hem, ondanks haar woede?

'Hoe dan ook, hier is hij niet. Dus als u klaar bent...?'

'Ik ga wat dingen in beslag nemen. Als u daar een reçu...'

'Neem maar mee wat u wilt. Mij zegt het allemaal niets.'

Helen bedankte haar en ging aan de slag. Ze pakte wat persoonlijke bezittingen van Martin bij elkaar, met name zijn handgeschreven manifesten over rewilding. Had Martin zich na zijn zenuwinstorting teruggetrokken in het bos in de hoop dat hij daar helemaal afgezonderd zou kunnen leven? Ver weg van de grijpgrage klauwen van de moderne urbanisatie? En als dat zo was, hoe dacht hij dan over de voortdurende aanslagen op het bos door projectontwikkelaars, campingbeheerders en recreatieondernemingen? Hoe zou hij gereageerd hebben?

Er waren nog veel vragen onbeantwoord en er moesten nog heel wat aanwijzingen opgevolgd worden, maar in Helens brein begon zich al een verontrustend beeld te vormen dat ze maar moeilijk van zich kon afschudden: het beeld van Nathaniel Martin die in het bos verbeten achter zijn prooi aan zat.

17

'Geen serienummer, geen merkteken, geen keurmerk... niets?' Charlie staarde naar Meredith Walker die de kruisboogpijl omhooghield.

'En de pijlen zijn niet in een winkel of online gekocht,' ging Meredith verder. 'Volgens mij zijn ze zelfgemaakt, samengesteld van stukjes metaal. Het waren er drie in totaal, maar allemaal hebben ze subtiele verschillen wat betreft vorm, gewicht, dichtheid.'

'Zelfgemaakt?' herhaalde Charlie.

'Zo te zien wel.' Meredith pakte een van de bewijszakjes en gaf het aan Charlie.

Ze stonden in het forensisch lab in Woolston, omgeven door tientallen forensisch medewerkers, maar Charlie had alleen oog voor de bekraste kruisboogpijl in haar hand. Ze schrok van het gewicht van het ding – ze zag opeens voor zich hoe het moest zijn om geraakt te worden door een van deze dodelijke projectielen.

'Vingerafdrukken?' vroeg Charlie, en ze vermande zichzelf.

Meredith schudde haar hoofd. 'En het DNA dat erop zit is van Campbell. Als je weet waar de pijlen gemaakt zijn, kunnen we misschien een verband leggen, maar dit is het beste wat ik kan doen...'

Charlie knikte en deed haar best om haar teleurstelling niet te laten merken. Ze had op meer gehoopt, maar was niet verrast. Niets aan deze zaak leek duidelijk.

'En het touw?'

'Niets bijzonders. Het is oud, dus vermoedelijk niet onlangs gekocht, maar het is heel sterk.'

Opnieuw schoot er een beeld door Charlies gedachten – Campbells lichaam dat omhoog werd gehesen.

'We hebben nog niet alles gecontroleerd, dus wie weet hebben we geluk met afdrukken of DNA...'

Het was een schrale troost, bedoeld om een zweempje optimisme op te wekken, maar noch Charlie, noch Meredith trapte erin. Ze hadden te maken met een berekenende, vindingrijke moordenaar – iemand die zijn eigen martelwerktuigen kon maken, iemand die niet van plan was gevonden te worden. Toch waren Merediths bevindingen belangrijk en ze onderstreepten de mogelijkheid dat hun moordenaar iemand was die buiten de maatschappij stond, iemand die het bos op z'n duimpje kende en dat in zijn voordeel gebruikte.

Korte tijd later vertrok Charlie en stuurde ze Helen een berichtje over wat ze te weten was gekomen, voordat ze haastig terugliep naar haar auto. Hun eerste prioriteit was nu om Nathaniel Martin te vinden, maar waar moesten ze beginnen? De gebruikelijke manieren zouden niet werken – zijn financiën volgen, zijn handlangers nagaan, getuigen oproepen. Ze hadden op dit moment alleen de compositietekening van Robinson en de wetenschap dat zich ergens diep in de New Forest een kwade geest schuilhield, een schim die een onschuldige man de dood in kon lokken. In haar privéleven voelde Charlie zich vaak stuurloos, maar steeds vaker had ze datzelfde knagende gevoel ook op haar werk. Ze hoorde leiding te geven, Helen te helpen het team aan te sturen, ervoor te zorgen dat rechercheur Hudson op het hoofdbureau van politie zijn draai zou vinden. Maar wat moesten ze nu?

Hoe vond je iemand die in rook was opgegaan?

18

'Waarom doet iemand nou zoiets? Ik begrijp het niet...'

Melanie Walton keek Joseph Hudson smekend aan, alsof hij haar kon helpen. Hij leefde met haar mee en snapte haar verdriet, haar schok en haar behoefte aan antwoorden. Hoe vaak had hij dit al niet gezien? Maar hij had niets concreets te bieden en het had geen zin om het mooier te maken dan het was. 'We weten het echt nog niet. Daarom hebben we jouw hulp ook nodig.'

Melanie reageerde niet. Ze draaide maar aan haar prachtige, diamanten verlovingsring – het laatste wat ze van haar verloofde had gekregen. Door haar nerveuze gebaar leek ze haar tranen in bedwang te kunnen houden. Hudson vermoedde dat ze helemaal zou instorten zodra ze haar handen stilhield.

'Melanie?'

'Ik wil wel helpen, maar ik weet niet hoe...'

De schok van die ochtend had plaatsgemaakt voor hulpeloosheid en wanhoop. Na het verhoor op het kampeerterrein hadden ze Melanie meegenomen naar het mortuarium. Daar had ze, gesteund door een familierechercheur, Tom Campbell geïdentificeerd. Daarna was ze naar huis gebracht, aangezien het Joseph beter leek om met haar op een vertrouwde plek te praten en niet in een kille verhoorkamer.

Nu begon hij zich af te vragen of dat wel zo'n goed idee was. Tom Campbell was duidelijk een enthousiast fotograaf geweest en iedere centimeter van iedere muur was bedekt met foto's van Melanie, die stralend naar haar minnaar achter de camera keek. Het geluk spatte van de foto's af, een cynisch contrast met de diepbedroefde vrouw die nu voor hem zat.

'We hebben wat meer informatie over Tom nodig. Zijn achtergrond, hoe jullie elkaar hebben leren kennen, dat soort dingen.' Eerst wat algemene neutrale vragen. Hij moest Melanie aan het praten zien te krijgen.

Melanie huilde zachtjes. 'Hij is geboren en getogen in Southampton,' ging ze uiteindelijk verder. 'We hebben elkaar ontmoet op de zeilclub. We zijn allebei fervent zeilers en konden het meteen goed met elkaar vinden...' Ze draaide weer aan haar verlovingsring.

'Hoe brachten jullie je vrije tijd door?'

'Wandelen, kamperen, fietsen. Tom was een echt buitenmens en dol op fotograferen. Hij nam altijd zijn camera mee als we weggingen.'

Joseph wierp een blik op de foto's aan de muur.

'Als hij fotografeerde, was hij op zijn gelukkigst. En ik vond het heerlijk om naar hem te kijken. Hij was dan altijd zo enthousiast, zo blij...' Ze liet haar hoofd zakken en snikte stilletjes. Ze probeerde zich in te houden, maar de spanning begon haar te veel te worden.

'Wanneer zijn jullie verloofd?' ging Hudson zachtjes verder.

'Een half jaar geleden. We wilden het eigenlijk al eerder doen, maar we hebben gewacht tot Tom helemaal ingewerkt was.'

'Had hij het naar zijn zin bij Nexus?'

'Ja, hoor. Hij heeft altijd biochemicus willen worden. Ik snap er niets van, maar voor hem is het net poëzie, of zo.'

'Heeft hij problemen ondervonden tijdens de protesten?'

'Niet dat ik weet. Ze duurden niet lang en via het bedrijf kregen we beveiliging.'

Hudson vermoedde dat het allemaal veel erger was geweest dan Melanie deed voorkomen, maar hij zei er niets van. Misschien had Campbell haar niet de hele waarheid verteld, zodat ze zich geen zorgen zou maken.

'Dus hij is nooit persoonlijk doelwit geweest, thuis of op het werk? Geen dreigbrieven, geen schade aangericht aan het huis of de auto?'

'Nee. Hij was wetenschapper, geen manager.'

'Hoe zit het met zijn privéleven? Waren daar problemen? Ex-vriendinnen? Een ex van jou?'

'Nee, we zijn al bijna zes jaar samen en voor die tijd hebben we nooit heel serieuze relaties gehad.'

'Geldproblemen?'

'Nee. Hij verdient goed. Altijd gedaan, ook.'

'Hoe zit het met drugs?'

'Hoe bedoel je?'

'Gebruikte hij drugs?'

'Vroeger misschien...' antwoordde Melanie aarzelend.

'Ik zag dat hij veroordeeld was voor drugsbezit.'

'Toen hij achttien was werd hij toevallig een keer gesnapt. De laatste tijd had hij het veel te druk met andere dingen om zich daarmee bezig te houden.'

'Dronk hij veel?'

'Niet meer dan jij,' antwoordde ze boos, uitdagend, alsof Joseph haar verloofde zat zwart te maken.

'Hadden jullie de vakantie naar camping Woodland View lang van tevoren gepland?' vroeg Joseph nu.

'Een week geleden ongeveer.'

‘Wie wist er nog meer dat jullie daarnaartoe gingen?’

‘Mijn ouders. Maar verder niemand.’

‘Hebben jullie het op Facebook of Twitter gezet?’

‘Jawel, maar pas toen we er al waren. Het was er zo prachtig, met de ondergaande zon…’

Joseph wist dat zowel Tom als Melanie vaak op Facebook zat. Op het bureau had hij de meest recente stukjes op hun tijdlijn bekeken en het was onmogelijk om daar niet door geraakt te worden. Bijna alle foto’s lieten het gelukkige, zorgeloze, verliefde paar zien.

‘Het was er heerlijk. Alles was gewoon heerlijk…’ ging Melanie verder, helemaal opgaand in de herinnering. ‘We hadden het er zelfs over om te trouwen in het bos, in een van die leuke hotels in Lyndhurst, en dan een receptie ergens in de buurt. Gisteravond waren we nog plannen aan het maken… en nu dit.’

Met een hopeloos, hulpeloos gebaar keek ze Joseph weer aan. Verwarring en wanhoop stonden op haar gezicht te lezen. Haar leven had zo gelukkig geleken, vol hoop en plannen, vol dromen… Maar alles was in rook opgegaan. Ze was haar verloofde kwijt. Of liever: haar verloofde was haar ontnomen en dát was wat haar verscheurde.

Omgaan met Toms dood was tot daaraan toe. Maar accepteren dat hij zo bruut vermoord was en vervolgens als vogelvoer aan een boom was gehangen, dat was iets heel anders.

19

Helen staarde naar het lichaam van Tom Campbell, verafschuwd door wat ze zag. De grauwe, levenloze huid, de gerimpelde, korstige pijlwonden, de schrijnende, rauwe plekken waar zijn enkels vastgebonden waren – die waren al erg genoeg, maar het was de aanblik van het gezicht van de jongeman die haar van slag maakte. Zijn mond stond open, zijn lippen naar boven gekruld. Het was een uitdrukking van pure doodsangst, waar Helen de rillingen van kreeg. Wat had hij doorgemaakt om zo'n reactie op te wekken?

'Het doet wat met je, hè?'

Helen keek op en zag dat Jim Grieves dichterbij kwam. Ze werkte nu al een aantal jaren samen met de patholoog-anatoom van de politie van Hampshire en hij gaf zelden blijk van enige emotie. Toch leek dit geval hem te raken.

'Je kunt de pijn in zijn gezicht zien,' antwoordde Helen bedachtzaam. 'Maar ook iets anders. Angst? Afschuw?'

'Het ziet er inderdaad niet fraai uit, maar ik zal je zeggen wat mijn bevindingen zijn,' antwoordde Grieves op zakelijke toon.

Misschien had hij het druk of wilde hij er gewoon vanaf zijn, ze kon het niet zeggen. Hoe dan ook, ze was blij dat hij een vakman was.

'Zoals je kunt zien zitten er enkele schaafwonden op het lichaam. In de kleding die ik heb verwijderd zaten veel scheuren, dus lijkt het me een redelijke aanname dat hij in een struik is gevallen of door het bos heeft gerend. De toestand van zijn voeten duidt zeker op dat laatste.' Hij gebaarde naar het einde van de snijtafel. 'Je kunt zien dat zijn voetzolen opengereten zijn, met hier één diepe wond...'

Helen leunde naar voren om het schrijnende gat onder de linkervoet te bekijken.

'Het is een relatief schone wond, en gezien de diepte en ronding vermoed ik een grote doorn, maar dat is moeilijk met zekerheid te zeggen.'

Helen huiverde, zag voor zich hoe Campbell had gerend voor zijn leven met die doorn diep in zijn voet.

'Een wond als deze moet hem hebben gehinderd, waardoor hij mogelijk een gemakkelijk doelwit was. De pijlen hebben nette, strakke wonden veroorzaakt – allemaal rond hetzelfde moment, zo te zien – dus toen hij uiteindelijk werd tegengehouden, was het ook heel abrupt.'

'Waren ze fataal?'

'Dat zou je hopen, hè? Maar in dit geval moet ik helaas nee zeggen.'

Helen keek verrast op.

'Drie grote wonden op het bovenlijf met enorm bloedverlies tot gevolg, maar de pijlen hebben belangrijke organen gemist. Als ze het hart, de longen of zelfs de nieren hadden geraakt, was het wellicht afgelopen geweest, maar...'

Helen probeerde dit te bevatten. Ze had gehoopt dat het een snelle dood was geweest, maar Campbells lijden was juist extreem en langdurig geweest.

'Kijk naar het gestolde bloed op zijn bovenlichaam,' ging Grieves verder, en hij wees naar de dikke strepen die bij de wonden begonnen en in de richting van zijn hals en gezicht liepen. 'En op zijn armen. Zo te zien leefde het slachtoffer nog toen hij werd opgehangen.'

'Hoe weet je dat zeker? Er moet sowieso bloed uit de wonden zijn gelopen.'

'Niet in deze hoeveelheid als zijn hart niet meer klopte. En kijk naar zijn enkels. Die zouden nooit zo opgezwollen kunnen zijn als het slachtoffer al dood was op het moment dat hij de lucht in werd gehesen.'

Helen zag in gedachten een beeld voor zich van Campbell die in pure wanhoop aan het touw bungelde, maar ze duwde het weg. 'Wat is dan de doodsoorzaak? En het tijdstip van overlijden?'

'Moeilijk om precies te zijn. Na middernacht, maar voor zonsopgang is het beste wat ik ervan kan maken. De doodsoorzaak? Tja, dat is simpel. Hij is leeggebloed.'

Helen knikte, maar kon het nauwelijks bevatten.

'Het zal lang hebben geduurd, een langzame en kwellende dood. Een soort geleidelijke verstikking.'

Was dat toeval of doelbewust, vroeg Helen zich af. Had Campbells moordenaar staan kijken hoe het leven uit het slachtoffer was weggesijpeld?

'Maar goed, dat zijn dus mijn voorlopige conclusies. Ik heb de uitslag van het toxicologisch onderzoek: veel alcohol in het bloed, maar geen drugs of medicijnen...'

Grieves ging kordaat verder, las zijn bevindingen voor, maar Helens blik bleef aan het lijk gekluisterd en volgde de bloedsporen die van zijn wonden naar zijn vingertoppen liepen. Hoe moest het zijn geweest om het leven uit je te voelen stromen? En waarom had hij zo moeten lijden? Was het puur voor het genot van de aanvaller? Was het een doelbewuste straf voor Toms onbewuste 'misdrijven', wat die ook waren? Of was er een diepere betekenis?

Waren de overvloedige hoeveelheden bloed die uit het slachtoffer waren gestroomd mogelijk een offer voor het bos?

20

Emilia hield haar vinger stevig op de deurbel. In het bescheiden huis in de voorstad waar ze voor stond was het stil, maar binnen zag ze licht branden. Er was in ieder geval iemand thuis en Emilia was vastbesloten om met die persoon te praten, ondanks zijn of haar verwoede pogingen om haar te negeren.

Dit was het laatste adres op haar lijstje. Tot nu toe had haar zoektocht niets opgeleverd. De eerste drie dames die ze had benaderd, leken niet te begrijpen wat een journalist van hen moest. Ze waren duidelijk de hele dag op verschillende plekken in de New Forest aan het werk geweest en hadden niets gehoord over de afschrikwekkende vondst van hun collega. De politie had tot nu toe geen informatie naar buiten gebracht, dus was er niets in de media verschenen, en de roddels binnen het bedrijf hadden hen ook nog niet bereikt. Emilia vroeg zich af hoe angstvallig de hoge heren van het bestuur van het nationale park dit nieuwtje geheim probeerden te houden. Het was niet iets wat ze van de daken zouden schreeuwen nu het toeristenseizoen net op gang kwam.

Binnen zag ze iets bewegen. Emilia haalde haar vinger van de bel en deed een stap achteruit, om minder dreigend over te komen. De vierde dame op haar lijstje, die zwaar verkouden was, was ook al erg ongastvrij geweest. Emilia had haar snel ontfutseld dat ze al drie dagen ziek thuis was en had haar niet lang opgehouden, zodat ze snel door kon naar het laatste adres op haar lijst.

Er werd opengedaan en er verscheen een man van middelbare leeftijd in de deuropening. Zichtbaar geïrriteerd bekeek hij Emilia van top tot teen, maar al snel liet hij iets van zijn vijandigheid varen, misschien van zijn stuk gebracht door het grote litteken op de rechterhelft van haar gezicht.

'Wat moet dat?' blafte hij weinig gastvrij.

'Sorry dat ik u zo laat stoor. Mijn naam is Annie Brewster en ik ben van de *Southampton Evening News*.' Ze zwaaide even met haar perskaart zonder hem de kans te geven om haar echte naam te zien. Maar de norse man keek er niet eens naar. Hij leek verbijsterd dat er een journalist voor zijn neus stond.

'U bent meneer Smith?'

'En wat dan nog?'

'Mag ik uw vrouw even spreken?'

'Waar gaat het over?' vroeg hij dwingend.

'We zijn bezig met een onderzoek naar productiviteit en ziekmeldingen bij bedrijven. Ik heb begrepen dat uw vrouw zich in de loop van de dag heeft ziek gemeld?'

'Ja. En?'

'Ik wil graag weten of het om een korte ziekte gaat, zoals een verkoudheid, of dat het misschien ernsti...'

'Dat gaat u niets aan,' onderbrak hij haar kortaf en hij deed een stap achteruit, naar binnen.

Emilia wist dat hij op het punt stond de deur in haar gezicht dicht te slaan, dus zette ze haar voet op de drempel.

'Wat is dit?'

'Het duurt maar heel even, en dan ben ik weg. Heus,' beloofde Emilia, terwijl ze over zijn schouder heen in het donkere huis probeerde te kijken.

‘Komt niets van in,’ zei Smith. Hij maakte zich breed en stapte op haar af.

‘Als ze niet uit bed kan, dan kunnen we het ook telefonisch doen.’

‘Ze ligt niet op bed.’

‘Wat dan?’

‘Ze heeft vandaag gewoon een heel onaangename verrassing gehad. Ze wil met niemand praten, en al helemaal niet met een journalist, dus als u nu zo vriendelijk zou willen zijn om op te donderen…’ Boos trapte hij Emilia’s voet van de drempel. ‘… en ons met rust te laten.’

Emilia deed een stap achteruit en de deur knalde dicht. Ze hoorde hem weglopen, waarna er binnen een ongeruste vrouwenstem klonk. Langzaam verscheen er een glimlach op Emilia’s gezicht. Ze was dan misschien weggestuurd, maar ze had wel waar ze voor gekomen was. Ze wist nu de identiteit van de voornaamste getuige en was vast van plan om daar gebruik van te maken.

Ze had een lange lijst met vragen voor de onfortuinlijke mevrouw Smith.

21

'Heeft ze jou iets verteld? Zit haar iets dwars?'

Charlie en Steve zaten op de bank met een fles wijn voor zich. Nadat ze contact had gehad met het team, had Charlie besloten om naar huis te gaan. Er stond hun morgen een belangrijke dag te wachten en ze was doodmoe – het slaapgebrek van de afgelopen week begon z'n tol te eisen.

Steve was zo lief geweest om thuis op haar te wachten met lasagne en een fles Barolo. Hij had Jessica al naar bed gebracht – weer een gemiste kans voor Charlie – en leek vast van plan er een gezellige avond samen van te maken. Ze hadden gegeten, hadden de dag doorgenomen en lagen nu samen op de bank, terwijl Steve Charlies voeten masseerde. Het was ontspannen, het was fijn en toch kon Charlie haar zorgen om Jessica niet van zich afzetten.

'Nee…' antwoordde Steve behoedzaam, omdat hij geen zin had in een lange discussie. 'Ze had plezier op school, vond de Ruimteweek leuk. Ze was heel gezellig.'

'Heeft ze niet gezegd waar ze zich zorgen om maakt?'

'Je weet hoe ze is,' was Steves goedmoedige weerwoord. 'Ze zegt wat ze tussen de middag heeft gegeten en dat is het dan wel. Maar er leek niets aan de hand, dus maak je geen zorgen.'

Hij had natuurlijk gelijk – Jessica kwam meestal doodmoe

maar blij uit school – en toch bleef Charlie het gevoel houden dat ze niet het hele verhaal kende, dat er iets aan de hand was.

'Ik begrijp gewoon niet waarom. Het leek zo goed te gaan op school...'

'Misschien is dat nog steeds zo. Misschien is er helemaal geen verband tussen datgene wat er overdag gebeurt en haar nachtangst.'

'Misschien...'

'Op alle websites staat dat hier geen verklaring voor is.'

Niet voor het eerst wenste Charlie dat ze iets van Steves onwrikbare optimisme had, om nog maar te zwijgen van zijn uithoudingsvermogen. Hij leek veel beter om te gaan met het slaapgebrek dan zij.

'Maar als er een reden is, iets wat we niet weten...'

'Dan komen we daar vanzelf achter. Als er iets is, dan lossen we het op.'

Hij zei het vriendelijk, maar het was duidelijk een verzoek om van onderwerp te veranderen.

'Ja...'

'Goed. Als jij nou nog eens een glaasje wijn inschenkt.'

Charlie gaf hier maar al te graag gehoor aan, omdat ze wist wat er ging komen. En inderdaad, toen de fles leeg was, nam Steve haar in zijn armen en droeg haar al zoenend naar boven. Op z'n tenen liep hij met haar langs Jessica's kamer en even later lagen ze in hun slaapkamer naakt en in elkaar verstrengeld onder de dekens.

Steve streek haar haar uit haar gezicht, kuste haar hals, haar oorlelletje, het puntje van haar neus.

'Ik heb zitten denken...'

Charlie deed haar ogen open, nieuwsgierig door de toon in zijn stem.

'Als jij morgen nou eens vergeet om de pil te slikken...'

'Meen je dat serieus?'

'Laten we baby's maken, Charlie. Daar zijn we goed in, dat weet je.'

'Je maakt een grapje...'

'Jessie heeft een zusje nodig. Of een broertje.'

'Nu nog niet.'

'En ik beloof je dat we van al onze pogingen gaan genieten. Maar ik heb wel je hulp nodig...'

'Sorry, dat gaat niet door. Dit is uitsluitend recreatief...'

Even dacht Charlie dat hij een discussie wilde beginnen, maar in plaats daarvan fluisterde hij: 'Ik vind het heerlijk als je van die geile dingen zegt.'

Hij trok haar naar zich toe en liet zich vervolgens op zijn rug rollen, zodat zij boven op hem zat. Charlie deed haar ogen dicht en gaf zich over aan het moment, genoot van zijn aanraking terwijl er rillingen van genot door haar heen gingen. Toen ze na afloop naast hem lag en luisterde naar zijn zachte, voldane ademhaling, deed ze haar best om in slaap te vallen, maar kon de slaap niet vatten. Ondanks de aangename afleiding van de avond kon Charlie haar zorgen om Jessica niet uitschakelen.

Dus lag ze gefrustreerd en van streek in het donker te wachten op de bange kreten die ongetwijfeld zouden komen.

22

Helen keek op toen er op de deur werd geklopt. Ze dacht dat het Joseph Hudson zou zijn, aangezien alleen hij nog aanwezig was, alsof hij het enthousiasme waarmee hij zijn eerste dag begonnen was wilde onderstrepen. Maar tot Helens verrassing was het commissaris Grace Simmons die binnenkwam en zachtjes de deur achter zich dichtdeed.

'Heb je een momentje voor deze oude vrouw?'

'Altijd. Ik wilde sowieso even bij je langsgaan voordat ik wegging.'

Simmons ging zitten en keek Helens kantoor rond. Ze zag de onderscheidingen aan de muur, de dossiers die op haar bureau verspreid lagen en de met lege koffiebekers uitpuilende prullenbak.

'Ik kwam eens kijken hoe het leven staat bij de mensen die het echte politiewerk doen. Als je zo veel tijd in vergaderruimtes doorbrengt als ik, dan vergeet je wel eens hoe het er echt aan toe gaat.'

Commissaris Simmons was nu een half jaar bureauchef op het hoofdbureau van politie in Southampton. Ze was begin zestig, dus eigenlijk had ze al met pensioen moeten zijn, maar de hoge heren hadden haar op de valreep overtuigd om interim-bureauchef te worden toen het ze niet lukte om een geschikte vervanger te vinden voor Jonathan Gardam. Tot die tijd had Helen twee banen moeten vervullen en ze was blij dat er eindelijk een waarnemer was, vooral gezien het feit dat Simmons een bijzonder plekje in haar hart had.

Na de moord op haar ouders was Helen van tehuis naar tehuis gegaan, totdat ze uiteindelijk in een instelling in Basingstoke belandde. De dingen die ze daar had gezien en meegemaakt zou ze nooit meer kwijtraken, maar dankzij de tussenkomst van Simmons – die op dat moment slechts een bescheiden agente was – had Helen weten te ontsnappen. Nadien had Simmons Helen goed in de gaten gehouden, haar begeleid en gesteund en later, toen Helen besloot om bij de politie te gaan, was ze haar mentor geweest. Ze had zelfs zo'n indruk op Helen gemaakt dat ze 'Grace', Simmons' voornaam, had aangenomen toen ze een nieuwe identiteit koos.

Toen Simmons bureauchef werd, was Helen dan ook heel blij geweest. In tegenstelling tot Gardam, die obsessief, wraakzuchtig en manipulatief was, was Simmons eerlijk, aanmoedigend en vriendelijk. Dit was de eerste keer dat Helen een baas had met wie ze overweg kon en daarom stond haar deur altijd voor haar open.

'Je bent veel te bescheiden. Jij weet meer over het echte politiewerk dan wij ooit zullen weten,' reageerde Helen. Ze was blij dat deze moeilijke dag een prettig einde leek te krijgen.

Simmons wuifde haar compliment weg. Ze was heel nuchter en wars van vleierij. 'Hoe staat het ervoor?'

'We zijn naar iemand op zoek, maar het is niet zo eenvoudig om hem te vinden. Hij heet Nathaniel Martin en is al anderhalf jaar onvindbaar.'

'Nooit ergens gezien?' vroeg Simmons verbaasd.

'Voor zover wij weten niet. We denken dat hij zich in de New Forest schuilhoudt, dus daar gaat het hele team morgen naartoe.

Maar ik kan nog wel wat extra mankracht gebruiken, want het is een erg groot gebied.'

'Ja, natuurlijk. Neem iedereen mee die we kunnen missen.'

'Dank je. Verder trekt een operatie als deze natuurlijk veel aandacht. Wat moeten we met de pers?'

'Wat weten ze nu?'

'Er is een verklaring uitgegaan dat er vanmorgen een lichaam in de New Forest is aangetroffen, maar geen details over de doodsoorzaak.'

'Laten we dat voorlopig maar zo houden,' zei Simmons beslist. 'Ik wil eerst weten waar we mee te maken hebben voordat we de vakantiegangers de stuipen op het lijf jagen.'

'Prima.'

'Nou,' zei Simmons terwijl ze opstond. 'Ik neem aan dat jij er ook zo mee ophoudt?'

Op de klok zag Helen dat het al elf uur was. Ze keek naar Simmons. Was dit de werkelijke reden dat ze langs was gekomen? Ze vermoedde van wel. 'Nog tien minuten.'

'Echt niet langer. Morgen is er weer een dag.'

Veel mensen verbaasden zich over Helens inzet en betrokkenheid, maar Simmons wist wel beter. Zij wist dat het hoofdbureau, haar werk hier, Helens toevluchtsoord was; een veilige haven in een wereld die haar wreed had behandeld.

'Ik weet dat je je werk graag doet, Helen,' ging Simmons verder. 'Dat wat jij doet belangrijk is, maar je moet jezelf toch af en toe rust gunnen.'

'Dat doe ik ook. Maar er is altijd zo veel gaande...'

'Het is niet jouw taak om alle ellende in de wereld op je te nemen. Ik weet dat je je schuldig voelt over wat er met Joanne is gebeurd en dat je denkt dat te kunnen compenseren door dag en nacht te werken, maar...'

Rechercheur Sanderson was een erg gevoelig onderwerp voor Helen. 'Daar gaat het niet om.'

'O nee? Je hebt tijdens het onderzoek alles geprobeerd om maar bestraft te worden, zelfs ontslagen te worden. Je hebt alle verantwoordelijkheid op je genomen en jezelf publiekelijk aan de schandpaal genageld door je eigen besluitvorming in twijfel te trekken...'

'Volkomen terecht...'

'Nee, niet terecht. Je hebt niets fout gedaan, Helen. Daarom ben je ook vrijgesproken. Dit is gevaarlijk werk, dat weet jij beter dan menig ander. Het wordt een keer tijd dat je jezelf vergeeft en naar de toekomst gaat kijken.'

Waarschijnlijk had ze gelijk, maar het was allemaal makkelijker gezegd dan gedaan. Joanne Sanderson was in Helens armen gestorven en die herinnering raakte ze maar niet kwijt.

'Ik meen het, Helen. Je moet je niet vastklampen aan het verleden, anders ga je eraan kapot.' Ze liep naar de deur toe, maar voor ze die opendeed, draaide ze zich nog een keer om. 'Ook jij verdient een normaal leven, hoor.' Daarna liep ze weg. Ze liet de deur open ten teken dat ook Helen naar huis moest.

Peinzend over haar woorden keek Helen haar na. Ze moest er inderdaad uit, weer de wereld in, maar wat had het voor zin? Wat viel er voor haar te halen? Ze raapte haar dossiers bij elkaar en stond op. Haar ogen gleden door de recherchekamer – en ontmoetten die van Joseph Hudson, die haar zat aan te staren. Hoe lang hij al naar haar had zitten kijken wist ze niet, maar hij leek zich betrapt te voelen want hij wendde zijn blik af en ging snel aan het werk. Geïntrigeerd door zijn nieuwsgierigheid staarde ze nu even naar hém. Maar met de woorden van Simmons vers in het geheugen liep ze naar de deur, deed het licht uit en dompelde de kamer in duisternis.

23

Boven het bos hingen dikke wolken die het zonlicht wegnamen. De dag was net aangebroken, maar er lag een absolute stilte over het terrein, en camping Woodland View baadde in een flauw, melkachtig licht. Charlie wipte van haar ene voet op de andere met een latte in haar handen in de hoop dat de dampende koffie haar hersenen en lijf in actie zou brengen.

Het team was bijeengekomen op de camping en wachtte tot Helen er was om aan de grote zoektocht door het bos te beginnen. Bentham, McAndrew en Reid waren aanwezig, evenals Joseph Hudson, die naast Charlie stond en nog even een laatste sigaret rookte, voor het begin van de strijd. De nieuweling leek goed in het team te passen, hij nam de tijd om een babbeltje te maken met de jongere rechercheurs en ook met enkele agenten in uniform, maar bleef vanmorgen toch dicht bij Charlie omdat hij graag van een van zijn meest ervaren collega's wilde weten wat de stand van zaken was.

'En, hoe is het om voor haar te werken?'

'Helen?'

Hudson knikte alsof dat overduidelijk was.

'Prettig. Meer dan prettig zelfs...'

'Waarom?'

'Omdat ze hart heeft voor haar werk. Omdat ze harder werkt dan wie ook. Omdat ze resultaten boekt. En... omdat ze trouw is.'

'Werken jullie al lang samen?'

'Een paar jaar.'

'Niet beroerd voor je carrière om met iemand als inspecteur Grace te werken.'

'Nee, maar dat is niet waarom ik het doe. Ik doe het omdat ik een betere politievrouw ben dankzij haar. Als je wat wilt leren, ben je hier aan het goede adres.'

'Amen.' Hij nam nog een laatste trek van zijn sigaret, drukte de peuk uit en gooide hem in de prullenbak even verderop. 'Heeft ze nooit ergens anders naartoe gewild? Een promotie naar een ander korps?'

'Ze houdt van Southampton.'

'Heeft ze hier familie?'

'Nee.'

'Een man?'

'Volgens mij weet je het antwoord wel, maar nee. Helen doet niet aan relaties. En jij?'

Hudson keek Charlie aan alsof hij haar poging om de aandacht naar hem te verleggen vermakelijk vond.

'Ik ben getrouwd geweest. Toen ik nog in Londen werkte. Maar dat liep stuk en in Liverpool ben ik nooit iemand tegengekomen. Ik sprak de taal niet, zeg maar...'

Charlie knikte. Ze ging ervan uit dat de aantrekkelijke rechercheur overal een goede partij zou zijn, maar hij viel wel op met zijn keurige, zuidelijke accent.

'Nou ja, misschien heb je hier meer geluk. We hebben niks tegen deftige jongens...' Charlie dronk haar koffie op, maar gooide de beker niet weg omdat ze alle warmte die ze kon krijgen wilde vasthouden. Wat ze ook deed, ze kreeg het vanmorgen maar niet warm.

'En is het waar...?'

Charlie keek naar Hudson en zag tot haar verrassing dat hij voor het eerst aarzelde.

'Is het waar wat ze over haar hebben geschreven? Over wat ze in de gevangenis heeft meegemaakt? Die hele toestand met Robert Stonehill?'

Charlie kneep haar ogen samen. Ze had de neiging Helen in bescherming te nemen en hield er niet van als iemand zijn neus in pijnlijke zaken stak. De kranten hadden maar al te graag de details uitgekauwd van Helens relatie met de vermoorde sm-meester Jake Elder en van haar gevaarlijke strijd met haar wraakzuchtige neef Robert, waardoor ze in de gevangenis van Holloway was beland. In de dagen dat ze het verhaal hadden verslagen, waren ze met steeds meer schunnige, misleidende en leugenachtige informatie gekomen waardoor mensen het idee kregen dat ze haar door en door kenden. De echte Helen was heel anders dan de karikaturen in de krant, maar Charlie was niet van plan dat te delen met iemand die ze amper kende.

'Je moet niet alles wat je leest geloven,' was haar weerwoord. 'Maar als je zo nieuwsgierig bent, waarom vraag je het haar dan niet?'

Charlie knikte over zijn schouder naar Helen, die haar motor net had geparkeerd en nu met grote stappen op hen afkwam. Charlie zag tot haar vermaak dat Hudson overeind schoot en de brutale grijns van zijn gezicht haalde als een soldaat die zich opmaakt voor een inspectie.

'Is iedereen klaar?'

'Reken maar,' antwoordde Charlie, en ze draaide zich naar Helen, die aan kwam lopen. 'Ik ga met team A naar het noorden. Hudson neemt team B naar het zuiden en jij leidt team C.'

'Heeft iedereen een kaart en de route?'

'Ja, en alle portofoons zijn uitgedeeld. We zitten op kanaal 3.'

Charlie gaf Helen haar portofoon. Snel pakte ze hem aan en stelde hem af op kanaal 3.

'Dan gaan we.'

Helen draaide zich om en liep naar de bosrand, waar de rest van de politiemensen zich had verzameld. Hudson kwam achter haar aan, gevolgd door Charlie. Normaal gesproken waren dit soort grote operaties spannend, maar vandaag knaagde er een onrustig gevoel aan haar. Misschien kwam het door de omvang van de klus, misschien door de dreigende wolken, maar iets drukte zwaar op haar stemming. Ze deed haar best om haar bezorgdheid van zich af te zetten, maar op hetzelfde ogenblik begon het te regenen. Felle, rancuneuze regendruppels. Het was alsof het weer tegen hen samenspande, hun harde werken beschimpte.

Was het het sombere bos dat haar deprimeerde? Of de herinnering aan Martins gruwelijke gezicht? Hoe dan ook, ze mocht haar emoties niet laten blijken, dus riep ze haar team bijeen en ging hun voor tot diep in het bos, in de hoop dat hun gezamenlijke inspanning haar toenemende angst zou onderdrukken.

24

Zenuwachtig schoof ze het gordijn opzij om naar buiten te kijken. De journalist die gisteravond op de stoep had gestaan, was niet teruggekomen, maar Janice Smith had toch het gevoel dat ze nog ergens rondliep. Het verhaal dat ze bezig was met een onderzoek naar productiviteit op de werkvloer was natuurlijk onzin: het was echt geen toeval dat ze langskwam op de dag dat Janice die afschuwelijke ontdekking had gedaan. Die journalist wilde gewoon weten wat ze gezien had.

Het idee alleen maakte Janice al misselijk. Dit betekende namelijk dat wat ze had gezien écht was. Ze kon er nog steeds niet bij, kon nog steeds niet bevatten wat haar was overkomen. Gisterochtend was ze, net zoals anders, in alle vroegte het bos in gegaan om de vogelnestjes te controleren. Dit vond ze het fijnst aan haar werk: bij de eerste zonnestralen door het bos lopen, met de dauw op haar schoenen. Die stilte 's ochtends vroeg, als de wereld net wakker begon te worden. Op de verborgen plekken waar zij moest zijn kwamen maar weinig mensen. Vaak als ze over de onduidelijke paden struinde, ging ze helemaal op in haar eigen wereld. Net als gisterochtend. Totdat haar dagdroom wreed werd verstoord.

Eerst was het niet eens goed tot haar doorgedrongen. Ze dacht dat het een grap was van een groep studenten of zo. Of van een kunstenaar uit de buurt met een vreemd gevoel voor humor. Ze dacht zelfs even aan een tv-programma met een verborgen camera. Maar diep vanbinnen wist ze dat wat ze zag te luguber was voor een grap. Met lood in haar schoenen en het hart in haar keel was ze er langzaam naartoe gelopen en had ze gekeken naar de pijlen en de klodders gestold bloed rond de verwondingen. En toen wist ze het.

Dit was het eerste dode lichaam dat ze ooit had gezien, afgezien van haar ouders, maar die hadden er vredig en keurig opgebaard bij gelegen. Dit lichaam was niet menselijk meer. Janice was er misselijk van geworden terwijl ze ernaar keek. Ze had zich omgedraaid en was van de open plek weg gestruikeld, op zoek naar haar mobiele telefoon. Volledig in paniek had ze de telefoon uit haar handen laten vallen en toen ze hem weer vasthad, kreeg ze het nauwelijks voor elkaar om het alarmnummer te bellen, zo onhandig deed ze.

Alles wat er daarna gebeurde werd hoe langer hoe onwerkelijker. Haar verklaring aan de politie. De telefoontjes met het management. De journalist die bij haar aanbelde... Gelukkig had David haar getroost en gesteund. Hij was direct naar haar werk gereden om haar op te halen en had haar de hele dag, die van kwaad tot erger ging, geen moment alleen gelaten. 's Nachts, toen ze tevergeefs probeerden te slapen, had hij haar stevig tegen zich aan gehouden. Vanochtend wilde hij thuisblijven, maar ze had hem naar zijn werk gestuurd. Het was natuurlijk wel fijn geweest om hem thuis te hebben, maar ze hadden het geld hard nodig, en wat viel er überhaupt nog te zeggen? Ze had haar verklaring afgelegd en hoopte dat het hierbij zou blijven. Zij zou een paar dagen thuisblijven om haar gedachten weer op orde te krijgen – daar had personeelszaken op gestaan – en dan ging ze weer aan het werk. Heel simpel.

Inmiddels had ze spijt dat ze hem had weggestuurd. Het huis was aan kant, ze had wat televisiegekeken en geprobeerd zichzelf bezig te houden. Maar steeds weer zag ze dat afschrikwekkende beeld voor zich van dat ronddraaiende, halfnaakte lijk... Ze probeerde er niet aan te denken, maar het stond op haar netvlies gebrand. Opeens verlangde ze naar gezelschap, naar afleiding. De muren kwamen op haar af, maar ze weigerde David daar weer mee lastig te vallen. Hij deed zijn hele leven al niet anders dan haar steunen. Ze zou niet zwak zijn. Nee, ze moest dit zelf zien op te lossen: schouders eronder en normaal doen. Boodschappen doen bij Tesco, of even naar het tuincentrum. Dat soort dingen.

Janice keek van achter de gordijnen naar het pleintje voor het huis om te zien of er iets anders was dan anders. Het was er stil, zoals altijd. Een paar deuren verder stond een rode Corsa geparkeerd die ze niet herkende, maar de vrouw achter het stuur zat te bellen en keek niet naar haar huis. Dus raapte Janice haar moed bijeen, pakte haar jas en haar boodschappentas en liep snel naar buiten, om daar hopelijk op te gaan in de werkelijke wereld.

25

Nergens anders op aarde kende ze een soortgelijke plek.

Helen was vaak in de New Forest geweest, maar toch verraste en overweldigde het haar. Niet alleen vanwege de afmetingen of zijn unieke karakter, met de duizenden wilde pony's en ezels in de bossen die het natuurgebied een ongetemd, zelfs mystiek gevoel gaven. Het was vanwege het sterke historische besef dat tot Helen doordrong terwijl ze onder de hoge bomen liep.

Omringd door haar team liep ze vanaf de camping in oostelijke richting op zoek naar sporen van menselijke aanwezigheid. Ze waren vroeg begonnen om de toeristen, wandelaars en kampeerders voor te zijn, en het was akelig stil in het bos. Al lopend dacht Helen aan de mensen die haar voor waren gegaan. Het pad dat ze volgde was bewandeld door Kelten, Romeinen, Vikingen, Noormannen en anderen. Duizenden, misschien wel honderdduizenden mensen hadden door de eeuwen heen hun toevlucht gezocht in het bos, hadden hier gewoond, waren hier overleden, lagen hier misschien wel begraven. Vele lagen geschiedenis en echte levens gingen schuil onder haar voeten, beschermd door de oeroude bosgrond. Hoeveel geheimen lagen hier verborgen, ontzettend dichtbij, maar voor altijd verhuld? Zoals altijd lag de waarheid net onder de oppervlakte.

In gedachten ging Helen terug naar een misdrijf dat eeuwen geleden was gepleegd. Willem II, zoon van de beroemde Veroveraar, was in dit bos dodelijk getroffen door een pijl. Het was een onaangenaam toeval, een plaatselijke legende die suggereerde dat de geest van Willem nog altijd rondwaarde in dit bos, op zoek naar zijn moordenaar. Helen had er niets over tegen het team gezegd. Het had niets te maken met deze zaak, vond ze – dat was toch veel te vergezocht, of niet? – maar de blijvende invloed van die beruchte moord op het landschap viel niet te ontkennen.

Moord of jachtongeluk? Het debat speelde nog altijd in academische kringen, maar vandaag de dag konden toeristen nog altijd de Rufus Stone bekijken, de vermeende plek waar de pijl hem had getroffen. Of ze konden door Tyrell's Ford waden, het riviertje dat de ongelukkige Walter Tyrell, de moordenaar van de koning, was overgestoken toen hij op de vlucht was voor zijn achtervolgers. Het was een misdrijf dat met het hele bos verweven was, een verontrustende echo van de barbaarsheid van nu. Was de moordenaar op de hoogte geweest van deze parallel? Of was er een andere reden dat hij of zij zo'n ongebruikelijk wapen had gekozen?

Feit was dat ze er niet achter zouden komen voordat ze Nathaniel Martin hadden gevonden, voordat ze een doorbraak in deze verontrustende zaak hadden geforceerd. Het motief, de gelegenheid, de aard van de aanval – zo veel aspecten van dit misdrijf waren nog altijd een groot mysterie en daarom was de operatie van vandaag zo belangrijk. Als ze het mis hadden, als Martin zich niet schuilhield in het bos, wat dan? Het nieuws van de moord zou snel genoeg uitlekken en Helen was vastbesloten om voor die tijd met vorderingen te komen.

Maar een doorbraak leek nog ver weg. Het uitzicht dat ze had, zag er sereen uit; alleen wat vogelgezang doorbrak de dodelijke rust. De drie teams waren nu een uur bezig, iedereen speurde nauwgezet het stille landschap af, op zoek naar een vondst, een aanwijzing, iets, maar tot nu toe tevergeefs. Misschien zou een bos als dit, met zijn roemruchte verleden, zijn geheimen wel nooit prijsgeven.

26

Charlie sprong over een omgevallen boom heen en landde veilig aan de andere kant, waar ze zorgvuldig haar omgeving in zich opnam. Zij en haar team hadden al meer dan een uur in complete stilte rondgelopen om alles wat ze zagen te onderzoeken en te evalueren: dichte struiken, diepe holen en zelfs de boomstammen die hoog boven hun hoofden uittorenden. Ze hadden niets van betekenis kunnen vinden. Charlie stak haar hand op, om aan te geven dat het team kon stoppen. Langzaam verzamelden de agenten zich om haar heen, blij dat ze even konden schuilen voor de regenbui die steeds heviger werd.

'Vijf minuten pauze. Jullie hebben allemaal water en een mueslireep. Voor degenen die moeten plassen: zoek maar een mooie struik uit.'

Een aantal agenten snelde weg terwijl de rest even rust nam. Charlie nam een slok water en pakte haar portofoon.

'Team C, dit is team A,' zei ze, zacht maar duidelijk. 'We hebben onze eerste stop bereikt. Niets te rapporteren, over.'

Na een korte pauze klonk er wat gekraak en de stem van Helen. 'Idem. Hou contact, over.'

Charlie zette het geluid zachter toen Helen navraag deed bij het team van Hudson, dat ook weinig te melden had. Ze liep wat dieper het bos in, bij haar collega's vandaan, en liet haar ogen door het diepe groene woud glijden. De anderen waren blij dat ze even konden pauzeren, de spanning konden breken door wat grapjes te maken, maar Charlie was zo onbeschrijflijk ongerust dat ze daar weinig zin in had.

Die onrust was niet verwonderlijk, dacht ze, aangezien ze het bos aan het uitkammen waren om een vermoedelijke moordenaar te vinden. Maar dat was niet het enige. Charlie had het onbedwingbare gevoel dat zij de zwakkere partij waren, dat degene naar wie ze op zoek waren in het voordeel was. Hoewel ze hun best hadden gedaan om heel stil te werk te gaan, klonk het in de oren van iemand die het bos goed kende ongetwijfeld als vreselijke herrie. Bovendien hadden ze heel wat vogels opgeschrikt: een duidelijk teken dat er beweging was in het bos.

Charlie maakte zichzelf wijs dat ze paranoïde was. Maar vanaf het begin had ze het gevoel dat ze in de gaten werden gehouden. Meerdere keren had ze een aanwezigheid gevoeld, links achter haar, in de struiken. Ze had zich vliegensvlug omgedraaid in de hoop een glimp van de voyeur op te vangen, maar het enige wat terug staarde was het bos. Was ze gek aan het worden? Of zat daar iemand – of iets – naar hen te kijken?

'Rechercheur Brooks?'

Geschrokken draaide Charlie zich om naar een van de agenten in uniform.

'De jongens kunnen verder als u er klaar voor bent.'

'Ja, natuurlijk.' Ze probeerde een zakelijk gezicht te trekken, maar de jonge agent wist dat hij haar had laten schrikken. Met het hart nog in haar keel gebaarde Charlie naar haar collega-rechercheurs dat ze de agenten in uniform moesten volgen. Het was tijd om de jacht te hervatten.

Met Charlie voorop verspreidden ze zich, om een zo groot mogelijk terrein in een zo kort mogelijke tijd te doorzoeken. Haar hartslag herstelde zich en het zweet op haar voorhoofd verdampte, maar het gevoel dat ze bespied werden verdween niet. Haar verstand botste met haar instinct, dat haar bleef vertellen dat zij en haar team gevaar liepen.

Toch zat er niets anders op dan door te gaan, dus beende ze vastberaden verder, speurend en wel, terwijl de regen en de angst aan haar bleven vreten.

27

Emilia wachtte rustig af tot het juiste moment zich voordeed.

Ze had gedaan alsof ze een verhit telefoongesprek voerde en was in haar auto blijven zitten toen de angstige Janice Smith naar buiten kwam en haastig wegliep. Ze had haar een voorsprong gegeven en was vervolgens uit haar auto gesprongen en haar achternagegaan. Emilia hield ervan om mensen te volgen – ze was er goed in – en haar opdracht van vanmorgen was niet erg moeilijk. De zenuwachtige vrouw van middelbare leeftijd liep haastig verder, maar had geen idee dat ze werd gevolgd. En ze was alleen, nog beter.

Het duurde niet lang of ze waren in de winkelstraat, waar Janice even met een kennis babbelde voordat ze Sainsbury's binnenging. Emilia volgde haar op de voet, deed alsof ze in de tijdschriften geïnteresseerd was, terwijl Janice op de groente- en fruitafdeling stond te treuzelen. Uiteindelijk liep de boswachter verder de supermarkt in. Dit was het moment waarop Emilia in actie kwam en haar prooi schaduwde totdat Janice Smith in een leeg gangpad bleef stilstaan.

Ze stond op de diepvriesafdeling, waar klanten meestal niet bleven hangen vanwege de ijzige kou. Dat kwam Emilia goed uit – ze wilde geen publiek – en snel dook ze op de nietsvermoedende vrouw af.

'Janice?'

De vrouw keek vragend op van de diepvrieserwten. 'Sorry?'

'Janice, ik ben Emilia Garanita, misdaadverslaggeefster bij de *Southampton Evening News*.' Ze gaf Janice haar visitekaartje. 'Ik vroeg me af of we even konden praten? Ik begrijp dat je iets heel akeligs hebt meegemaakt.'

De vrouw staarde haar verbijsterd aan.

'Ze hebben hier een restaurant. Mag ik je een kopje thee aanbieden, misschien iets te eten?' Emilia haalde heel rustig de zak erwten uit Janice' hand en legde hem weer in de vriezer.

'Hoe weet jij...?' stamelde Janice uiteindelijk.

'De politie heeft een officiële verklaring naar buiten gebracht...' loog Emilia, en zachtjes ging ze verder, '... met daarin de naam van het slachtoffer, de omstandigheden rondom de moord...'

Ze had niets voorbereid en schudde het tot haar grote genoegen zo uit haar mouw. Emilia was altijd in staat een snelle en overtuigende leugen te produceren.

'Ik weet het niet, ik...'

'Janice, ik snap dat het moeilijk is om erover te praten. Je bent gisteren verschrikkelijk geschrokken, iets waar je totaal niet op was voorbereid. Het is niet verwonderlijk dat je tijd nodig hebt om dat te verwerken. Ik zou het ook niet zomaar kunnen, geloof me.' Ze legde een troostende hand op Janice' arm. 'Maar het is goed om over die dingen te praten. En eerlijk gezegd kun je dat beter zo snel mogelijk doen. Het nieuws is nu bekend, wat betekent dat de pers wil weten wie het lichaam heeft gevonden, waarom die persoon op die plek was. Ik ben bang dat je je moet voorbereiden op aanzíénlijke belangstelling van de pers...'

De afschuw stond op Janice Smiths gezicht te lezen.

'... en je kunt jezelf en je man het best beschermen door jouw verhaal zo snel mogelijk naar buiten te brengen. Dan is het gebeurd. Dan valt er voor de journalisten niets meer te halen en gaan ze verder. Ze zijn niet gek...'

Janice aarzelde zichtbaar, geschrokken door Emilia's onverwachte verschijning, maar ook deels overtuigd door haar redenatie. 'Ik weet niet of ik...' Haar ademhaling werd sneller, ze leek zenuwachtig, overstuur. 'Ik weet niet of ik er wel over wíl praten. Het was zo afschuwelijk...'

'Dat begrijp ik, Janice, maar ik weet zeker dat je je een stuk beter zult voelen. Als ik deze nou eens voor je draag...' Ze nam de zware boodschappenmand over. '... dan gaan we lekker een kopje thee drinken. Dat kan ik wel gebruiken.'

En daarmee was de slag gewonnen. Een onzekere Janice liet zich door het gangpad in de richting van het restaurant leiden. Ze leek zenuwachtig, maar ook dankbaar voor de steun. Emilia bood haar die maar al te graag, ervan overtuigd dat ze van Janice Smith zou krijgen wat ze wilde hebben.

28

Toen Charlie op haar horloge keek, zag ze tot haar verbijstering dat er al uren verstreken waren. Het was bijna twaalf uur, maar hun zoektocht had nog niets opgeleverd. De drie teams waren inmiddels diep in het woud doorgedrongen en hadden zich breed verspreid, maar de route die Campbell had afgelegd om bij de open plek te komen was nog niet gevonden, en ook van een aanwijzing naar zijn aanvaller ontbrak elk spoor. Met iedere vastberaden stap leek er een beetje optimisme te vervliegen. Charlie wist dat haar team het koud had en moedeloos was, en doorweekt bovendien, want de regen kwam met bakken naar beneden.

In de achterhoede kon niet iedereen het meer bijbenen. Eigenlijk moest Charlie het drijfnatte team laten pauzeren voor de lunch, zodat iedereen zich kon afdrogen, maar iets hield haar tegen. Was dat alleen frustratie? Een verlangen om iets positiefs te kunnen rapporteren? Of kwam het door het stemmetje in haar hoofd dat zei dat er na de volgende bocht misschien iets belangrijks lag? Ze had al eerder naar die stem geluisterd en die bleek toen gelijk te hebben, hoewel de omstandigheden nooit zo wanhopig en uitzichtloos waren als nu.

Boos en vastbesloten ging ze wat sneller lopen. Nog tien minuten. Ze zou het nog tien minuten proberen, en dan…

Opeens zag ze iets. Een beweging. Achter dichte begroeiing, maar ze wist zeker dat ze iets had zien bewegen. Iets groots en donkers; iets wat hun voortgang volgde. Intuïtief veranderde ze van richting en rende naar het struikgewas, waarna de gedaante direct weg schoot. Toen Charlie om de struik heen rende, zag ze nog net een lange figuur tussen de bomen verdwijnen.

'Hier!' riep Charlie over haar schouder, zonder haar ogen van de vluchtende gestalte te halen. 'Verdachte op twee uur.' Daarna zette ze het op een rennen, slalommend om de bomen heen, vastbesloten om hem niet uit het oog te verliezen. Eén benauwd moment was ze bang dat ze hem kwijt was, totdat ze rechts van haar iets zag bewegen en ze een fazant hoorde krijsen. Nu ze haar prooi weer in beeld had, rende ze met hernieuwde energie en concentratie verder. De vermoeidheid van eerder die ochtend was op slag verdwenen.

De vluchtende figuur kende het bos goed. Hij veranderde steeds plotseling van richting om vervolgens uit het zicht te verdwijnen en een eind verderop weer op te duiken. Maar Charlie hield hem bij. Met haar portofoon in de ene hand en haar wapenstok in de andere sprong ze over de afgebroken takken heen waar de bosgrond mee bezaaid lag. Ze was er opeens van overtuigd dat het niet lang zou duren voordat ze Martin – want dit was toch zeker Martin? – in hechtenis zouden nemen. Dat hij ondanks zijn voorsprong niet kon ontsnappen.

Nadat ze onder een laaghangende tak door was gedoken, stond ze voor een stroompje waar ze behendig overheen sprong. Eenmaal aan de andere kant speurde ze haar omgeving af, maar ze zag geen teken van leven meer. Waar was hij in godsnaam gebleven?

Stap, stap, stap. Charlie verstijfde. Hoorde ze daar iets? Ja, als ze goed luisterde, hoorde ze ergens in het stille bos iemand wegsluipen. Ze spitste haar oren om te horen waar het geluid vandaan kwam. Uiteindelijk draaide ze zich langzaam om en liep ze parallel aan het water verder – en daar zag ze hem. Of in ieder geval zijn schaduw, langs de oever van de beek. Voorzichtig deed ze een stap naar hem toe, en nog een. En toen zette hij het weer op een lopen. Hoe voorzichtig ze ook was geweest, hij had haar toch gezien.

Charlie kwam meteen in actie: ze vloog achter hem aan. De afstand tussen haar en haar prooi leek steeds kleiner te worden. Werd hij soms moe, of had hij zich bezeerd? Hoe dan ook, Charlie wist zeker dat ze hem aan het inhalen was. Ze hield haar wapenstok paraat, klaar om het gevecht met hem aan te gaan.

Zo joeg ze achter hem aan, jager en prooi allebei fysiek op scherp. De verdachte struikelde over een stuk hout, waardoor Charlie het gat nog kleiner zag worden… tot ook zij haar evenwicht verloor doordat ze met haar voet in een konijnenhol bleef steken en op het bospad smakte, waarbij ze haar handen en knieën openhaalde. Voordat ze goed en wel de grond had geraakt, krabbelde ze al weer overeind en racete ze verder, om een grote eik heen, tot ze pal voor een grote, dichte doornhaag stond.

De voortvluchtige was nergens te bekennen, maar Charlie wist zeker dat hij deze kant op was gegaan. Voorzichtig liep ze verder totdat ze in de vervaarlijke haag een opening zag waar een volwassene doorheen kon kruipen; een perfecte vluchtroute. Charlie kroop het struikgewas in, ineengedoken tegen de gemene stekels.

De enorme, dichte haag klauwde aan haar, maar uiteindelijk wist ze zich erdoorheen te worstelen en ineens stond ze op een kleine open plek. Er was geen mens te zien, maar tot haar verbazing zag ze wel een hut aan de andere kant die goed gecamoufleerd was, maar vanaf hier toch zichtbaar.

Behoedzaam keek Charlie om zich heen. Tussen al die dichte

hagen en struiken was dit de perfecte plek om je verborgen te houden, want áls er al paden door dit deel van het bos liepen, dan zou het hutje vanaf daar niet opvallen. Maar waar was de bewoner? Was hij naar binnen gegaan? Of zat hij in de struiken verstopt, klaar om aan te vallen?

Haar portofoon kraakte zachtjes. Charlie aarzelde, maar zette hem toen zacht: ze wilde geen geluid maken en bovendien had ze geen idee waar ze was, dus kon ze moeilijk om hulp vragen. Met haar wapenstok in de aanslag liep ze heel voorzichtig naar de hut toe. Nu pas zag ze dat hij helemaal gemaakt was van materialen uit het bos. Het geraamte en het dak waren van hout en voor de ramen en de deur hingen dierenhuiden, waardoor ze niet naar binnen kon kijken. Buiten zag ze de smeulende resten van een vuur, met daarboven een kookpot waar iets van havermoutpap in zat. Rondom de kookpot zag ze een cirkel van staken die daar stonden alsof ze de wacht hielden, met aan iedere staak een toekomstige maaltijd: aan de voorste hing het felroze vlees van een gevild konijn, dat met zijn glazige ogen Charlie recht aan leek te kijken. Aan de volgende staak bungelde een stel vogels, met de poten bijeengebonden en hun snavels tegen elkaar aan alsof ze elkaar zoenden. Daarachter hing iets wat op een wezel leek, met zijn bek open alsof hij hardop moest lachen.

Charlie rilde bij de grimmige aanblik, maar ze liep voorzichtig door, op zoek naar de voortvluchtige, die nog altijd nergens te zien was. Ze zette een stap in de richting van de hut. En nog een stap. Op dat moment sprong er iets op van de bosgrond. Het greep haar in haar enkel en ze schreeuwde het uit van de pijn. Haar wapenstok viel op de grond terwijl ze zich struikelend staande probeerde te houden. Toen ze naar beneden keek, zag ze tot haar afgrijzen dat ze in een wildklem terecht was gekomen en dat de metalen beugels van het ding zich om haar been hadden gesloten.

Ze probeerde haar vingers tussen haar been en het metaal te wurmen. Het deed verschrikkelijke pijn en de druk nam met de seconde toe, maar ze kreeg er geen enkele beweging in. De klem week niet en leek te spotten met haar pogingen om hem open te maken. Weer probeerde ze het en ze kromde haar vingers om de klem… maar het had geen zin.

Intussen merkte ze iets op in haar omgeving. Voetstappen die op haar afkwamen. Automatisch dook ze naar haar wapenstok, maar ze was net te laat: een grote laars trapte de wapenstok het kreupelhout in. Geschrokken richtte Charlie zich op om zich te verdedigen.

En keek recht in het gezicht van Nathaniel Martin.

29

Snel draaide Joseph Hudson zich om. Hij wist zeker dat hij iets had gehoord, iets wat op de schreeuw van een mens leek. Maar was dat ook echt zo? Het wemelde van de vogels, vossen en herten in het bos die vaak klaaglijke, zelfs wanhopige geluiden maakten. Deze mysterieuze omgeving kon je gemakkelijk voor de gek houden… en toch zei zijn intuïtie hem dat dit een echte noodkreet was.

'Team A, dit is team B,' zei hij schor, nadat hij de zendknop van zijn portofoon had ingedrukt. 'Zien jullie rechercheur Brooks? Over.'

'Nee,' was rechercheur Benthams snelle antwoord. 'We denken dat ze in noordoostelijke richting is gelopen, maar we zijn haar bij een klein riviertje kwijtgeraakt. Over.'

Hudson keek om zich heen. Het was alsof het bos hem vandaag treiterde, zijn gedachten vertroebelde met onbekende geluiden en waarnemingen, maar hij wist dat hij zich moest blijven concentreren. Als Charlie inderdaad naar het noorden was afgebogen tijdens de achtervolging van een verdachte, zou haar dat naar zijn deel van het bos hebben geleid. Kon de kreet van haar zijn geweest? Werd ze op dit moment aangevallen? Hudson gebaarde dat zijn team hem moest volgen en besloot in zuidelijke richting naar Bentham en diens collega's te gaan, die nu wanhopig op zoek waren naar hun leider.

Waarom was ze er opeens vandoor gegaan? Hij wist dat het team Zware Misdrijven een reputatie had van eerst handelen en daarna vragen stellen – ongetwijfeld onder invloed van Grace – maar gezien het onbekende terrein was dat gekkenwerk. In zijn ogen was er maar één verklaring voor zulk onbezonnen gedrag: Charlie Brooks had Nathaniel Martin gezien en was niet van plan hem te laten ontsnappen. Maar waar had haar achtervolging haar naartoe geleid?

Hij liep gestaag verder, luisterde of hij nog meer kreten kon horen... maar het bleef stil. Hij zou zijn intuïtie moeten vertrouwen, gókken waar het geluid vandaan was gekomen en die kant op gaan met zijn team.

'Hou je oren en ogen open,' blafte hij tegen de anderen. 'En blijf bij elkaar.'

Dat hoefde hij ze geen twee keer te zeggen. Hudson kon aan zijn collega's merken dat ze Brooks net zo graag wilden vinden als hij, maar geen van allen waren ze bereid haar impulsieve gedrag te kopiëren met het risico dat ze in hun eentje in een onbekend deel van het bos terecht zouden komen.

Hudson zette zijn eigen angst opzij en beende verder, terwijl hij het bosgebied voor zich afspeurde. Hij was bang, maar ook opgewonden. De adrenaline gierde door zijn lijf en zijn zintuigen draaiden op volle kracht. Hoe bezorgd hij ook was – om Brooks, om zijn team – hij vond het deels ook spannend om de achtervolging in te zetten. De bekende routine van het leven in Liverpool was hem gaan vervelen – steeds dezelfde gezichten, dezelfde misdrijven – en dus had hij bij het hoofdbureau van politie in Southampton gesolliciteerd, juist in de hoop om dit soort situaties mee te maken. Dit was het leven op het scherpst van de snede. Dit was politiewerk dat er echt toe deed.

Zijn werk had hem heel lang niet zo veel energie gegeven, maar vandaag voelde hij het. Een collega werd vermist, een verdachte was op vrije voeten en aan alle kanten dreigde gevaar. Nu het een kwestie van leven en dood was, was Joseph Hudson vastbesloten om zijn aanwezigheid te laten gelden.

30

'Charlie, dit is Helen. Hoor je me? Over.'

Helen had alle formaliteiten laten varen en noemde Charlie gewoon bij haar naam. Maar net als alle keren daarvoor bleef het stil. Waar zat ze toch? Waarom reageerde ze niet? Had ze haar portofoon misschien laten vallen, of had ze hem uitgezet omdat ze haar positie niet wilde prijsgeven? Een andere mogelijkheid was dat iets of iemand haar ervan weerhield om contact op te nemen. Charlie was een ervaren rechercheur die al heel wat had meegemaakt en dus goed in staat was om voor zichzelf te zorgen, maar plotseling maakte Helen zich toch ernstig zorgen.

Half rennend en half sprintend ging ze door, vastbesloten om Charlie zo snel mogelijk te vinden, maar zich ook bewust van het feit dat ze iedereen bijeen moest houden. Hoeveel zorgen ze zich ook om haar vriendin maakte, ze mocht onder geen enkele voorwaarde iemand van haar team kwijtraken en die eenzaam en weerloos achterlaten. Bij de politie moest je om zien te gaan met wat er op je pad kwam en doen wat je kon, en in dit geval was dat het bij elkaar houden van haar team.

Ze drongen steeds dieper het bos in. Inmiddels wist Helen allang niet meer waar ze was – de kaart was onbruikbaar gebleken en haar gps kon haar niet bijhouden, maar dankzij het kompas op haar iPhone kon ze in ieder geval de richting bepalen. Ze boog af naar het noorden. Aangezien Hudson in zuidelijke richting bewoog, hoopte ze dat ze uiteindelijk bij Charlie zouden samenkomen, maar in deze onbekende omgeving kon je zoiets moeilijk inschatten. Voor hetzelfde geld liepen ze elkaar finaal mis, en ook Charlie, met alle mogelijk desastreuze gevolgen van dien.

Waar was ze toch? Helen had het nare gevoel dat er iets vreselijks met haar vriendin was gebeurd. Vanuit het niets verscheen het beeld van Jessica voor haar geestesoog, Charlies enige kind en háár petekind, maar ze duwde de gedachte aan haar weg. Als haar vriendin inderdaad gevaar liep, dan moest ze alert blijven en haar angst onderdrukken. Het had geen zin om het allerergste te denken zolang dat niet nodig was.

Het pad liep op niets uit. Aangezien het bos links wat minder dichtbegroeid leek, liep Helen die kant op, zodat ze de pas erin konden houden. Achter zich hoorde ze een aantal leden van het team struikelen, moe als ze waren, maar Helen dreef hen voort. Want daar, door de bosjes heen, zag ze een soort open plek die ze niet eerder had gezien. Ze bukte en wurmde zich door de dikke doornstruik heen, waarna ze de open plek betrad. Daar bleef ze meteen stokstijf staan, compleet overrompeld door wat ze aantrof.

In dit afgelegen deel van het bos waarde de dood rond: midden op de open plek lag een lichaam. Maar niet dat van haar collega, haar vriendin. Sterker nog, het was helemaal niet van een mens. Terwijl de rest van het team zich langzaam om haar heen verzamelde, bekeek Helen de gevelde pony die stijf en levenloos op de open plek lag. Het was nauwelijks voor te stellen dat iemand willens en wetens zo'n prachtig dier had afgeslacht. De pony lag op zijn zij met dode ogen naar het bladerdak te staren en met drie gemene kruisboogpijlen in zijn flank.

Met een plotselinge vlaag van woede en verdriet knielde Helen bij het beest neer. Het beeld van de uitgestrekte pony had iets pervers, alsof iemand een eenhoorn had gedood. De wilde pony's die in het bos graasden, vormden een belangrijke schakel in dit leefgebied, aangezien ze de staat van het bos op peil hielden. Ze deden niemand kwaad en waren erg populair bij de bezoekers aan de New Forest. Toch had iemand dit dier opgejaagd, afgeslacht en midden in het bos achtergelaten om te verrotten. Er was nog geen sprake van ontbinding, dus was de pony nog niet zo lang dood, maar de eerste tekenen waren al wel zichtbaar. Uit een van de benen was een stuk vlees weggereten, waarschijnlijk door een vos, en er zaten maden in de wonden. Rond de mond, neus en ogen zoemden de vliegen in het rond, op zoek naar voedsel.

Helen ging weer staan en wendde zich tot rechercheur Reid. 'Jij blijft hier en maakt hier melding van. Meredith Walker moet hier zo snel mogelijk naartoe komen.'

Reid knikte. Hij pakte zijn telefoon en hield die, na een blik op het scherm, hoog in de lucht, in de hoop op bereik. Ondertussen gebaarde Helen naar de anderen dat ze hun zoektocht in noordelijke richting gingen voortzetten. Charlie liep gevaar. Iedere seconde die ze verspilden kon er een te veel zijn voor haar.

De tijd liep.

31

Er gleed een zweetdruppel over Charlies wang. Haar overmeesteraar had amper een woord gezegd sinds zijn plotselinge verschijning en nam alleen haar benarde situatie in zich op. Ze had geen idee of hij nu genoot van haar pijn of probeerde te begrijpen waarom ze hem lastigviel. Er viel geen enkele emotie op zijn gezicht af te lezen.

'Ik ben rechercheur Charlie Brooks,' flapte ze er uit, en ze negeerde de kloppende pijn in haar been. 'Ik ben hier met tientallen agenten van de politie van Hampshi...'

'Waar zijn die dan?' vroeg hij kalm.

'Hier, in het bos,' hield Charlie vol, en ze gebaarde om zich heen.

'Het is een groot bos...' Hij klonk geslepen, triomfantelijk. Hij liep langs Charlie en bleef bij een houtblok staan.

Charlie had de bijl al gezien en was geschrokken van het grote blad. Nu helemaal, nu Martin hem pakte, er even mee speelde en hem vervolgens in het hout ramde. Charlie huiverde bij de klap en keek geschrokken hoe de bijl het hout in tweeën spleet.

'Zo te zien zijn we voorlopig met z'n tweeën.'

'Dat klopt, Nathaniel. En ik wil graag met je praten.'

Martin keek verbluft, zelfs een beetje boos. 'Er is hier niemand die zo heet. Die vent is al heel lang dood...'

'Oké, als je wilt dat ik je bij een andere naam noem…'

'Ssst…' Hij snauwde zijn bevel en legde zijn vinger tegen zijn lippen. Tegelijkertijd legde hij zijn hand op de bijl en rukte hem uit het versplinterde hout.

Hij stond nu met zijn rug naar haar toe en Charlie liet twee vingers in haar jaszak glijden. Daar zat haar portofoon en als ze bij de zendknop kon…

'Die neem ik wel.'

Charlie verstijfde. Hij keek niet eens haar kant op en toch wist hij het.

Hij draaide zich om en liep naar haar toe. Met de bijl in zijn ene hand stak hij de andere uit en gebaarde dat ze hem moest gehoorzamen.

Met een half oog op de bijl trok ze de portofoon uit haar zak en gaf het ding aan hem.

Hij liet hem op de grond vallen en stampte er vervolgens op, een keer, twee keer, zodat de portofoon uit elkaar spatte. 'En de rest?' Hij gebaarde weer naar haar.

Ze stak haar hand in haar zak.

'Voorzichtig…'

Langzaam haalde ze de pepperspray en haar penning uit haar zak. 'Dat was het.'

Hij rook even aan de spray, gooide het busje toen opzij en richtte zijn aandacht op haar legitimatiebewijs. Hij bestudeerde haar foto en haalde haar visitekaartje uit het mapje.

'Brigadier Charlene Brooks. Team Zware Misdrijven…' Die laatste drie woorden sprak hij heel doelbewust uit terwijl hij het kaartje in zijn zak liet glijden.

Onmiddellijk moest ze denken aan zijn wrede aanval op een politieagent, aan beelden van de gebroken schedel van de jongeman.

'Wat doe je helemaal hier, Charlene?'

De manier waarop hij haar naam uitsprak was griezelig. Het liefst wilde ze om hulp schreeuwen, maar door de wildklem kon ze geen kant op en de hulp zou zeker niet komen voordat de bijl neerkwam. Ze moest hem aan de praat zien te houden.

'Ik was naar jou op zoek.'

'Naar míj? Waarom?'

Hij draaide zich om en keek haar doordringend aan. Charlie wist dat hij haar wilde intimideren, maar ze keek hem recht in de ogen en weigerde zich bang te laten maken.

'Omdat er iemand is vermoord in het bos...' Het had geen zin het mooier te maken dan het was. Hij zou de leugen er direct uit halen.

'Verrast je dat?'

Zijn vraag zeker wel. Ze had een glasharde ontkenning verwacht of een aarzelende bekentenis. 'Ja.'

'Mij niet.'

'Dat begrijp ik niet...'

'Kijk om je heen, brigadier Brooks, het bewijs ligt vlak voor je neus...'

Charlies blik flitste van Martin naar de bijl en naar de dode dieren die op houten staken waren gestoken.

'We worden aangevallen. Moeder lijdt...'

'Het bos, bedoel je...?'

'Moeder lijdt, haar kinderen ook. Ze hakken op ons in. Ze hakken, hakken, hakken...' De bijl zwaaide heen en weer op de maat van zijn woede. 'Hakken en verbranden, hakken en verbranden. Moeder was vroeger prachtig, maar nu is ze lelijk, ze is geschónden. Het rottingsproces is lang geleden al begonnen...' Hij kwam een stap dichterbij.

Charlie probeerde naar achteren te schuiven, maar de metalen klem hield haar vast. 'Is dat waar dit om gaat? Wil je jezelf beschermen? Het bos beschermen?' Ze praatte om haar eigen angst te onderdrukken, maar ook om hem bezig te houden.

'Iedereen heeft het recht zichzelf te verdedigen. Tegen índringers...'

Zijn blik was nu op haar gericht, maar die van Charlie was op de bijl gefixeerd. Ze bevond zich binnen zijn bereik en had geen enkele mogelijkheid om zich te verdedigen.

'Heb je het daarom gedaan? Heb je Woodland View daarom tot je doelwit gemaakt? Omdat ze jouw territorium waren binnengedrongen?'

Er gleed een schaduw over zijn gezicht, een reactie op het noemen van de camping. Vervolgens hurkte hij naast Charlie tot hij op ooghoogte bij haar zat. Hij stak zijn hand naar haar uit en instinctief schoot Charlie naar achteren in de veronderstelling dat hij haar hoofd zou vastgrijpen en haar zou slaan. Maar in plaats daarvan liet hij een vuile vinger over haar wang glijden. 'Zo gaat dat in het wild, Charlene. Als je ongedierte ziet...' Hij hield zijn vinger op haar lippen en duwde ze met zijn vieze nagel uiteen. '... roei je het uit.'

32

Helen had inmiddels flinke spijt dat ze had besloten om dwars door de wilde rozenstruiken haar pad te vervolgen. De doornen hadden haar gezicht opengehaald en nu zat ze vast. Ze slikte de pijn weg en bevrijdde zich uit de stekels, waarna ze haar vingers over haar wangen en hals liet glijden. Dikke druppels donkerrood bloed kleurden haar vingertoppen. Boos veegde ze haar hand af aan haar broek en rukte ze de takken van de struik weg die haar de weg versperden, zodat ze eindelijk door konden.

Het team probeerde wanhopig verder te komen, maar het bos leek hen bij iedere bocht tegen te werken. Eerst waren ze op een poel gestuit die te diep was om doorheen te waden. Vervolgens had een van de agenten in uniform zijn enkel verstuikt en was, samen met een collega, achtergebleven. De groep werd dus steeds kleiner, de struiken en laaghangende takken klauwden aan hun lijven en belemmerden de voortgang. Het moreel zonk snel naar een dieptepunt, maar opgeven konden ze niet, hoezeer het bos hen ook uitdaagde.

Van Charlie of haar team was geen enkel teken. Ook het team van Hudson kwamen ze niet tegen. Uiteindelijk pakte Helen haar portofoon erbij. 'Team B, dit is team C. Wat is jullie locatie, over?'

Het duurde even, maar toen klonk de stem van Hudson. 'Onduidelijk. We lopen al twintig, vijfentwintig minuten in zuidoostelijke richting. Geen teken van rechercheur Brooks of haar team, over.'

'Heb je een oriëntatiepunt, zodat we kunnen inschatten waar jullie zijn?' reageerde Helen radeloos.

'We zijn net om een grote plas heen gelopen. Dat heeft veel tijd gekost, maar we konden er niet doorheen. Als ik de kaart goed begrijp heet die plas Florian's Cup, maar ik weet het niet zeker, over.'

Helen vloekte binnensmonds. Ze wist zeker dat dit dezelfde poel was waar zij en haar team net nog omheen gelopen waren, maar dan in tegengestelde richting. 'Ga vanaf nu in oostelijke richting. Dat is het enige stuk dat we nog niet hebben gehad, over.'

'Begrepen, over.'

Helen gebaarde naar de rest van haar team dat ze rechtsomkeert moesten maken. Een enkeling kreunde, maar dat kon haar niet schelen. Dankzij haar incompetentie waren ze Charlie kwijtgeraakt en moest ze nu ergens in deze woestenij in haar eentje haar lot onder ogen zien. Ze hadden nog één laatste kans, één deel van het woud dat ze nog niet onderzocht hadden, en Helen zou tot het uiterste gaan om iedere centimeter uit te kammen.

Het was nu of nooit.

33

Charlie lag te kronkelen op de grond in een wanhopige poging haar overweldiger in het oog te houden. Hij liep langzaam om haar heen en genoot van haar angst. De bijl lag losjes op zijn schouder en het blad wees omhoog.

'Doe me alsjeblieft geen pijn...'

Martin zei niets maar vervolgde rustig zijn rondje.

'Ik heb een kind, een dochtertje...'

Hij wuifde het weg alsof het niet belangrijk was.

Charlie wist dat Martin zelf geen kinderen had en geen contact meer had met zijn ouders. 'Ik heb niets verkeerd gedaan...' kreunde ze radeloos.

'Maar je bent op verboden terrein, brigadier Brooks. Dit is mijn thúís,' antwoordde hij, en hij gebaarde naar de gecamoufleerde hut. 'Jij bent een indringer. En volgens de wet mag ik mezelf verdedigen tegen indringers, of niet?'

De angst sneed door Charlie heen toen Martin voor haar bleef staan. 'Alsjeblieft, Nathaniel, kijk me aan...'

Martin schudde driftig met zijn hoofd, alsof hij zijn naam niet wilde horen.

'Ik ben een mens, ik ben een moeder...' Ze benadrukte het laatste woord in de hoop dat het iets met hem zou doen. 'En ik ben weerloos. Er is geen wet, ook geen natuurwet, die zegt dat je iemand pijn mag doen die aan jou is overgeleverd.' Ze was aan het bazelen, maar moest op de een of andere manier tot hem door zien te dringen.

Martin leek onaangedaan en haalde simpelweg zijn schouders op terwijl hij dichter naar haar toe stapte. 'Nou, het is wel eens tijd dat de rollen omgedraaid worden…' Terwijl hij dit zei, tilde hij zijn rechtervoet op en zette hem hard neer op Charlies linkerscheen. 'Jullie proberen me al jaren kapot te maken…'

Charlies enkel zat klem, ze kon hem niet bewegen en de pijn werd steeds erger toen Martin de druk van zijn voet opvoerde. Nog even en haar enkel zou breken. De pijn was intens en Charlie voelde zich duizelig en slap worden. 'Alsjeblieft…' mompelde ze.

'Jullie hebben me mishandeld, me aangevallen…'

'Alsjeblieft, Nathaniel, doe dit niet…'

'… me gemarteld. Heb je enig idee wat ik heb doorgemaakt?'

Charlie had wel een vermoeden – iemand die een politieagent met een ijzeren staaf te lijf ging, kon een zware tijd in de gevangenis verwachten.

'Dat spijt me,' zei Charlie buiten adem. 'Maar dat was ik niet. Ik zou nooit…'

'Wat zou je nooit? Je kwam hier toch om me te arresteren, of niet?'

'Ja, maar…'

'Dan ben je geen haar beter dan de rest.'

Hij zette zijn volle gewicht op haar been. Ze probeerde weerstand te bieden, maar de pijn, de druk, was ondraaglijk.

'En daar zul je voor boeten,' ging hij ruw verder.

Charlie hapte naar adem van de pijn en de angst. Haar enkel kon elk moment breken en daarna zou die bijl op haar hoofd neerkomen. Dit was het dan – de dag waar ze vaak zo bang voor was geweest.

Opeens hoorde ze geschreeuw. De stemmen klonken dichtbij, maar Charlie kon niet horen waar ze vandaan kwamen.

'Rechercheur Brooks?'

Martin was afgeleid en drukte wat minder hard op haar been.

'Rechercheur Brooks? Kun je me horen?'

Charlie herkende de stem van Hudson. 'Ik ben hier!' schreeuwde ze. 'Ik ben hier...!'

Martin draaide zich naar haar toe. Hij was woest. Hun privéhel was aangetast en ze was niet langer aan hem overgeleverd.

'Ik ben hier, help me alsjeblieft!'

Ze hoorde mensen door de bosjes rennen en de stemmen die reageerden, klonken steeds luider. Martin keek haar boosaardig aan, zijn gezicht verwrongen van pure woede. Zonder waarschuwing spuugde hij opeens in haar gezicht. Vervolgens bracht hij de bijl boven zijn hoofd, maar op hetzelfde moment stormde Hudson vastberaden de open plek op.

Onmiddellijk liet Martin de bijl vallen en zette het op een lopen. Hij vluchtte de open plek over en schoot tussen de dierenhuiden door de hut in, waarna hij uit het zicht verdween. Charlie keek hem na terwijl haar angst werd weggespoeld door opluchting.

Ze had het overleefd.

34

Na een korte aarzeling spurtte Joseph Hudson naar zijn collega toe. Een voor een kwamen zijn collega's hijgend uit de dichte haag tevoorschijn, verward door het vreemde schouwspel dat ze aantroffen. Het leek wel of ze het donkere hart van het woud hadden bereikt.

'Gaat het?'

Charlie knikte zwijgend.

Hij zocht haar lichaam af naar eventuele verwondingen en huiverde even toen hij de gemene metalen klem zag die zich in haar linkerenkel had geboord. 'Haal dat ding eraf! Nu!' brulde hij naar een paar agenten in uniform, die meteen kwamen aangesneld. Hudson kwam weer overeind en gebaarde naar de rest van het team. 'De anderen gaan met mij mee.'

Snel staken ze de open plek over. Hudson had gezien dat Martin de bijl had laten vallen en de hut in was gevlucht. Hij wist dat het zijn taak was om hem te arresteren, maar zodra hij de schuilplaats naderde, minderde hij toch vaart. Hij had geen idee wat er binnen op hem wachtte en hij mocht zichzelf of zijn collega's niet in gevaar brengen. Het was goed mogelijk dat Martin, gewapend met een kruisboog, op hen zat te wachten, en hij had geen zin om in de vuurlinie te komen.

'Verspreiden. In een cirkel.'

Reid, Osbourne en de rest van de agenten in uniform omsingelden de hut, zodat Martin op geen enkele manier zou kunnen ontsnappen. De enige vraag was of er bloed zou vloeien voordat ze hem in de boeien konden slaan.

Hudson trok zijn portofoon van zijn riem. 'Team C, dit is team B, over. De verdachte is ingesloten, maar we kunnen hem niet zien. Moeten we doorgaan of wachten, over?'

Na een korte stilte klonk de stem van Helen. 'Als het veilig is, kun je hem arresteren, over.'

'Begrepen. We staan op een open plek, vijf minuten ten oosten van de plas. Rechercheur Brooks is gewond maar in veiligheid, over.'

Hudson sloot af en richtte zijn aandacht weer op de hut. 'Nathaniel, ik ben brigadier Hudson. Je bent omsingeld. Je krijgt een minuut om naar buiten te komen, met je handen op je hoofd.'

Het bleef stil.

'Als je niet meewerkt, hebben we geen andere keuze dan je met geweld in hechtenis te nemen. Begrijp je dat?'

Weer geen reactie. Zat Martin daarbinnen zwetend van angst zijn overgave te overwegen? Of zat hij met zijn kruisboog in de aanslag? Hudson hoopte van harte op het eerste.

'Dertig seconden, Nathaniel.'

Hudson wierp een blik naar rechercheur Lucas, die net zo gespannen leek als hij. In gedachten telde hij af. Tien, negen, acht, zeven...

Maar hij wist dat Martin niet zou verschijnen. De minuut was verstreken en binnen bleef het stil. Hudson zette zich schrap. Hij kroop naar voren, waarna de rest van het team zijn voorbeeld volgde, om zo de hut compleet in te sluiten. Hij gebaarde dat iedereen zo veel mogelijk aan de kant, uit de vuurlinie, moest blijven. Zelf kroop hij verder naar de ingang die bestond uit een gat in het houten raamwerk met een dierenvel ervoor. Voorzichtig pakte hij de punt van de huid vast. Daarna gaf hij er een ruk aan en dook naar links, waar hij dekking zocht aan de andere kant van de houten deurpost.

Maar de tegenaanval die hij verwachtte, bleef uit. Wat zat Martin daarbinnen te doen? Zat hij ergens verscholen? Verstopt in een hoek? Of had hij soms zelfmoord gepleegd om te voorkomen dat hij gearresteerd werd? Hudson strekte zijn nek, zodat hij voorzichtig om de hoek kon kijken of hij binnen iets zag, maar het was er zo donker dat hij alleen wat vage vormen kon ontwaren. Wat moest hij doen? Doorgaan of afbreken? Het zou veiliger zijn om te wachten, maar het zou nog een tijd duren voordat de gewapende eenheid er was, áls ze deze plek al konden vinden. Bovendien had hij het gevoel dat dit zijn lakmoesproef was.

Hij dook naar de andere kant van de deuropening, opnieuw zonder kleerscheuren, maar ook vanuit deze hoek kon hij binnen niets zien. Hij keek naar rechercheur Lucas. 'Volg mij en maak je klein...' fluisterde hij.

Zonder geluid te maken telde hij af. Daarna dook hij de hut in, met zijn hoofd naar beneden, klaar om aan te vallen, met zijn wapenstok in zijn hand... Maar de hut was leeg.

Nathaniel Martin was verdwenen.

35

MANIAK LOOPT VRIJ ROND IN BOS

Het was niet haar meest originele kop, maar hij was goed genoeg. Of je nu uit de omgeving kwam en zin had in een weekendje bos, of als toerist een weekje wilde komen kamperen, je kon niet anders dan schrikken van de kop in de *Evening News*.

Emilia had wel iets sappigs verwacht, maar had met haar oren staan te klapperen toen Janice Smith haar verhaal deed. Ze was als een speer teruggegaan naar kantoor, had David Spivack – haar mol in het mortuarium van Southampton – een berichtje gestuurd om de identiteit van het slachtoffer te bevestigen, waarna ze Gardiner had gebeld om hem te zeggen dat hij de eerste tien pagina's voor haar moest reserveren. Tot haar genoegen had hij dat braaf gedaan en hij had alles opzijgezet om ervoor te zorgen dat het verhaal een zo groot mogelijk effect zou hebben. Dankzij Janice Smith had Emilia gedetailleerde kennis van de feiten – de locatie, het wapen – om nog maar te zwijgen van een gruwelijke ooggetuigenbeschrijving van het lijk. Emilia had dit aspect uitvergroot en extra veel aandacht besteed aan details over het lijk dat was doorboord met pijlen en hulpeloos op die griezelige open plek had gehangen. Ze had wel wat artistieke vrijheid moeten toepassen omdat ze zelf niet op de plaats delict was geweest, maar dat was geen probleem. Opleuken en overdrijven waren haar handelsmerk. Haar redacteur was verrukt en had haar een stoere klap op haar rug gegeven, iets wat kennelijk een compliment moest voorstellen.

Emilia wilde graag munt slaan uit haar succes, ervan overtuigd dat er meer uit dit bizarre verhaal te halen was. De moordenaar was nog op vrije voeten, in het bezit van een ongebruikelijk en dodelijk wapen – wie weet zou hij opnieuw toeslaan.

Ze zouden nog uitgebreid ingaan op de zorgen van kampeerders, wettelijke controles op kruisbogen, speculaties wat betreft het motief en meer, maar de hoofdlijn was toch de jacht op de moordenaar. Gardiner had al toestemming gegeven voor het opzetten van een tiplijn, en Emilia had haar Facebookpagina bijgewerkt én op haar eigen Twitteraccount een hashtag gecreëerd: #newforestkiller. Dat bekte lekker. Hopelijk zou het snel een vergaarbak worden voor roddels, overpeinzingen, zelfs aanwijzingen, evenals een ruimte voor haar om zichzelf te promoten door sappige nieuwtjes over het lopende politieonderzoek los te laten.

Emilia kon slechts gissen naar wat inspecteur Grace en haar collega's ervan zouden denken. Ze had de laatste tijd een redelijk beschaafde band met de plaatselijke politie, een korte wapenstilstand na haar beproeving met Daisy Anderson. Maar ze wist dat haar besluit om een boek over de tienermoordenaar te schrijven niet goed was gevallen op het hoofdbureau van politie omdat het geesten opwekte die ze liever lieten rusten. Hoe zouden ze reageren nu Emilia de primeur had in een nieuwsitem waarover de politie nog niet eens een persbericht naar buiten had gebracht? Nou, nou, dacht Emilia bij zichzelf. De morgenstond heeft goud in de mond…

Haar redacteur kreeg een dezer dagen ongetwijfeld het gebruikelijke telefoontje om hem op zijn verantwoordelijkheden te wijzen. En Emilia zelf zou wel genegeerd worden. Ze zouden haar beschuldigen van sensatiezucht of het zaaien van angst, maar dat zou ze wel uitzingen. Als de politie niet van plan was het publiek te beschermen, ze te waarschuwen voor een moordenaar in hun midden, dan was het aan eerlijke journalisten om dat te doen. Met een voldaan gevoel keek Emilia nog een keer naar de kop.

Dit was journalistieke dienstverlening op haar best.

36

'De politie is op zoek naar getuigen van de brandstichting in een kerk in Cromwell Road. Vorige maand vond er een soortgelijk incident plaats bij een synagoge in Duke Street. Bewoners van Bitterne Park en Harefield zijn in bespreking met de politie over de recente golf van inbraken in...'

De stem van de nieuwslezer werd abrupt onderbroken toen Lauren Scott snel op zoek ging naar een andere zender. Ze had vandaag echt geen zin in slecht nieuws, dus zette ze *Heart Extra* op, waar ze makkelijke, vrolijke muziek draaiden. Precies wat ze nodig had.

Ze liep onder de overkapping vandaan naar haar vriend toe, die in de stromende regen hun tent probeerde op te zetten. Matteo zeurde al jaren om een kampeervakantie. Eerst had ze zich ertegen verzet en geprobeerd hem over te halen om een weekendje Rome te doen, want ze was wel klaar met tenten. Bovendien had ze zin gehad in iets spannends. Iets exotisch. Maar Matteo was erg volhardend, en op zich klonk dit kampeertripje ook wel romantisch. Helaas was het keihard gaan regenen zodra ze waren aangekomen en leek alles nu in het water te vallen.

De regen trotserend liep ze naar hem toe. Ondanks het weer stond Matteo te neuriën terwijl hij de tent opzette, maar toen ze aan zijn mouw trok, hield hij op en keek haar aan.

'Gaat het, schat?' vroeg hij, een tikje bezorgd over de uitdrukking op haar gezicht.

'Jawel...' antwoordde Lauren voorzichtig. Ze wilde zijn pret niet bederven. 'Ik vroeg me alleen af of dit wel zo'n goed idee is, met dit weer...'

'Ik ben bijna klaar,' zei Matteo met een blije lach.

'Volgens het weerbericht blijft het de hele nacht zo.'

'De tent is gloednieuw, dus dat is geen probleem.'

'En het begint al koud te worden.'

'Dan kruipen we gewoon wat dichter tegen elkaar aan.' Hij legde zijn arm om haar middel en trok haar naar zich toe.

'Niet doen, joh. Je bent helemaal nat.'

Maar Matteo luisterde niet en gaf haar een paar natte kussen op haar mond.

Lauren stribbelde tegen, maar het duurde niet lang voordat ze toegaf en haar armen om zijn nek sloeg.

Matteo gaf haar nog een zoen en streek toen een haarlok uit haar gezicht. 'Je weet dat ik hier al de hele week naar uitkijk. Samen met jou onder de sterrenhemel slapen,' prevelde hij. 'Maar... als je naar huis wilt, dan gaan we. Nu meteen. Omdat ik van je hou...'

Hij zoende haar weer.

'En ik wil dat je gelukkig bent...'

Weer een zoen.

'Dus... Zeg het maar.'

Lauren keek naar hem en daarna naar de zorgvuldig opgezette tent. Matteo had de belachelijk dure vierpersoonstent afgelopen weekend gekocht en had niet kunnen wachten om hem in gebruik te nemen. Hij was als een padvinder zo opgewonden, en dat vond ze ook wel weer heel leuk en ontroerend. Matteo had zo veel voor haar gedaan, hij had zo veel moeten opgeven om haar weer op de been te krijgen dat ze blij was dat hij nu eindelijk iets voor zichzelf deed. Zelfs het rotweer kon zijn stemming niet bederven. Het kwam met bakken naar beneden, maar zelfs hier genoot hij van: hij had eerder al beloofd om zijn kleren – en die van haar – uit te trekken zodra ze in de tent waren.

'Voor deze ene keer dan,' stemde ze eindelijk met tegenzin in. 'Maar de volgende keer doen we écht een citytrip…'

'Erewoord.' Met een knipoog liet Matteo haar los om zijn werk af te maken.

Ze had gewoon geen keus, ondanks de regen en de kou. Matteo zou inderdaad zonder aarzelen hun spullen hebben gepakt als ze per se naar huis had gewild. Maar dat kon ze hem toch niet aandoen, na alles wat hij voor háár had gedaan? Hij had haar gered, zo simpel was het. Een groot gedeelte van haar leven had ze een bloedhekel aan zichzelf gehad, en nu had ze een man die van haar hield, die haar steunde en in haar geloofde. Dat was zo'n warm, wonderlijk gevoel dat ze bijna zou gaan geloven in een gelukkig einde. Daarom was ze bereid om haar grote bezwaren opzij te zetten en de nacht door te brengen in het bos, samen met hem. Ze moest gewoon niet zo bang zijn, niet zo negatief.

Misschien zou alles toch nog goed komen.

37

'Weet je zeker dat het gaat?'

Helen zat op haar hurken naast Charlie, die in Hudsons jas onder een boom schuilde. Ze was eindelijk bevrijd uit de wildklem, maar de gevaarlijke beugels hadden hun sporen achtergelaten. Charlies been was zwaar gekneusd en ze was zichtbaar overstuur. Helen had haar nog nooit zo bleek gezien.

'Het gaat goed met me, heus.'

'De ambulance is onderweg. Ze brengen je voor controle naar het South Hants en daarna ga je regelrecht naar huis.'

'Ik zeg toch dat het goed gaat…'

'Je kunt amper lopen, Charlie. En je hebt een enorme schok gehad, dus dit is geen verzoek. Je hebt tijd nodig om te herstellen.' Gedreven door schuldgevoel klonk Helen heel resoluut. Volgens de eerste berichten over Charlies confrontatie met Martin was ze maar ternauwernood ontkomen. 'Ik wil er verder niets over horen.'

Charlie knikte en was Helen dankbaar voor haar bezorgdheid.

Helen gaf haar nog even een vriendelijk schouderklopje, stond op en liep over de open plek naar de hut. Ze had de rest van het team opdracht gegeven nergens aan te komen – Meredith zou dadelijk komen – en had hen in plaats daarvan het omringende bosgebied in gestuurd om Nathaniel Martin te zoeken. Hij was waarschijnlijk al lang weg, maar als ze te weten kwamen welke kant hij op gegaan was, konden ze hun klopjacht misschien hervatten. Niemand had er de puf voor of zin in, maar ze moesten het proberen.

Helen bleef even in de deuropening staan en nam Martins indrukwekkende bouwwerk in zich op. Geen cement, geen staal, geen bakstenen – geen door de mens gemaakte materialen van welke soort dan ook. Een houten frame en dak, ondersteund door pilaren van klei, boden een volmaakte, waterdichte cocon om in te wonen. De ramen waren kleine openingen, bedekt met dierenhuiden die opengetrokken konden worden om licht en lucht binnen te laten. Het was een aantrekkelijke constructie die vanbinnen nog indrukwekkender was. Toen Helen over de drempel stapte, wierp ze een blik op het interieur. In de ene hoek stond een bad dat zo te zien van drijfhout was gemaakt en in de andere hoek stond een stevig bed. Helen liep ernaartoe en testte het matras uit, dat tot haar verrassing was gemaakt van samengeperste bladeren. Vol verwondering over Martins vindingrijkheid bekeek ze de rest van zijn bezittingen: bessen geconserveerd in potjes, dekens van ruwe wol en een paar dikke vergeelde en verweerde boeken over ecologie. Toen viel haar oog op het indrukwekkendste deel van zijn constructie. Helemaal achter in de hut zat een groot gat in de muur. Een dierenhuid, die er waarschijnlijk voor had gehangen, was weggerukt, zodat Helen nu in een afgrond keek. Het gat was het begin van een tunnel die vakkundig gegraven was. Hij was hoog en breed, gestut met houten palen en zeker groot genoeg voor een man van een meter tweeëntachtig of langer om in weg te vluchten.

Martin had geweten dat dit moment zou komen en er rekening mee gehouden. Eleanor Brown was van mening dat haar ex gek was geworden, maar deze strategische manier van denken suggereerde iets heel anders. Hij was gewelddadig, onvoorspelbaar en misschien ontspoord, maar duidelijk ook een sluwe en gevaarlijke tegenstander die zich niet zonder slag of stoot gewonnen zou geven. Ondanks de grote politiemacht die hier aanwezig was, was hij erin geslaagd te ontkomen.

Terwijl Helen het spartaanse hutje bekeek, voelde ze hoe ernstig ze hadden gefaald. Het was de juiste keus geweest om zich te richten op het bos, maar daar was dan ook alles mee gezegd. Protocollen hadden niet gewerkt, een collega was in gevaar gebracht en wat had het opgeleverd? Er lagen hier geen trofeeën van Martins misdrijf of enig ander duidelijk bewijs dat hem in verband bracht met de moord op Campbell. Ook de kruisboog was nergens te bekennen. En het allerergste was dat Martin was verdwenen.

Hij liep nu ergens rond, hield zich in het bos schuil, klaar om opnieuw aan te vallen.

38

Hij verroerde zich niet, zijn lichaam stokstijf van de spanning. Zijn achtervolgers waren nu zó dichtbij dat ze hem bijna konden aanraken.

Hij vervloekte zichzelf om zijn eigen domheid. Hij had zich zo vermaakt met die Brooks dat hij niet doorhad dat hij gevaar liep. Ze had het over collega's gehad en dat was geen bluf geweest, want niet veel later waren er een stuk of zes door zíjn plek in het bos gedenderd. Gelukkig was zijn reactievermogen nog prima en had hij, dankzij hun behoedzaamheid, kans gezien om zich uit de voeten te maken.

Hij had handig van zijn voorsprong gebruikgemaakt door paden te volgen die alleen hij kende en door iedere keer plotseling van richting te veranderen om zijn achtervolgers af te schudden. Maar hij had geen idee hoeveel het er waren en ook niet of hij het gevaar liep om op een andere groep politiemensen te stuiten. Daarom had hij zijn vlucht door de bossen zo snel mogelijk gestaakt: hij woonde hier al zo lang dat hij feilloos wist waar hij zich kon verstoppen. Hij had zelfs een studie gemaakt van alle mogelijke schuilplaatsen, voor het geval hij ze een keer nodig had. Dankbaar zocht hij zijn toevlucht nu in een holle, rotte boom die lang geleden was omgevallen en overwoekerd was met bosplanten. Hij maakte zich zo klein mogelijk in het gat en trok het omringende gebladerte om zich heen. Daarna wachtte hij af.

Het bleef erg lang stil. Zo lang dat hij begon te hopen dat ze de zoektocht hadden gestaakt. Totdat er geluiden klonken. Gedempte stemmen, stampende voeten, het gekraak van portofoons. Langzaam waren ze in het zicht verschenen: vier of vijf politiemensen die gestaag doorliepen. Weinig leek aan hun blik te ontsnappen: de grond, de struiken, zelfs het bladerdak werd bekeken. Iedereen leek erg gespannen, alsof ze bang waren om aangevallen te worden. Hij had hun angsten graag waargemaakt, maar wist dat hij in het nadeel was, en de combinatie geweld en politie was hem al eens duur komen te staan. Dus wachtte hij af en keek toe.

Inmiddels stond de hele groep dichtbij. Als ze zich zouden omdraaien en de begroeiing daar onderzochten, zouden ze hem vinden. Maar ze hadden het te druk met discussiëren over wat ze nu moesten doen. Een van hen draaide zich plotseling om, zijn kant op.

Langzaam deed Martin zijn ogen dicht. Hij was perfect gecamoufleerd in zijn groen met bruine kleren, maar om te voorkomen dat het wit van zijn ogen hem zou verraden, hield hij ze stijf dicht. Hij hoorde zijn eigen hartslag keihard in zijn oren, maar wist de kalmte te bewaren, en met ingehouden adem hoorde hij de rechercheurs langzaam in de verte verdwijnen.

Zijn ogen hield hij nog steeds dicht. Hij stelde zich voor dat hij opging in de omhelzing van het bos en terwijl hij dat deed, voelde hij kracht en zelfvertrouwen door zijn lichaam stromen. Zijn achtervolgers hadden geen verwantschap met het bos en dus geen idee hoe ze het moesten bedwingen. Hij wel. En daarom kon hij moeiteloos opgaan in de omgeving.

Het bos was al zo lang zijn thuis. Vanaf nu zou het ook zijn redder zijn.

39

Meredith Walker rilde en keek om zich heen. Ze was in haar carrière vaak op ongewone plaatsen geweest, maar niet zoals deze. De regen kwam nog steeds met bakken uit de lucht, de druppels gleden van de natte bladeren en de temperatuur was behoorlijk gedaald. Ze besefte dat ze niet goed gekleed was voor deze taak: haar forensische pak hield de regen wel tegen maar de toenemende kou niet.

Toen het donker was geworden, hadden ze lichtmasten geplaatst om de open plek te verlichten. De krachtige stralen wierpen overal grillige schaduwen; het bos dat er meestal zo prachtig uitzag, leek vanavond onheilspellend en dreigend. Het gestage *drup, drup, drup* van de regen, het geritsel in de struiken en het geschreeuw van een bosuil benadrukten Merediths gevoel van eenzaamheid. Er waren andere politiemensen aanwezig, maar toch voelde ze zich erg nietig, alsof ze aan alle kanten werd omgeven door iets krachtigs en kwaadaardigs.

'Hoe gaat het?' vroeg ze. Hoewel het niet haar gewoonte was om collega's op te jagen, was Graham Ross vanavond erg langzaam. Hij deed zijn werk graag grondig en vertelde iedereen die het wilde horen dat het om de details ging, maar ze had het idee dat hij nu onnodig treuzelde en maar foto's bleef maken van het ongelukkige beest.

'Nog een paar,' antwoordde hij zonder opkijken, terwijl hij om de pony heen liep voor een betere hoek.

Meredith onderdrukte een zucht en keek hoe hij zijn werk afrondde.

Uiteindelijk draaide hij zich met een brede grijns op zijn gezicht naar haar toe en borg zijn camera op. 'Je kunt erbij.'

Ze was blij dat iemand nog opgewekt kon blijven. Zij daarentegen ging met een zwaar gemoed aan de slag. Dit was niet haar vakgebied, maar ze hadden geen dierenarts in dienst, en dus was het haar taak om het bewijsmateriaal te verzamelen. Ze trok latex handschoenen aan en ging op haar knieën naast de pony zitten. De grond was de afgelopen paar uur een stuk zachter geworden en haar knieën zakten weg in de gulzige modder. Ze maakte zich geen zorgen om het feit dat ze de plaats delict verstoorde – tijdens haar voorbereidende onderzoek had ze geen voetafdrukken gevonden, wat niet vreemd was, aangezien de pony een paar dagen geleden al moest zijn gedood, toen het warmer was en de grond hard. Ook had ze geen stroken stof, weggegooide spullen of zichtbare uitwerpselen gevonden. De interessantste aanwijzingen zaten ongetwijfeld ín het dier: de drie kruisboogpijlen die uit de rechterflank van de dode pony staken.

Het tartte elke beschrijving dat iemand zoiets kon doen. Meredith had altijd een zwak gehad voor dieren en had als kind veel paardgereden. Wie kon er nou naast een gevloerde pony staan en er nog een paar pijlen in schieten? Het dier moest veel pijn hebben gehad, maar had niet op medelijden hoeven rekenen. Wat was daar de kick nou van? Van het opzettelijk afslachten van een lief en prachtig dier?

Meredith slikte haar weerzin weg en duwde haar vingers in een van de wonden. Het bloederige gat sopte toen ze het opentrok en verder naar binnen gleed. Haar vingertoppen volgden de schacht van de pijl tot ze bij de kop was. Hij had weerhaken, zoals ze al had verwacht, en ze zou al haar kracht nodig hebben om hem eruit te halen. Rigor mortis was ingetreden en het verstijfde vlees hield de gevaarlijke pijlen vast. Geduldig en methodisch werkte Meredith verder, waarbij ze ervoor zorgde dat ze zich niet sneed aan de scherpe randen. Uiteindelijk had ze voldoende grip om de pijl voorzichtig uit de wond te trekken en hem in een bewijszak te laten vallen. Ze bleef even zitten, kwam toen overeind en deed een stap opzij om de pijl tegen het licht te houden.

Hij was van ijzer en had een ruw, ongelijkmatig oppervlak. Het was lastig te zien met het bloed er nog op, maar de pijl leek zelfgemaakt, mogelijk van verschillende samengesmolten materialen, gezien de randen en oneffenheden op de schacht en de kop. De vorm van de pijl kwam Meredith bekend voor: een scherpe, dunne kop, aan beide kanten twee weerhaken, ongelijk in lengte en vorm. Het versterkte haar gevoel dat dit niet het werk van een fabrieksarbeider was. Ze zouden nader onderzoek moeten doen in het laboratorium, maar Meredith was ervan overtuigd dat dit dezelfde soort pijl was die twee dagen geleden voor Tom Campbell was gebruikt.

Rillend keek Meredith om zich heen. Het leek onwaarschijnlijk, maar het was waar. Er spookte iets kwaadaardigs rond in het bos. Een wreed en meedogenloos iemand. Iemand die nog vrij rondliep. Meredith wierp een behoedzame blik op het steeds donker wordende bos en ging toen weer aan het werk omdat ze haar onderzoek zo snel mogelijk wilde afronden.

Opeens wilde ze overal zijn behalve hier.

40

'Wat is er in godsnaam gebeurd?'

'Het was mijn eigen stomme schuld,' loog Charlie snel. 'We zaten achter een verdachte aan en toen bleef ik steken in een konijnenhol.'

'Dít komt door een konijnenhol?' Steve gebaarde naar het ingezwachtelde onderbeen van Charlie.

Ze kwam net uit het ziekenhuis en hoewel er niets ernstigs aan de hand was, zag het er wel zo uit. Nu zat ze op bed, met Steve over haar heen gebogen.

'Je kunt er nauwelijks op lopen.'

'Het is gewoon zwaar gekneusd. Mijn ego trouwens ook,' voegde ze er grappend aan toe, met een poging tot een glimlach.

'Achter wie zat je eigenlijk aan?'

'Dat kan ik niet vertellen.'

'Was hij gevaarlijk?'

'Mogelijk. Maar ik had een heel team bij me, dus dat was niet aan de orde.' Charlie vond het vreselijk om tegen Steve te liegen, maar besefte dat hij woest zou zijn als hij wist hoe ernstig het was geweest. Was Martin echt van plan geweest om haar iets aan te doen of zelfs te doden? Of was het een spelletje voor hem geweest? Ze wist het niet en eerlijk gezegd wilde ze er ook niet over nadenken. Ondanks de twee uur die ze op de Spoedeisende Hulp had doorgebracht, waarin ze tot rust had kunnen komen, was ze nog steeds van streek door alles wat er was gebeurd. De dreigementen van Martin dreunden door in haar hoofd en ze zag steeds maar weer zijn verwrongen gezicht voor zich.

'En nu? Neem je nu een poos vrij?'

'Ik zie wel hoe ik me morgen voel.'

Ze merkte aan Steves reactie dat hij donders goed doorhad dat ze morgen gewoon aan het werk zou gaan. Maar net voordat hij kon protesteren, verscheen Jessica in de deuropening met twee knuffels in haar armen.

'Hé, wat doe jij uit bed?' vroeg Charlie zacht, maar een beetje streng.

'Ik heb bruine beer en teddy voor je meegenomen,' antwoordde Jessica nuchter. 'Dan slaap je beter.'

Charlie werd er emotioneel van. Tegen Steve en Jessica had ze net gedaan alsof haar verwondingen het gevolg waren van haar eigen stommiteit, maar ze waren allebei blijkbaar toch geschrokken toen ze het huis binnen was gehobbeld. Ze had niet laten blijken hoeveel pijn ze had, maar ondanks de zware pijnstillers ging die door merg en been.

'Wat lief van je, schat.'

Met een glimlach gaf Jessica haar de beren en trok ze het dekbed opzij.

'Wat doe je nou?'

'Ik wil vannacht bij jullie slapen.'

'Je moet in je eigen bed.'

'Maar ik wil zo graag...'

Aarzelend keek Charlie naar Steve, die op zijn beurt zijn schouders ophaalde, zodat de beslissing weer bij haar lag. Jessica moest in haar eigen bed slapen – dat was de regel. Als ze nu toegaven aan de terreur van die nachtangst, waren ze nog verder van huis, want het zou dagen, zo niet weken duren voordat alles dan weer normaal was. Maar na alles wat er vandaag was gebeurd, kon Charlie een nachtlang ellende echt niet aan. 'Voor deze ene keer, dan,' stemde ze in, terwijl ze plaatsmaakte voor haar kleuter. Ze wist dat ze zwak was en dat ze hier later spijt van zou krijgen – drie mensen in één bed leverde meestal niet veel nachtrust op – maar vannacht wilde ze een uitzondering maken.

Vannacht wilde ze haar kind heel dicht bij zich hebben.

41

Hij bleef naar haar kijken toen ze door de kamer liep. Helen stond even stil om met Ellie McAndrew te praten en richtte zich toen tot het team.

'Bedankt voor jullie inzet vandaag. Het wordt zeer gewaardeerd door mijzelf en zeker ook door rechercheur Brooks. Als het goed is, is ze morgen gezond en wel weer aanwezig en dan gaan we opnieuw op pad. Dank je wel.'

Hudson had zijn blik afgewend omdat hij niet wilde dat ze hem zag staren. Maar toen ze haastig naar haar kamer liep, keek hij op en zag hij haar slanke figuurtje verdwijnen.

'Jullie kunnen gaan,' zei hij, toen de deur van haar kamer dichtging. 'Als er nog iets is, regel ik het.'

De verzamelde politiemensen mompelden hun dank en pakten hun spullen. Joseph Hudson wilde aardig overkomen – hij was zich ervan bewust hoe moe, nat en verkleumd iedereen was – maar wilde ook benadrukken dat hij de leiding had als Helen en Charlie met andere dingen bezig waren. De ervaring had hem geleerd dat het voor een nieuwe brigadier belangrijk was om met zachte maar gedecideerde hand de anderen te laten weten dat hij zich niet liet manipuleren of negeren omdat hij nieuw was. Het was een van de redenen dat hij de afgelopen avonden zo laat was gebleven – hij was niet van plan de zwakste schakel te zijn.

Maar er was nog een reden waarom hij zo ijverig was. Terwijl het team vertrok, richtte Hudson zijn aandacht weer op zijn computer. Overdag had hij geen tijd voor zijn eigen zoektocht, deels vanwege de werklast en deels omdat hij dan het risico liep gesnapt te worden. Maar na werktijd was dat anders. Hij vergrootte zijn scherm en keek naar de zoekresultaten. Een lange lijst operaties, allemaal met dezelfde hoofdrechercheur. Hij vond het verbluffend dat Helen Grace zo veel complexe operaties had geleid, maar de rapporten bevestigden het en onderstreepten de heldhaftigheid, onbaatzuchtigheid en toewijding waarmee ze ze tot een succesvol einde had gebracht.

De lange rapporten over het onderzoek naar de dood van Jake Elder, Max Paine en Amy Fawcett waren bijzonder interessant, niet alleen om wat ze blootlegden over Helens privéleven, maar ook omdat ze helderheid verschaften over de complexiteit van haar relatie met haar enige nog levende familielid, Robert Stonehill, die nu in de gevangenis van Winchester zat. Haatte hij haar nog even hartgrondig als eerst? Had zij hem ooit vergeven? Hadden ze contact? Vragen, vragen, vragen...

Politierapporten waren in droge, officiële taal geschreven en tijdens zijn avondsessies had Hudson de politiedatabase vaak verruild voor Google. De verhalen die hij daar vond waren veel sensationeler en onderhoudender – *De inspecteur en de sm-meester, Inspecteur in de cel, Bloedbad in Southampton* – maar eigenlijk kende hij de details al uit zijn hoofd.

Hij had zich gedegen voorbereid op zijn sollicitatiegesprek met Helen, voor het geval dat ze hem met zaken uit het verleden zou confronteren om te zien of ze hem kon intimideren of van zijn stuk kon brengen, of voor het geval dat het tijdens het gesprek duidelijk werd dat ze bepaalde onderwerpen wilde vermíjden.

Uiteindelijk had die voorbereiding haar vruchten afgeworpen – het gesprek was soepel verlopen en hij had de baan gekregen die hij zo graag wilde – maar het betekende wel dat zijn speurwerk wat eentonig werd.

Hij bleef verder zoeken, probeerde elke mogelijke schrijfwijze van haar naam, zowel van haar echte naam als van haar aangenomen naam, en typte sleutelwoorden in die met haar privéleven en haar carrière te maken hadden. Maar elke keer liep hij vast en werd hij verwezen naar artikelen die hij al tien keer had gelezen. Er waren wel andere informatiebronnen die iets zouden kunnen opleveren, maar dan ging het om goede bondgenoten van Helen – rechercheur Brooks en, als je de geruchten mocht geloven, commissaris Simmons – die hem waarschijnlijk niets zouden vertellen. En dus bleef hij verder zoeken en hopen, steeds opnieuw.

Het was tijd om te gaan, hij wist het, maar toch bleef Joseph Hudson zitten. Falen kwam in zijn woordenboek niet voor en riep complexe emoties op. Hij was vasthoudend en hardnekkig in zijn jacht, maar zijn prooi bleef hem ontgaan. Als de beruchte inspecteur echt een raadsel wilde blijven, dan was ze goed bezig, dat was wel duidelijk. Ze had natuurlijk geen controle over wat anderen over haar schreven, maar ze beschermde haar privacy angstvallig. Ze had geen kinderen, geen hobby's, geen goede doelen die ze steunde, geen gelegenheden waar ze regelmatig naartoe ging. Geen Facebookstatus, geen Twitteraccount, zelfs haar mobiele nummer leek geheim – dat ging tegen de regels van de politie in, maar kennelijk zagen de hoge heren dat maar al te graag door de vingers. Hij had nog nooit zoiets meegemaakt. Er was werkelijk níéts over haar als privépersoon te vinden, niet online en niet in haar omgeving, en op haar kantoor lagen alleen werkdossiers en officiële eervolle vermeldingen. Het frustreerde hem, intrigeerde hem en als hij heel eerlijk was, wond het hem ook een beetje op.

42

Helen zat nog steeds in haar kantoor, met de deur dicht en de luxaflex naar beneden.

Normaal gesproken liet ze de deur altijd open om de informatiestroom zo vloeiend mogelijk te houden, maar vanavond moest ze nadenken. Dit benauwde kantoor was haar toevluchtsoord, een plek om zich terug te trekken als ze dekking zocht in de storm. Vaak nam ze hun voortgang en alle aanwijzingen door met Charlie, maar die was na haar ziekenhuisbezoek naar huis gegaan. Ze had flinke blauwe plekken en waarschijnlijk was haar enkel zwaar gekneusd, maar dat was voor haar geen reden om morgen niet naar haar werk te komen. Helen was daar erg blij om, want ze had het nare gevoel dat het onderzoek helemaal de verkeerde kant op ging. De komende dagen zou ze de hulp en het inzicht van haar vriendin goed kunnen gebruiken.

Op haar bureau lag, half verscholen onder een dossier, een pakje Marlboro Gold. Helen zou graag met het pakje naar de binnenplaats verdwijnen, maar het leek haar geen goed idee om deze rampzalige dag af te sluiten door toe te geven aan de verleiding, terwijl ze juist wilde minderen.

Het enige positieve aan deze dag was dat het met Charlie weer goed zou komen, maar daar was alles mee gezegd. Goed, ze hadden Martins schuilplaats ontdekt, de politiehonden kenden zijn geur, en er waren op dit moment twee teams bezig het bos uit te kammen om hem te zoeken, maar vooralsnog was hij voortvluchtig. Helen had het vermoeden dat het heel moeilijk zou worden om hem te vinden. Die man woonde misschien al anderhalf jaar in het bos. Af en toe ving iemand een glimp van hem op, maar alleen als hij dat wilde. Hij wist als geen ander hoe hij in het diepe, donkere woud kon verdwijnen, hoe hij zijn geur kon verdoezelen, hoe hij één kon worden met zijn omgeving. Als hij dagen of weken achtereen kon verdwijnen, hoe groot was dan de kans dat ze hem zouden vinden?

Boos en gefrustreerd begon Helen door haar kantoor te ijsberen. Vandaag hadden ze Martin bijna te pakken gehad, maar hij was hun weer ontglipt. Het zou ongetwijfeld een hele klus zijn om een onvoorspelbaar en agressief heerschap als hij te ondervragen, maar Helen had toch graag de kans gehad. Ze had een heleboel vragen voor hem: over zijn gedrag in het verleden, over zijn redenen om in het bos te verdwijnen en natuurlijk over het gevangennemen van Charlie. Helen was ontzettend benieuwd naar zijn verklaring.

Nathaniel Martin voldeed ongetwijfeld aan het profiel van de moordenaar van Tom Campbell. Woodland View was al eerder een doelwit van hem geweest – Charlie had zijn sterke reactie op die naam bevestigd – en hij liet labiel, gewelddadig en zelfs gestoord gedrag zien. Hij vocht in zijn eentje tegen iedereen die Moeder Natuur aantastte en bleef in leven dankzij zijn vindingrijkheid, gebruikmakend van alles wat hij kon vinden. Zijn voorkeur ging uit naar natuurlijke materialen, maar op zijn schuilplek hadden ze ook ijzeren voorwerpen gevonden, zoals kookpotten en bestek. Het was niet ondenkbaar dat hij door het smelten van die materialen een dodelijk wapen had weten te maken.

En toch zaten Helen wat dingen dwars. Dingen die zijn schuld wat haar betrof discutabel maakten. Volgens Charlie had Martin de mogelijkheid gehad om zijn misdaden op te biechten, maar daar had hij geen gebruik van gemaakt, ondanks het feit dat Charlie volledig aan hem was overgeleverd. Verder was er geen bewijs gevonden dat hij in het bezit was van het moordwapen. Het wapen en eventuele pijlen had hij natuurlijk kunnen meenemen, maar als hij dat wapentuig inderdaad zelf had gemaakt, zou je dan op de schuilplek niet wat gereedschap verwachten, of afval, of iets in die geest? Het was natuurlijk ook mogelijk dat hij de wapens ergens anders had gemaakt, maar Martin was niet iemand die rondzwierf. Hij had lang aan zijn kamp gewerkt, en afgaande op de potten met ingemaakt fruit, de goed uitgeruste 'badkamer' en het comfortabele bed woonde hij er al een tijd. Bleef dus de vraag waar het bewijs was voor zijn dodelijke ambacht.

Bovenal zat Helen met de gedode pony in haar maag. Martin stond bekend om zijn gewelddadige verleden en hij had geen problemen met het doden van beesten om te voorzien in zijn voedsel. De konijnen en wezels die ze aan staken in zijn kamp hadden aangetroffen, waren de stille getuigen van zijn vaardigheden als jager. Maar ook hier klopte het verhaal niet. Deze dieren waren niet doodgeschoten, maar gevangen en bovendien was er niets pervers of ongebruikelijks aan het doden van dieren voor voedsel. Dat deden bosbewoners al sinds het begin der tijden.

Die pony was echter een ander verhaal. Martin wilde de tijd terugdraaien. Volgens de filosofie van het rewilden moest hij leven als onze pre-industriële voorouders. In de praktijk betekende dit dat hij zich moest aanpassen aan de omstandigheden van het bos: eten wat het bos hem verschafte, zoals bessen, paddenstoelen, groenten, knollen en kruiden, en jagen op de dieren die het bos kon missen, zoals een konijn, een vogel of een eekhoorn. Maar de pony's maakten deel uit van het bos zelf, droegen met hun grazen bij aan het landschapsbeheer. Ze hadden hun eigen inbreng in het natuurlijke, regenererende ritme van het bos. Het doden van een wilde pony schond Moeder Natuur zélf en dat ging in tegen de basisprincipes van Martins filosofie.

Volgens zijn wereldbeeld moest je oogsten wat je nodig had om te overleven. Willekeurige verstoring of vernieling hoorde niet thuis in zijn belevingswereld. Het doden van die pony diende geen enkel doel: het vlees en de huid waren niet gebruikt en ook had het beest zijn hoeven, tanden en staart nog gehad. Het was een onschuldig, nuttig dier dat deel uitmaakte van het leefgebied, dus wat was het nut om het te doden?

Mogelijk gebruikte Martin de pony's om zijn vaardigheden met de kruisboog te oefenen. Het doden van een mens was tenslotte iets heel anders dan het vangen van een konijn. Als Helen het op die manier bekeek, leek het wat logischer. In dat geval had het doden van de pony als oefening gediend en was het een noodzakelijke volgende stap geweest naar de moord op een mens. Misschien had Martin op deze manier getest of en hoe hij een mensenleven kon beëindigen. Maar zelfs door deze redenatie raakte Helen niet helemaal overtuigd. Ze kende Martins geloofsovertuiging. Hij was absoluut ver heen, maar hij leefde nog steeds in het bos en zijn woordenwisseling met Charlie liet zien dat hij nog altijd heilig geloofde in het beschermen van Moeder Natuur.

Klopte het dus wel dat Nathaniel Martin de dader was? Of was er mogelijk een nog duisterder, kwaadaardiger persoon verantwoordelijk voor deze afschuwelijke misdaad?

43

'O god, laat me alsjeblieft wakker worden. O god, laat me alsjeblieft wakker worden...'

Hijgend herhaalde ze de mantra en bad dat ze uit deze gruwelijke nachtmerrie losgerukt zou worden. Dat ze weer in de tent lag, bij Matteo... Maar toen ze haar ogen opendeed, bevond ze zich nog steeds in een hel.

Lauren rilde en sloeg haar armen om zich heen. Ze had het ijskoud, haar T-shirt en slipje waren doorweekt en ze was in paniek. Weer deed ze haar ogen dicht en kreunde zachtjes, radeloos.

Waarom gebeurde dit? Wat was er aan de hand? Zij en Matteo hadden een heerlijke avond gehad en waren daarna in slaap gevallen. Vervolgens was ze koud en verward in het donker wakker geworden. In eerste instantie had ze gedacht dat hun tent was weggewaaid, maar toen besefte ze dat ze ergens diep in het bos was, aan alle kanten omgeven door hoge bomen en veel groen. Ze had Matteo geroepen – een keer, twee keer, drie keer – maar tevergeefs. Eerst was het stil, werd haar paniek alleen begeleid door het zachte ruisen van de wind. Toen had ze voetstappen gehoord.

Happend naar adem had ze zich opgelucht omgedraaid, in de hoop Matteo te zien. Maar wat ze toen zag was angstaanjagend.

Een lange persoon met een capuchon was op haar afgekomen. Ze had hem nauwelijks in het donker kunnen zien – hij was perfect gecamoufleerd – en zijn gezicht was verborgen gebleven. Maar ze had met absolute zekerheid geweten dat hij haar iets wilde aandoen.

'RENNEN!'

Hij had het commando geschreeuwd. Ze had zich direct omgedraaid en was weggevlucht, dwars door een struik die vlakbij stond. Doornen hadden schrammen op haar armen en dijen achtergelaten, maar ze had de scherpe pijn genegeerd en was verder, verder, verder gerend. Ze begreep niet waarom ze rende of voor wie ze op de vlucht was, maar haar intuïtie zei haar dat aarzelen fataal zou zijn. Ze móést weg zien te komen. Maar hoe? Ze had geen idee waar ze was of welke kant ze op moest. Het was alsof het bos op haar afkwam – steeds als ze een bepaalde kant op rende, liep ze tegen een muur van groen aan. Als ze dan de andere kant op stoof, struikelde ze over een verborgen obstakel en doemde híj op.

Ze slikte haar angst weg, ploeterde verder en klauwde met haar handen door het groen om weg te komen. Maar het was alsof haar lichaam tegen haar vocht: haar hoofd bonkte, ze had een droge keel, haar longen kregen niet genoeg zuurstof. Ze was een gezonde vrouw, waarom voelde ze zich dan zo beroerd? Was dit wat blinde paniek met je deed?

Ze stormde door de struiken, zag een pad en rende ernaartoe. Een seconde later raakte haar rechtervoet iets hards en klapte ze tegen de grond. Haar hoofd kwam tegen iets aan terwijl op hetzelfde moment een stekende pijn door haar knie schoot. Geschrokken en verward keek ze om zich heen en besefte dat ze over een boomwortel was gestruikeld waar ze haar linkerknie aan had opengehaald.

Tranen sprongen in haar ogen van de misselijkmakende pijn. Verzwakt als ze was, krabbelde ze toch overeind en liep strompelend verder, vastbesloten om door te gaan. Met elke stap probeerde ze te versnellen, haar protesterende knie negeerde ze, en ze ploeterde moeizaam verder door de duisternis.

Maar hij was nu dichtbij, ze kon het voelen. Hij haalde haar in, was op dit moment misschien wel zijn aanval aan het plannen. Lauren wilde het opeens weten. Ze wilde zichzelf kunnen verdedigen of misschien – als God aan haar zijde stond – aan de dood ontkomen. Al verder hobbelend keek ze over haar schouder.

Hij was nog maar tien meter bij haar vandaan. De maan was achter de wolken vandaan gekomen, zodat ze hem nu beter kon zien. Lauren ging nog langzamer lopen omdat ze móést weten wie haar achtervolger was. Zijn kleren waren donkergroen of zwart en glad, ze glommen in het maanlicht. Zijn capuchon was van een soortgelijk materiaal, maar wat eronder zat was juist wat haar interesseerde. Wie wás die man?

Lauren staarde in de leegte en hapte verward en paniekerig naar adem. Deze jager had niet het gezicht van een mens. Ze kon helemaal geen gelaatstrekken zien, alleen twee grote ogen, het leken wel lampen. 'Alsjeblieft, nee…' Paniek sloeg haar om het hart. Wat was dit voor ding? Een kwade geest? Een uit de hel verrezen schaduw om haar te folteren? Ervan overtuigd dat ze in een levende nachtmerrie vastzat, strompelde ze verder om de afstand tussen haar en haar achtervolger zo groot mogelijk te maken. Ze was de wanhoop nabij en haar angst dreigde het te winnen van haar wil om te overleven. Ze werd opgejaagd door iets monsterachtigs, iets onwerkelijks.

En de dood kon elk moment toeslaan.

44

Ze gaf een draai aan de gashendel en racete over de lege weg.

Na zo'n moeilijke dag wilde Helen niets liever dan afstand scheppen tussen haar en het hoofdbureau. Niet omdat ze zo graag thuis wilde zijn – daar zou ze immers achtervolgd worden door dezelfde onbeantwoorde vragen – maar omdat ze snakte naar snelheid. Als de druk groot was, zocht ze soms haar heil in pijn om haar onrust te verdrijven, maar in andere gevallen verlangde ze naar de adrenalinekick die alleen snelheid haar gaf. Het was laat en de wegen waren verlaten, dus Helen kon in één ruk door naar huis.

Nadat ze de recherchekamer had verlaten, was ze nog bij commissaris Simmons langsgegaan. Het was prettig geweest om met haar te praten, maar hun gesprek had Helens twijfels niet weggenomen en het had haar geen stap verder gebracht. Uiteindelijk was ze op haar motor gestapt en nu zoefde ze over de ringweg, voorovergebogen tegen de bulderende wind, en hing ze in de bochten. De eerste keer dat ze op een motor reed, was ze vijftien. Nu, dertig jaar later, gaf het haar nog steeds een kick.

Dat wilde niet zeggen dat ze roekeloos was of een snelheidsduivel. Ze jaagde zichzelf en haar motor op, maar hield altijd de controle en waagde alleen haar eigen leven als ze over de weg raasde. Ze bleef alert en keek goed naar wat er voor én achter haar gebeurde. Terwijl ze voor de zoveelste keer in haar achteruitkijkspiegel keek, viel haar iets op.

Zo'n honderd meter achter haar kwam een andere motor aanracen. Een paar seconden geleden had ze die motor nog niet gezien en ze had al een hele tijd geen vaart hoeven minderen voor verkeerslichten of wat dan ook. Dat betekende dat deze motorrijder keihard reed. Maar waarom? En waar moest hij zo snel naartoe?

Geïntrigeerd nam Helen wat gas terug en ging iets meer naar links rijden, zodat de motorrijder haar kon inhalen. Tot haar verbazing minderde hij ook vaart en bleef hij op een veilige afstand van haar. Helen voelde haar lichaam direct verstijven. Achtervolgde die motor haar soms? Zonder haar ogen van de achteruitkijkspiegels te halen, minderde ze nog wat vaart. De motorrijder achter haar deed hetzelfde. Dat beantwoordde Helens vraag, alleen wist ze nog steeds niet wíé haar achtervolgde en waarom.

Ze werd er nerveus van. In haar leven was ze té vaak achternagezeten en dus was ze nu extra op haar hoede, maar wat kon ze doen als ze niet wist wat er aan de hand was. Bovendien vond ze het geen fijn idee dat er iemand achter haar aan zat, dus kneep ze plotseling en kort hard in de remmen.

Hier had haar achtervolger niet op gerekend. Zodra hij doorhad wat er gebeurde, minderde hij vaart, maar het was te laat. De motor was van een populair, nietszeggend merk, maar de helm met de kenmerkende engel aan de zijkant herkende ze wel. Het was Joseph Hudson.

Helens hoofd tolde. Voor zover ze zich kon herinneren, woonde hij inderdaad aan deze kant van Southampton, dus er was wel een onschuldige verklaring voor het feit dat hij hier reed. Misschien hield hij in omdat hij niet voor de ogen van zijn nieuwe baas de maximumsnelheid wilde overschrijden, of omdat hij niet herkend wilde worden omdat het anders leek alsof hij achter haar aan zat.

Toch was Helen niet overtuigd. Zijn achtervolging was niet intimiderend. Hij probeerde haar bijvoorbeeld niet van de weg te duwen. Sterker nog, hij leek wat behoedzaam en een beetje terughoudend. Probeerde hij haar van een afstandje te bekijken? Misschien wel, maar dan deed hij dat niet handig. Of was het juist de bedoeling dat ze zag dat hij achter haar aan zat? Was het soms mogelijk dat de knappe brigadier met haar aan het flirten was?

Hoe ongepast het ook zou zijn, Helen hoopte maar dat dit het was en dat er geen andere, meer duistere reden achter zat. De herinnering aan Robert Stonehill zat nog vers in haar geheugen. Hoe dan ook, ze was niet van plan om als willoos studieobject te fungeren of naar iemands pijpen te dansen. Dat had ze nooit gedaan.

Ze ging nog langzamer rijden, totdat ze bijna stilstond. Toen Hudson hetzelfde deed, gaf ze vol gas en scheurde ze weg. De kilometerteller schoot omhoog: zestig, honderd, honderddertig kilometer per uur. Terwijl ze voortraasde, waagde ze een blik over haar schouder en zag ze dat Hudson had gereageerd op haar plotselinge actie, maar te laat.

De race was voorbij.

45

Lauren struikelde door het bos, durfde niet achterom te kijken in de hoop dat haar aanhoudende tempo haar zou redden. Ze wist dat hij nog steeds achter haar zat, kon horen hoe hij door de struiken snelde, maar wonder boven wonder leefde ze nog. Haar knie deed vreselijk veel pijn, maar de afgelopen minuten had ze een manier gevonden om ermee om te gaan en had ze door de pijn heen gebeten om opnieuw een sprint te trekken.

Haar longen brandden, ze was buiten adem, maar bleef doorgaan. Haar ogen waren nu aan het donker gewend en zo kon ze voorkomen dat ze ergens over struikelde. Ze vroeg zich niet meer af wie dit deed of waarom, ze wilde alleen maar overleven, weer bij Matteo zijn. Met alle energie die ze nog had, rende ze verder, durfde ze hoop te koesteren. Had ze haar achtervolger verrast met haar uithoudingsvermogen en vastberadenheid? Had ze haar voorsprong misschien zelfs vergroot? Die gedachte spoorde haar aan. Soepel sprong ze over een omgevallen boomstam en landde behendig aan de andere kant.

Ze was hysterisch, zelfs een beetje euforisch. Ze wist dat ze gewond was, haar voetzolen waren plakkerig en deden pijn, ongetwijfeld aan flarden gereten door alle doornen op de bosgrond, maar het kon haar niets schelen. Ze liep steeds verder, rende door het bos, verder en verder. Uit het niets kreeg ze opeens het gevoel dat ze dit eeuwig kon volhouden, dat ze iedereen eruit kon lopen, dat ze zou overleven.

En toen zag ze het. Licht in de verte. Ze kneep haar ogen samen, bang dat haar zintuigen haar bedrogen. Maar ze wist het zeker, het was hier minder dichtbegroeid. Hoop welde in haar op. Als ze uit deze uitgestorven duisternis kon komen, kon ze misschien een weg vinden, een automobilist aanhouden of een huis vinden om in te schuilen.

Het kon haar niet meer schelen wat zich achter haar bevond en ze sprintte op haar redding af. Nog twaalf meter, tien, zes. Met een luide triomfkreet rende ze het sombere bosgebied uit en kwam terecht op een stuk grasland. Iets verderop was een stenen muurtje waar ze op afrende. Haar voeten veerden op het natte gras. Met gemak sprong ze over het muurtje heen en zocht aan de horizon naar tekens van leven.

Toch bekroop haar weer een angstig gevoel. In de verte zag ze helemaal niets. Geen lichten, geen contouren, niets. Hoe was dat mogelijk? Instinctief vertraagde ze haar pas en seconden later kwam ze slippend tot stilstand.

Even was ze bang dat ze zou vallen, wankel op de rand van een duizelingwekkend klif. Ze deed een stap terug, rechtte haar rug en liep struikelend naar achteren. Ze had zichzelf gered, maar begreep er nu niets meer van. Ze was verbijsterd dat ze helemaal in het zuidelijke deel van het bos was – ze moest kilometers ver van de camping zijn. Ze keek nog een keer over de rand. Het was echt een heel diepe sprong – wel dertig meter of meer tot aan de deinende zee, die venijnig tegen de rotsen beukte. Maar wat was het alternatief...?

Ze draaide zich om en wist precies wat ze zou zien. De figuur met de capuchon liep naar haar toe, maar had nu geen haast meer. Haar achtervolger leek totaal onaangedaan. Hij was niet eens buiten adem, maar kwam met griezelig moeiteloze bewegingen op haar af, volledig overtuigd van zijn overwinning. Trillend keek ze om zich heen of ze iets zag wat haar kon redden, maar er was niets. Ze zat gevangen tussen de duivel en de zee.

'Alsjeblieft...' jammerde ze. Maar ze wist dat hij geen mededogen zou tonen. Ze draaide zich om, deed een stap in de richting van het klif... Opnieuw deed de woeste branding haar aarzelen. 'Alsjeblieft.' Ze praatte nu in zichzelf, al wist ze dat het geen zin had, en tranen stroomden over haar wangen.

Het was tijd om te sterven.

46

Met een bang voorgevoel staarde Alice in haar koffie. Hoewel het een stralende dag was en de ochtendzon door de grote ramen naar binnen scheen, had haar humeur meer weg van de donkere drab in haar kopje. Ze voelde zich zwaarmoedig, neerslachtig, verdwaald in de mist.

Wat moest ze doen? Wat was wijsheid? Iedere keer als ze dacht dat ze een strategie had bedacht, werd ze geplaagd door twijfel en zag ze de mogelijke valkuilen waar ze in terecht zou komen als ze haar plannen in praktijk bracht. Dit kwam gedeeltelijk door een gerechtvaardigde voorzichtigheid, zelfs een soort sympathie voor de gevoelens en het welzijn van haar dochter, maar deels ook omdat ze een enorme lafaard was. Ze voelde zich schuldig, vreselijk schuldig, en wist niet hoe ze het goed moest maken.

Ze had haar dochter in de steek gelaten. Ze moest het niet mooier maken dan het was. En ondanks de verzachtende omstandigheden wist ze dat andere mensen haar daarvoor veroordeelden. Niet dat ze dat midden in haar gezicht zeiden, maar ze vonden allemaal dat een ouder onder geen enkele omstandigheid zijn kind de rug toe mocht keren. Nooit. Ergens was ze het met die mensen eens, maar als ze een blik in haar ziel konden werpen en konden zíén wat het met haar deed, dan zouden ze misschien wat milder zijn.

Feit was dat je je eigen vlees en bloed nooit helemaal kon afstoten. Als je eenmaal een kind had gedragen en gebaard, het had gevoed, dan was er een band die nooit verbroken kon worden, wat er ook gebeurde. Ondanks alles had die band nog een grote macht over Alice. Ze dacht altijd aan haar dochter en werd gekweld door alles wat het kind had meegemaakt en misschien nóg meemaakte.

Daarom had ze vaak last van dit soort sombere buien. En daarom moest er iets gebeuren. Hoe moeilijk het ook zou zijn voor beide partijen, ze moest iets doen, want het alternatief was dat ze langzaam gek werd en dat was ondenkbaar. Het werd tijd dat ze de koe bij de hoorns vatte en het ging goedmaken.

Ze hoopte alleen vurig dat het niet te laat was.

47

'Zal ik met jou meegaan naar je werk?'

Charlie moest glimlachen ondanks haar pijn. 'Dat zou ik heel leuk vinden, lieverd, maar je moet een beetje ouder zijn om handboeien en een politiepenning te krijgen...'

Jessica's gezicht betrok en ze speelde weer met de Weetabix in haar kom.

'Maar ik weet het goed gemaakt. Elk half jaar mogen kinderen op het politiebureau komen kijken. Dan kun je de politiehonden zien en met echte politiemensen praten. Zullen we dat doen?'

'Ik wil vandáág,' hield Jessica pruilend vol.

'Dat weet ik en dat is heel lief. Maar ik red me wel, ook al moet ik hinkelen.' Charlie hobbelde van de tafel naar de gootsteen in de hoop dat ze een glimlach aan haar dochter kon ontfutselen, maar werd in plaats daarvan beloond met een pijnscheut in haar linkerkuit. Ze kon een klein beetje op haar geblesseerde been lopen, maar het was nog steeds erg gevoelig. Ze wist dat ze eigenlijk thuis rust moest nemen, maar wist ook dat haar zorgen alleen maar groter zouden worden als ze dat deed.

'Ik wil niet naar school.'

Charlie voelde zich moedeloos worden. 'Waarom niet, lieverd? Is er iets aan de hand?' vroeg ze, en ze hinkelde weer terug.

'Ik wil voor jou zorgen.'

'Maar ik zeg toch dat ik me wel red...'

'Ik wil niet,' zei Jessica koppig.

'Moet je horen, lieverd, ik weet dat het moeilijk is. School is soms best eng – al die grote kinderen, allemaal nieuwe gezichten. Maar de juffen en meesters zijn lief en...'

'Ik vind haar niet lief.'

'Wie niet?'

'Juf Barnard.'

'Waarom niet?'

Jessica gaf geen antwoord en duwde haar kom weg.

Charlie zag dat ze nauwelijks iets van haar Weetabix of appelsap had genomen. 'Is er iets gebeurd? Heeft ze iets gezegd wat je niet fijn vond?'

'Ik vind haar niet lief. Mag ik alsjeblíéft met jou mee?'

Charlie begon boos te worden. Ze was doodmoe en probeerde het beste te maken van een moeilijke situatie, maar wat ze ook zei, niets leek te helpen.

'Ik heb je uitgelegd waarom dat niet gaat, Jessica, en we zijn al laat...' Charlie keek zenuwachtig naar de klok. Ze zouden met de auto moeten om nog op tijd te zijn. '... dus als je klaar bent met eten, dan gaan we. Pak je tas maar.'

Jessica bleef nukkig en een beetje verloren zitten.

Charlies ergernis smolt weg en maakte weer plaats voor bezorgdheid. 'Als er iets was, zou je het me toch zeggen, hè?' Haar stem sloeg onwillekeurig een beetje over. 'Lieverd...?'

Jessica dacht hier even over na. Toen keek ze Charlie aan en zei: 'Ik wil niet naar school.'

48

Ze liepen gehaast achter elkaar het huis uit: moeder, dochter en als laatste vader. Deuren vlogen open, boekentas, gymtas, blokfluit werden naar binnen gemikt, de motor werd gestart. Het zag er allemaal heel soepel en gecoördineerd uit, zo 's ochtends vroeg, en niemand had door dat er naar ze werd gekeken.

Helen deed een stap achteruit, bang dat ze anders gezien zou worden. Niet dat die kans groot was, want ze had een mooie uitkijkplek opgezocht, maar ze wilde niemand laten schrikken. En natuurlijk wilde ze helemaal niet gezien worden. Christina zou zich haar zeker herinneren en zou niet blij zijn als Helen opeens bij haar op de stoep stond. Ze had dit gezin nooit iets anders dan slecht nieuws gebracht.

Inmiddels was het jaren geleden dat Helen Christina had gezien, maar ze zag er goed uit. Met haar dure kleren, glanzende haar en perfecte make-up leek ze een dikke vinger op te steken naar haar middelbare leeftijd. Elsie zag er ook goed uit, al stond Helen er natuurlijk versteld van hoe groot ze was geworden. Niet alleen qua lengte, maar ook qua gedrag. De kleuter die ze zich herinnerde was nu een levendige, intelligente, praatgrage meid, bijna een tiener. Heel wat anders dan het nukkige kind dat ze zich herinnerde. Even voelde Helen iets van schaamte toen ze bedacht hoe lang ze weg was gebleven.

Helen had een korte relatie gehad met de vader van het gezin, nadat Christina hem het huis uit had gezet. Mark had het moeilijk gehad met de scheiding en met het gedeelde ouderschap, waardoor hij aan de drank was gegaan. Toentertijd was hij haar belangrijkste rechercheur geweest, dus had ze hem bij de hand genomen en hem geholpen om van de drank af te komen. In de tussentijd waren de grenzen vervaagd en waren ze een relatie begonnen; een fout die catastrofale gevolgen had gehad, want mede door zijn relatie met Helen was Mark tijdens zijn werk om het leven gekomen. Helen had zich onuitsprekelijk schuldig gevoeld en had intens met de gebroken Christina en Elsie meegeleefd. Ze had zich voorgenomen om op ze te letten nu ze zo'n moeilijke weg te gaan hadden.

De eerste paar jaar had ze zich aan haar belofte gehouden, maar daar was langzaam maar zeker een eind aan gekomen toen het leven steeds moeilijker werd. Via via had ze nog wel gehoord dat Christina was hertrouwd, maar ze had de man nog nooit gezien. Hij zag eruit zoals ze zich had voorgesteld – Christina hield van mooie mensen om zich heen – maar hij leek oprecht erg aardig. Zo te zien was hij lief voor Elsie en heel vrolijk, zoals hij haar plaagde toen ze liep te treuzelen bij het instappen. Ze leken liefdevol en ongedwongen met elkaar om te gaan. Ze zagen er gelukkig uit.

Jaren geleden, nadat Helen hun had verteld dat Mark was vermoord, was dat heel anders geweest. Christina was gebroken geweest, want ondanks de scheiding had ze nog van Mark gehouden. En Elsie had maar niet kunnen begrijpen waarom ze haar papa niet meer zou zien. Het was afschuwelijk geweest om aan te zien, dus was Helen blij dat ze hun leven weer zo goed op de rails hadden. Dat was voor haar het bewijs dat er nog hoop was.

Helen had weer een rusteloze nacht achter de rug, niet alleen door de achtervolging van Joseph Hudson, maar ook door de woorden van Grace Simmons. 'Je moet je niet vastklampen aan het verleden, anders ga je eraan kapot.' Ook nu ze het gezin lachend en gezellig kletsend zag wegrijden, moest ze weer aan die zin denken. Wat had haar vandaag hiernaartoe gebracht? Wilde ze de herinnering aan Mark eren – de laatste man met wie ze een serieuze relatie had gehad? Of wilde ze zich ervan vergewissen dat het mogelijk was om te herstellen van een drama? Dat het mogelijk was om door te gaan met je leven?

Haar gedachten werden onderbroken door het gezoem van haar telefoon. Het was Hudson. Helen aarzelde even, maar nam toen toch op. 'Inspecteur Grace.'

'Sorry dat ik je zo vroeg stoor,' zei hij ademloos, 'maar ik dacht dat je dit wel wilde weten.' Hij hield even in voordat hij met de mokerslag kwam. 'Iemand heeft net zijn vriendin als vermist opgegeven, op een camping in de New Forest.'

49

'Je wordt ijdel...' fluisterde Emilia, terwijl ze naar haar spiegelbeeld staarde en nauwelijks een glimlach kon onderdrukken. Ze stond in haar eentje in het toilet op haar werk. Het was niets voor haar om tegen zichzelf te praten terwijl ze haar make-up bijwerkte, en ook het feit dat ze geen afkeer voelde terwijl ze naar de littekens in haar gezicht keek, was raar, maar ze voelde zich vanmorgen uitgelaten, zelfs een beetje frivool.

De editie van gisteravond was een van de bestverkochte in de geschiedenis van de krant. Hij was uit de rekken gevlogen, en kiosken en supermarkten hadden bijna niet aan de vraag kunnen voldoen. De meeste inwoners van de stad waren plannen voor de zomer aan het maken en een aanzienlijk deel van hen wilde naar de New Forest. Maar nu niet meer, niet nu er een moordlustige gek in het bos rondwaarde. De plaatselijke bevolking had gesmuld van de details – de donkere open plek, het hangende lijk, de kruisboogpijlen – en was vervolgens van leer getrokken op social media, waardoor de paniek viral was gegaan. Niet slecht voor een dagje werk.

De aanhoudende stilte van de politie had haar zaak verder geholpen. Omdat er van hogerhand geen concrete informatie was vrijgegeven, hadden de overige media zich tot Emilia gewend.

Iedereen kende haar vanwege haar confrontatie met Daisy Anderson, en opnieuw leek zij de insider met de primeur. Emilia liet geen kans ongemoeid om meer bekendheid te genereren, dus werkte ze maar al te graag mee. Ze had al twee radio-interviews gedaan en stond op het punt om bij BBC South te verschijnen. Ze glimlachte. Radio was leuk en aardig, maar iedere journalist bij een krant droomde ervan om op tv te komen.

Emilia stopte haar foundation weg, controleerde haar lippenstift opnieuw en pakte haar spullen. Ze verliet het toilet en liep snel door de gang omdat de taxi elk moment kon komen. Ondertussen pakte ze haar telefoon, keek of ze appjes had en opende Twitter. Ze was nieuwsgierig naar het grote aantal tweets met #newforestkiller. De meeste waren zinloze speculaties en bangmakerij, maar het waren stuk voor stuk reacties op een tweet van eerder die ochtend.

Commotie op onze camping vanmorgen. Vrouw vermist.
Moeten we ons zorgen maken??? #newforestkiller

De tweet was afkomstig van Squeakybum74 en er stonden een paar smileys bij, dus kennelijk maakte de twitteraar zich niet zo druk. De persoon vond het alleen maar grappig, maar Emilia nam het heel serieus en bestudeerde de foto die erbij zat. Hij was van een ongeschoren man met wilde zwarte krullen die met agenten in uniform stond te praten. De foto was van een afstand genomen, maar toch was duidelijk te zien dat de man erg overstuur was.

Met haar telefoon stevig in haar hand haastte Emilia zich in de richting van de uitgang en verstuurde ondertussen een tweet. Ze zou contact opnemen met de twitteraar, uitzoeken waar de camping was en de persoon adviseren geen verdere berichten te versturen totdat zij er was. Het was een simpel plan, maar wel een dat flink wat zou kunnen opleveren als de moordenaar inderdaad een tweede slachtoffer had gemaakt. Emilia rende naar buiten en voelde die bekende kick, de opwinding van een nieuwe aanwijzing. Haar plannen voor vanmorgen waren opeens in de war gestuurd, maar dat kon haar niets schelen.

BBC South kon wachten.

50

'Wat is er precies gebeurd?' vroeg Helen vriendelijk maar vastberaden.

Ze zat samen met Matteo Dominici in het kantoor van de beheerder van camping Sunnyside. Vanmorgen vroeg had hij zijn vriendin, Lauren Scott, als vermist opgegeven, en hij was er nog steeds slecht aan toe. Hij zag bleek en was duidelijk erg ongerust en snel afgeleid. Hij haalde zijn handen vaak door zijn dikke haar en bleef maar om zich heen kijken, alsof hij verwachtte dat Lauren ieder moment het kantoortje kon binnenkomen. Maar de jonge vrouw was al een paar uur niet gesignaleerd, ondanks het feit dat ze al haar spullen en kleren in de tent had achtergelaten.

'Alsjeblieft, Matteo. Je moet je concentreren.'

'Sorry. Ik voel me niet goed...'

'Kunnen we iets voor je halen? Water? Nurofen?'

'Allebei, graag. Ik voel me klote,' zei hij met hese stem, terwijl hij over zijn voorhoofd wreef.

'Kater?' vroeg Helen luchtig, nadat ze naar de agent in uniform had gebaard dat hij pijnstillers moest gaan halen.

'Absoluut niet.'

Tot haar verbazing leek hij wel beledigd dat ze hem dat had

gevraagd, iets wat niet ongemerkt aan hem voorbijging, want hij kwam meteen met een verklaring.

'Wij drinken niet. En we gebruiken ook geen drugs, mocht u dat soms denken. We zijn allebei ex-alcoholist.'

'Aha.'

'Daar kennen we elkaar van, de AA. We hebben al meer dan twee jaar geen druppel gedronken.'

'Dat vind ik fijn voor jullie,' antwoordde ze oprecht. Ze wist maar al te goed wat voor schade alcoholisme kon aanrichten. 'Hoe lang zijn jullie al bij elkaar?'

'Anderhalf jaar. Het duurde even voordat ik de moed had om haar mee uit te vragen, maar sindsdien zijn we onafscheidelijk. Ze is geweldig.'

Helen glimlachte naar hem, maar het kostte haar moeite om niet te denken aan wat er met Lauren gebeurd kon zijn. 'Hoe zag gisteren eruit?'

'Gewoon. Niet bijzonder, in ieder geval...' antwoordde hij aarzelend, alsof hij probeerde alles voor zichzelf op een rijtje te krijgen. 'Toen we aankwamen, goot het. We hebben de tent opgezet en zijn er de rest van de dag niet uit gekomen. Daar was het te nat voor.'

'Hebben jullie niemand ontmoet? Of iemand bij de tent gezien?'

'Nee. We zijn de hele avond alleen geweest.'

'En hoe laat gingen jullie slapen?'

'Om een uur of elf, half twaalf.'

'Wanneer merkte je dat ze weg was?'

'Toen het licht begon te worden. Daar werd ik wakker van. Of van de vogels...'

'En toen?'

'Toen was ze weg. Al haar spullen lagen er nog, maar de tent stond open en ze was nergens te vinden. Ik ben drie keer de camping over geweest en daarna heb ik nog een uur in de tent zitten wachten, voor het geval dat ze om een of andere reden naar het dorp was gegaan.'

'En jullie auto?'

'Die hebben we niet. We zijn met de bus gekomen.'

Dit moest Helen natrekken. In het hoogseizoen reed er inderdaad een bus van en naar de camping, maar ieder detail moest nu eenmaal onderzocht worden. 'Je hebt even na half negen de politie gebeld…'

'Ja. Tegen die tijd was ze al bijna drie uur weg. Ik vond het eigenlijk wat overdreven, maar…'

Helen knikte meelevend.

'Wat is er met haar gebeurd?' Nu keek hij haar recht in de ogen. 'Zelfs ik weet dat je niet een hele horde politiemensen op een vermissing afstuurt.'

'Ik weet het nog niet,' antwoordde Helen naar waarheid, blij dat Matteo gisteravond de *Evening News* niet had gelezen. 'Maar daar komen we wel achter. Zeg eens, Matteo, voel je je 's ochtends wel vaker zo beroerd? Mankeer je iets, of…'

'Nee. Het voordeel van niet drinken is dat je 's ochtends helder bent.'

'Kun jíj verklaren hoe het komt dat je je vandaag zo rot voelt?' Helen zag dat hij zijn ogen samenkneep, alsof hij dacht dat ze hem niet geloofde.

'Nee, ik snap het ook niet. Toen we gingen slapen waren we nuchter en helder, maar toen ik wakker werd voelde ik me vreselijk. Duizelig, misselijk, knallende koppijn.'

'Kun je je iets herinneren van vannacht? Een geluid? Bewegingen in of om de tent?'

'Nee, niet echt,' zei hij weifelend.

'Helemaal niets?'

'Nee. Ik bedoel, ik heb haar niet horen weggaan, of zo.'

'Maar...?'

'Maar... Volgens mij heb ik een auto gehoord. Ik weet het niet honderd procent zeker, want het was heel vaag, maar het klonk als een auto. Een zacht geronk.'

'Je hebt geen auto gezien?'

'Nee, en ik kan het me eerlijk gezegd ook niet heel goed herinneren. Ik was gisteravond zo moe. Volgens mij heb ik geen enkele keer mijn ogen opengedaan...'

Hij keek helemaal ontdaan, alsof zijn onoplettendheid de oorzaak was van Laurens verdwijning.

Ondertussen was de agent in uniform terug met het water en de Nurofen. Helen beloofde Matteo dat ze snel terug zou zijn, waarna ze hem achterliet in het kantoortje. Terwijl ze zich naar de tent van Matteo haastte, zag ze in de verte Hudson iemand ondervragen en Charlie van tent naar tent hobbelen. Helen dook onder het politielint door en ging meteen op onderzoek uit langs de buitenkant van de tent; de binnenkant liet ze voor wat die was. De tent van Tom Campbell was een oud, versleten ding geweest, maar de tent van Matteo Dominici zag er gloednieuw uit, alsof hij zo uit de doos kwam.

Met haar handschoen aan liet ze haar hand over de stof glijden, zoekend naar zwakke plekken of gaten. Maar de tent verkeerde in een prima staat en zou iedere regendruppel, en iedere indringer, buiten moeten kunnen houden. Ze liep naar de zijkant van de tent om haar zoektocht voort te zetten, overtuigd als ze was dat er ergens een gat of een scheur moest zitten. Maar ook hier was niets te zien, dus liep ze naar de achterkant. Ze controleerde elke zoom en elk verbindingsstuk, maar begon nu toch te vrezen dat het allemaal niets zou opleveren.

Maar toen zag ze het: een klein scheurtje in het tentdoek. Of nee, een scheur was het niet. Daar was het te netjes voor. Het was een snee. Iemand had met een mes of een scalpel langs de naad gesneden. Het was maar een klein sneetje, niet meer dan tien centimeter lang, maar dat was ruimte genoeg voor een buis of een slang.

Vanaf het begin had Tom Campbells mysterieuze verdwijning uit zijn tent haar dwarsgezeten, en nu Lauren Scott op dezelfde manier was verdwenen werd dat gevoel versterkt. Matteo Dominici had haar onbedoeld een mogelijke verklaring gegeven, namelijk dat ze last hadden van koolmonoxidevergiftiging. Melanie Walton had dat niet doorgehad omdat ze dacht dat ze een kater had, maar Matteo wist dat er iets niet klopte. De snee in de tent was daar, wat Helen betrof, het bewijs voor.

Nu liep ze bij de tent vandaan om naar bandensporen te zoeken. In de afgelopen jaren was er een reeks overvallen door georganiseerde bendes op kampeerders geweest, vooral op vakantiegangers die op doorreis waren in Frankrijk. In die gevallen was er een gat gemaakt in de tent of camper om daar uitlaatgassen door naar binnen te laten stromen, afkomstig van een stationair draaiende auto. Daardoor verloren de kampeerders het bewustzijn en konden de dieven toeslaan. Gebruikte hun moordenaar dezelfde tactiek? Het was een riskante aangelegenheid: te veel koolmonoxide en de slachtoffers overleefden het niet, maar het voordeel was dat iedereen in de tent het bewustzijn verloor.

De laatste tijd waren ondernemende dieven nog vernuftiger geworden door met een dikke laag geluidsisolatie van aluminium het lawaai van de motor te dempen, zodat de kans dat ze onopgemerkt bleven nog groter was. Was dat hier ook gebeurd? Matteo Dominici had het geluid van de auto omschreven als een 'zacht geronk', iets wat volgens Helen kon duiden op een stationair draaiende motor.

De bodem was verzadigd van de regen en Helens voeten veerden op de grond. Drie meter bij de tent vandaan vond ze bandensporen, vrij diep en breed, mogelijk van een wagen met vierwielaandrijving. Ze leken hier niet op hun plaats. Matteo had gezegd dat ze met de bus waren gekomen en het parkeerterrein van de camping lag aan de andere kant, bij de ingang. Er was dus geen enkele reden waarom iemand hier geparkeerd zou hebben.

Tenzij je iets wilde van de mensen in de tent.

51

De auto hobbelde langzaam over het gras langs de zoom. Joseph Hudson had een verbijsterde kampeerder staan ondervragen toen Helen hem had geroepen. Ze had uitgelegd wat ze had ontdekt, had Charlie op zoek laten gaan naar getuigen en had hem gevraagd om een auto te regelen. Met z'n tweeën waren ze vertrokken, hij achter het stuur, terwijl zij nauwlettend het bandenspoor volgde.

Het liep bij de camping vandaan over een pad in de richting van het bos en niet naar de weg. Hudson reed doelbewust maar voorzichtig en zorgde ervoor dat hij niet over het spoor zelf reed omdat dat cruciaal bewijsmateriaal zou kunnen zijn. Ze zeiden niets, volledig geconcentreerd op hun taak, maar allebei waren ze zich ervan bewust dat het beeld van deze misdrijven steeds duidelijker begon te worden. Een beeld dat hen behoorlijk nerveus maakte.

'Stop.'

Hudson reageerde direct en trapte hard op de rem. De auto kwam slippend tot stilstand en Helen sprong eruit. Toen Hudson de motor had uitgezet, stapte hij uit en liep om de auto heen.

Helen zat op haar hurken en bestudeerde de plek. 'Hetzelfde spoor, maar hier is het dieper. Veel dieper.'

Hudson keek wat beter en zag dat ze gelijk had. 'Denk je dat de moordenaar hier heeft geparkeerd?'

'Mogelijk,' antwoordde Helen, en ze kwam overeind. 'Eens kijken.'

Ze liet het spoor achter zich en liep behoedzaam naar de dichtstbijzijnde bomen. Hudson volgde haar en tuurde de grond af op zoek naar platgetrapt gras. De zoom was lang en ruig en het was moeilijk te zien, maar het leek inderdaad alsof een deel van de dichte begroeiing hier en daar was platgedrukt.

'Hier...' Helen stond nu bij de bosrand en wees naar iets wits aan een tak.

'Van haar T-shirt? Van een hemd?'

Ze haalde haar schouders op, dook onder een tak door en liep voorzichtig het bos in.

Hudson volgde haar en zocht in het sombere bos naar aanwijzingen. 'Daar.' Hij zag het direct: drie meter verderop hing een half afgebroken tak.

Helen bekeek hem, knikte en vervolgde haar weg. Al snel vonden ze meer: twee afgebroken takken, een groter stuk stof en wat bloed. Dat laatste hadden ze bijna gemist, maar Helen had Hudson vastgepakt en naar de donkerrode vlek op het uiteinde van een scherpe tak gewezen die door een zonnestraal werd verlicht.

Opnieuw gingen ze verder en volgden het onopvallende spoor van beschadigingen, tot het pad uiteindelijk bij een open plek kwam. Helen liep nog altijd voorop en Hudson hoorde haar vol afschuw naar adem happen, voordat ze abrupt bleef staan. Hudson haalde diep adem, betrad de open plek en keek omhoog.

Waar hij Lauren Scotts lichaam aan een boom zag hangen.

52

Matteo Dominici. Lauren Scott.

Emilia hield haar vinger bij die twee namen. Er was geen twijfel mogelijk – dít was het onfortuinlijke stel.

Zodra ze bij camping Sunnyside was aangekomen, had Emilia zich schuilgehouden. Haar auto had ze een eind verderop geparkeerd, om vervolgens via het bos naar de camping te lopen. Het wemelde er nog steeds van de politie. Bij de picknickplaats werden wat campinggasten ondervraagd en toen ze ongezien het kantoor naderde, zag ze hoe een begripvolle familierechercheur een man wegvoerde met een wilde haardos die erg overstuur was. Emilia's eerste reactie was om achter hen aan te gaan en proberen een foto te maken met haar telefoon, maar de kans was groot dat ze dan werd betrapt, en bovendien had ze eerst harde feiten nodig. Dus volgde ze haar intuïtie en dook het verlaten kantoortje in.

Ze liep naar de balie, waar ze behendig overheen leunde om het nachtregister te pakken. Snel nam ze een foto van de namen en ging vervolgens aan het werk. Met een half oog op de politiemensen en eventuele campingmedewerkers begon ze de namen op de lijst te googelen en afbeeldingen te bekijken. Bij de zevende poging had ze geluk. Matteo Dominici had een erg karakteristiek hoofd, met zijn warrige bos zwart haar. Op een aantal foto's stond hij met zijn arm om een knappe jonge vrouw heen. Na een korte zoekactie bleek het hier om zijn vriendin, Lauren Scott, te gaan.

Dit was dus de vrouw die vermist werd. Ze had onder de campinggasten die ondervraagd werden niemand gezien die op deze vrouw leek, en Dominici was zó van streek dat het niemand anders kon zijn. Had de politie al een lichaam gevonden? Of werd ze nog steeds vermist? Emilia wist dat ze op de zaken vooruitliep, maar de overeenkomst tussen de moord op Tom Campbell en de verdwijning van Lauren was zo groot dat het geen toeval kon zijn. Ze wist zeker dat de moordenaar van de New Forest weer had toegeslagen.

Emilia bekeek de profielfoto van de vrouw op Facebook. Dat knappe, slanke gezicht met de vriendelijke, open uitdrukking zou het goed doen op de voorpagina van morgen. Zelfs de kleding die ze droeg – een roze T-shirt met *Race for Life* erop – was ideaal. De foto was duidelijk genomen aan het einde van de wedstrijd: Lauren zag er doodmoe maar gelukkig uit, met een brede grijns op haar gezicht. Het contrast tussen de lieve, bewogen jonge vrouw die echt iets bijdroeg aan de maatschappij en het angstaanjagende relaas van haar ontvoering zou zeker op het gemoed van de lezer werken.

Emilia had het verhaal al in haar hoofd, maar ze had nog wat meer details nodig. Misschien zou een van de campinggasten met haar willen praten. Of anders kon ze proberen een agent in uniform zover te krijgen – een van de jonkies, die ze nog kon aanmoedigen of intimideren om iets tegen haar te zeggen. Maar toen ze een behoedzame blik uit het raam wierp, zag ze tot haar verbazing dat het politieteam in beweging was gekomen. Een aantal agenten in uniform bleef bij de verwarde kampeerders, maar de rest – vooral de recherche – haastte zich naar hun auto's. Hoewel 'haasten' niet de juiste term was om het vertrek van rechercheur Brooks te omschrijven: zij hinkte moeizaam over het terrein. Emilia vroeg zich af hoe ze aan haar verwonding was gekomen. Tijdens haar werk? Een confrontatie?

Deuren werden dichtgeslagen en motoren werden gestart. Emilia wist dat ze nú een beslissing moest nemen. Wat ging ze doen? Als ze hier bleef, kon ze misschien interessante informatie vergaren, maar als het hele team halsoverkop vertrok, kon dat maar één ding betekenen.

Emilia legde het nachtregister neer. Ze liep snel het kantoor uit en rende door de bossen naar haar auto. Als ze zou aankomen op het moment dat de plaats delict werd afgezet, kreeg ze misschien de kans om een paar mooie foto's te maken én om het team op een onverhoeds moment aan te spreken. Ze huiverde al van verwachting bij de gedachte alleen. Er ging tenslotte niets boven de kick van de jacht.

53

Met haar telefoon tegen haar oor geklemd, liep Helen met grote stappen naar de auto.

'Is het dezelfde vent? Dezelfde werkwijze?' Simmons klonk geconcentreerd, maar bezorgd. Een tweede moord zo kort op de eerste duidde op een onbevreesde of roekeloze dader, of allebei.

'Ja,' antwoordde Helen snel. 'Het forensisch team kan elk moment arriveren, maar ik ben ervan overtuigd dat dit ons tweede slachtoffer is. Het lijkt er sterk op dat Scott is ontvoerd, opgejaagd en daarna is leeggebloed.'

Het duurde even voordat Simmons stem de stilte doorbrak. 'Hoe wil je het aanpakken?'

'Tja, dat is eigenlijk aan jou,' antwoordde Helen, 'maar dit kunnen we niet stilhouden. Niet na de koppen van gisteravond.'

Opnieuw viel er een stilte. Beide vrouwen waren verrast en boos geweest vanwege Emilia Garanita's opruiende artikel, en verbijsterd door de paniekreactie die het had veroorzaakt. De onverbeterlijke journaliste genoot klaarblijkelijk van alle aandacht en had Helen die ochtend al twee keer gebeld voor een officiële reactie – telefoontjes die Helen vastberaden had genegeerd.

'Vind je dat we een algemene waarschuwing moeten afgeven en met de landelijke pers moeten praten?' vroeg Simmons.

'Er komen deze week honderden vakantiegangers naar de New Forest. Als zij gevaar lopen, moeten we ze dat laten weten.'

'Willen we Nathaniel Martin als verdachte noemen?'

'Nog niet. De lokale bevolking en de toeristen zullen ons niet helpen hem uit te roken. Dat is het werk van de zoekteams, en als we zijn naam vrijgeven, zullen mensen minder snel geneigd zijn ons te benaderen met andere informatie.'

'Akkoord. Ik neem zo meteen contact op met de perswoordvoerder. Ons advies zal zijn dat iedereen zijn plannen moet herzien en voorzichtigheid moet betrachten. Wil je dat ik de persconferentie afhandel?'

Simmons kende haar maar al te goed. Helen gruwde ervan om lastiggevallen te worden door journalisten, terwijl ze iets veel nuttigers met haar tijd kon doen. 'Dat zou fijn zijn. Ik hou je op de hoogte.'

'Heel graag.'

Voordat Simmons de verbinding verbrak, hoorde Helen hoe ze haar assistente opdracht gaf om de perswoordvoerder te laten komen. Het was een van de redenen dat ze haar nieuwe baas zo bewonderde: ze was nuchter, praktisch en wilskrachtig, en inspireerde hen om haar voorbeeld te volgen.

Helen wenkte Hudson en stapte in.

'Waar gaan we naartoe?' vroeg Hudson, die achter het stuur ging zitten en de motor startte.

'Het hoofdbureau.' Helens toon was bars, maar vastberaden. 'We hebben een hoop te doen.'

54

'De slachtoffers zijn dus bedwelmd?' vroeg rechercheur Reid.

Het team was weer terug op het hoofdbureau, in de recherchekamer. Helen had iedereen op de hoogte gebracht van wat ze tot dusver had ontdekt en er waren, logischerwijs, een boel vragen.

'Daar lijkt het wel op. We weten niet zeker wat er is gebruikt, maar ik gok koolmonoxide.'

'Wel zo makkelijk, als je een auto hebt,' zei Osbourne.

'Bovendien laat het geen sporen na in bloed of organen,' voegde Helen eraan toe, 'dus is het moeilijk te achterhalen.'

Het bleef even stil terwijl de rechercheurs hierover nadachten. Zolang je niet te veel gebruikte, was uitlaatgas een heel simpel en probaat middel om je beoogde slachtoffers te bedwelmen.

'En daarna? Werden ze losgelaten in het bos?'

'Daar gaan we van uit,' antwoordde rechercheur Hudson. 'Het spoor dat we hebben gevonden duidt op een achtervolging. Maar het slachtoffer is niet vermoord op de plek waar ze is gevonden. Het spoor leidde naar een afgrond zo'n achthonderd meter verderop.'

'En daarna is ze naar de open plek gesleept?' vroeg rechercheur Edwards.

'We hebben niets gevonden wat duidt op slepen, dus is ze

waarschijnlijk gedragen,' antwoordde Helen. 'We hebben maar één paar schoenafdrukken gevonden – mogelijk van legerkistjes, maat zesenveertig.' Helen zocht wat op haar telefoon, totdat er een foto van een voetafdruk op het scherm verscheen. 'Hij is niet haarscherp, maar zolang de foto's van Ross er nog niet zijn, moeten we het hiermee doen. We hebben trouwens ook een enkele schoenafdruk op het T-shirt van het slachtoffer gezien. Mogelijk heeft de dader op het slachtoffer getrapt. Of haar met zijn voet op de grond gedrukt terwijl hij een pijl afschoot...'

Een van de jongere rechercheurs huiverde, maar Helen ging verder.

'Gezien de schoenmaat, de kracht die er nodig is om een lichaam te tillen én het feit dat er maar één paar schoenafdrukken lijkt te zijn, lijkt het om één man te gaan die behoorlijk groot en sterk is. Tenzij we overtuigend bewijs van het tegendeel vinden, wil ik het onderzoek met dat uitgangspunt voortzetten.'

Het team knikte. Ze hadden nog steeds niet veel om op af te gaan, maar ze moesten toch ergens beginnen. Helen scrolde door haar lijst met foto's en tikte er weer een aan.

'Dit is een close-up van de bandafdruk die waarschijnlijk van de auto van de dader komt. Rechercheur McAndrew is hier al mee bezig geweest.'

Ze knikte naar McAndrew, waarna het team de aandacht op haar richtte.

'Het is een brede, zware band, wat duidt op een terreinwagen. Afgaande op het profiel ben ik er vrij zeker van dat het om een Avon Rangemaster gaat. Dat zijn dure en vrij zeldzame banden, die hoorden bij de standaarduitvoering van de Land Rover Defender.'

'Defenders worden toch niet meer gemaakt?' merkte de autofreak van dienst, rechercheur Edwards, op.

'Een paar jaar geleden is Land Rover inderdaad met de productie gestopt,' bevestigde McAndrew. 'Maar ik denk dat dit voertuig ouder is. Het profiel van de banden komt overeen met een eerdere versie van de Rangemaster en bovendien is de afdruk erg vlak en onregelmatig. Dat duidt erop dat de band behoorlijk versleten is. We hebben het dus over een Defender die minstens zeven jaar oud is. Ik heb hier de laatste gegevens van de Dienst Wegverkeer. In Hampshire staan drieënvijftig Defenders geregistreerd. Het kan zijn dat het voertuig niet geregistreerd staat of gestolen is, maar onze eerste taak is om alle eigenaren van deze wagens na te trekken en ons te concentreren op waar ze de afgelopen dagen zijn geweest en op mogelijke motieven.'

'Betekent dit dat Martin geen verdachte meer is?' vroeg rechercheur Edwards, gebarend naar diens politiefoto. 'Ik bedoel, volgens ons heeft hij geen auto en bovendien houdt hij niet van moderne machines.'

'We sluiten nog niemand uit,' zei Helen beslist. 'Martin heeft nog heel wat vragen te beantwoorden, onder andere over zijn vijandigheid tegenover Woodland View en zijn aanval op rechercheur Brooks, maar we moeten rekening houden met andere mogelijkheden...'

'We zijn op zoek naar mensen die een bepaalde connectie hebben met Tom Campbell en Lauren Scott,' onderbrak rechercheur Hudson haar. 'En naar redenen voor deze specifieke werkwijze van de dader. Jachtliefhebbers, wapengekken, mensen die weten hoe je aan een kruisboog komt en hem kunnen afschieten, hem misschien zelf kunnen maken. We moeten de zoektocht verbreden door te kijken of er iemand met een soortgelijk voertuig eerdere veroordelingen heeft voor geweldpleging met een dodelijk wapen, zware mishandeling of bedreigingen. Heeft er iemand online, al dan niet op het dark web, kruisbogen gekocht of verhandeld?'

De verzamelde rechercheurs knikten allemaal ernstig nu duidelijk werd hoe complex de opdracht was.

'Ik ga jullie indelen in kleinere groepen, met ieder een specifieke taak,' ging Helen verder. 'Een aantal van jullie gaat de aandachtspunten onderzoeken die rechercheur Hudson net aangaf, de anderen assisteren rechercheur Brooks met het onderzoek naar de achtergrond van de slachtoffers.'

Charlie stond op, nog steeds onvast op haar benen. 'De belangrijkste vraag,' begon ze, terwijl ze zich staande probeerde te houden, 'is waarom deze twee mensen het slachtoffer zijn geworden. Kiest de dader speciaal campinggasten omdat ze een makkelijke prooi zijn, of omdat hij iets tegen kampeerders in het algemeen heeft?'

'Ik heb een bloedhekel aan kamperen,' dreinde rechercheur Edwards, wat leidde tot wat gegrinnik en gekreun onder zijn collega's.

'Heeft hij zijn slachtoffers lukraak uitgekozen?' ging Charlie onverstoord verder. 'Of waren ze zijn specifieke doelwit? Is er een verband tussen die twee?'

'Kenden ze elkaar?' vroeg Osbourne, voortbordurend op Charlies vragen.

'Dat kunnen we niet opmaken uit ons eerste onderzoek. Ze komen allebei oorspronkelijk uit Southampton, maar verder is er weinig overeenkomst. Campbell was bijna dertig, Scott was zevenentwintig. Zij is een meisje uit de middenklasse dat niets van haar leven heeft gemaakt, hij een succesvolle gymnasiast met een goede baan, een verloofde en een duur huis in Winchester. Lauren Scott is daarentegen bekend met kleine criminaliteit, drugsmisbruik en zelfs een enkele waarschuwing vanwege prostitutie. Ze heeft onlangs haar leven gebeterd, maar heeft geen contact meer met haar ouders en woont met haar vriend in een appartement in Thornhill.'

'Het kan zijn dat er helemaal geen verband is,' voegde Helen eraan toe. 'Zij was een drugs- en alcoholverslaafde die nooit lang dezelfde baan behield, terwijl hij een welopgevoede wetenschapper was, met de wereld aan zijn voeten. Maar áls er verbanden zijn, dan moeten we die achterhalen. Op dit moment lijkt de keuze van de slachtoffers toevallig te zijn – verschillend geslacht, verschillende achtergronden en verschillende campings. De camping van Campbell ligt vlak bij Godshill, die van Scott ligt veel meer naar het zuiden, bij South Baddesley. Wat is bepalend voor de dader? De slachtoffers of de locatie? We gaan het verleden van beide slachtoffers uitpluizen, maar we moeten ook naar de campingbeheerders kijken. Is er bij een van de campings onlangs iets gebeurd wat kan verklaren waarom Campbell en Scott ontvoerd zijn? Wat is het motief van de moordenaar?'

Kort hierna maakte Helen een eind aan de bijeenkomst en splitste ze haar team op in groepjes voordat ze weer aan het werk gingen. Haar laatste vraag echode nog steeds in de rechercheкamer. Dit was wat hen allemaal bezighield terwijl ze de zaak ontrafelden. Wat zat er achter deze aanvallen? Wat was de aanzet? Had de moordenaar een bepaald motief?

Of genoot hij er gewoon van om zijn slachtoffers te zien lijden?

55

Hij staarde haar recht aan alsof hij haar uitdaagde. Met zijn armen over elkaar geslagen en zijn kin in de lucht leek die macho eikel vast van plan haar tegen te houden.

'Ik ben een geaccrediteerd journalist,' snauwde Emilia, die haar woede nauwelijks in kon houden. 'Het is mijn goed recht om hier te rijden.'

'Je bent een lastpak,' antwoordde de grijnzende politieagent. 'En dit is een plaats delict. Uitsluitend toegankelijk voor bevoegd personeel, ben ik bang.'

Die jonge politiemensen van tegenwoordig! Vroeger wist Emilia ze altijd op de een of andere manier te bewerken: met vleiende woorden, verhulde dreigementen of pure omkoperij. Maar de nieuwe lichting leek niet gevoelig voor verleiding of angst en hield zich met zó veel ijver aan het officiële beleid dat het weerzinwekkend was.

'Ik moet inspecteur Grace spreken,' zei Emilia dwingend, in de hoop dat hij onder de indruk zou zijn van het feit dat ze de hoofdrechercheur kende. 'Of rechercheur Brooks. Ik weet dat hun team hier is…'

'Die zijn al een uur weg.'

Emilia vloekte zachtjes. Toen ze bij Sunnyside was vertrokken, had ze op veilige afstand de stroom auto's in de richting van South Baddesley gevolgd zonder ze uit het oog te verliezen. Alles was goed gegaan, bijna tot het einde, toen een tractor pal voor haar de weg op was gekacheld en bijna een kilometer lang tergend langzaam voor haar had gezeten, voordat hij een weiland in was gereden. Tegen de tijd dat Emilia de hotsende tractor was gepasseerd, waren de politieauto's al lang weg.

Dat was op zich geen ramp omdat de weg bij een klif doodliep. Ze wist dus waar ze naartoe ging. Haar probleem werd duidelijk toen ze anderhalve kilometer verderop op een druk bemand politiekordon was gestuit, enkele meters voor een wegversperring.

Emilia had haar auto stilgezet om na te denken. Eigenlijk had ze geen keus. Ze kon de wegversperring alleen omzeilen door rechts het dichte struikgewas in te duiken of links het heuvelige weiland over te steken. Ze was zo verstandig geweest het laatste te proberen, om vervolgens boven op de heuvel een paar agenten in uniform te treffen.

En dus had er niets anders op gezeten dan naar de weg te rijden en te proberen om voorbij het kordon te komen of daar op z'n minst wat informatie bij elkaar te sprokkelen. Maar de jonge agent hield zijn lippen stijf op elkaar en leek van haar frustratie te genieten.

Emilia had al die tijd een voorsprong gehad, maar liep nu opeens achter de feiten aan. Boos en gefrustreerd maakte ze aanstalten om te vertrekken toen haar in de verte iets opviel. Een man met een tas over zijn schouder wandelde heel rustig het bos uit. Emilia aarzelde. Er stonden geen andere auto's – geen politie of ambulance – om te verduidelijken wat er aan de hand was, maar misschien kon deze eenzame figuur haar iets vertellen. Niet letterlijk, natuurlijk. De hele wereld wist tegenwoordig wie ze was, de keerzijde van haar roem. Maar er waren meerdere wegen naar Rome.

Ze liep terug naar haar auto, stak nonchalant een sigaret op en deed of ze wat e-mailtjes verstuurde. En, ja hoor, vijf minuten later kwam er langzaam een zwarte Volvo-stationwagen voorbij. Emilia hield zich druk bezig met haar telefoon, maar wierp stiekem een blik op de chauffeur en werd beloond toen ze Graham Ross zag zitten. Ze had de forensisch fotograaf door de jaren heen op verschillende plaatsen delict gezien en herkende hem direct. Maar de auto was nieuw voor haar, dus aarzelde ze geen moment en zoomde in om een close-up van het nummerbord te maken. Er was nog hoop, zo leek het. Ze had een connectie bij de Dienst Wegverkeer die haar zijn huisadres kon geven. Ze kende Ross niet, maar had zo'n gevoel dat ze hem wel kon bewerken. Hij had haar altijd een eenling geleken, alleen in naam een teamlid. Zou hij niet blij zijn met wat prikkelend vrouwelijk gezelschap?

Als Helen Grace en haar trouwe metgezellen niet met haar wilden praten, dan wilde Graham Ross dat misschien wel.

56

'Ik moet hem dringend spreken. Kunt u vragen of hij me wil terugbellen?' Joseph Hudson slikte zijn toenemende frustratie weg en bleef vriendelijk, maar zakelijk.

'Hij is naar de veemarkt in Dorset. Rond tien uur is hij weer terug.'

'Het is heel belangrijk dat we hem spreken, mevrouw Druce. Mag ik misschien zijn mobiele nummer?'

'Nee, dat geef ik niet. Hoe weet ik nou of je echt van de politie bent?'

'Dat is heel makkelijk: als u naar het hoofdbureau van politie in Southampton belt en vraagt naar brigadier Joseph Hudson, dan verbinden ze u vanzelf door.'

'Nee, dank je.'

'Pardon?' vroeg Joseph, niet in staat zijn verbazing te verbergen.

'Voor hetzelfde geld ben je een oplichter. Daar hoor je de laatste tijd zó veel over.'

'Ik kan u verzekeren dat ik geen oplichter ben. U kunt me ook op internet opzoeken, als u dat gerust...'

'Dat internet vertrouw ik niet. Nooit gedaan, ook.' Kort daarna hing ze op.

Joseph voelde zijn frustratie toenemen. De oudere vrouw was duidelijk niet van plan om hem te helpen haar man te vinden die al jaren in het bezit was van een Land Rover Defender. En ze was niet de enige: Joseph moest zo'n twintig namen natrekken, en van die twintig had hij er maar drie daadwerkelijk gesproken, geen van drieën een aannemelijke verdachte. De ene was te oud, de andere te ziek, en de laatste was in het buitenland voor zaken. Kortom, dat was twee uur werk voor niets.

Toen hij van zijn werkplek opkeek, zag hij dat het zijn collega's niet veel beter verging. Ellie McAndrew ging met een paar aspiranten op internet de gangen na van wapenfanaten. Een eindeloze reeks foto's trok aan hun ogen voorbij, van misdadigers pronkend met spierbundels en zwaaiend met allerlei soorten aanvalswapens. Anderen zaten net zo vast als hij zelf. Hij zag ze dikke strepen zetten door de namen van mogelijke verdachten en hooguit een enkeling zette een vraagteken, als ze de eigenaar zelf niet hadden gesproken of als de wagen gestolen was.

Het voorspelde allemaal weinig goeds voor de voortgang van het onderzoek, dus besloot Hudson in actie te komen. Hij pakte zijn lijst, zijn telefoon en zijn jas en liep snel naar zijn collega's toe. Als de berg niet tot Mohammed wilde komen, zoals zijn moeder altijd zei, dan moest Mohammed zelf maar op pad. Het enige wat ze konden was eropuit gaan om de eigenaren zelf te vinden en te spreken. Het zou ontzettend veel werk zijn en erg vermoeiend, maar misschien leverde het iets op.

In dit soort zaken kon het kleinste detail soms cruciaal zijn.

57

Ze staarde naar het lijk en liet haar ogen over de huid glijden.

Vanaf het hoofdbureau was Helen regelrecht naar het mortuarium gereden om te horen wat Jim Grieves' bevindingen waren. De patholoog-anatoom was nog humeuriger dan anders en klaagde dat hij nog maar net met zijn onderzoek begonnen was en dat niemand hem het respect toonde dat hij verdiende. Helen was eraan gewend en liet het over zich heen komen, omdat zijn inzichten vaak van grote waarde waren.

Ze stonden in de schouwruimte, op veilige afstand van David Spivack, die nog steeds druk bezig was met zijn handen diep in de buik van het slachtoffer. Lauren Scotts bloederige kleren waren voor analyse naar Meredith gestuurd, zodat Helen nu duidelijk zicht had op hun tweede slachtoffer. Het was nogal een gezicht, niet vanwege haar schouderlange zwarte haar dat over de tafel golfde of haar verminkte voeten, die naar Helen wezen, maar vanwege het aantal verwondingen op haar lichaam. Ze had verschillende tatoeages – allemaal niet erg schattig – en een overvloed aan snijwondjes. Op haar bovenlichaam, bovenarmen en dijen.

'Zijn die allemaal van gisteravond?'

'Nee,' antwoordde Grieves resoluut. 'Ze heeft tientallen oude wonden, waarvan sommige al jaren oud zijn.'

'Zelfverminking?'

'Dat lijkt me wel. Ze zitten allemaal op plekken die gemakkelijk verborgen kunnen worden.'

Helens blik bleef bij een van de tatoeages onder haar linkerborst hangen: een slang die het hoofd van een baby verslindt. In wat voor gemoedstoestand was Lauren geweest toen ze die liet zetten?

'Zijn ze allemaal oud?'

'Nee. Sommige zijn recenter. Ze was er behoorlijk mee bezig.'

'En haar bloedwaarden? Drugs? Alcohol?'

'Helemaal niets.'

Hier stond Helen even van te kijken. Matteo Dominici had dus de waarheid verteld toen hij volhield dat ze allebei clean en nuchter waren. 'Verder nog iets, Jim? Ik weet dat jouw tijd kostbaar is.'

'Wonden die erg lijken op die van Tom Campbell,' ging Grieves verder, zonder acht te slaan op haar poging hem te paaien. 'Snijwonden aan de voeten, krassen en schrammen op armen, nek en gezicht, overeenkomend met doornen, begroeiing enzovoort. Drie grote wonden veroorzaakt door de kruisboogpijlen. Het wondoppervlak is groter dan bij Campbell, de bloedingen waren erger, met andere woorden, ze zal sneller leeggebloed zijn.'

Dan was dan tenminste iets. Misschien had Laurens nachtmerrie een genadig snel einde gekend.

'We hebben de pijlen uiteraard naar Meredith gestuurd, maar mijn indruk is dat ze erg op de andere lijken.'

Bevestiging, als die al nodig was, dat het bij deze twee moorden om dezelfde dader ging. Helen draaide zich om en zei: 'Goed, hou me op de hoogte...'

'Nog één ding,' onderbrak Grieves haar, met zijn blik nog altijd op het lichaam op de snijtafel gericht. 'Al heeft het niets met de omstandigheden rond de aanval te maken.'

Helen wachtte nieuwsgierig af.

'Ze was zwanger.'

Die woorden raakten haar diep.

'Ze was nog in een vroeg stadium, maar er is geen twijfel mogelijk. Ik dacht dat je dat wel wilde weten.'

Even later bedankte Helen Grieves voor zijn werk en verliet het mortuarium. Diep in gedachten verzonken slenterde ze naar haar motor. Matteo Dominici had niet verteld dat Lauren zwanger was. Hij was natuurlijk afgeleid, vreselijk bezorgd, maar als hij het had geweten, zou hij het toch zeker hebben gezegd? Om extra druk uit te oefenen op de politie om haar te vinden? Misschien had hij het niet geweten. En Lauren? Als het nog heel pril was, wist ze het zélf misschien niet eens. Bij die gedachte bleef Helen abrupt staan. De baby had Laurens toekomst kunnen zijn, haar nalatenschap aan de wereld, iets goeds wat voortkwam uit een onmiskenbaar moeilijk leven.

En nu mocht dat niet zo zijn.

58

'Sorry, ken ik jou?'

Graham Ross was zich een ongeluk geschrokken toen Emilia op hem afkwam. Hij was met zijn gedachten heel ergens anders geweest en had haar niet gezien, maar nu maakte zijn verwarring plaats voor argwaan.

'We hebben elkaar nog nooit ontmoet, maar ik ben bekend met je werk,' zei ze charmant. 'Ik ben Emilia Garanita, van de *Southampton Evening News.*'

'Natuurlijk...' zei Ross langzaam toen hij haar herkende. 'Jij bent degene die heel Southampton de stuipen op het lijf jaagt met je onbezonnen artikelen.'

'Ik schrijf alleen de feiten, Graham,' antwoordde Emilia luchtig. 'Over feiten gesproken: ik zou graag even met je willen praten, als je tijd hebt.'

'Waarover?'

'Over de zaak, natuurlijk. Ik ben heel benieuwd wat jij ervan denkt.'

Hij keek haar onderzoekend aan en probeerde de situatie te peilen. Ondertussen trok hij nerveus aan de riem van zijn cameratas die hij over zijn schouder droeg. 'Hoe wist je dat ik hier zou zijn?'

'Dit is toch jouw kantoor?' vroeg ze, gebarend naar het appartement waar hij woonde en werkte. 'Een vriend van mij op het hoofdbureau zei dat ik je hier wel zou vinden.'

In werkelijkheid had een mol bij de Dienst Wegverkeer zijn huisadres bevestigd – zodra hem een bepaald bedrag beloofd was. Maar Emilia hoopte dat ze Ross kon inpalmen door een vriend op het hoofdbureau te noemen.

'Ik denk niet dat het gaat. Over een uur heb ik een vergadering...'

'Eén drankje,' zei ze, terwijl ze haar hand op zijn onderarm legde. 'Ik beloof je dat ik je niet lang zal ophouden.'

Ross keek naar de hand en daarna naar Emilia zelf. Hij leek geamuseerd, zelfs wat geïntrigeerd. 'Waarom zou ik?' vroeg hij luchthartig, uitdagend.

Emilia lachte hem breeduit toe. 'Omdat ik trakteer.'

'Ik kan je niets vertellen wat niet in het persbericht staat.'

Ze zaten dicht bij elkaar in de plaatselijke pub. Over het algemeen dronk Emilia overdag niet, maar voor deze gelegenheid maakte ze een uitzondering. Ross dronk gretig van zijn IPA.

'Daar stond nauwelijks iets in,' klaagde Emilia. 'Maar dat is niets nieuws.'

Terwijl Emilia in de auto op Ross had zitten wachten, had ze op het nieuws gehoord dat de politie van Hampshire een algemene waarschuwing aan kampeerders had uitgevaardigd om de New Forest te vermijden. Even was ze in de verleiding gekomen om naar het hoofdbureau te racen voor de details, maar toen had ze zich bedacht. Grace handelde persbriefings nooit zelf af en degene die er wel zat, zou om de hete brij heen draaien, dus had Emilia er een collega op afgestuurd. Zij had meer interesse in Ross.

'Zo gaat het spelletje toch?' plaagde Ross met een scheve glimlach.

'Dat kan wel zo zijn, maar dit spelletje is nu wel heel serieus aan het worden, dus zou ik een beetje openhartigheid wel op prijs stellen. Jij hebt Campbell en Scott gefotografeerd, toch?'

Ross was duidelijk verbaasd dat ze de identiteit van het tweede slachtoffer wist. 'Wie zegt dat?'

'Je hoeft niet zo geheimzinnig te doen, Graham. Ik weet dat het team Zware Misdrijven twee dagen geleden bij Woodland View was en vanmorgen bij Sunnyside. Ik neem aan dat het lichaam van Scott in het bos bij South Baddesley is gevonden?'

Ross staarde haar aan, zichtbaar gefascineerd dat ze zo goed geïnformeerd was.

'Ik heb even met haar vriend, Matteo Dominici, gesproken,' loog Emilia. 'Maar hij was vreselijk overstuur en wilde geen details bespreken. Ik neem aan dat zij ook met een kruisboog is vermoord?'

Nu lachte Ross naar haar. 'Jij geeft niet op, hè?' Hij dronk zijn glas leeg.

'De aanhouder wint.'

'Weet je wat ik doe?' zei hij edelmoedig. 'Je vraagt aan mij wat je wilt weten, en ik knik of schud mijn hoofd.'

Het was te kinderachtig voor woorden – een poging van een treurige, eenzame man om de mol te spelen – maar Emilia speelde maar al te graag mee. 'Klinkt goed.'

'Ik moet eerst naar de plee. Bestel nog maar een pilsje voor me terwijl je wacht.' Daarna vertrok hij in de richting van de toiletten.

Ook Emilia wilde opstaan, maar haar oog viel op Ross' cameratas, die veilig onder zijn stoel verborgen lag. Na een korte aarzeling pakte ze de tas en haalde ze snel de camera eruit. Gelukkig had het ding veel weg van haar eigen spiegelreflexcamera, dus wist ze precies hoe ze hem moest aanzetten en de gemaakte foto's kon bekijken.

'O mijn god...'

Een close-up van het bebloede gezicht van Lauren Scott verscheen vol in beeld.

Ademloos scrolde Emilia langs de foto's. Foto's van veraf en van iets dichterbij, detailfoto's van de schotwonden, de kapotte voeten en de opengehaalde enkels. Het waren gruwelijke, maar fantastische beelden.

Ze keek steels naar de deur van de toiletten en toen Ross nog niet in aantocht bleek, dook ze in haar tas om er een geheugenstick uit te halen. Die stopte ze snel in de camera. Daarna selecteerde ze twaalf van de meest schokkende foto's en drukte ze op KOPIËREN. Er verscheen een zandlopertje op het scherm... één foto, twee, drie... Het werkte wel, maar het ging tergend langzaam. Weer keek ze naar de deur van de wc. Tot haar schrik kwam Ross er net uit.

Vijf foto's, zes, zeven...

Nu was ze er gloeiend bij. Hij kon ieder moment de hoek om lopen.

Negen foto's, tien...

Tot haar enorme opluchting bleef Ross stilstaan om met het meisje achter de bar te praten. Het was duidelijk dat ze hem kende en zich niet beledigd voelde door zijn amateuristische geflirt.

Elf, twaalf.

De camera gaf aan dat de overdracht van de foto's klaar was. Vliegensvlug haalde Emilia de geheugenstick eruit en stopte de camera terug in de tas. Net toen ze de tas weer onder de stoel schoof, kwam Ross eraan. 'Sorry,' zei ze, terwijl ze omhoogkwam en met haar telefoon zwaaide. 'Telefoontje van m'n werk. Ik haal nog wat te drinken voor je.'

Gelukzalig liep ze naar de bar. Meestal was ze ernstig gepikeerd als mensen zich op haar kosten bezatten, maar vandaag niet. De prijs van twee biertjes was een schijntje voor de overdaad aan afgrijslijke beelden die ze nu veilig en wel in haar broekzak had.

59

'Kunt u bevestigen dat beide slachtoffers op dezelfde manier zijn vermoord? Met hetzelfde wapen?'

Het was de toon waarop de vraag werd gesteld die Grace Simmons stoorde. De journaliste, een groentje van een van de gratis bladen, probeerde serieus te klinken, maar kon haar opwinding over de exotische wreedheid van de moorden niet verbergen.

'In beide gevallen is een kruisboog gebruikt,' antwoordde Simmons beheerst. 'Het is nog te vroeg om te concluderen dat het hier om een en hetzelfde wapen gaat.'

Ze wendde haar blik van de jonge vrouw af, waarop onmiddellijk zo'n tien andere journalisten hun kans schoon zagen en vragen op haar afvuurden. Alle lokale media waren aanwezig, plus nog wat freelancers die voor landelijke kranten werkten en zich naar de persconferentie hadden gehaast omdat ze dachten dat ze iets groots hadden ontdekt. En dat allemaal dankzij de sensatiezucht van Emilia Garanita. De politie zou het nieuws van de moorden uiteindelijk toch met de media hebben moeten delen – dat was hun plicht – maar dan zou het fatsoenlijk en verantwoord zijn gebeurd. Garanita wilde alleen maar paniek zaaien, iets waar ze ruimschoots in was geslaagd gezien het absurde aantal journalisten in hun kleine persruimte.

‘Hebt u enig idee wat het motief is?’ vroeg een lokale radiomedewerker.

‘Daar kunnen we op dit moment nog niets over zeggen…’

‘Zijn er dan verdachten?’ hield de journalist vol. ‘Namen van mensen die u in de gaten houdt?’

‘Geen namen die ik op dit moment met u kan delen, maar men kan er zeker van zijn dat het onderzoek vlot verloopt en dat we binnen afzienbare tijd meer kunnen zeggen.’

‘Bent u op zoek naar één persoon? Of meerdere verdachten?’

‘Daar geef ik op dit moment liever geen commentaar op.’

‘Is er een arrestatie ophanden?’

‘Zoals ik al zei, is het onderzoek gaande…’

‘Nee, dus…’ merkte een grappenmaker op, tot ieders vermaak.

Simmons keek de zondaar strak aan tot hij zijn blik afwendde. Ze zou niets liever willen dan hem aanspreken op zijn gedrag, maar was zo verstandig om haar mond te houden. Toch was het niet te geloven dat mensen in een situatie als deze grappen konden maken.

‘Is het bos verboden terrein voor het publiek?’

Deze vraag was afkomstig van een plaatselijke televisieverslaggever.

‘Zeker niet. Duizenden mensen bezoeken de New Forest elke week voor hun werk, voor hun plezier. Wat we wél zeggen is dat mensen voorzichtig moeten zijn, dat ze afgelegen delen van het bos moeten vermijden en moeten overwegen om niet-essentiële bezoeken uit te stellen.’

‘Klopt het dat er een wilde in het bos leeft?’

‘Voor zover ik weet niet,’ was het afwijzende weerwoord van Simmons.

‘Verschillende bronnen melden dat een gestoorde kluizenaar diep in het…’

'Belángrijke aanwijzingen zullen worden onderzocht, maar we houden ons niet bezig met wilde speculaties en roddels...'

'Welke maatregelen neemt u om de bevolking te beschermen?'

Simmons was verrast door het tempo waarmee de vragen op haar afkwamen. Het was alsof de verzamelde groep bloed rook.

'Er is een verhoogde politieaanwezigheid in het bos en via de website van de politie van Hampshire en lokale mediakanalen zullen we de bevolking op de hoogte houden van nieuwe ontwikkelingen. We hebben ook een tiplijn geopend voor wie informatie heeft over deze misdrij...'

'Is de bevolking veilig? Kunt u met uw hand op uw hart zeggen dat u ons kunt beschermen, terwijl er een gestoorde vent in het bos rondloopt...'

'We zullen al het mogelijke in werking stellen om de openbare veiligheid te garanderen én om deze zaak zo snel mogelijk op te lossen.'

'En inspecteur Grace? Heeft zij nog steeds uw vertrouwen? Er zijn twee moorden gepleegd, geen concrete ontwikkelingen, geen tastbare aanwijzingen...' bemoeide de journalist van de *Evening News* zich ermee.

'Jazeker. En het verbaast me dat haar bekwaamheid in twijfel wordt getrokken gezien haar voorbeeldige staat van dienst.' Ze zei het op scherpe toon, zelfs een beetje vijandig, waardoor de vraagsteller terugdeinsde. Maar Simmons wist dat het slechts een tijdelijke adempauze was. Zolang de moordenaar op vrije voeten was en zij moeite hadden om grip te krijgen op deze verbijsterende moorden, zouden de vragen blijven komen.

60

'Weet je het zeker? Echt heel zeker?'

Matteo Dominici was zichtbaar van streek, dus ging Charlie naast hem op de bank zitten en legde ze geruststellend haar hand op zijn schouder. Nadat ze door Helen op de hoogte was gebracht van het nieuws uit het mortuarium, wilde ze het per se aan Dominici vertellen voordat hij er op een andere manier achter kwam. Nu zaten ze dus samen in het appartement dat hij had gedeeld met Lauren Scott.

'Ik ben bang van wel. Ongeveer twee maanden.'

Dominici trilde van top tot teen. Charlie vond het vreselijk om het aan hem te moeten vertellen nu hij het al zo moeilijk had, maar ze moest eerlijk zijn.

'Dat heeft ze me helemaal niet verteld...' mompelde hij uiteindelijk.

'Denk je dat ze het zelf wist?'

'Ik weet het niet... Haar... Ze was heel onregelmatig ongesteld, dus misschien heeft ze er zelf helemaal niet aan gedacht dat ze...'

Hij kon het niet eens uitspreken, dus hielp Charlie hem op weg. 'Misschien wachtte ze tot de eerste drie maanden voorbij waren, voor de zekerheid.' Charlie had geen idee of dat zo was, maar ze wilde hem graag troosten.

Dominici knikte alsof dat een logische conclusie was, maar hij zei niets.

'Matteo, toen wij elkaar de eerste keer spraken, zei je dat jij en Lauren anderhalf jaar bij elkaar waren.'

Hij knikte weer.

'Heb jij in die tijd ooit gemerkt dat ze zichzelf verwondde?'

'Ja, natuurlijk. Ze… ze zei er niets over, probeerde het voor me te verbergen. Maar als we samen in bed lagen, of in bad, dan ging dat natuurlijk niet…'

'Weet je waarom ze het deed?'

'Nee. Ik heb het haar wel duizend keer gevraagd, maar ze zei altijd dat ze, in zo'n bui, een onbedwingbare drang had om het te doen. Ze had een hekel aan zichzelf, vond zichzelf waardeloos. Ze dacht dat de wereld beter af zou zijn als ze er niet was. Ik weet dat ze vroeger wel eens over zelfmoord heeft nagedacht, maar daar was ze overheen. Toen ze eenmaal droogstond, en toen ik droogstond, zagen we allebei een toekomst voor ons.'

'Mag ik vragen waarom je dronk, Matteo?'

'Waarom ik alcoholist was, bedoel je?'

Charlie had al vaker gemerkt bij alcoholverslaafden dat ze erop stonden om hun gedrag niet mooier te laten lijken dan het was.

'Een huwelijk dat stukliep. Te jong getrouwd en vervolgens een rotscheiding.'

Dat moesten ze natrekken. Het was niet geheel onmogelijk dat Matteo iets met de zaak te maken had. Hij leek oprecht overstuur en intens verdrietig, maar ze hadden alleen zijn verklaring van wat er gisteravond was gebeurd.

'En nu dít,' zei Dominici, terwijl hij naar haar opkeek. 'Waarom gebeurt dit verdomme nou net nu ze haar leven een beetje op de rails had?'

'Ik weet het niet. Maar daar komen we wel achter. Dat beloof ik.'

'O god, dit is allemaal mijn schuld,' kreunde Matteo, die Charlie niet eens gehoord leek te hebben. 'Allemaal mijn schuld...'

'Waarom zeg je dat, Matteo?'

'Omdat ze niet wilde,' antwoordde hij, schuddend met zijn hoofd.

'Hoe bedoel je?'

'Ik hou van kamperen, zij niet. Ze wilde helemaal niet. Ze wilde niet buiten slapen, maar ik bleef erover zeuren.'

'En uiteindelijk stemde ze in?'

'Ik had net een nieuwe tent gekocht die ik graag wilde uitproberen. Toen kregen we een folder in de bus van Sunnyside. Misschien heb ik haar wel onder druk gezet, ik weet het niet, maar ze zei in ieder geval dat ze mee zou gaan omdat ze... omdat ze van me hield en me gelukkig wilde maken.' Inmiddels zat hij ongegeneerd te huilen.

'Jij kunt hier niets aan doen, Matteo. Het is jouw schuld niet.'

'Maar als ik niet zo had aangedrongen, dan had ze nog geleefd...'

'Dat weet je helemaal niet,' onderbrak Charlie hem, hoewel het erg logisch klonk.

'O god, wat heb ik gedaan?' jammerde hij, nauwelijks meer aanspreekbaar van verdriet.

'Matteo, ik zal je niet langer lastigvallen, maar ik moet je nog één ding vragen.'

Verbijsterd keek hij haar aan, alsof hij niet begreep wat Charlie hem, gezien de omstandigheden, nog moest vragen.

'We vermoeden dat de moord op Lauren verband houdt met een andere moord, een paar dagen geleden.'

Hij staarde haar niet-begrijpend aan.

'Zou je eens naar deze foto kunnen kijken? Herken je deze man? Was hij een vriend van Lauren of kende ze hem misschien van een hulpgroep?' Ze gaf hem een foto van Tom Campbell die onlangs was gemaakt op een familiefeestje. Hij stond er vrolijk, gelukkig en ontspannen op, met een grote grijns op zijn gezicht.

Dominici bekeek de foto heel uitvoerig, nam ieder detail van het gezicht van de man in zich op. 'Nee, het spijt me,' zei hij na een uitzonderlijk lange stilte. Hij keek Charlie aan terwijl hij haar de foto teruggaf. 'Ik heb die man nog nooit gezien.'

61

Toen de grijper neerkwam krijste, draaide en verwrong het metaal onder de immense druk, voordat het uiteindelijk werd geplet. Het deed gewoon pijn om ernaar te kijken – de auto die waarschijnlijk ooit iemands grote trots was geweest, was nu zo plat als een dubbeltje – maar het was ook moeilijk om niet te kijken. Het leek zo overweldigend, zo onherroepelijk.

Joseph Hudson rukte zich los van het tafereel en liep verder het terrein van de schroothandel op. Hij was praktisch ingesteld, had het altijd leuk gevonden om bijzondere en wonderlijke machines uit losse onderdelen te bouwen, en onder andere omstandigheden zou hij ervan genieten om dit grote terrein te verkennen, met de uiteengereten koelkasten, auto's, computers en tv's. Maar hij had werk te doen en dus negeerde hij de enorme bergen metaal om zich heen en liep in de richting van het kantoor.

TERRY CLARKE & ZOON, SCHROOTHANDELAREN. Het verweerde bord boven de deur zag er oud en troosteloos uit, alsof het Hudsons bui weerspiegelde. Hij had de afgelopen drie uur door Southampton gesjouwd, overal aangeklopt en afgemeten, geërgerde gesprekken gevoerd met autobezitters die zich stoorden aan zijn bemoeizucht. Hij werd nergens met open armen ontvangen, maar was vasthoudend, en dankzij zijn volharding had hij nu bijna alle namen van zijn lijst gestreept. Rechercheurs Bentham en Edwards deden hetzelfde in andere delen van Hampshire, maar het had tot nu tot niets opgeleverd. Hudson hield zich voor dat dit de laatste van de dag was en dat hij morgen misschien meer geluk had.

Hij klopte aan en hoorde vervolgens wat gegrom. Ervan uitgaande dat dit een uitnodiging was om binnen te komen, duwde hij de deur open. Een potige, ongeschoren man in een overall keek verrast en wantrouwig naar hem op. Er was kennelijk iets in Hudsons houding wat duidelijk maakte dat hij geen klant was.

'Terry Clarke?'

'Ja.'

'Ik ben rechercheur Hudson.' Hij liet zijn penning zien. 'Mag ik u iets vragen over een Land Rover Defender, kenteken DB09 OLF?'

'Waarom? Waar gaat dit over?'

'Hebt u het voertuig nog?'

'Ja, maar ik gebruik 'm nooit.'

'Ah…'

'Ik heb nu een Freelander. Mijn zoon rijdt in de Defender…'

'En zijn naam is…?

'Dean.'

Hudson schreef de naam op. 'Is hij hier?'

'Nee, hij is net even weg.'

'En de auto?'

'Die staat achter.'

'Zou ik even mogen kijken?' Het werd allemaal met een glimlach gezegd, maar Hudsons toon gaf aan dat het geen verzoek was.

'Wat is er aan de hand? Heeft hij misschien ergens een bekeuring voor…'

Clarkes stem stierf weg omdat hij verdomd goed wist dat je geen bezoek aan huis krijgt bij een simpele bekeuring.

Hudson zag dat de schroothandelaar driftig aan het bedenken was wat er aan de hand zou kunnen zijn. 'Als we de auto nu eens gaan bekijken?' was Hudsons vriendelijke antwoord.

Clarkes definitie van 'achter' was niet wat Hudson ervan had verwacht. Het kostte tien minuten om door het doolhof aan autowrakken en weggegooide apparaten te lopen, voordat ze aan de achterkant van het terrein eindelijk bij een armoedige opslagplaats kwamen. Als de eigenaar ook maar een enigszins vijandige of dreigende houding had gehad, zou Hudson zich – in z'n eentje op het enorme terrein aan de rand van Woolston – niet op z'n gemak hebben gevoeld, maar Terry Clarke had een slechte conditie en liep hijgend naast hem.

'Hij zet 'm hier altijd neer,' zei Clarke puffend, en hij trok de deur naar de opslagplaats open.

Binnen werd Hudson overvallen door de lucht van rottend hout, vogelpoep en motorolie. Het was een bedwelmende combinatie.

'Daar…' ging Clarke verder, en hij wees naar de zwarte Defender die achter in de stoffige ruimte stond.

Hudson liep er geïntrigeerd naartoe. Waarom vond Dean Clarke het nodig om de auto op zo'n afgelegen deel van het terrein te parkeren?

Toen hij dichterbij kwam, zag hij de gehavende zijkant en vieze voorruit. Dit was geen auto die met zorg werd onderhouden – het was een functioneel, offroadmonster dat zichtbaar opgereden werd. Hij bukte zich en bestudeerde de voorbanden. Het waren Avon Rangemasters, zoals hij al had verwacht, en het profiel was bijna versleten. Op beide wielen zat modder in de ruimte tussen de zachte rubberen randen. Hudson liet zijn vinger eroverheen glijden. Hij was opgedroogd, maar stevig en verkruimelde niet, wat erop wees dat hij vrij vers was.

'Hoe vaak gebruikt uw zoon de auto?' vroeg hij, en hij rechtte zijn rug.

'Vaak genoeg,' antwoordde Clarke ontwijkend.

Hudson knikte en liep verder om de auto heen. Deze auto had heel wat actie gezien, dat was wel duidelijk: er zaten flink wat deuken in de carrosserie en de lak zat onder de krassen. 'Waar gebruikt hij hem voor? Werk of plezier?'

'Voor zijn werk gebruikt hij mijn busje, de rest doet hij met de Defender.'

Hudson liep verder en keek achterin. Er lagen wat spullen, maar hij kon niet precies zien wat, omdat er een dikke deken overheen lag. Nieuwsgierig keek Hudson of het portier open was, maar was niet verrast toen hij voelde dat het op slot zat.

'Enig idee wat hij daarin heeft liggen?'

Clarke schudde z'n hoofd met een gespannen blik.

Hudson had zo'n vermoeden dat hij wilde weten wat de reden van dit bezoek was, maar het niet durfde te vragen. 'Wanneer verwacht u hem terug?'

'Eerlijk gezegd, weet ik dat niet zeker. Als z'n werk erop zit, blijft hij hier meestal niet hangen...'

'Misschien kan ik straks nog even bij u thuis langskomen?'

'Daar is-ie niet.'

'Hij heeft een eigen huis?'

'Nee, hij woont wel bij me, maar... hij is 's avonds meestal niet thuis.'

'Heeft hij een partner? Vrienden?'

'Niet echt.'

'Waar gaat hij dan naartoe?'

'Uit.'

Hudson keek Clarke aan, maar deze durfde hem nauwelijks recht in de ogen te kijken.

'Het kan zijn... dat hij het thuis een beetje verstikkend vindt. We zijn maar met z'n tweeën...'

'U vraagt hem nooit waar hij naartoe gaat?'

'Nee, ik ben zijn oppas niet. Hij kan doen wat-ie wil.'

Hij zei het snoevend, maar het klonk nogal hol. De schroothandelaar was zichtbaar geschrokken en dat zette Hudson aan het denken. Waar was Dean Clarke? Wat hield hij voor zijn vader verborgen?

En waar ging hij 's avonds naartoe?

62

Afwezig hield ze de smeulende sigaret vast. Zodra ze terug was op het hoofdbureau had Helen de recherchekamer links laten liggen en was ze naar deze binnenplaats gegaan. Ze maakte zichzelf wijs dat ze alleen een sigaretje wilde, maar eigenlijk had ze rust en vooral ruimte nodig om te kunnen nadenken. Er kwamen hier niet veel mensen – het was een vergeten deel van het bureau waar Helen vaak haar toevlucht zocht en een geschikte plek om over een moeilijke zaak na te denken.

Maar vandaag was Helen hier niet de enige. Ze hoorde de deur kreunen en keek snel op. Het bleek Charlie te zijn, een van de weinigen die haar altijd wisten te vinden. Snel stopte ze haar sigaretten weg, want daar hield Charlie niet van. 'Hoe ging het vandaag?' vroeg ze zo opgewekt mogelijk.

'Niet goed.' Terneergeslagen haalde Charlie haar schouders op. 'En bij jou?'

'Ook niet. We proberen deze zaak vanuit elke denkbare hoek te benaderen, maar tot dusver lijkt er geen verband te zijn tussen de twee slachtoffers.'

'Weet je wel zeker dat de moorden echt verband met elkaar houden?' vroeg Charlie opeens bedenkelijk. 'Ik bedoel, als er geen bewijs voor is…'

'Ik hoop het van harte, want anders vinden we de dader nooit,' zei Helen stellig.

Charlie knikte, maar ze leek wat afwezig.

'Ik denk dat we ons wat meer moeten concentreren op Lauren Scott,' ging Helen verder. 'Met haar drugsverleden, haar relaties, die zelfverminking...'

'Ja...'

'Misschien leidt het uiteindelijk nergens toe, maar het is een onderzoekslijn waar we verder mee kunnen. Die Tom Campbell is zo... netjes. Zo'n jongen van wie je je niet kunt voorstellen dat iemand hem iets wil aandoen.'

Charlie knikte weer.

'Hoe reageerde Dominici op die foto van Campbell?'

'Hij herkende hem niet, maar eerlijk gezegd was hij veel te overstuur om überhaupt ergens op te reageren.'

Helen merkte dat Charlie van streek was en ze stak haar hand naar haar uit. Na al die jaren waren er geen barrières meer tussen hen.

'Het is ook allemaal zo wreed... Hij leek eindelijk zijn leven op de rails te hebben,' ging Charlie hakkelend verder. 'Allebei, trouwens. En nu moet hij een begrafenis voor twee regelen...' Overmand door emotie stond Charlie naar haar schoenen te staren.

Bezorgd keek Helen naar haar vriendin. Ze was de laatste tijd zo moe en nerveus. 'Waarom ga je niet lekker naar huis, Charlie? Even met je voet omhoog?'

'Het gaat wel,' zei Charlie, die met een vertrokken gezicht met haar opgezette enkel draaide om te bewijzen dat ze er alles mee kon. 'Eerlijk gezegd denk ik dat ik hier veiliger ben.'

'Hoezo?'

'Niks, laat maar,' antwoordde ze, een tikje beschaamd. 'Steve wil alleen zo graag nog een kind. Ik vermoed dat hij de wijn al koud heeft staan en zijn afspeellijst van Barry White aan het klaarzetten is...'

'Maar jij weet niet of je eraan toe bent?'

'Ergens wil ik het natuurlijk wel. Voor Steve en voor Jessie, maar... is dat niet heel zwak van me? Dat ik de gemakkelijke weg kies omdat zíj het willen?'

'Heb je het daar met Steve over gehad?'

'Niet op die manier. En ik weet ook niet of ik dat wil.'

'Waarom niet?'

'Omdat ik dan heel paranoïde en bang overkom.'

Helen keek Charlie doordringend aan. Haar vriendin was altijd open en eerlijk tegen haar, een eigenschap die ze mateloos bewonderde. Maar vanavond leek ze inderdaad erg angstig en onzeker.

'Ik kan maar niet vergeten wat er met Joanne is gebeurd.'

'Ik weet het.'

'Steeds als ik aan de volgende stap denk, aan een tweede kind, dan moet ik aan die dag denken...'

Dat hoefde ze verder niet uit te leggen – Charlie was een van de eersten ter plaatse geweest nadat Joanne Sanderson in Helens armen gestorven was.

'Ik ga nog steeds bij haar moeder langs, weet je.'

Vol schuldgevoel luisterde Helen toe. Zij had Nicola al een tijd niet bezocht.

'En dan zie ik wat voor impact het op haar heeft, op de hele familie... en dan denk ik... Stel nou dat ík het was geweest? Stel nou dat ík Daisy had geconfronteerd en...'

'Zo denken we allemaal wel eens.'

'Dat weet ik wel,' zei Charlie, die boos een traan wegveegde. 'Ik weet dat het voor jou erger is dan voor mij, en daarom voel ik me ook zo stom.'

'Je bent niet stom. Dit is gewoon een gevaarlijke baan, en als jij het gevoel hebt dat je...'

'Ik wil mijn baan niet opgeven. Daar gaat het helemaal niet om, maar door Joanne... ben ik me meer bewust van wat ik allemaal op het spel zet. Als ik daarover nadenk, vind ik het achterlijk om een tweede kind te nemen, maar dat slaat ook weer nergens op.'

'Charlie...'

'Ik kan toch niet alles in mijn leven – in ons leven – blijven uitstellen vanwege iets wat iemand anders is overkomen? Het is niet eerlijk tegenover Jessie, want die zou heel graag een broertje of zusje willen, maar toch...'

'Als je er niet aan toe bent, dan ben je er niet aan toe,' zei Helen resoluut. 'Hoewel ik natuurlijk niets van dit soort dingen weet,' voegde ze er glimlachend aan toe, absurd als ze het vond dat uitgerekend zij iemand adviseerde over huislijk geluk. 'Maar als de tijd rijp is, dan weet je het vanzelf, dat weet ik zeker. Tot het zover is, moet je jezelf echt de tijd gunnen om het verlies van Joanne en wat er gebeurd is te verwerken, op een manier die voor jou werkt. Je moet jezelf niet wijsmaken dat je eroverheen bent als dat niet zo is.'

Helen wist dat ze net zo geobsedeerd was door Joannes dood als Charlie, maar dat nam niet weg dat ze vond dat ze gelijk had. 'Het is nu eenmaal gebeurd. Het is verschrikkelijk, maar het is niet anders. Dat moeten we allemaal zien te verwerken, hoe moeilijk en pijnlijk dat ook is.'

'Je hebt gelijk,' zei Charlie met een dankbare glimlach. 'Natuurlijk heb je gelijk. Dank je wel.'

'Naar huis jij. Je hebt een lange dag gehad.'

'Als je het niet erg vindt, ga ik inderdaad. Wie weet is er wel voetbal op tv en is Steve te veel afgeleid.' Met een spottende glimlach liep Charlie naar binnen.

Helen bleef buiten staan nadenken. Het was duidelijk dat Charlie door haar confrontatie met Nathaniel Martin banger was geworden en dat de twijfels en angsten die ze aan de dood van Joanne had overgehouden weer naar boven waren gekomen, maar vanavond was ze in ieder geval met een glimlach vertrokken.

Zij en Charlie waren allebei ontzet door de moord op Joanne, maar ze reageerden heel verschillend. Charlie stond midden in het leven en probeerde, samen met haar gezin, iets moois op te bouwen. Helen daarentegen stond in haar eentje op een rokersplaatsje met een pakje sigaretten te rommelen. Het toonbeeld van eenzaamheid. Opeens voelde ze zich ontzettend leeg.

Charlie had misschien zo haar problemen, maar ze had in ieder geval een stempel op de wereld gedrukt, met Steve en met Jessie. Als Helen morgen doodging, wat zou zij dan achterlaten? Wie zou er om haar treuren?

Voor de zoveelste keer die dag was Helen niet in staat om een simpele vraag te beantwoorden.

63

‘Nee, nee, nee. Dat is mijn laatste woord.’

Emilia was geneigd te zeggen dat ‘nee, nee, nee’ drie woorden waren, maar bedacht zich. Ze moest Gardiner tot bedaren zien te krijgen omdat hij toch al stond te schuimbekken.

‘Ik heb het niet over de bloederige beelden,’ antwoordde Emilia, en ze wees naar de foto’s van de plaats delict op haar bureau. ‘Ik zat aan een van de afstandsfoto’s te denken. Je ziet de contouren van het lichaam aan de boom, maar je ziet haar gelaatstrekken, verwondingen of huid niet. Ik vind het eigenlijk best een mooie foto. De manier waarop de bomen de plaats delict omlijsten…’

Martin Gardiner keek Emilia aan alsof hij haar idee van ‘mooi’ pervers vond, maar ze hield vol. ‘En denk je eens in wat voor sensatie dit teweeg zal brengen. Grace, Simmons… ze behandelen de bevolking als kleine kinderen, houden de werkelijkheid voor hen verborgen. Nou, hiermee zouden we de boel kunnen openbreken…’

‘Je klinkt als een slechte striptekenaar,’ zei Gardiner nijdig. ‘En voordat je verdergaat, laat me je eraan herinneren dat dit een lokale krant is…’

‘Hoe zou ik het kunnen vergeten,’ mompelde Emilia binnensmonds.

'Mensen lezen deze krant vanwege de woningadvertenties, de recepten, de kruiswoordpuzzel. Ze willen het lokale nieuws...'

'Dit ís lokaal nieuws, het gebeurt verdomme in hun eigen achtertuin.'

'Dan bedoel ik gemeenteraadsverkiezingen, schoolfeesten, sponsorlopen...'

'Dit wordt een groot verhaal. En we kunnen iedereen een stap voor zijn.'

'Door bloederige forensische foto's te publiceren... foto's die jij hebt gestólen.'

'We kunnen zeggen dat ze gelekt zijn...'

'En als we voor de rechter gedaagd worden, als we dat moeten bewijzen? Wat dan?'

'Wij hoeven niks te bewijzen. Zíj moeten bewijzen dat we er op illegale wijze aan gekomen zijn. En trouwens, dat doen ze toch niet. Dan zouden ze compleet onbekwaam overkomen.' Gardiner wilde iets zeggen, maar Emilia was hem te snel af. 'Hoor eens, dit is tijdverspilling. Als we het eens kunnen worden over welke foto we willen gebruiken, heb ik voor het einde van de dag duizend woorden voor je.'

'Emilia...' begon Gardiner, die zijn woede amper wist te beheersen. 'Je hoort geloof ik niet wat ik zeg, dus laat ik duidelijker zijn. Wij gaan géén forensische foto's publiceren die het overgrote deel van onze lezers zullen afschrikken. Niet op de voorpagina, niet in het midden, niet bij de horoscoop...' Emilia wilde weer wat zeggen, maar Gardiner was nog niet uitgesproken. 'En ik ben ook niet van plan me voor de rechter te laten slepen om jouw carrière te bevorderen.' Hij veegde de foto's bijeen. 'We zullen jouw inschattingsfout van vandaag maar afdoen als jeugdig enthousiasme en doen alsof het niet is gebeurd,' ging hij verder, en hij duwde de stapel foto's in Emilia's hand. 'Is dat heel duidelijk?'

'Ja.'

'Goed, ga dan nu verder met je artikel. Je beschrijving en de feiten die we hebben zijn al ijzingwekkend genoeg, geloof me.'

Het probleem was alleen dat Emilia hem niet geloofde. Ze had geen vertrouwen in hem of zijn intuïtie. Terwijl ze vloekend en met grote stappen terugliep naar haar bureau, bedacht ze dat zij en Gardiner het nooit met elkaar hadden kunnen vinden – hij leek zich bedreigd te voelen door haar sekse, haar jeugdigheid, haar talent. Maar ze weigerde zich door hem te laten intimideren. Ze had een risico genomen met de foto's en was niet van plan ze ongebruikt te laten.

Wat betekende dat ze wéér het heft in eigen hand moest nemen.

64

Zijn vingers gleden over de toetsen. Een paar tellen later verscheen er een foto op het scherm van een jongeman, gekleed in een kaki trui en een camouflagebroek, die recht in de camera keek.

'Dat is hem. Toen je zijn naam noemde, wist ik meteen wie het was.'

Hudson keek naar de naam die bij de foto stond – *Helmanned2008* – en staarde toen verbaasd naar rechercheur Reid.

'Dat is de alias die Dean Clarke online gebruikt en het is een woordspeling op Helmand. Daar diende hij van 2007 tot 2010.'

'Oké. Waar heb je hem gevonden?'

'Overal. Hij zet veel op internet. Meestal op wapensites en survivalforums. Je ziet daar veel van die opgepompte kerels die opscheppen over hoe stoer ze zijn en dat zij als enigen zouden overleven als de maatschappij instortte. Allemaal behoorlijk homo-erotisch, als je het mij vraagt.'

Hier reageerde Hudson maar niet op. Hij moest nog steeds wennen aan het ongebruikelijke gevoel voor humor van rechercheur Reid.

'Hij draagt bij aan verschillende forums en heeft zijn eigen website.'

Nu verscheen de homepage van Lastmanstanding.co.uk op het scherm, met een close-up van Clarkes priemende smaragdgroene ogen in een zee van duisternis.

'Ik neem aan dat deze eerste foto bedoeld is om te intimideren. De rest is min of meer standaardvoer voor legerfanaten en aanbidders van gespierde torso's.' Reid klikte de fotogalerij aan, waarin een aantal foto's stond van Clarke met ontbloot bovenlijf, inclusief tatoeages en uitpuilende spieren.

Hudson bekeek de tatoeages eens goed. De meeste hadden een militair thema. 'Weten we zeker dat hij in het leger zat?' vroeg hij verbaasd.

'Hij zegt dat hij in de Special Forces diende en beweert dat hij in die hoedanigheid meer dan twaalf mensen heeft vermoord. Hij schrijft daar erg gedetailleerd over: over zijn gebruik van automatische wapens, messen en in één geval zelfs zijn blote handen...'

Hudsons blik viel op de handen van Clarke. Vergeleken bij die van hem zelf waren die van Clarke kolenschoppen.

'Hij heeft het ook vaak over het einde der tijden. Dat hij en zijn zielsverwanten daar klaar voor moeten zijn. Volgens mij kijkt die vent gewoon te veel naar *The Walking Dead*.'

'Heeft hij veel volgers? Wie leest dit in vredesnaam?'

'Het is vrij populair. Onder andere bij ex-soldaten, natuurlijk. Maar vooral bij puberende jongens en jongemannen die boos zijn op de wereld. Sommige commentaren van zijn volgers zijn op het randje. Ze keuren racistisch gemotiveerde moorden in de Verenigde Staten goed en bedreigen politici en beroemdheden met de dood. Het is een misselijk gezelschap, en ik ben er voor vandaag wel klaar mee, dus...'

Reid stond op en gebaarde naar Hudson dat hij plaats kon nemen. Hudson bedankte zijn collega en scrolde direct verder naar een foto van Clarke in vol gevechtstenue, compleet met camouflagekleding, pantser en gezichtscamouflage. Terwijl hij naar het verontrustende, agressieve beeld van Clarke zat te staren, raakte hij steeds meer geïntrigeerd door de persoon achter de beelden. Het was een jongeman die vroeger een levensdoel en aanzien had, maar die het nu met een onbenullig baantje bij de schroothandel van zijn vader moest doen. Hij was een geoefend moordenaar, woonde in de buurt en zat vol woede, achterdocht en haat. Verder was hij ongrijpbaar, bovenmatig geïnteresseerd in wapens en ging hij 's nachts geregeld op 'excursie'. Was hij degene die ze zochten? Kon het ongebruikelijke wapen waarmee Tom Campbell en Lauren Scott waren afgeslacht gemaakt zijn van het oude schroot dat op zijn werk voor het oprapen lag?

Deze mogelijkheid bood absoluut perspectief en Hudson was vastbesloten om dit tot de bodem uit te zoeken. Reid en de anderen mochten wat hem betrof naar huis; hij bleef waar hij was. Nu hij eindelijk een geurspoor had, gaf hij de jacht niet op.

65

Hij bleef hem aankijken, maar zei niets.

Terry Clarke zat tegenover zijn zoon, die zijn eten zo snel naar binnen zat te schrokken dat het vies was om te zien. Sinds zijn vrouw was overleden, at Terry vaak op de zaak, waar hij een voorraad kant-en-klaarmaaltijden had. Zo nu en dan at Dean mee, maar erg goed gezelschap was hij niet; hij at en verdween dan weer. Die korte ontmoetingen gaven Terry een vreemd gevoel; het was treurig dat hij zijn zoon tegenwoordig zo slecht kende, dat hun gezamenlijke maaltijden zo saai waren en toch wilde hij ze niet opgeven. Ze deden hem denken aan gelukkiger tijden, toen ze met z'n drieën thuis aten. Voordat Nancy overleed, had hij haar beloofd dat hij hun zoon – die zijn leven nog niet helemaal op de rit had – een beetje in de gaten zou houden en dat was geen belofte die hij wilde verbreken.

'De politie was hier daarstraks,' zei hij, en hij duwde zijn bord weg.

Deans vork bleef even in de lucht hangen, waarna hij weer verder at, nog een paar happen nam en gromde: 'En?'

'Ze vroegen naar jou. Naar je auto...'

Weer een korte stilte.

'Wat vroegen ze dan?'

'Zeg jij het maar.'

Zijn zoon propte een laatste hap in zijn mond. Langzaam kauwde hij, voordat hij uiteindelijk antwoordde: 'Niks te zeggen.'

'Wat moesten ze dan hier? We hebben hier nooit eerder politie over de vloer gehad...'

'Want jij bent zo'n brave burger, nietwaar?'

Zijn zoon zei het spottend.

'Ik heb het niet altijd even nauw genomen,' zei Terry nijdig, 'maar ik heb nog nóóit de wet overtreden.'

'Maak jij jezelf dat maar wijs.' Hoofdschuddend stond Dean op.

'Waar ga je naartoe? We zijn nog niet klaar.'

'O, jawel.' Dean liep de kamer door.

Terry rende hem achterna, pakte zijn zoon bij de schouder vast en draaide hem naar zich toe. 'Wat is er aan de hand, jongen? Wat heb je gedaan?'

Woede flitste door Deans ogen. Geschrokken deed Terry een stap naar achteren, maar de woede was even snel verdwenen... en maakte plaats voor iets veel ergers: minachting.

'Waag het niet om me aan te raken.'

'Ik wil alleen weten wat er aan de hand is. Als je in moeilijkheden zit, kan ik je helpen. Dat zou je moeder zo willen.'

'Er is niks aan de hand.'

'Wat moesten ze dan hier? Wat heb je in die auto liggen?'

Deans hand schoot naar voren en hij greep zijn vader bij de keel vast. Het duizelde Terry. Een halve seconde later werd hij tegen de muur gesmakt en kreeg hij even geen lucht meer. Geschokt knipperde hij wild met zijn ogen terwijl Dean dichterbij kwam.

'Uitkijken, ouwe. Je moet heel goed uitkijken.'

'Ik wil me nergens mee bemoeien.'

Maar Dean legde hem met een vinger tegen zijn lippen het zwijgen op. 'Bemoei je met je eigen zaken.'

Het was niet zozeer wát zijn zoon zei waardoor Terry geschokt was, al was dat erg genoeg. Het was de manier waaróp hij het zei. Koud, afstandelijk, ijzig.

'Natuurlijk... Ik maak me alleen zorgen om j...'

Hij kreeg geen kans om zijn zin af te maken. Zijn zoon smeet hem tegen de grond en liep snel de kamer uit. Met bonkend hart keek Terry hem na en hij had geen idee wat er zojuist was gebeurd. Hij wist al heel lang dat zijn zoon agressief was en problemen had, maar hij had zich nog nooit door hem bedreigd gevoeld. Was zijn zoon door de recente dood van zijn moeder op de een of andere manier losgeslagen? Was hij hem kwijt?

Terry Clarke had door de jaren heen veel emoties gekend: vooral spijt, verdriet en verwarring. Maar vanavond was hij voor het eerst bang.

66

Helen bekeek de kwetsbare uitdrukking op het gezicht, zoekend naar antwoorden. Het was een recente foto van Lauren Scott waaruit je veel kon opmaken. De diepe lijnen onder haar ogen, de gele tanden en het dunne haar duidden allemaal op het trauma en de verwaarlozing waar ze onder te lijden had gehad. Maar er was ook een sprankje hoop zichtbaar, een besef dat het leven misschien wel fijner zou worden. Al met al een heel tragisch plaatje.

Helen had zich teruggetrokken in haar kantoor. Alleen Joseph Hudson was verder nog aanwezig, maar hij leek helemaal op te gaan in zijn werk, dus volgde Helen zijn voorbeeld en boog zich over het leven van Lauren Scott. De druk om met vorderingen op de proppen te komen begon toe te nemen. Simmons had de persconferentie kundig afgehandeld, maar de journalisten waren erg agressief en volhardend geweest in hun vragen over de aard van de aanvallen, het gebrek aan aanwijzingen en de bekwaamheid van het team. Simmons had haar best gedaan om de aanwezige pers gerust te stellen zonder de onaangename details van de moorden prijs te geven, maar dat nam niet weg dat de paniek op het hoofdbureau en in de stad toenam.

Waarom? Waarom waren deze twee onschuldige mensen aangevallen? Dat was wat iedereen wilde weten, maar Helen kon het nog steeds niet doorgronden. Er moest een duidelijk motief zijn, een voor de hand liggend verband tussen die twee, maar als dat er was, dan was het erg moeilijk te vinden. Ze waren allebei geboren in Southampton, maar daar hielden de vergelijkingen op. Mógelijk was er een drugslink, maar zelfs die leek erg vergezocht. Tom Campbell had één aanklacht voor drugsbezit toen hij een tiener was – daar was hij overigens goed mee weggekomen, aangezien hij genoeg bij zich had gehad om voor handel in drugs aangeklaagd te worden. Maar dit viel in het niet bij wat Lauren Scott allemaal op haar kerfstok had. Lauren was al heel vroeg van het rechte pad geraakt, terwijl Tom Campbell dat pad nooit verlaten had, nuchter, ijverig en succesvol als hij was geweest.

En toch… Helen had het gevoel dat dit geen willekeur was geweest. De ontvoering en moord waren tot in de puntjes voorbereid. De slachtoffers waren ongemerkt meegenomen uit hun tent en naar een afgelegen deel van het bos gebracht, waar ze ongemerkt en ongestoord opgejaagd werden. Deze moorden waren goed doordacht en efficiënt uitgevoerd en hadden geen enkel spoor achtergelaten van de identiteit van de dader. De plaatselijke pers, met Emilia Garanita voorop, schilderden de dader af als een of andere maniak, maar dat was hij absoluut niet. De moordenaar wist precies waar hij mee bezig was en hij was er erg goed, zelfs deskundig in. Daarom had Helen ook het gevoel dat er een verband moest zijn tussen de slachtoffers, een of andere reden waarom juist deze twee het doelwit waren.

De dader nam steeds grote risico's: hij ontvoerde de slachtoffers vanaf een drukke camping, in het hoogseizoen, uit hun tent terwijl ze naast hun partner lagen te slapen. Bovendien doodde hij de slachtoffers niet meteen. Hij bevrijdde ze eerst en gaf ze de kans om te ontkomen. Niet dat ze daar iets aan hadden, maar de dader nam daarmee toch een enorm risico, vooral als het hem niet kon schelen wíé zijn slachtoffers waren. Als het hem echt alleen om de jacht ging, om de kick van het jagen, dan waren er makkelijker manieren om iemand te ontvoeren en af te zonderen.

Geërgerd gooide Helen de foto van Scott op haar bureau en pakte een soortgelijke foto van Tom Campbell. Ze bekeek de man met de gladde huid en de zelfverzekerde blik. In eerste instantie had Helen gedacht dat Nathaniel Martin het op hem had gemunt vanwege zijn werk bij Nexus, het bedrijf dat ervoor had gezorgd dat er een deel van het bos was verdwenen. Dit onderzoek liep nog, maar eerlijk gezegd leek er geen reden te zijn waarom Martin het op Lauren Scott gemunt zou hebben. Ze hield niet van kamperen en kwam zelden in het bos, terwijl Martin op dat moment al op de hielen werd gezeten door opsporingsteams van de politie. Zou hij echt het risico hebben genomen om zich in het openbaar te vertonen en weer toe te slaan? Het was natuurlijk mogelijk, maar totdat de opsporingsteams hem hadden uitgerookt, wisten ze niets zeker.

Helen bleef erbij dat er een verband was tussen Campbell en Scott. Dat er een reden was waarom juist die twee het slachtoffer waren geworden. Maar wat die reden was, bleef gissen. Ze had hun levens uitgeplozen en niets kunnen vinden, waardoor ze zich nu afvroeg of er op een ander vlak een link was.

Hier had ze nog niet eerder bij stilgestaan, maar misschien had ze dat wel moeten doen, dacht ze. Ze pakte een vakantiefoto van Lauren en haar vriend Matteo op een zonnig Spaans strand. De slachtoffers hadden onvoorstelbare doodsangsten uitgestaan en waren afgeslacht als beesten, maar opeens moest Helen ook aan de reacties van Melanie Walton en Matteo Dominici denken, aan hoe geschokt en ontredderd ze waren. Hún leed was in beginsel niet zo groot als dat van hun partners, maar zou wel veel langer duren. De afschuwelijke beelden van wat er met hun geliefden was gebeurd – opgejaagd en opgeknoopt, bloedend tot ze dood waren – zouden de rest van hun leven op hun netvlies gebrand staan. De gevolgen van een dergelijk trauma, inclusief de onvermijdelijke posttraumatische stressstoornis, konden heel heftig zijn en mensen zelfs tot zelfmoord drijven. Waren Walton en Dominici soms de link?

Over hun levens hadden ze tot nu toe weinig informatie vergaard, maar daar zou vanaf morgen verandering in komen. Als eerste moesten ze in de verledens van die twee duiken om te zien of daar overtredingen, misdaden of verborgen verbanden te vinden waren. Misschien zou dat een nieuw licht werpen op deze ontstellende moorden.

In de tussentijd bleven ze in het duister tasten, op zoek naar een moordenaar die het vertikte om gevonden te worden.

67

Hij dook dieper en dieper de verdorvenheid in, steeds geschokter door wat hij zag. Joseph Hudson was niet meer achter zijn bureau vandaan gekomen sinds zijn collega's waren vertrokken, en zijn koude koffie stond onaangeroerd voor hem, terwijl hij zich in Dean Clarkes wereld verdiepte. Nadat hij het standaardaanbod op internet had bekeken – eervolle vermeldingen, medailles en uitgeschakelde vijanden – had hij het spannender aangepakt en een van de Tor-browsers van het team gebruikt om het dark web op te gaan.

In een vorige functie had Hudson anderhalf jaar lang in de donkere krochten van het web pedofielen, wapenhandelaren en drugsbendes opgespoord. Allerlei verdorvenheden en vormen van criminaliteit loerden daar rond en hij wist dat hij zich moest concentreren om te vinden wat hij zocht. Eerst zocht hij naar forums voor wapenhandel, gericht op diegenen die wat exotischer wapens verkochten: samoeraizwaarden, met spijkers beslagen knotsen, kruisbogen en dergelijke. Twintig minuten surfen leverde weinig op, alleen een toenemende bezorgdheid over het aantal idioten in de wereld, maar uiteindelijk vond hij Clarke. Zijn onlinebijnaam was hier net even anders – *2Helmandback* – maar de donkere close-up van zijn gemaskerde gezicht was een kopie van zijn onlinepersona. Misschien vond Clarke zijn doordringende blik zijn beste kwaliteit.

Clarke was een vaste gast op het dark web en zocht regelmatig contact met andere wapenliefhebbers om over wapens te communiceren, ze te kopen of te ruilen. Die informatie-uitwisselingen waren heel open, zonder codenamen of bedekte termen. De verschillende deelnemers spraken uitgebreid over welke wapens ze zochten en wat die moesten kunnen. Clarke was meer dan gemiddeld actief, hij handelde voornamelijk in messen, zwaarden en bogen... zijn belangstelling en enthousiasme leken geen grenzen te kennen. Hudson schatte dat hij een klein arsenaal aan wapens moest hebben, iets waar Clarke zelf zichtbaar trots op was: op een foto die hij drie weken geleden had gepost likte Clarke met grote ogen van opwinding aan het lemmet van een stiletto van dertig centimeter.

Veel van de posts bevatten links naar andere sites die nog zorgwekkender waren. Hudson bevond zich nu in de duistere wereld van militaire martelporno en scrolde door posts met beelden van oorlogsgebieden, slagvelden en belegerde steden. Sommige waren tientallen jaren oud – Hudson kreeg vooral de rillingen van foto's van gevangenen in Auschwitz die door ss-bewakers werden mishandeld – maar de meeste toonden recente conflicten in het Midden-Oosten. Natuurlijk waren de geallieerden de goeien en waren de afgeslachte slachtoffers op de foto's – die allemaal 'tulband' werden genoemd – de vijand. Er waren beelden van sluipschutters die de een na de ander neerknalden, twee Amerikaanse mariniers die hun magazijn leegden op een strijder die geen kant op kon, zelfs een trotse Britse infanterist die naast het lichaam van een tienermeisje stond. Het ergst van alles waren de foto's van ongelukkige strijders die waren gemarteld om informatie uit ze los te krijgen en daarna waren vermoord; een foto van een jongeman die op z'n kop hing terwijl zijn overmeesteraars er lachend naast stonden.

Dean Clarke leverde, deelde en besprak regelmatig schokkende beelden. Hij was overduidelijk een bloeddorstige racist die zijn trots over zijn eigen ervaringen niet onder stoelen of banken stak. Hij beschreef in detail alle kelen die hij had doorgesneden en de opstandelingen die hij tijdens hun gebed had neergemaaid. Niets leek Clarke te min, niets was verboden terrein. Het was eten of gegeten worden in zijn wereld, en voor leeftijd, geslacht of omstandigheid werd geen uitzondering gemaakt.

In alle posts toonde Clarke zich graag als een man van daden, een krijger. Het was een beeld dat absoluut niet paste bij zijn dagelijks bestaan en zijn werk bij een schroothandel onder het toeziend oog van zijn vader. Het zette Hudson aan het denken. Wat voor relatie hadden die twee? Waarom maakte Terry Clarke zich zo'n zorgen om zijn zoon? En waarom was Dean Clarke zo boos?

Het werd al laat en Hudson wist dat het tijd was om naar huis te gaan, maar op de een of andere manier voelde hij de drang om te blijven. Hij kon zijn ogen niet van Clarke afhouden – zijn posts, zijn ijdelheid – en zelfs nu werd zijn blik naar diens laatste bijdrage aan het *ModernWarrior*-forum getrokken. Het was een beperkt toegankelijke site die werd gebruikt door mannen met een bloeddorstige blik in hun ogen, van wie velen opschepten over de wapens die ze gebruikt zouden hebben.

Bij het zien van Clarkes meest recente foto bleef Hudson doodstil zitten.

Tegen een donkere achtergrond stond Clarke in camouflagetenue – zijn smaragdgroene ogen nog net zichtbaar door een zwarte bivakmuts. Hij stond in gevechtshouding, armen geheven, met zijn kruisboog op de camera gericht.

68

De zon was net op, maar in het bos was het al een drukte van jewelste. Helen liep door de dichte begroeiing met de dauw op haar laarzen, op weg naar de mensen van het opsporingsteam die op de open plek dicht bij elkaar stonden. Ze had net na zessen vanochtend een telefoontje gekregen en was hier direct naartoe geracet.

'Maak eens ruimte, mensen.'

Iedereen deed meteen een stap opzij om Helen door te laten. Die ochtend hadden ze in alle vroegte hun zoektocht naar Nathaniel Martin hervat, maar niet lang daarna waren ze in het kreupelbos op het kadaver van een pony gestuit. Net als de eerste was ook dit dier door een mens om het leven gebracht, met vijf pijlen in zijn flank.

Terwijl de rechercheurs wat om Helen heen liepen, hurkte ze bij het lijk neer. Dit was de tweede pony die ze gevonden hadden, maar hij was ongetwijfeld eerder vermoord. Hij verkeerde al in verregaande staat van ontbinding, stonk naar verrotting en de maden krioelden in het rond. Een groot deel van het dier was al tot op het bot afgekloven door andere dieren in het bos. De ogen van het arme beest waren eruit geplukt, wat het dier een sinistere, duivelse aanblik gaf.

Lagen er nog meer pony's in het bos die ze nog niet ontdekt hadden? Als dit de eerste was, was dat een bewijs voor de systematische aanloop naar de moorden. Het beest dat Helen zelf had gevonden was met drie doelgerichte pijlen snel gedood. Deze pony had meer moeten lijden: er waren vijf pijlen gebruikt, waarvan er slechts drie mogelijk dodelijk waren geweest. De andere twee zaten in de rug en het achterbeen.

Helen vroeg zich af of dat per ongeluk of expres was gebeurd. Waren de twee missers bedoeld om het beest tot stilstand te brengen voordat het werd gedood? Had de dader gewoon verkeerd gemikt? Of duidden de doelloze schoten ergens anders op? In de ogen van Helen leek het op overkill, alsof iemand er lol in had gehad om tot vijf keer toe het wapen te laden en af te vuren en misschien de laatste pijlen zelfs af te schieten terwijl de pony al dood was. Ergens hoopte ze dat deze moord duidde op een amateuristisch begin, maar ze vreesde dat dit het werk was van iemand die genoegen schepte in de dood.

'Oké, zet de plaats delict maar af,' zei Helen. Ze stond op en wendde zich tot de rechercheurs. 'Zodra Meredith er is, kunnen jullie verder met de zoektocht.'

De rechercheurs gingen aan het werk. Helen liep bij het kadaver vandaan en haalde haar telefoon uit haar jaszak om Charlie op de hoogte te brengen van de laatste ontwikkelingen. Het lichaam van de pony was in het bos bij Furzley gevonden, een flink eind verwijderd van de andere plaatsen delict. Dat betekende dus een nieuw onderzoeksgebied. Terwijl ze de telefoon naar haar oor bracht, viel haar blik op een boom aan de rand van de open plek waarlangs een felgroene klimplant omhoogkroop. Met haar ogen volgde ze de klimplant, tot ze iets zag waar haar hart sneller van ging slaan.

Het was een vogelcamera die hoog in de boom in een holletje verstopt zat, met de lens pal op de open plek gericht.

69

Hij voelde de priemende ogen van zijn vader.

Hij was speciaal vroeg naar zijn werk gegaan om een goede beurt te maken, zodat ze de ruzie van de vorige avond achter zich konden laten. Hij kon zich wel voor z'n kop slaan dat hij zo overdreven gewelddadig had gereageerd – hij had z'n vader natuurlijk bang gemaakt en dat kon alleen maar problemen geven. De oude sukkel was er niet aan gewend dat Dean hem aankon en zou het niet zomaar pikken. Hij zou hem straffen, zeker weten, maar wat nog veel erger was... hij zou vragen gaan stellen, vragen die Dean niet wilde beantwoorden.

Zijn vader had amper opgekeken toen hij het kantoor binnenkwam en had alleen even gegromd. Dean had een kop thee en een geroosterde boterham gepakt en was voor de tv gaan zitten. Dat was beter dan de drukkende vijandige stilte. Het ochtendjournaal stond op en na het weer en de sport keek hij nu naar het belangrijkste regionale nieuws. Het eerste item ging over de moorden, met vanmorgen speciale aandacht voor Matteo Dominici, de Italiaan die een relatie met Lauren Scott had gehad. Dean keek geïntrigeerd hoe de diepbedroefde man met een koffer in zijn hand van zijn flat naar een wachtende taxi rende. Hij was door de constante aandacht van de pers kennelijk zijn huis uit gejaagd, en

Dean vond het grappig dat de verslaggeefster dit op ingetogen, veroordelende toon vertelde, alsof zij er zelf niets mee te maken had. Liegbeest, dacht Dean bij zichzelf.

De verslaggeefster was uitgepraat en de presentator ging over op minder sensationeel nieuws, waaronder een reeks inbraken. Dean bleef niet hangen en zette de tv uit. Hij voelde dat zijn vader naar hem keek, naar zijn achterhoofd staarde alsof hij zijn schedel wilde doorboren. Het gaf hem een ongemakkelijk gevoel. Hij at zijn brood op, liep naar het keukentje en smeet zijn vuile spullen in de gootsteen.

'Dan ga ik maar aan de slag.'

Dean wierp een snelle blik op zijn vader, maar die knikte afwezig en draaide zich om. Kwaad op zijn vader en kwaad op zichzelf duwde hij de deur open en liep het terrein op. Er stond een koelkast die gestript moest worden en daar wilde hij opeens graag mee verder, weg uit de verstikkende sfeer van het kantoortje. Maar toen hij haastig wegliep, hoorde hij dat de deur knarsend openging en zijn vader ook naar buiten ging.

Hoezeer hij ook zijn best deed om te negeren dat hun relatie was bekoeld, hij kon niet ontkennen dat er iets was veranderd. Zijn vader was nu wantrouwig, misschien had hij zelfs door wat er achter Deans uitvluchten zat; hij leek vastbesloten de waarheid te achterhalen. Dean kreeg er de zenuwen van, maar kon er niet veel aan doen. Dit was niet zijn bedrijf, zijn terrein, en zolang hij hier was, hield zijn vader hem in de gaten.

70

'Weet u het zeker?'

Hudson probeerde tevergeefs zijn verbijstering te onderdrukken.

'Honderd procent zeker. Ik heb het twee keer gecheckt.'

'Dus hij heeft niet bij de SAS gezeten?'

'Nee, dus,' antwoordde de sergeant alsof ze het tegen een klein kind had. 'In de jaren die u noemde, zat er geen Dean Clarke bij de strijdkrachten.'

'Zou hij zich onder een andere naam ingeschreven kunnen hebben?'

'Alles kan, natuurlijk, maar we doen altijd heel gedegen achtergrondonderzoek. De reden mag duidelijk zijn.'

'Ja, natuurlijk,' reageerde Hudson, terwijl hij deze onverwachte ontwikkeling probeerde te verwerken. Die ochtend had hij in alle vroegte het hoofdkwartier van de Britse strijdkrachten in Andover gebeld, waarna hij uiteindelijk was doorverbonden met sergeant Greta Smith. Het was een kordate dame en ze had iets neerbuigends, maar ze was wel behulpzaam, dus probeerde Hudson nog iets anders.

'Mag ik nog één gunst vragen? Ik zou graag willen dat u ergens naar kijkt.'

Tien minuten later was het Hudson duidelijk. Hij had foto's van Dean Clarkes eervolle vermeldingen en medailles doorgestuurd naar sergeant Smith. Het verbaasde hem niet om te horen dat de eerste nep waren; amateuristische kopieën van de originelen, waarschijnlijk ondertekend door Clarke zelf. De medailles waren wél echt, maar gezien het feit dat er op eBay een levendige handel was in onderscheidingen van ex-soldaten, had hij die waarschijnlijk gewoon ergens gekocht.

Hudson deelde zijn bevindingen direct met McAndrew, die het leven van Dean Clarke nog verder had uitgeplozen. Zijn toenemende argwaan werd versterkt toen hij daar de resultaten van hoorde. Clarke was blijkbaar op zijn zestiende van school gegaan. Na een paar mislukte stages had hij een uitkering aangevraagd. Die uitkering was gewoon doorgelopen in de jaren waarin hij zogenaamd uitgezonden was geweest, en in de tussentijd had hij wat politiewaarschuwingen gehad voor diefstal en ordeverstoring. Hij was nooit veroordeeld en had dus ook geen strafblad, maar het was duidelijk dat hij, toen hij begin twintig was, geen voldoening haalde uit zijn bestaan. Op het moment dat hij had geprobeerd onder valse voorwendselen een gehandicaptentoeslag los te peuteren bij de gemeente, was zijn uitkering stopgezet en was hij helemaal ontspoord.

Naar de rest van het verhaal kon Hudson wel gissen: zoonlief werd afhankelijk van zijn ouders, ging werken in de schroothandel en was weer bij pa en ma ingetrokken. Misschien was er altijd al een schroefje bij hem los, of misschien was hij doorgeslagen toen zijn moeder overleed, maar blijkbaar had Clarke in de loop der jaren een gespleten persoonlijkheid ontwikkeld. Aan de ene kant was hij een onderdrukte arbeider die voor zijn vader de rotzooi van andere mensen uit elkaar sloopte, en aan de andere kant was hij een gewelddadige fantast die het leven van een geharde strijder nabootste. De vraag was hoe echt dat alter ego was en hoe intensief hij zich in zijn waanbeelden had uitgeleefd.

Clarke was een mislukkeling. Hij was eenzaam en boos. Zou hij het lekker vinden om de macht te hebben over zijn slachtoffers en ze op te jagen? Gaf het hem een kick om ze achterna te zitten in het bos terwijl hij helemaal gecamoufleerd en dus compleet onzichtbaar was? Zou hij zo zijn fantasieën van een geoefend moordenaar hebben laten uitkomen?

Hudson liet de totale omvang van Clarkes mislukkingen tot zich doordringen. Toen hij zich het onwaarschijnlijke alter ego van een SAS-moordenaar voor de geest haalde, vroeg hij zich af of Dean Clarke überhaupt nog grip had op de realiteit.

71

Alles was een waas.

Charlie was al doodop geweest, maar na flink wat koppen koffie had ze zich op de details van het leven van Matteo Dominici gestort. Helen was deze nieuwe onderzoeksrichting gisteravond zelf begonnen, maar toen ze vanmorgen was weggeroepen om de dood van een tweede pony te onderzoeken, had ze Charlie gevraagd het over te nemen.

Dat deed ze graag en nadat ze rechercheurs Bentham en Osbourne had gevraagd om hetzelfde te doen voor Melanie Waltons leven, was ze aan de slag gegaan. Maar de details waren niet bijzonder: Dominici was een tweede generatie Italiaan in Engeland, woonde al zijn hele leven in Southampton en was meestal aan het werk in het familierestaurant – een goedlopende zaak in het centrum van de stad. Hij had geen strafblad, betaalde netjes zijn belasting en deed veel voor de buurt. Zijn Facebookposts waren sporadisch maar optimistisch, hij had een zonnige kijk op het leven, met andere woorden, er was op het eerste gezicht geen enkele reden dat iemand zijn geluk kapot zou willen maken.

Charlie had het gevoel dat ze op een dood spoor zaten met deze invalshoek en terwijl ze langs zijn recente posts scrolde, begonnen ze een beetje wazig te worden, steeds meer op elkaar te lijken en in elkaar over te lopen.

'Charlie?'

Ze schrok op, draaide zich om en zag dat haar baas haar wenkte. Snel liep ze naar Helens kamer en deed de deur achter zich dicht. Aan Helens houding was duidelijk te merken dat ze iets belangrijks te melden had.

'Ik was vanmorgen in de buurt van Furzley,' begon Helen zonder verdere plichtplegingen, 'om de dood van de tweede pony te onderzoeken.'

'Is het onze man?'

'Honderd procent zeker, maar ik denk dat dit een oefenronde was. De pony is al een week of langer dood en de aanval was minder nauwkeurig – vijf pijlen deze keer.'

Charlie knikte en nam de informatie in zich op.

'Er hing daar ook een vogelcamera en deze werkte gelukkig wel. Ik heb wat mensen onder druk moeten zetten, maar ik heb het beeldmateriaal van de afgelopen weken.'

Charlie leunde naar voren toen Helen de laptop een slag draaide. Ze had de USB-stick in de poort gestoken en opende de mediaplayer. Een paar seconden later kwam het scherm tot leven en bood de nachtcamera een griezelig groen beeld van het nest en het bos daarachter. Onderin liep een tijdcode mee en Helen scrolde nu langs de beelden.

'Ik waarschuw je vast, het is niet fijn...'

Charlie zette zich schrap voor wat ging komen en staarde ingespannen naar het kleine scherm. Een paar seconden gingen voorbij en toen bewoog er opeens iets aan de rand van het beeld. Een pony verscheen al struikelend op de open plek. Hij werd gevolgd door een lange, donkere figuur die naar het gewonde beest toe liep, zijn boog omhoogbracht en van korte afstand een pijl afvuurde.

De pony steigerde wild – Charlie huiverde – maar het werd nog erger. De pony zakte door zijn knieën, maar zijn aanvaller had geen medelijden, trapte het beest op z'n zij en hield het daar. Nog twee pijlen werden afgeschoten, waarmee het totaal op vijf kwam. Het dier was vermoedelijk in shock, het lichaam was verstijfd van angst, maar gaandeweg liet het zijn hoofd zakken en even later lag het stil. De moordenaar bleef nog even nagenieten van zijn prestatie, waarna hij zich omdraaide.

Charlie bleef naar hem kijken toen hij de open plek overstak en nam alle details in zich op: de laarzen met de dikke rubberen zolen, de donkere kleding en capuchon, het feit dat de aanvaller duidelijk linkshandig was en zijn kruisboog nog vasthad alsof hij meer bloedvergieten verwachtte. Er vloog een vogel langs de camera. Even leek hij hiervan te schrikken en hij volgde het beest met zijn blik.

Dat was het moment waarop Helen het beeld stilzette.

De figuur keek nu in de richting van de vogelcamera en Charlie leunde nog verder naar voren om zijn gelaatstrekken beter te zien. Onwillekeurig hapte ze naar adem. Want waar een gezicht had moeten zitten zag ze alleen een leegte. Ze kon geen kin, geen neus, geen oren ontdekken – alleen een zwart vlak met twee witte bollen op de plek waar de ogen zouden moeten zijn. Charlie keek naar Helen. Ze had verwacht een glimp van hun verdachte te zien, maar in plaats daarvan leek het alsof ze naar een of ander monster keek.

Helen trok een wenkbrauw op en was duidelijk net zo geschrokken en teleurgesteld als Charlie, die haar blik weer naar het beeldscherm liet gaan.

De figuur staarde nog steeds recht in de camera. Ze kon zijn kwaadaardigheid bijna voelen.

72

'Durf je echt met droge ogen te beweren dat jij hier niet verantwoordelijk voor bent?'

Commissaris Simmons klonk woest en vernietigend, maar Emilia weigerde zich te laten koeioneren. 'Het zijn jullie foto's, niet die van mij. Ik heb geen idee hoe ze in het openbaar zijn verschenen.'

Ze gebaarde naar de laptop van Simmons. Op het scherm stonden Graham Ross' foto's van de plaats delict die nu beschikbaar waren via Backchat, een ondergrondse nieuwssite die gespecialiseerd was in ongebruikelijk en soms illegaal verkregen nieuws. De overheid had al meerdere keren geprobeerd om de website uit te schakelen, maar tot nu toe had de site alle gerechtelijke bevelen weten te omzeilen en ging vrolijk verder met het informeren, onderwijzen en bang maken van mensen.

'Het spijt me zeer, maar ik geloof er niets van...'

'Commissaris Simmons, we kennen elkaar nauwelijks...'

'Maar ik ken jouw soort. Met jouw verslaggeving over deze zaak heb je het publiek de stuipen op het lijf gejaagd en extra druk op mijn rechercheurs gelegd, terwijl ze al dag en nacht werken.'

'Niet dat iemand daar iets van merkt.'

'En dat allemaal om je eigen ego te strelen. Ik weet dat je in het verleden al eerder illegaal te werk bent gegaan om te krijgen wat je hebben wilt. Vandaar dat ik vanmorgen even een babbeltje heb gemaakt met Graham Ross.'

Emilia keek haar zwijgend aan.

'Hij vertelde dat je hem gisteren gevolgd bent naar een pub, ondanks meerdere pogingen van zijn kant om je daarvan te weerhouden, en dat je daar waarschijnlijk de foto's hebt gestolen toen hij zijn camera even onbeheerd liet liggen.'

'Zegt me helemaal niets,' zei Emilia zorgeloos. 'Het is niet mijn gewoonte om achter vreemde mannen aan een café in te lopen, en bovendien ben ik gisteren de hele dag op kantoor geweest. Je hebt het misschien nog niet gehoord, maar er is groot nieuws hier in de buurt en daar heb ik het erg druk mee...'

'Ik weet dat jij het hebt gedaan en ik weet ook waarom. Luister dus naar mijn goede raad...'

Eigenlijk wilde Emilia blijven ontkennen, maar ze bedacht zich. Vreemd genoeg vond ze het heerlijk om dit soort schrobberingen te krijgen, om te zien hoe de gevestigde orde zich met machteloze woede moest neerleggen bij de ontwikkeling van de digitale wereld. Het was erg dom van ze om te denken dat ze iets als dit onder controle konden houden.

'Jij denkt misschien dat dit in jouw voordeel is,' ging Simmons verder, wijzend naar het bloederige tafereel op haar scherm, 'dat dit het nieuws groter maakt. Maar dit is geen journalistiek. Dit is paniek zaaien, met alle ernstige gevolgen van dien, zowel voor het publiek als voor jou.'

Smalend trok Emilia een wenkbrauw op. Hoe vaak was ze al niet op deze manier, in ditzelfde kantoor, bedreigd? En had ze het niet altijd overleefd?

'Daarom ga ik dit datalek persoonlijk onderzoeken. Als ik bewijs vind dat jij inderdaad verantwoordelijk bent, dan sleep ik je voor de rechter.'

'Als je jezelf zo graag voor paal wilt zetten, moet je dat vooral doen. Als je klaar bent...?' Emilia wilde per se deze eerste confrontatie op haar voorwaarden beëindigen, onder geen beding met de staart tussen haar benen het pand verlaten. Tot haar voldoening maakte Simmons inderdaad een eind aan het gesprek, zij het uiterst onvriendelijk.

Emilia liep met een goed gevoel het kantoor uit. Simmons had geen poot om op te staan, want ze was er vrij zeker van dat er geen beveiligingscamera's in die pub hingen en er waren ook geen getuigen geweest van wat ze had gedaan. Bovendien zouden ze onmogelijk kunnen bewijzen dat zíj degene was die de foto's had gelekt.

Dat was het mooie van het moderne leven, dacht Emilia terwijl ze de gang door wandelde. Tegenwoordig kon je doen wat je wilde, plaatsen wat je wilde. Je wist jezelf altijd beschermd door de volledige anonimiteit van Backchat.

73

'Ik wil weten waar hij naartoe gaat, wie hij ontmoet en wat hij doet.'

Helen had het team weer bijeengeroepen. Ze had Joseph Hudson gesproken over de laatste ontwikkelingen en was nu klaar om de volgende fase van hun onderzoek te starten.

'Rechercheur Hudson heeft de leiding, met assistentie van mijzelf en rechercheurs McAndrew, Osbourne en Reid. Hou er rekening mee dat je opgeroepen kunt worden, ik wil Dean Clarke 24/7 onder toezicht hebben.'

'Wil dat zeggen dat hij nu onze hoofdverdachte is?' vroeg rechercheur Bentham.

'Hij is een belangrijke verdachte,' antwoordde Helen. 'Rechercheurs Reid en Hudson hebben Clarkes verleden uitgespit en hij voldoet zonder meer aan het profiel: alleenstaande blanke man, boos en misnoegd, verslaafd aan internetgeweld. Voor dit soort lui liggen fantasie en realiteit dicht bij elkaar. Clarke is geen militair, hij heeft volgens het rekruteringskantoor zelfs nooit gesolliciteerd, maar hij vertelt iedereen die het horen wil over het aantal mensen dat hij heeft gedood, over zijn medailles voor getoonde moed. Misschien is hij zijn eigen leugens gaan geloven. Of misschien zijn er anderen, die wij nog niet kennen, die hem aanmoedigen, ertoe aanzetten deze barbaarse misdrijven te plegen...'

'Bovendien past zijn auto in het profiel...' viel rechercheur Hudson haar in de rede, '... en het is een handige vent, met ongelimiteerde toegang tot schroot én het gereedschap om er iets nieuws van te maken. Hij is in elk geval iemand met een ongezonde fascinatie voor wapens en martelwerktuigen. Ik durf te wedden dat we een arsenaal aan wapens zouden vinden als we de woning vanavond zouden binnenvallen. Wapens die vaak gebruikt zijn.'

'Het indirecte bewijsmateriaal is ook interessant,' voegde Charlie eraan toe, en ze toonde een foto van de dader die afkomstig was van de vogelcamera. 'Lengte, bouw, en kijk vooral naar het gezicht. De vent lijkt wel een kwade geest, maar waarschijnlijk draagt hij iets van een masker of een bivakmuts en camouflagekleding. Je ziet ook dat de man linkshandig is. Misschien is het toeval, maar op alle foto's die Clarke van zichzelf heeft gepost, gebruikt hij zijn linkerhand om de trekker over te halen.'

'Het belangrijkste is nu dat we erachter komen waar hij 's nachts is,' hervatte Helen. 'We zijn ervan uitgegaan dat de aanvallen 's nachts plaatsvinden omdat de dader daarvan geniet, maar misschien móéten ze wel in het donker gebeuren omdat zijn vader hem overdag te veel in de gaten houdt. We moeten te weten komen waar Clarke naartoe gaat en wat hij doet. Ondertussen zetten we het onderzoek naar de slachtoffers en hun partners voort om te zien of er een patroon of een aanwijzing te vinden is. Rechercheur Brooks?'

Het hele team keek naar Charlie.

'We blijven focussen op Matteo Dominici en Melanie Walton, op oude relaties, hun internetgeschiedenis, of ze in aanraking zijn geweest met criminaliteit, maar we blijven ons ook concentreren op Lauren Scott. Als er een tastbare link met de dader is, dan zien we haar, vanwege haar verleden, nog steeds als het meest waarschijnlijke aanknopingspunt. Haar ouders wonen in Zuid-Afrika – ik spreek haar vader straks – maar we moeten anderen benaderen die haar hebben gekend in haar late tienerjaren of toen ze begin twintig was. Iemand die haar aan de drugs heeft gekregen, of haar drugs heeft verkocht, het op haar gemunt had als iemand die zwak en kwetsbaar was. We kijken ook naar haar verschillende afkickpogingen en de mensen die ze daarbij heeft ontmoet, om te zien of er een link met criminaliteit is.'

'Hebben we haar telefooncontacten en digitale relaties ondervraagd?'

'Daar hebben we één mogelijke aanwijzing gevonden – een telefoonnummer dat in de belgeschiedenis van zowel Campbell als Scott voorkomt – maar we weten op dit moment niet wat het betekent. We hebben contact met de telefoonproviders om het nummer te identificeren.'

'Laat ze weten hoe dringend het is,' drukte Helen haar op het hart, voordat ze zich tot rechercheur Edwards wendde. 'Hoe zit het met andere wapenliefhebbers, vooral mensen die geïnteresseerd zijn in boogschieten, historische wapens en dergelijke?'

'We hebben één man gevonden die mogelijk interessant is,' vertelde Edwards. 'Andrew Tucker. Hij is al jaren lid van de Weston Boogschuttersvereniging aan Lever Street.'

'Ga door.'

'Tja, het is een beetje een eenling, pas gescheiden, en vier weken geleden heeft hij een aanvaring gehad met een medelid. De situatie liep uit de hand, waarop hij de andere vent tegen de grond duwde en een pijl tegen zijn keel hield. Hij is uit de vereniging gezet en sindsdien niet meer gezien. Ik heb hem een paar keer gebeld, ben bij hem langs geweest, maar geen geluk. Er is niets wat hem concreet met deze misdrijven verbindt, maar...'

'Blijf zoeken. Hoe zit het met de tiplijn?' ging Helen verder, en ze wendde zich tot Lucas. 'Hebben we al bellers met interessante informatie?'

'De telefoon staat roodgloeiend, nou ja, sinds de forensische foto's zijn uitgelekt, in elk geval... maar nog niets bruikbaars. Alleen aandachtstrekkers en hondenuitlaters die al een moordlustige psychopaat denken te zien als ze een takje horen breken.'

Helen reageerde niet, maar vervloekte Emilia Garanita nogmaals in stilte. Met haar sensationele krantenkoppen en achterbakse methodes zat ze hun onderzoeken altijd in de weg en slaagde ze er alleen in paranoia en paniek te zaaien. Commissaris Simmons sprak op dit moment een hartig woordje met haar, hoewel Helen bang was dat de journaliste zich daar niet veel van zou aantrekken.

'Ga ermee door. Als je iets vindt, wil ik het weten. Dat geldt voor jullie allemaal,' ging ze verder, en ze richtte zich weer tot de rest van het team. 'Waar jullie verder ook mee bezig bent, laat het zitten. Dit is jullie enige prioriteit...'

Ze zweeg even en concludeerde toen resoluut: 'Die man moet gearresteerd worden.'

74

Zonder waarschuwing overviel hij haar, net voordat ze bij haar auto was.

Nu ze het pak rammel van Simmons achter de rug had, wilde Emilia zo snel mogelijk terug naar kantoor. De gelekte foto's hadden op internet voor heel wat opschudding gezorgd en daar moest ze meteen gebruik van maken: ze had Gardiner al overgehaald om een speciale editie van de krant uit te brengen, met daarin een uitgebreid profiel van de moordenaar van de New Forest.

Maar toen ze bijna bij haar opvallende rode Corsa was, viel er een schaduw over haar heen, waarna ze bij de hand werd gegrepen en vliegensvlug werd omgedraaid. Ze schrok wel, maar was niet verbaasd om te zien dat het Graham Ross was die haar bij de kladden had gegrepen.

'Als dat de plaatselijke persmuskiet niet is.' Hij klonk kalm, maar vanbinnen borrelde hij van woede.

'Ga me alsjeblieft niet vertellen dat je lang over die openingszin hebt nagedacht, Graham, want zelfs voor jouw doen klinkt het behoorlijk suf...'

'Heeft Simmons je in staat van beschuldiging gesteld?' vroeg hij, zonder te reageren op haar beledigende opmerking.

'Helemaal niet. Sterker nog, we hebben gewoon lekker gekletst, meiden onder elkaar,' antwoordde Emilia vrolijk.

'Gelul. Ze was witheet toen ik haar sprak. Ik heb haar er maar net van kunnen weerhouden om mijn contract te verbreken. Maar ja, ik ben dan ook onschuldig.'

'En ik ben de grote boze wolf?'

Tot haar verbazing begon Ross te lachen, alsof hij het echt een grappige omschrijving van haar vond. 'Zoiets, ja. Maar goed, ik wilde je even vriendelijk laten weten dat je me erg hebt teleurgesteld. Ik had niet gedacht dat je een dief was.'

'Ik ben wel voor ergere dingen uitgemaakt.'

'Ik moet zeggen dat je smaak hebt qua fotografie. De selectie die je hebt gemaakt was... goed bij elkaar gezocht. Het waren de beste van het stel. Dus eigenlijk moet ik je dankbaar zijn, want ze hebben behoorlijk wat losgemaakt, of niet?'

Emilia wilde hem net van repliek dienen toen Ross zich omdraaide en naar zijn eigen auto liep. Blijkbaar had hij zijn zegje gedaan. Verward, maar ook geboeid door de abrupte beëindiging van hun gesprek keek ze hem na. Hij klonk wat zelfvoldaan, en zelfs alsof hij wel begrip voor haar had. Dat zette haar aan het denken.

Het was wel erg onnozel van een doorgewinterde fotograaf om zijn camera onbeheerd achter te laten. Daarnaast had zijn onverwachte gesprekje met het meisje achter de bar Emilia net genoeg tijd verschaft om 'ongemerkt' de waardevolle beelden te stelen. Bovendien deed hij wel net alsof hij boos op haar was, maar hij kwam bijzonder relaxed over, een beetje voldaan zelfs over de manier waarop alles gelopen was.

Was het mogelijk dat hij vanaf het begin precies had geweten waar hij mee bezig was? Dat hij had gewíld dat ze die foto's stal, in de wetenschap dat ze dan gelekt zouden worden zonder dat zijn reputatie eronder te lijden had?

Was het mogelijk dat zíj belazerd was en niet hij?

75

Vanuit haar raam op de zevende verdieping keek Grace Simmons toe hoe Emilia Garanita in haar auto stapte. Hun gesprek was gegaan zoals verwacht, maar ze voelde zich niet gerustgesteld. En het gesprek daarbeneden tussen Ross en Garanita baarde haar verder zorgen. Was hun ontmoeting afgesproken? Was het mogelijk dat ze hier samen bij betrokken waren?

Dat voorspelde niet veel goeds. Het lekken van de foto's had paniek in de stad gecreëerd en het had nogal wat stof doen opwaaien in het gebouw. De korpschef had haar vanmorgen vroeg gebeld, de burgemeester niet lang daarna en allebei hadden ze erop gewezen dat het lekken van zulke bloederige beelden ongehoord was en de openbare orde in gevaar bracht. Ze kon hun alleen maar gelijk geven, dus had ze zich laten uitfoeteren en beloofd de verantwoordelijken hard aan te pakken. Ze had het gevoel dat ze dat eigenlijk al gedaan had en er verder niets aan kon doen – de wetten van het land konden de realiteit van een veranderende wereld niet bijhouden.

Ze zag hoe Garanita wegscheurde en de dertigkilometerzone schaamteloos negeerde. Simmons stelde zich voor hoe ze met een zelfvoldane blik op haar gezicht achter het stuur zat omdat ze weer met een waarschuwing was weggekomen. Emilia Garanita was iemand aan wie Simmons een hekel had: een gewetenloze profiteur, een handelaar in de ellende van anderen. Ze was zelf nota bene meerdere keren het slachtoffer geweest van een gewelddadig misdrijf; kennelijk hadden die ervaringen de jonge journaliste niet meelevender gemaakt maar eerder afgestompt. Ze leek niet gevoelig voor de pijn van anderen. Maar er zat meer achter Simmons' boosheid en verbittering dan alleen een afkeer van de sluwe journaliste. Helen Grace, haar protegee, was de afgelopen dagen zwaar onder vuur komen te liggen. Ondanks haar onvoorstelbare staat van dienst hadden de hoge heren, om nog maar te zwijgen van de buitenwereld, haar bekwaamheid, haar vermogen om deze zaak tot een goed einde te brengen, in twijfel getrokken. Garanita's onverantwoordelijke daden hadden olie op het vuur gegooid.

Het was volkomen onterecht en dat maakte Simmons zo boos. Emilia beweerde dat ze aan journalistieke dienstverlening deed, maar Simmons was ervan overtuigd dat ze deze zaak alleen gebruikte als een stok om Helen mee te slaan. Die twee hadden elkaar nooit gemogen. Het liefst wilde Simmons tussenbeide komen, ook al wist ze dat de ervaren politievrouw prima in staat was haar eigen zaakjes te regelen. Daar was ze lang geleden al achter gekomen.

Tóch wilde ze haar beschermen, wilde ze alle katapulten die op haar gericht waren wegslaan. Maar het was niet nodig, en het was niet erg professioneel als Simmons zich liet beïnvloeden door haar gevoelens voor Helen. Soms probeerde ze dit te rechtvaardigen – ze kon hun gezamenlijke verleden niet negeren, kon niet doen alsof ze geen vriendinnen waren – maar meestal keurde ze die zwakheid in zichzelf af. Het zei misschien meer over haar dan over Helen.

Haar man, Ralph, was drie jaar geleden overleden. Ze was erin geslaagd dat te verwerken – zijn dood kwam tegen het einde als een opluchting – en toen de jongens nog thuis woonden, had ze genoeg mensen om zich heen gehad om haar te steunen en gezelschap te bieden. Maar nu die op eigen benen stonden, voelde ze zich een beetje verloren in dat huis dat veel te groot was voor één persoon. Ze had wel eens overwogen om te verhuizen, maar was ervan teruggekomen omdat ze dan als het ware een fase in haar leven moest afsluiten en iets nieuws zou moeten beginnen.

Ze werd nog soft op haar oude dag, misschien zelfs een beetje toegeeflijk. Ze had nooit eerder lievelingen gehad, was altijd in alle opzichten eerlijk geweest, maar iets in Helens verleden – en haar eigen situatie – maakte dat ze haar wilde beschermen tegen diegenen die haar kapot wilden maken.

Goed of fout, ze zou haar protegee in de gaten blijven houden.

76

Hij racete over de weg, met zijn blik bijna continu gevestigd op zijn achteruitkijkspiegel.

Waar hij vandaag ook kwam, hij voelde zich overal bekeken. Op het werk hadden de ogen van zijn vader hem nauwelijks losgelaten. In eerste instantie had hij het over zich heen laten komen, maar daarna was hij hem gaan uitdagen door plotseling op te kijken om hem te betrappen. Het leek niet tot zijn vader door te dringen: de oude man had alleen kort zijn blik afgewend om daarna weer rustig verder te staren.

Uiteindelijk trok Dean het niet meer en was hij vroeg naar Greggs gegaan om te lunchen, maar zelfs daar had hij het gevoel dat mensen reageerden op zijn aanwezigheid, hem nieuwsgierig aankeken. Hij wist ook wel dat het paranoïde van hem was – hoe konden zij het nu wéten? – maar toch voelde hij zich bekeken. Hij was er ook van overtuigd dat hij al een paar keer hetzelfde gezicht achter zich had gezien, dat van een jonge vrouw die hij op weg naar zijn werk had opgemerkt. Maar dat was toch niet mogelijk? Hij maakte zichzelf gewoon gek.

De middag was voorbijgekropen en de sfeer op de schroothandel was zo drukkend dat Dean zijn werk aan de koelkast had afgeraffeld en snel was vertrokken. Morgenochtend moest hij het vast allemaal opnieuw doen, maar dat kon hem niets schelen. Hij had wel belangrijker dingen om zich druk om te maken.

Zonder iets tegen zijn vader te zeggen, was hij in zijn Defender gesprongen en ervandoor gegaan, half in de verwachting dat hij de oude barrel van zijn vader in de achteruitkijkspiegel zou zien verschijnen, maar dat gebeurde niet. Misschien was hij echt alleen maar nieuwsgierig, niet verwonderlijk na dat bezoekje van de politie.

Natuurlijk was dat wat hem zo achterdochtig maakte. De argwaan van zijn vader kon hij wel aan: hij zou zijn eigen zoon tenslotte nooit aangeven. Daar had zijn moeder wel voor gezorgd door haar man op haar sterfbed een eed te laten zweren. Maar hoe zat het met de politie? Wat wisten zíj precies? Het feit dat ze geïnteresseerd waren in de Defender maakte hem behoorlijk nerveus. Was de wagen ergens gezien? Hadden ze hem getraceerd? Terwijl hij weer in de achteruitkijkspiegel keek, nam hij zich voor om morgen eens naar een nieuwe auto te googelen. Als deze auto argwaan had gewekt, dan moest hij weg.

De auto's die in het stadscentrum achter hem in de file reden, waren onopvallend. Hij herkende er geen een van eerder op de dag, dus richtte hij zijn aandacht weer op de weg. Het langzame verkeer maakte hem zenuwachtig. Hij wilde gewoon terug naar zijn uitvalsbasis om voorbereidingen te treffen. Het was best mogelijk dat zijn vader uit wantrouwen eerder naar huis zou komen en Dean was vastbesloten een confrontatie te vermijden, want daar had hij vanavond geen tijd voor.

Naast hem ontstond ruimte. Hij trapte op het gaspedaal en dook erin. Zo wist hij zich voort te zigzaggen tot de weg voor hem openlag en hij tien minuten later langs hun bouwvallige huis reed. Hij zette de auto niet voor de deur, maar parkeerde in een achterstraatje, waarna hij om het huis heen naar de voorkant liep.

Eenmaal op straat keek hij naar links en rechts, zoekend naar zijn vader, een onbekend gezicht of dingen die niet klopten. Maar het was er net zo stil en doods als anders.

Hij dwong zijn achterdocht naar de achtergrond, liep het trapje op en pakte zijn sleutel. Eenmaal binnen gooide hij de deur achter zich dicht en deed hem weer op slot. Toen was alles weer stil... Behalve dan dat er een onopvallende Ford Focus kwam aanrijden en een paar deuren verderop bleef stilstaan. De jonge vrouw achter het stuur leek verdwaald te zijn, want ze haalde een wegenkaart uit het vakje in haar deur en begon erdoorheen te bladeren.

Alleen leek ze, vreemd genoeg, niet zo geïnteresseerd in die kaart, maar meer in het huis aan de andere kant van de straat.

77

Ze wilde niet kijken, maar kon het op de een of andere manier niet laten.

Na de teambriefing had Helen zich teruggetrokken op haar kamer om zich in Dean Clarke te verdiepen. McAndrew was aan het surveilleren, Charlie onderzocht Lauren Scott en de rest van het team was druk bezig, zodat Helen even een momentje had om hun verdachte beter te leren kennen. Joseph Hudson zat bij haar – hij leek het best in staat Clarkes duistere wereld te doorgronden – en wat hij haar liet zien was onvoorstelbaar.

Clarke leefde erg geïsoleerd. Hij had een ingewikkelde relatie met zijn vader en had weinig andere contacten; geen collega's, geen vrienden, geen partner. Zijn band met de wereld leek volkomen virtueel; met een verscheidenheid aan avatars communiceerde hij met anderen die anoniem dingen postten, deelde hij schokkende beelden en verbitterde gedachten. Helen had vaker gezien hoe mensen in deze boosaardige onderwereld werden meegezogen en ze vroeg zich af hoever heen hij was. Was er iets wat hem nog in bedwang hield?

Aan het bewijsmateriaal voor haar te zien niet. Hudson had haar de meest verdorven uithoeken van internet laten zien, was speciale groepen binnengedrongen waar werd gehandeld in sadisme en wreedheid. De frequentie waarmee werd gepost en de expliciete inhoud waren ontstellend. Welke vorm van verdorvenheid je ook kon bedenken, deze lui wisten hem op te dienen.

'Deze beelden zijn voornamelijk in Irak gemaakt,' zei Hudson, terwijl hij nog een korrelig scherm vol wreedheden liet zien. 'Het is een specialistisch subgenre, militaire martelporno.'

'Heel fijn...'

'Ze zijn behoorlijk gruwelijk, maar die lui lijken ervan te genieten...'

Helen staarde naar de beelden van een handcamera op het scherm. Een jonge Iraakse strijder zat in elkaar gezakt op een stoel, zijn armen met kabelbinders vastgebonden. De gevangene leek bewusteloos, maar dat maakte zijn drie overweldigers niet uit. Om beurten sloegen ze hem met een fietsketting. Het was akelig om te zien, maar het hele tafereel had een ontspannen, zelfs joviale sfeer en de drie legerofficieren maakten grapjes en poseerden voor de camera.

Het was walgelijk, onvergeeflijk, maar misschien een gevolg van de doodsangst, de paranoia en de moordlust die oorlogvoering teweegbrengt. Wat veel minder goed te verklaren was, was het genoegen dat gewone mensen hierin leken te scheppen, mensen die nog nooit een slagveld van dichtbij hadden gezien, nooit echte angst of pijn hadden gekend. Mensen van over de hele wereld hadden op het filmpje gereageerd, waarmee het enthousiasme van de kijkers voor zowel het tafereel als de boodschap ervan nog eens werd onderstreept. *Weer een die eraan gaat*, leek een populaire mening, en velen hadden er graag bij willen zijn. Helmanned2008 vond dit duidelijk ook, want hij beschreef tot in detail wat híj met de hulpeloze gevangene zou hebben gedaan, waarop veel van zijn onlinekameraden simpelweg hadden gereageerd met: *LOL*.

'Alsof ze het over *Love Island* hebben,' mompelde Helen verontwaardigd.

'Voor elk wat wils op het net,' reageerde Hudson droogjes. 'Ik kan je nog erger laten zien, als je wilt...'

'Nee, dank je. Weten we wie die andere lui zijn?' Ze wendde zich tot Hudson en zag dat hij haar recht aankeek.

Ze zaten dicht bij elkaar over de laptop gebogen, maar hij leek zich absoluut niet betrapt te voelen en antwoordde rustig: 'Daar is het nog te vroeg voor. Het zijn allemaal aliassen zonder duidelijke verwijzingen. We vergelijken ze met andere onderzoeken, maar als dat niets oplevert, moeten we uitzoeken waar en wanneer ze gepost hebben om te zien of we een bruikbaar IP-adres van ze kunnen achterhalen...'

Helen keek weer naar het beeldmateriaal en zette het stop op het moment dat een van de aanvallers de gevangene weer wilde slaan. Het gezicht van de jongeman was al een bloederige massa en Helen had er geen behoefte aan om meer te zien.

'Heeft hij ooit met een van hen afgesproken? Zitten er mensen bij die uit de omgeving komen?'

'Eén keer,' antwoordde Hudson. Hij trok het toetsenbord naar zich toe en typte iets in. 'Maar we denken dat de ontmoeting nooit heeft plaatsgevonden. Clarke wilde wel, maar degene met wie hij communiceerde reageerde niet.'

Helen las de dialoog. Clarke had in een post van Bushwacker99 een verwijzing naar de zuidkust opgemerkt en had doorgevraagd, maar zonder succes. Zijn online-'vriend' was kennelijk bang voor contact in de echte wereld.

Gefrustreerd richtte Helen haar blik op Hudson en zag dat die weer naar haar zat te kijken. 'Brigadier Hudson, ik stel je enthousiasme en zorgvuldigheid op prijs, maar... is het je gewoonte om naar je meerderen te staren?'

‘Alleen als ze de moeite van het staren waard zijn,’ antwoordde hij doodleuk, zonder zijn blik af te wenden.

‘Dan zal ik je wat advies geven,’ zei Helen snel, en ze verborg haar verrassing. ‘De manier om hogerop te komen is om te zien wat anderen ontgaat, om nieuwe aanwijzingen te vinden. Dus, hou je doel in het vizier.’

‘Absoluut, chef,’ antwoordde hij, en er verscheen een zweem van een glimlach op zijn gezicht toen zijn blik terugglеed naar het scherm.

Ze gingen verder met hun onderzoek naar Clarkes onlineactiviteiten, doken steeds dieper in het riool, maar Helen kon zich niet concentreren. Het was haar bedoeling geweest Hudson in zijn hemd te zetten vanwege zijn overduidelijke belangstelling voor haar, maar hij had zich absoluut niet geschaamd en had ronduit toegegeven dat hij zich tot haar aangetrokken voelde. Dat vond ze ergerlijk en merkwaardig indrukwekkend tegelijk. De meeste mensen zouden terugschrikken van Helens afkeuring, maar hij had haar aangekeken, had zich niet laten intimideren en was tegelijkertijd respectvol gebleven. Het was alsof hij haar een uitnodiging gaf zonder ook maar één keer overmoedig te worden. Het was kundig gedaan, wat Helen wantrouwig maakte, maar ook plezier deed. Hij was een aantrekkelijke man – fit, sportief, knap – en het vleide en verbaasde haar dat hij in haar geïnteresseerd was gezien hun leeftijdsverschil. Er zou natuurlijk niets van komen, dat zou buitengewoon onprofessioneel en onverstandig zijn, maar toch genoot Helen even van de warme gloed van zijn interesse; het gebeurde niet vaak dat iemand de moed opvatte om háár te benaderen.

Het was een vluchtig moment van positiviteit, iets wat haar op de been hield tijdens hun akelige klus. En daar was ze vandaag blij om.

78

'Waarom?'

Een verbeten vraag, en eentje waar Charlie maar moeilijk antwoord op kon geven.

'Waarom zou iemand zoiets doen?'

Charlie staarde naar het verbijsterde gezicht op het kleine scherm. De Skypeverbinding met Durban was verre van perfect, het geluid viel af en toe weg, maar ze had de voornaamste details van de dood van Bob Scotts dochter toch kunnen overbrengen. De vijfenvijftigjarige man, die vijf jaar geleden samen met zijn vrouw naar Zuid-Afrika was vertrokken, was duidelijk helemaal uit het veld geslagen en kon zijn ellende maar moeilijk bevatten.

'Daar proberen we nu achter te komen. Ons hele team werkt aan deze zaak, en ik beloof u dat we niet zullen rusten tot...'

'En u zegt dat er een verband is met een andere moord?' onderbrak Scott haar.

'Ja. De omstandigheden van deze twee zaken wijzen daarop.'

'Mijn god.' Scott haalde zijn hand over zijn van verdriet vertrokken gezicht. 'Ik had nooit gedacht dat het op deze manier zou gebeuren.'

'Sorry?' Charlie wist niet of ze hem wel goed had gehoord.

'Nou, wij... Laurens moeder en ik dachten altijd wel dat we

een dergelijk bericht zouden krijgen. Maar dit...'

De werkelijkheid was zó afschuwelijk dat hij de woorden niet kon uitspreken, dus nam Charlie het gesprek over. 'Mag ik vragen waarom u dit al verwacht had?'

Scott veegde de tranen uit zijn ogen en wist zich te vermannen. 'Lauren is ons enige kind. We hebben haar altijd alles gegeven wat haar hartje begeerde, maar ze was een verdwaalde ziel. Ze was moeilijk, gesloten, boos. Ze... Ze was heel moeilijk als tiener...' Hij aarzelde even, alsof hij niet zeker wist of hij wel kwaad mocht spreken van de doden. 'Maar daarna werd het nog erger. Drank, drugs, zelfverminking, noem allemaal maar op. Tegen de tijd dat ze begin twintig was, was ze verslaafd aan heroïne. En toen ging het echt bergaf met haar.'

'Wat bedoelt u daarmee?'

'Ze begon van ons te stelen, kwam vaak langs als ze wist dat wij er niet waren. Ze pleegde winkeldiefstallen, bedelde en leende alles bij elkaar om maar aan drugs te kunnen komen. En als dat niet lukte dan... nou ja, u weet wel...'

Dat hoefde hij verder niet uit te leggen, want ze had Laurens strafblad met daarop veroordelingen voor tippelen voor zich liggen. 'Waarom deed ze dat, denkt u? Waarom die drugs en die zelfverminking?' vroeg ze.

Scott haalde hulpeloos zijn schouders op. 'Misschien gewoon vanwege haar persoonlijkheid. Of ze ging met de verkeerde mensen om. Of misschien omdat het leven af en toe gewoon klote is,' voegde hij er verbitterd aan toe.

Charlie keek naar de wisselende uitdrukkingen op zijn gezicht: verbitterdheid, schuldgevoel en shock, vermengd met oprechte, diepe droefheid.

'Hebt u haar onlangs nog gesproken? Heeft ze het met u over haar plannen gehad?'

'De laatste keer dat wij haar spraken was vier jaar geleden. Het was beter zo.'

Dat klonk wel heel afgemeten en stellig. Charlie was geschokt en boos over zijn brute afwijzing van zijn eigen dochter. Ze had geen idee dat ze zó van elkaar vervreemd waren. 'Waarom?'

'Omdat het veel te pijnlijk was voor iedereen. Zíj zou nooit veranderen, hoeveel we ook voor haar deden.'

'Dus u...' Charlie wilde niet zeggen 'hebt met haar gebroken', maar er was geen nette manier om zoiets te formuleren.

'U moet niet denken dat het óns besluit was, want dat was echt niet zo,' zei hij stellig, alsof hij Charlies gedachten kon lezen. 'Mijn vrouw zou zeker contact met haar hebben gehouden. Zij wilde blijven praten, zelfs toen we hier al naartoe waren verhuisd, maar Lauren wilde daar niets van weten. Lauren is degene die het contact met ons heeft verbroken.'

'Maar waarom deed ze dat? Ik neem aan dat ze jullie en jullie steun nog steeds nodig had.'

'Ons geld, bedoelt u.' Weer die verbitterde stem, maar zodra hij het had gezegd, keek hij weer even treurig als daarvoor. 'Lauren had een hekel aan zichzelf. Ik weet niet hoe ik het anders moet zeggen. Als ik er heel welwillend tegen aankijk, zou ik zeggen dat ze het deed om ons te sparen. Ze wist dat ze zichzelf in de vernieling hielp en dat ze mensen uitbuitte en misleidde. Ze wist het donders goed, en toch hield ze er niet mee op. De drugs hadden haar leven overgenomen.'

Charlie knikte. 'Ik moet zeggen dat uw dochter tegen het eind van haar leven helemaal clean was,' zei ze toen.

Weer keek Scott haar aan alsof ze hem een klap in zijn gezicht had gegeven.

'Ze had zich aangesloten bij Anonieme Alcoholisten én Anonieme Verslaafden en ze had zichzelf op de rit. Ze had een vriend en probeerde er oprecht iets van te maken.'

Nu brak de man echt. Hij begroef zijn hoofd in zijn handen en begon hardop te huilen. Het feit dat zijn dochter de kans had gekregen om haar verleden goed te maken en vervolgens bruut vermoord was, was hem te veel. 'Sorry, het spijt me,' mompelde hij, zonder zijn handen voor zijn gezicht vandaan te halen.

Charlie voelde haar eigen hart ook een beetje breken terwijl ze toekeek. Maar ze wist dat het nieuws alleen maar erger zou worden voor hem. Ze moest hem namelijk vertellen dat hij, onder andere omstandigheden – als het noodlot niet zo wreed had toegeslagen – opa zou zijn geworden. Maar voordat ze dat kon zeggen, nam Scott zelf weer het woord.

'Het is allemaal zo zonde...'

'Ik weet het,' antwoordde Charlie met een brok in haar keel.

'Ondanks alles had ze zo veel talent. Ze had zo veel mogelijkheden.'

'Dat geloof i...'

'En we waren echt trots op haar. Niet op wat ze later werd, maar daarvoor. Toen ze ons verraste met haar eindexamencijfers en daarna ging studeren. Toen dachten we echt dat ze een gouden toekomst had.'

De tranen stroomden over zijn gezicht, maar Charlies medeleven had inmiddels plaatsgemaakt voor nieuwsgierigheid. 'Sorry, zei u nou dat Lauren heeft gestudeerd? We hebben helemaal geen gegevens gevonden dat ze...'

'Ze heeft haar studie niet afgemaakt,' antwoordde Scott. 'Na een jaar hield ze ermee op, en dat was het dan.'

Charlie dacht na over wat ze net had gehoord. 'Mag ik vragen aan welke universiteit ze heeft gestudeerd?'

'Ze wilde niet te ver van haar familie en vrienden, en de universiteit van Southampton had toen een goede naam.'

Met stomheid geslagen leunde Charlie achterover in haar stoel. Een gesprek waar ze alleen verdriet en ellende van had verwacht, had haar plotseling een belangrijke nieuwe aanwijzing opgeleverd.

79

Ze had lang moeten wachten, maar eindelijk had haar geduld iets opgeleverd.

Nadat ze door Ross was overvallen en van Simmons op haar flikker had gekregen, was Emilia vastbesloten om haar voorsprong terug te krijgen. En dus stond ze op het parkeerterrein van de Premier Inn en keek ze hoe Matteo Dominici haastig verder liep.

Haar berichtgeving over de moorden in de New Forest was goed geweest – meer dan goed – maar het ontbrak aan iets hartverscheurends. Melanie Walton was te getraumatiseerd om te praten en had alle verzoeken voor een gesprek afgewezen. Lauren Scotts ouders woonden in het buitenland en haar vriend was verdwenen. Emilia had de beelden gezien waarop hij die ochtend zijn flat was ontvlucht, en onmiddellijk was ze op onderzoek gegaan en had de schoonmakers, portiers en receptionisten van alle hotels in de buurt een bericht gestuurd in de hoop dat de belofte van wat extra geld hen loslippig zou maken. En, ja hoor, haar vooruitziende blik had iets opgeleverd: een van haar informanten had bevestigd dat een zenuwachtige Dominici die ochtend in de Premier Inn aan New Road had ingecheckt.

Emilia was er direct naartoe gegaan, maar was er tot haar grote frustratie achter gekomen dat hij vrijwel direct ook weer was vertrokken. Ze vervloekte haar uitgebreide gesprek met Simmons en haar aanvaring met Ross, en was ervan overtuigd dat ze hem had kunnen spreken als ze wat sneller was geweest. Ze had zich voorgehouden dat ze geduld moest hebben en had haar kamp opgeslagen op de parkeerplaats, waar ze de voorspelbare parade van zakenlieden, feestgangers en overspelige mannen voorbij zag komen.

Uiteindelijk dook Dominici op. Hij stapte uit de taxi en liep in hoog tempo over het parkeerterrein in de richting van de dienstlift, waarschijnlijk om geen ongewenste aandacht te trekken. Maar Emilia was hem een stap voor en slenterde nonchalant zijn kant op om geen argwaan te wekken, totdat hij haar niet meer kon ontlopen.

'Matteo?'

Geschrokken schoot zijn hoofd omhoog.

Emilia ging recht voor hem staan en stak haar hand uit. 'Ik ben Emilia Garanita, heb je misschien even tijd voor me…'

'Wat moet je?' snauwde hij.

'Ik ben van de *Southampton Evening News*. We verslaan…'

Hij liep ruw langs haar heen en beende verder naar het gebouw.

'Ik weet dat je verdriet hebt, Matteo…' ging Emilia verder, en ze rende hem achterna. '… en dat je wat privacy verdient. Maar het heeft geen zin om de pers te negeren. Je kunt me het beste jouw kant van het verhaal vertellen, dan is dit allemaal…'

'Pleur op!'

'Ik wil je niet overstuur maken. Ik begrijp dat je het moeilijk hebt, echt waar.'

Dominici ging nog sneller lopen en Emilia had moeite hem bij te houden. 'Ik wil alleen wat meer over Lauren weten. Ze was vast een geweldig mens en ik wil graag dat onze lezers haar beter leren kennen. Dat ze iets te weten komen over de vrouw die jij kende en van wie jij hield…'

'Waar haal je het lef vandaan…' Dominici bleef opeens staan en viel tegen haar uit. '… om te doen alsof je in mij, in Lauren, geïnteresseerd bent?'

Emilia bleef rustig staan. 'Ik doe alleen mijn werk, Matteo. Ik zal je netjes citeren en er niets in zetten wat je niet wilt. Praat met me over Lauren, vertel me over…'

'Ik vertel je helemaal niks. Níks!' Hij deed een stap naar voren, maar op hetzelfde moment viel hem iets op. Een man met een lange lens maakte vanaf de andere kant van het parkeerterrein foto's van hun aanvaring. 'Wie is dat, verdomme?' bulderde hij.

'Trek je van hem niets aan,' zei Emilia luchtig. 'We hebben alleen wat foto's nodig, zodat onze lezers kunnen zien hoe het met je gaat.'

Emilia was blij dat ze een van hun fotografen had gevraagd mee te gaan. De foto's van Dominici halfgek van verdriet waren perfect voor de voorpagina. Maar hun onderwerp deelde haar enthousiasme niet.

'Ik hoop dat je naar de hel gaat, jij… parasiet!' Dominici deed een stap naar voren en spuugde in Emilia's gezicht.

Een dikker klodder speeksel landde op haar linkerwang. Intuïtief deed ze een stap naar achteren uit angst dat ze aangevallen zou worden, maar Dominici draaide zich om en verdween in het hotel.

'Gaat-ie?' Darren Hall, haar fotograaf, kwam bij haar staan.

'Kan niet beter,' antwoordde Emilia, die een zakdoekje uit haar tas haalde en het speeksel van haar wang veegde. 'Zit er wat moois tussen?'

'Reken maar.'

'Stuur dan maar door.' Emilia liep naar haar auto en smeet het zakdoekje in een bloembed. Darrens bezorgdheid was niet onverwachts, maar ook niet gewenst. Feit was dat ze alles aankon als ze aan het werk was. Veel mensen zouden terugschrikken voor de ergernis, de beledigingen en het gescheld, maar zij niet.

Zij genóót ervan.

80

Hij probeerde rustig te ademen, maar de adrenaline gierde door zijn lichaam toen hij met trillende handen zijn kleren op bed klaarlegde. Dit was inmiddels een vast ritueel. Maar het was meer dan dat. Dit was het moment waarop realiteit plaatsmaakte voor iets anders, iets beters.

Hij pakte een van de zware legerkistjes op en liet zijn vinger over het grove profiel van de zool glijden. Ze voelden zo stevig, zo betrouwbaar. Steeds als hij ze aantrok voelde hij zich sterk, machtig, onaantastbaar worden. Hij hield de schoen bij zijn neus en ademde de bedwelmende geur van leer en rubber in.

Toen zette hij hem neer en pakte zijn gevechtskleding. Ook die kwam van de legerdump. Zijn dagelijkse kleren waren allemaal vies en verkreukeld, maar zijn legerkleren waren, net als zijn kistjes, puntgaaf. Hij hield de kleding smetteloos schoon en kreukvrij, vond het heerlijk om het strijkijzer over de zwarte stof te horen glijden. Hij hield alles zorgvuldig verborgen in zijn oude kast, achter zijn mottige jassen en truien en leefde helemaal op als hij zijn tenue tevoorschijn haalde en liefdevol op zijn aftandse dekbed uitspreidde.

Ongeduldig trok hij het aan, genietend van het ruwe materiaal tegen zijn huid. Als hij dit aanhad, voelde hij zich héél. Dan was hij zichzelf. Hier, afgezonderd in zijn kleine, sombere slaapkamer, leken de vernederingen van de werkdag te vervagen, alsof ze hem niet zelf waren overkomen. De gordijnen zaten dicht om de wereld buiten te sluiten en hem de kans te geven een ander lot voor zichzelf te creëren. Dit was zijn toevluchtsoord, altijd geweest ook. Op deze plek had hij alles wat hem lief was: zijn uniform, zijn trofeeën, zijn wapens. Voor hem was dit het beloofde land.

Hij keek op zijn horloge en realiseerde zich met een rilling dat het bijna tijd was. Het werd donker. Hij kon de lokroep niet langer weerstaan, dus stopte hij zijn bivakmuts in zijn rugzak en trok zijn jas aan. Met zijn capuchon op liep hij snel zijn kamer uit.

Deze keer ging hij niet via de voordeur. Als iemand hem had zien thuiskomen, dan zouden ze hem in ieder geval níét zien vertrekken. Daar was het risico veel te groot voor. Hij deed de openslaande deuren open en glipte de tuin in. Hiervandaan was het maar een klein stukje naar het hek waar zijn Defender achter geparkeerd stond en hij haastte zich ernaartoe.

Op het laatste moment aarzelde hij. Voor de zekerheid keek hij nog eens goed of de kust wel veilig was, maar hij was helemaal alleen. En dus klom hij in zijn gedeukte terreinwagen en startte de motor.

81

Joseph Hudson speelde met de sleutelhanger en tikte hem heen en weer. Helen kon aan hem zien dat hij opgewonden en zelfs zenuwachtig was, de motor wilde starten en in actie wilde komen. Hij was duidelijk niet goed in wachten.

Osbourne had zich bij McAndrew aan de voorkant gevoegd omdat er een extra man nodig was nu het donker werd. Helen had ervoor gekozen om samen met Hudson aan het eind van een steeg aan de achterkant te gaan staan, deels omdat het haar plicht was de nieuweling te begeleiden, maar deels ook omdat hij haar intrigeerde.

'Vertel me eens over je motor.'

Hudson hield op met frunniken en keek haar aan.

'Ben je altijd een solorijder geweest?'

Hudson glimlachte en antwoordde toen: 'Het product van een vergooide jeugd.'

Helen knikte. Haar eigen obsessie met motoren was begonnen toen zij en haar zus Marianne ze stalen als tieners.

'Ik schreeuw het niet van de daken, maar ik ben opgegroeid in een gemeenschap van *travellers*.'

Helen zei niets maar was oprecht verrast. Travellers gingen zelden bij de politie omdat er van beide kanten nog steeds veel wantrouwen bestond.

'We zaten aan de zuidkust, niet ver van Chichester. We hadden geen auto's, nou ja, niet altijd, dus groeide ik op met quads, brommers, wat we maar in elkaar konden sleutelen of uit elkaar konden halen voor onderdelen...'

'Vond je het leuk? Zo opgroeien?'

'Wat is er nou niet leuk aan rondscheuren op quads?' zei Hudson opgewekt.

'Mijn zus en ik hadden alleen een motor, maar ik weet wat je bedoelt. Het gevoel van vrijheid dat het je geeft...'

'En het gevoel van macht,' viel Hudson haar in de rede. 'Kunnen gaan en staan waar je wilt. Op een dag ben ik vertrokken en niet meer teruggegaan.' Hudson keek even naar Helens reactie en ging toen verder: 'Niet omdat er iets aan de hand was. Ik wist gewoon wat ik wilde en dat het rondtrekkende leven niets voor mij was, dus ben ik naar Londen gegaan en heb een nieuwe start gemaakt.'

Helen liet zijn woorden bezinken. Ze zag opvallende parallellen met haar eigen leven, alleen was zij naar het zuiden gegaan om haar geluk te beproeven en was Hudson juist naar de hoofdstad getrokken. Persoonlijk was Helen blij geweest om die achter zich te laten.

'Ik kwam een meisje tegen, werd verliefd, trouwde. De liefde bekoelde, ik ben gescheiden en was weer terug bij af.'

'Ah...'

'Ik zal je eerlijk zeggen dat ik een wrak was, maar ik heb altijd geweten wat ik wilde en dat was mijn redding. Mijn werk is altijd mijn uitlaatklep geweest, een manier om te ontsnappen...'

Weer een parallel. Hoe meer Hudson vertelde, hoe meer hij haar verraste.

'Dus heb ik de opleiding gedaan en gesolliciteerd. De Londense politie had in die tijd niet veel travellers die solliciteerden,' ging Hudson verder, 'dus deden ze een uitgebreid antecedentenonderzoek. Zoiets als wat jij nu doet.' Hij zei het met humor.

Helen glimlachte even, wendde haar blik af en keek de straat door of ze ergens beweging zag. 'We zijn een hechte eenheid, hier. Ik wil graag weten wat voor vlees ik in de kuip heb.'

'Nou, laat maar weten wanneer ik geslaagd ben...'

Helen zei niets en er viel een gemoedelijke stilte, totdat Hudson zei: 'En jij? Ga jij ooit terug naar plekken die je van vroeger kent?'

'Absoluut niet. Ik hoop dat ze de boel platgewalst hebben.'

'Is er niemand meer? Geen vrienden, familieleden?'

'Iedereen om wie ik ooit iets heb gegeven is dood of zit in de cel. Maar dat weet je al, of niet?'

Hudson deed geen moeite dit te ontkennen.

'De enige die ik uit die tijd ken is commissaris Simmons. Ze heeft me toen een dienst bewezen.'

'Dan zul je wel blij zijn dat ze op het hoofdbureau zit.'

Helen vond het fijn dat hij niet doorvroeg.

'Ik zou graag willen zeggen dat ik leidinggevenden heb gehad voor wie ik mijn leven zou geven,' ging Hudson goedmoedig verder, 'maar eerlijk gezegd waren het voornamelijk mensen die hun tijd uitzaten of voor de eer gingen. Dat is een van de redenen dat ik steeds wat nieuws wilde, elke keer weer op zoek ging naar de juiste plek...'

Helen legde een hand op zijn arm.

Hudson keek verrast op, opgewonden zelfs, bij dit intieme gebaar... maar zag toen dat ze naar iets verderop staarde. Hudson volgde haar blik en zag tot zijn schrik een gedeukte Land Rover Defender langsrazen.

Clarke was in beweging.

82

Ze reden in stilte. De spanning die Hudson eerder in de greep had, was vervlogen en hij concentreerde zich nu op wat hem te doen stond. Hij reed stevig maar beheerst, ontweek lange rijen auto's en treuzelende chauffeurs en liet de afstand tot de Defender niet te groot worden. Het achtervolgen van verdachten was een ware kunstvorm: te dichtbij en je werd gesnapt, te veraf en je raakte ze kwijt. Helen was blij te zien dat Hudson precies wist waar hij mee bezig was. Hij zorgde ervoor dat er altijd minstens twee auto's tussen hen en de Land Rover zaten, maar hij verloor Clarke geen moment uit het zicht.

McAndrew en Osbourne waren ook onderweg. Zij probeerden in de buurt te blijven, voor het geval Helen en Hudson in de problemen raakten en zij het moesten overnemen.

'We zitten op Swift Road en rijden in oostelijke richting naar de kruising,' zei Helen in de mobilofoon. 'Wat is jullie positie?'

Er volgde een korte stilte, waarna de stem van Ellie McAndrew luid en duidelijk doorkwam. 'Wij volgen jullie vanaf Weston Grove Road in oostelijke richting, tenzij jij iets anders zegt.'

Helen sloot af en richtte haar aandacht weer op de Land Rover. Hij stond voor het stoplicht en als ze goed keek, zag ze de contouren van Clarkes hoofd. Wat zat hij te doen? Waar dacht hij aan?

Het was een vreemde gewaarwording dat de man wiens gewoontes en zwakke plekken ze zo grondig hadden bestudeerd nu vlak voor ze stond. Zo dichtbij, maar net buiten bereik.

Het licht sprong op groen en de Defender trok op. Hij maakte een zwaai naar rechts en jakkerde ervandoor. Helen greep meteen naar de mobilofoon.

'De verdachte is van richting veranderd. Hij is rechts afgeslagen en rijdt nu in zuidoostelijke richting op Archery Road.' Maar Helen was nog niet uitgepraat, of de Land Rover sloeg bij de volgende kruising linksaf, Weston Lane op. 'Nu in noordoostelijke richting op Weston Lane.'

'Begrepen. Wij gaan via Archery Grove, dan rijden we parallel aan jullie in dezelfde richting.'

McAndrew sloot af en Helen keek weer naar de auto van Clarke. Waar ging hij toch naartoe? Hij reed alleen maar verder bij de New Forest vandaan, naar de oostelijke buitenwijken van Southampton toe. Het idee dat er misschien een reden was voor zijn rare gedrag, zijn agressieve rijstijl en het plotselinge veranderen van richting maakten Helen nerveus.

'Denk je dat hij ons heeft gezien?'

'Moeilijk in te schatten,' zei Hudson bedachtzaam. 'Hij rijdt behoorlijk hard, maar hij rijdt niet door rood en haalt niet in, terwijl hij dat waarschijnlijk wel zou doen als hij ons wilde afschudden. Misschien is hij gewoon een man met een missie.'

Helen hoopte van harte dat hij gelijk had. Hem uit het oog verliezen was één ding, maar door hem gesnapt worden zou wel heel wrang zijn. Als dát zou gebeuren, zouden ze hem wel eens voorgoed kwijt kunnen raken.

'Shit.' Hudson stond ineens boven op de rem en kwam een paar centimeter achter hun voorganger tot stilstand. De auto van de jonge bestuurder was kennelijk afgeslagen en hij deed verwoede pogingen om hem weer te starten. Hudson bedacht zich geen moment. Hij zette de auto in zijn achteruit en reed vervolgens met een bocht om de kleine auto heen.

'Daar is hij,' zei Helen. Ze zag de Defender wel, maar er zaten inmiddels zo'n acht auto's tussen. Dat had ze nog niet vastgesteld, of Clarke veranderde weer van richting, rechtsaf de A3025 op. 'Waar gaat-ie nou naartoe? Dit slaat nergens op.'

Hudson reageerde niet. Hij gaf alleen gas en sloeg rechts af. Eenmaal op de A3025 was er van de gedeukte Defender geen spoor meer.

'Godsamme,' gromde Hudson, en hij sloeg een keer op het stuur.

'Hij moet ergens zijn afgeslagen, anders zouden we hem nog zien.'

Beiden zochten ze de weg af, op zoek naar Clarke.

'Maar welke afslag?' vroeg Hudson, nu toch een tikje gespannen. 'Er zijn hier zo veel zijwegen...'

'Neem Botley Road maar. Hij neemt vooral de hoofdwegen.'

'Welke is dat?'

'Hierzo! Hier.' Helen wees hem de goede weg, terwijl ze zich inwendig voor haar kop sloeg omdat ze was vergeten dat Hudson Southampton niet goed kende.

Hudson gaf richting aan en stuurde de auto Botley Road op. Tot Helens onuitsprekelijke opluchting zag ze de Defender bij het volgende kruispunt links voorsorteren. Nu trapte Hudson hard op het gaspedaal en scheurde over de weg, terwijl de wagen van Clarke om de hoek verdween.

'De verdachte rijdt vanaf Botley Road linksaf de A3024 op.'

'Begrepen,' was het korte antwoord van McAndrew. Het klonk alsof die twee ook moeite hadden om de impulsieve capriolen van hun verdachte bij te houden.

‘Waarom rijdt die vent niet in een rechte lijn?’ bromde Hudson toen hij zag dat Clarke wéér richting aangaf.

Blijkbaar maakte hij zich toch zorgen dat Clarke ze had gezien, maar als dat het geval was zou hij toch geen richting aangeven en zich zo braaf aan de verkeersregels houden?

De Defender moest wachten op tegemoetkomend verkeer, waardoor ze weer iets dichterbij konden komen. Vervolgens sloeg hij bij de stoplichten rechts af naar Warburton Road. Helen begon eindelijk door te krijgen waar hij naartoe ging. ‘Hou maar wat meer afstand,’ maande ze, terwijl ze door de stille buitenwijk reden.

Hudson deed wat ze had gezegd en inderdaad, de Defender minderde vaart en reed een parkeerhaven aan Lydgate Road in. Helen wendde haar blik van de auto af en deed net of ze een levendig gesprek met Hudson voerde terwijl ze langs Clarke reden. Daarna parkeerden ze aan het eind van de straat.

‘Wat is hij aan het doen?’ vroeg Hudson, terwijl hij de motor afzette en Helen aankeek.

‘Wacht even,’ zei Helen, met haar hand omhoog.

Clarke was uitgestapt. Zachtjes deed hij het portier van zijn auto dicht en liep daarna naar de achterbak om er iets uit te halen. Hij keek even naar links en rechts en dook vervolgens een smal straatje in naast een van de hoge appartementencomplexen.

Nu had Hudson het eindelijk door. ‘We zijn op Lydgate Road,’ zei hij, toen hij plotseling zijn omgeving herkende.

‘Precies,’ antwoordde Helen, die de mobilofoon weer pakte. ‘Hij gaat naar het appartement van Lauren Scott.’

83

Hij besloop haar van achteren en legde zijn handen op haar schouders. Charlie kromp ineen, draaide zich razendsnel om, maar ontspande zich direct weer en schudde haar hoofd om haar eigen domheid. Steve masseerde haar schouders wel vaker als ze over de keukentafel gebogen zat en opging in haar werk. Maar vanavond was ze er zo door gebiologeerd geweest dat ze niet eens had gehoord dat hij was binnengekomen.

'Hoe gaat het?' vroeg hij, terwijl hij haar over schouders wreef.

'Langzaam...'

'Kan ik je ergens mee helpen?'

'Dat wil je niet, geloof me. Werken bij de politie is ook niet alles.'

Ze zei het voor de verandering niet om hem af te poeieren. Meestal hield ze Steve om veiligheidsredenen ver bij haar werk vandaan, maar vanavond wilde ze hem niet teleurstellen. Vanaf het moment dat ze thuis was, had ze aan haar laptop gekluisterd gezeten, en ze was alleen even opgestaan om Jessica naar bed te brengen.

Ze onderzocht de mogelijke universiteitslink tussen Campbell en Scott en richtte zich in het bijzonder op de lijst van aanmeldingen uit 2008 van de universiteit van Southampton, het jaar waarin Scott zich had ingeschreven. In Charlies tijd had je je inschrijvingsfoto, die je ouders trots aan de muur hadden hangen, en je jaarboek. Maar bij de moderne student stond alles online.

In principe zou dat Charlies werk een stuk gemakkelijker moeten maken. En ze had inderdaad inschrijvingsfoto's van zowel Lauren Scott als Tom Campbell gevonden, maar niet het verband waar ze naar op zoek was. Campbell zag er anders uit: met zijn lange haar en oorbel leek hij in de verste verte niet op de rustige professional die hij later was geworden, en het was interessant om te zien dat Lauren er als tiener nog kwetsbaarder uitzag. Maar ze kon geen foto's van hen samen vinden – geen clubs, geen theatergroep, geen sportevenement, geen kroegentochtposes. Campbell was twee jaar eerder gaan studeren en zo te zien hadden ze in twee verschillende werelden geleefd, wat op zich niet zo gek was. In Charlies tijd waren eerste- en derdejaars twee heel verschillende groepen: onbeholpen, naïeve, onbedachtzame groentjes en serieuze, ontwikkelde en gestreste afstudeerders.

Het feit dat ze allebei aan de universiteit van Southampton hadden gestudeerd, al waren het verschillende studierichtingen, had een goede aanwijzing geleken, maar na twee uur zoeken had Charlie niets zinvols gevonden. Ze had een lijstje namen die ze wilde nagaan, studenten die dezelfde studie als Lauren hadden gevolgd, maar dat was dan ook alles.

Misschien was het tijd om te stoppen en te kijken hoe het de rest van het team verging bij de surveillance. Charlie hoopte maar dat zij meer succes hadden dan zij.

'Zit het erop voor vandaag?'

'Ja, het wil toch niet vlotten…'

'Mooi zo,' antwoordde Steve, terwijl hij zachtjes met zijn duimen haar schouderbladen masseerde.

De gespannen spieren in haar rug protesteerden en ontspanden zich toen hij de druk opvoerde. Ze deed haar ogen dicht en gaf eraan toe – ze had veel te lang over haar laptop gebogen gezeten en een massage was hard nodig. Ze kon de zorgen van de dag al weg voelen glijden. Steve was altijd een goede masseur geweest, verrassend gevoelig voor een stoere monteur.

Hij bracht zijn handen omhoog en wreef over haar nek. Die voelde zo mogelijk nog stijver dan haar rug en dat wilde wat zeggen.

'Lekker?'

'Mmm... mmm,' mompelde Charlie. 'Pijnlijk, maar lekker...'

Steve moest lachen en bleef haar nog een minuutje masseren. Daarna gleden zijn handen langs haar hals, over haar borstbeen naar haar borsten, die hij zachtjes streelde.

'Steve...'

'Ssst,' antwoordde hij. 'Je hebt een lange dag gehad, ontspan je. Jessie slaapt. Ik heb net bij haar gekeken en ze is in dromenland...' Hij bukte zich om haar nek te kussen, wreef met zijn gezicht langs haar hals en knabbelde aan haar oor.

'Steve...'

Hij bleef haar kussen en gleed nu met zijn hand over haar rechtertepel, die meteen hard werd. Charlie wist waartoe dit zou leiden en wilde er aan de ene kant graag aan toegeven. Maar ze wist ook dat het moest stoppen.

'Steve.' Ze zei het wat strenger deze keer. Voorzichtig trok ze zijn hand weg en toen ze zich omdraaide, zag ze dat hij verward en een beetje gekwetst keek.

'Sorry, ik dacht dat...'

'Je hoeft nergens sorry voor te zeggen, maar ik kan dit niet...'

Nu keek Steve pas echt bezorgd, waardoor Charlie zich helemaal schuldig voelde.

'Ik bedoel dít niet,' zei ze snel, en ze gebaarde naar het huis, naar hun beiden, naar Jessica. 'Natuurlijk niet. Alleen...' Ze aarzelde, deed haar best om de juiste woorden te vinden. 'Ik weet waarom je zo knuffelig bent en ik denk niet dat ik het kan.'

Nog steeds keek hij haar zonder iets te zeggen aan.

'Ik weet dat we het erover gehad hebben en dat we zeiden dat we over een tijdje nog een tweede kind wilden...' De tranen prikten in haar ogen en alle frustratie en emotie van de afgelopen dagen overspoelden haar. 'Maar met alles wat er speelt, met Jessie, de zaak...' Ze haalde diep adem voordat ze mompelde: '... Joanne... Ik kan het gewoon niet.'

Steve keek haar verbijsterd en gekwetst aan.

'Het spijt me. Het spijt me echt. Dit is niet wat je wilde, niet wat we hadden gepland, dat weet ik...'

Ze hoopte zo dat hij iets zou zeggen om haar uit haar lijden te verlossen, al was het met verwijten en boze woorden. Maar Steve bleef haar met op elkaar geklemde lippen boos aanstaren en voelde zich zichtbaar bedonderd.

84

Hij had niet eens de moeite genomen om haar een reprimande te geven. Emilia was door de secretaresse van Gardiner ingeseind dat Simmons hem gebeld had naar aanleiding van hun confrontatie. En dus had Emilia zich erop voorbereid dat ze vandaag nog een keer op haar lazer zou krijgen, maar het kwam helemaal niet ter sprake. Zei haar redacteur niets omdat hij wist dat het verhaal over de moordenaar dankzij haar zo veel aandacht kreeg? Of had hij er genoeg van om haar te aanpak te veranderen, aangezien hij wist dat het toch geen zin had? Emilia vermoedde dat het een combinatie van die twee was. Maar wat de reden ook was, hij had kennelijk geen zin om het erover te hebben. Niemand gooide de knuppel in het hoenderhok zoals zij dat deed.

'Het lijkt me een goed idee om een meelevend stuk over Matteo Dominici en Melanie Walton te doen,' deelde ze mee. 'De erfenis van de moordenaar van de New Forest, het blijvende trauma van de nabestaanden. Inzoomen op alles wat ze zijn kwijtgeraakt, de plannen die ze gemaakt hadden, maar ook beschrijven hoe ze zelf ontkomen zijn. Volgens de berichten zijn hun partners uit hun tent gehaald terwijl ze naast elkaar lagen te slapen.'

Gardiner huiverde onbewust. Emilia had hem nooit gevraagd

of hij van kamperen hield en vroeg zich plotseling af of hij daarom zo'n interesse had in dit verhaal.

'Klinkt goed,' mompelde Gardiner, die naar de foto's van een hevig ontdane Dominici zat te kijken. 'Hoeveel pagina's heb je nodig?'

'Acht.'

'Jezus, Emilia. Ik dacht hooguit vier. Er gebeuren momenteel echt nog andere dingen in Southampton.'

'Maar er is maar één echt verhaal. Wat zijn de gevolgen als je er niet genoeg aandacht aan besteedt?'

'Vijf dan.'

'Zes, en dan begin ik er nu meteen aan. We moeten het publiek tenslotte informeren, nietwaar?'

Met tegenzin stemde Gardiner in. Terwijl Emilia haar spullen bij elkaar raapte, belde hij de eindredacteur. 'Sally, met Martin. De plannen zijn gewijzigd...'

Met een brede grijns liep Emilia het kantoor uit. Sally Jones, al jaren eindredacteur, was geen groot fan van haar en vast zeer verongelijkt over de extra pagina's die ze had gekregen, maar Gardiner had de beslissing nu eenmaal genomen.

Lichtvoetig liep Emilia naar haar bureau en ging snel aan het werk. Zes pagina's was niet niks, en als ze het nieuws van morgen wilde bepalen en nóg meer druk op Grace en haar team wilde leggen, dan moest ze snel aan de slag.

Ze was nog maar net begonnen of haar telefoon begon te zoemen. Tot haar verrassing zag ze dat ze een sms had gekregen. Er was geen hond die nog sms'jes verstuurde.

Gezellig gesprek vanmorgen. Nog een keer doen?

Ze herkende het nummer niet en afgaande op de ondertoon, dacht ze dat het bericht waarschijnlijk niet van Simmons was. Dan bleef er nog maar één persoon over. Graham Ross wilde hun samenwerking voortzetten, misschien wel uitbreiden.

Volgens het protocol moest Emilia nu even pas op de plaats maken, wellicht haar collega's inlichten en samen op een rijtje zetten wat de voors en tegens waren van een ontmoeting met een man die ze eigenlijk niet kende. Maar Emilia was niet bang aangelegd en vertrouwde er altijd op dat ze genoeg ervaring had om geen gevaar te lopen. Dus liet ze haar collega's links liggen en sms'te ze terug.

Waar en wanneer?

85

Wat deed hij daarbinnen?

Helen stond al bijna twintig minuten in de donkere straat, verborgen achter een paar vuilnisbakken bij een smalle steeg. Vanaf deze plek had ze goed zicht op de flat die Matteo met Lauren Scott had gedeeld.

Ze had Clarke niet meer gezien sinds hij in de steeg naast het huis was verdwenen, maar ze was ervan overtuigd dat hij in de flat op de derde verdieping was. De steeg grensde aan een oude, vervallen tuinmuur waar iemand van Clarkes formaat gemakkelijk overheen kon springen. Was hij daarna via de achterdeur naar binnen gegaan? Of via de brandtrap? Joseph Hudson stond een straat verderop aan de achterkant van het gebouw en had bevestigd dat daar een uitschuifbare brandtrap was. Dikke kans dat hij die had gebruikt om op de derde verdieping te komen.

Toch kon ze hem nog steeds niet zien. Het licht was niet aangegaan en ze had geen zaklamp zien schijnen. Wat was hij van plan? Was hij naar de flat gegaan om iets te zoeken? Wilde hij Dominici overvallen? In dat geval kon hij lang wachten, want Laurens diepbedroefde vriend zou niet binnen afzienbare tijd terugkomen.

Helen tuurde door de steeg naar de weg. Rechercheur Osbourne stond aan de ene kant van Lydgate Road voor het geval Clarke op de een of andere manier wist te ontkomen en te voet verder zou gaan, en rechercheur McAndrew stond aan de andere kant, mocht hij er met zijn auto vandoor willen. Iedereen stond klaar, alleen de verdachte ontbrak nog.

Helen keek weer naar de flat en kneep haar ogen samen in een poging iets in het donker te zien. De gedachte dat hij daarbinnen was en ongestoord zijn gang kon gaan, was om gek van te worden. Ze was geneigd de benedendeur in te trappen en naar boven te rennen, maar de ervaring had haar geleerd dat ze het moest laten gebeuren, zodat Clarke zichzelf door zijn handelen zou blootgeven. Toch wilde ze weten wat hem naar de flat van zijn slachtoffer had gelokt. Hij had Lauren Scott op gruwelijke wijze vermoord. Was zijn fascinatie of woede nog steeds niet bevredigd? Ze had een antwoord nodig, want tientallen scenario's spookten door haar hoofd, maar ze mocht de situatie niet forceren.

Ze kon op dit moment alleen maar kijken en wachten.

86

Hij hield zijn blik strak op het huis gericht.

De brandtrap aan de achterkant van het gebouw was naar beneden getrokken en als Hudson omhoogkeek, naar de ramen op de derde verdieping, zag hij het silhouet van Clarke heen en weer lopen. Wat hij daar deed was een raadsel, maar één ding was duidelijk: als Clarke via dezelfde weg het pand verliet als hij erin was gegaan, dan was Hudson de eerste die hem zag.

Dat was een opwindend vooruitzicht, want dit was zijn kans om zichzelf tegenover Helen en de rest van het team te bewijzen. Tot nu toe had hij het aardig gedaan, had het onderzoek naar Dean Clarke voortgedreven, maar hij had zich nog niet echt kunnen onderscheiden. Hij had Nathaniel Martin uitgerookt, maar was er niet in geslaagd om hem op te pakken. Zijn achtervolging van Clarke was succesvol geweest, maar als Helen zich er niet mee had bemoeid, was hij hem kwijtgeraakt. Het was allemaal wel oké, maar niet goed genoeg voor een ambitieuze rechercheur die wilde uitblinken.

Hij trok zijn wapenstok uit zijn riem en keek nog een keer goed of hij van bovenaf niet gezien kon worden. De gemeenschappelijke tuin was overwoekerd en het had hem weinig moeite gekost om een goede schuilplek te vinden, in de schaduw van een verwilderde moerbeiboom die hem helemaal aan het zicht onttrok. Nu de avond was gevallen en het donker was, was hij niet te zien.

Een geluid, heel dichtbij. Zacht, maar nog net hoorbaar. Boven hem zag Hudson iets bewegen. Een schaduw die rondsloop en nu de trap afkwam, heel zacht, heel voorzichtig, om vooral geen geluid te maken.

Afgaande op het formaat van de schaduw ging Hudson ervan uit dat het Clarke was, maar helemaal zeker was hij niet. Toen de figuur zich omdraaide, zag hij een glimp van zijn gezicht. Maar hij had een bivakmuts op en alleen zijn oogwit was zichtbaar.

Hudson stond op scherp. Hij drukte twee keer op de zendknop van zijn portofoon, het afgesproken signaal om aan te geven dat er beweging was. Daarna zette hij hem uit. Met zijn wapenstok in de aanslag wachtte hij tot Clarke beneden was.

De figuur stapte op de drassige grond en bleef ineens stokstijf staan, terwijl hij langs het gebouw omhoogkeek. Ergens op de tweede verdieping was een licht aan gesprongen, waardoor de tuin plotseling verlicht werd. De indringer stond nog steeds onbeweeglijk en onzichtbaar in de schaduw, klaar om te vluchten. Hudson vroeg zich af wat er door zijn hoofd ging, of hij hier zou blijven wachten of ervandoor zou gaan. Maar het licht ging alweer uit, en het werd opnieuw donker in de tuin.

De verdachte kwam weer in beweging en liep snel door de tuin. Het leek er niet op dat hij iets bij zich had, want hij bewoog zich soepel voort en Hudson vroeg zich andermaal af wat het doel van dit late bezoek was. Hopelijk zouden ze daar snel achter komen – de vluchtende figuur was nog maar een meter of tien van hem verwijderd.

Hudson zette zich schrap. Hij stond dan wel in de schaduw, maar nog even en hij werd zichtbaar voor Clarke, mocht de man zijn kant op kijken. De verdachte leek echter zo snel mogelijk te willen vluchten en haastte zich, zonder op of om te kijken, langs de moerbeiboom.

Dit was het moment om toe te slaan. Hudson deed een stap naar voren en legde zijn hand op de schouder van de verdachte. 'Dean Clarke, ik arresteer je...'

Een elleboog beukte in zijn ribbenkast, en hij sloeg achterover. Gelukkig had hij Clarkes kleren nog vast, zodat hij niet kon ontsnappen. De elleboog kwam weer zijn kant op, maar deze keer wist Hudson hem te ontwijken, waardoor hij alleen zacht in zijn zij werd geraakt. Clarke draaide zich snel om en Hudson verloor zijn grip, maar hij had feilloos door wat Clarkes bedoeling was: hij wilde over de tuinmuur springen. Met zijn wapenstok sloeg hij keihard op Clarkes rechterknie. Het slachtoffer jammerde het uit en hij struikelde, waarop Hudson meteen toesloeg, de vrije arm van de man pakte en die op zijn rug draaide. Maar terwijl hij daarmee bezig was, draaide Clarke zich vliegensvlug om en rukte zich los. Hudson hief zijn wapenstok weer, in de verwachting dat Clarke zou vluchten, maar tot zijn verbazing kwam de man recht op hem afgestormd en knalde met zijn hoofd tegen Hudsons kin.

Als verdoofd viel hij achterover op de grond. Hij kon even helemaal niets zien; miljoenen vlekjes dansten voor zijn ogen en hij kon Clarke niet van zich afslaan toen hij boven op hem klom. Misselijk als hij was schudde hij wild heen en weer met zijn lichaam om hem van zich af te krijgen, maar Clarke klemde hem met zijn knieën nog steviger vast. Hudson zwaaide met zijn wapenstok en wist Clarke een tik tegen zijn hoofd te geven. Zijn aanvaller kreunde zacht, dus sloeg hij nog een keer, hard. En nog eens. Alleen deze keer wist Clarke de wapenstok te pakken te krijgen; hij gaf er een draai aan en duwde hem tegen Hudsons keel.

Hudson hapte naar adem toen hij de harde metalen buis op zijn luchtpijp voelde drukken: hij kreeg nu helemaal geen lucht meer. Clarke duwde met volle kracht op de stok, alsof hij zijn hoofd van zijn hals probeerde te scheiden.

De misselijkheid nam toe, de vlekjes dansten. Hudson bleef worstelen, maar begon kracht te verliezen nu hij geen zuurstof meer kreeg. Hij wist dat hij Clarke op de een of andere manier van zich af moest krijgen, maar zijn aanvaller had het overwicht, en met ogen die vlamden van begerige wreedheid drukte hij hem tegen de grond. Zou dit het laatste zijn wat hij zag? Die manische, lachende ogen?

Alles werd langzaam zwart. De realiteit vervloog, hij dreef weg naar bewusteloosheid. Naar het einde. Maar opeens was de druk verdwenen. Zijn aanvaller vloog van hem af en plofte naast hem op de grond. Hudsons longen vulden zich met zuurstof en hij kwam weer bij zijn positieven. Net op tijd om te zien hoe Helen Grace over hem heen sprong en Clarke te lijf ging.

Die was al weer opgesprongen en haalde met een potige vuist naar haar uit, maar die wist Helen behendig te ontwijken. Ze greep zijn arm vast en gebruikte de kracht van zijn eigen uithaal om hem om te draaien, met een voet achter zijn rechterbeen.

Verbluft stortte Clarke op de grond, met zijn mond in de aarde. Een seconde later zat Helen op zijn rug en sloeg hem in de boeien.

Hudson wist zich met moeite op te hijsen tot hij op zijn ellebogen leunde, maar het gevecht was voorbij. Nog geen seconde later overspoelde een nieuwe golf van misselijkheid hem en werd alles weer zwart voor zijn ogen.

87

Hij bleef maar piekeren en bereikte er niets mee.

Nadat hij zijn zoon had zien vertrekken, had Terry Clarke nog een half uurtje op de automatische piloot doorgewerkt, was achter niet-betaalde rekeningen aan gegaan, had telefoontjes gepleegd, maar hij was er niet echt met zijn gedachten bij.

Daarna had hij afgesloten, was naar huis gereden en had al die tijd aan het merkwaardige gedrag van zijn zoon gedacht. Wat was er aan de hand? Waar kwam die plotseling agressie vandaan? Hij had hem nog nooit zo vijandig gezien, was zeker nog nooit door hem áángevallen. Dean leek tegenwoordig zo gespannen als een veer, klaar voor de aanval. Terry hoopte vurig dat hij er niet bij zou zijn als de jongen ontplofte.

Hij ijsbeerde door de woonkamer en keek opnieuw uit het raam. Waar ging hij 's avonds naartoe? Wat was er in Southampton te doen dat hij bij nacht en ontij weg was? Hij rook 's morgens nooit naar alcohol of parfum, en zijn enige nette kleren had hij al weken niet gedragen. Niemand belde hem ooit mobiel of bij de schroothandel, dus bij wie was hij? Waar was hij mee bezig?

Hij realiseerde zich hoe slecht hij zijn zoon eigenlijk kende. Sinds Nancy's dood was het de verkeerde kant op gegaan. Zij was de lijm die het gezin bijeen had gehouden en Dean leek steeds minder vaak bij zijn vader te willen zijn. Overdag werkte hij hard, maar hield afstand en 's avonds verdween hij. Alsof de gedachte om thuis te zijn niet te verdragen was. Maar íéts dreef hem voort, verteerde hem. Elk vrij momentje zat hij met zijn telefoon in zijn hand, al had Terry geen idee waar hij mee bezig was. Hij had één keer geprobeerd zijn telefoon te ontgrendelen omdat hij zo verschrikkelijk graag wilde weten wat er zo interessant was, maar het ding was met een wachtwoord beveiligd en dus had hij het laten zitten. De wereld zou te klein zijn als Dean ontdekte wat hij had gedaan.

Terry Clarke bleef staan, maar hoezeer hij ook zijn best deed, hij kon geen rust vinden. Misschien moest hij er even uit, naar de Hare and Hounds. Hij werd helemaal depressief van dit huis, deze kamer met het versleten kleed en de bevlekte bank. Maar toch was er iets wat hem thuis hield, alsof hij het gezin in de steek liet als hij nu wegging.

En dus begon hij weer te ijsberen, maar zijn aandacht werd getrokken door bewegingen buiten. Onmiddellijk verstijfde hij. Hij kon de auto's die stopten niet zien, maar zag wel blauwe zwaailichten. Snel liep hij naar het raam en zag twee patrouillewagens, geflankeerd door nog meer auto's. Agenten sprongen eruit, renden naar het huis en bonkten op de voordeur.

Terry Clarke bleef als aan de grond genageld staan, leunde tegen het raam en staarde naar de lichten. Opeens wist hij met absolute zekerheid dat zijn wereld op instorten stond.

88

'Waar gaat het over? Ik heb echt ontzettende haast.'

Nigella Ware was het schoolvoorbeeld van een werkende moeder. Goed gekleed, gewapend met tassen en dossiers, en met een grote wandelwagen die ze met de grootste moeite het huis uit probeerde te krijgen. Ze zag er moe en opgejaagd uit, afgeleid door haar peuter die met een speeltje tegen de kap van zijn wandelwagen zat te hengsten. Charlie begreep precies hoe ze zich voelde. Na een zware avond met Steve waarin ze flink hadden geruzied, voelde ze zich nu onzeker en psychisch beurs. Maar dat nam niet weg dat ze deze vrouw iets moest vragen.

'We doen onderzoek naar Lauren Scott,' zei Charlie, terwijl ze haar penning wegstopte. 'Misschien heb je het al gehoord op het nieuws.'

Nigella's reactie deed vermoeden dat dat inderdaad zo was.

'Ik probeer mensen te vinden met wie ze gestudeerd heeft. Jullie studeerden samen geografie, geloof ik?'

'We deden dezelfde studie, ja,' antwoordde Nigella onzeker. 'Maar we waren geen dikke vriendinnen.'

Dat was voor Charlie goed genoeg. Ze had maar een kort lijstje met namen en tot dusver waren mensen niet thuis geweest of konden ze haar niet verder helpen.

'We hoeven geen verklaring, of zo,' zei Charlie vlug, omdat het protest van de peuter steeds heviger werd. 'Ik wil alleen wat meer weten over haar leven rond die tijd. Ik weet dat ze wat problemen had, en dat ze aan het begin van haar tweede studiejaar gestopt is.'

'Ik kende haar echt niet zo goed. We hadden totaal andere vrienden...'

Charlie nam aan dat ze bedoelde dat ze niets met drugs te maken had gehad, maar daar ging ze verder niet op in. Ware wilde écht weg, maar haar geweten sputterde tegen.

'... en Lauren ging ook niet om met de geografiestudenten. Ik denk dat je het beste haar huisgenoten kunt natrekken. Volgens mij woonde ze in een studentenhuis in Portswood.'

Ware leek nu op te gaan in haar herinneringen, en Charlie kreeg weer hoop. Ze was blij met iedere minuscule aanwijzing. 'Kun je je misschien een naam herinneren? Iemand met wie ze veel omging?'

'Ja, een paar...' zei ze vaag. 'Het was daar een komen en gaan, maar volgens mij ging ze het meest om met Aaron Slater en Julia Winter.'

Charlie schreef snel de namen op.

'Niet dat je daar iets aan zult hebben.'

Geschrokken keek Charlie naar haar op.

'Aaron Slater woonde tijdens zijn laatste jaar samen met een Amerikaanse en is een tijd geleden naar Amerika geëmigreerd. En Julia ligt in coma.'

Even wist Charlie niet wat ze moest zeggen, maar Nigella ging al verder.

'Tenminste, volgens mij wel. Toen ze haar propedeuse niet haalde, heeft ze geprobeerd zelfmoord te plegen. Ze heeft een tijd aan de beademing gelegen in het South Hants, maar eerlijk gezegd weet ik niet eens of ze nog leeft. Als je het niet erg vindt, moet ik er nu écht vandoor.'

Charlie vond het goed; het jongetje brulde het inmiddels uit. Iedere dag volgde ze met hernieuwd optimisme en doorzettingsvermogen nieuwe aanwijzingen op, maar vanochtend kostte het erg veel moeite om positief te blijven. Misschien kwam het door de ruzies met Steve, of anders door deze ondoorzichtige zaak, maar het gebrek aan vooruitgang speelde haar vandaag echt parten. Ze voelde zich somber en ontmoedigd. Waarschijnlijk overdreef ze en werd haar humeur verziekt door oververmoeidheid, maar ze kon geen verband leggen tussen Campbell en Scott en ze had zo'n idee dat deze link via de universiteit op niets zou uitlopen.

In een zaak die toch al niet dik bezaaid was met aanwijzingen, vreesde ze dat deze link niet de laatste was die nergens toe zou leiden.

89

'Je zult toch een keer met me moeten praten, Dean. Dus doe niet zo moeilijk en geef antwoord.'

Dean Clarke staarde Helen aan maar zei niets. Na een nacht in de cel was hij door een lokale arts fit bevonden voor verhoor; zijn verwondingen waren slechts oppervlakkig. Datzelfde gold gelukkig ook voor die van Joseph Hudson, maar toch had Helen hem de ochtend vrijgegeven om te herstellen. En omdat Charlie met een andere onderzoekslijn bezig was en problemen thuis had, had Helen rechercheur McAndrew gevraagd bij haar te komen zitten. Tot nu had Clarke geweigerd ook maar iets te zeggen over zijn aanwezigheid in Lauren Scotts flat. Sterker nog, hij had alles geweigerd: een advocaat, een telefoontje, iets te eten. Kennelijk was hij eropuit om het proces te dwarsbomen met zijn zwijgen.

'Moet je horen, ik kan je ook in staat van beschuldiging stellen zonder een verklaring, maakt mij niet uit. Als je het zo wilt spelen, prima. Maar ik wil wel graag weten waarom je in die flat was, Dean. Kende je Lauren Scott?'

Langzaam schudde Dean zijn hoofd.

'Of Matteo Dominici?'

Weer schudde hij zijn hoofd.

'En toch ben je specifiek die flat binnengegaan. Andere flats waren gemakkelijker in te breken – de achterdeur van de souterrainflat stelde niet veel voor en lag uit het zicht. Maar in plaats daarvan ging je regelrecht naar de flat op de derde verdieping, forceerde je het raam en was je een half uur binnen. Waarom?'

Deze keer kwam er geen reactie. Hij staarde haar aan zonder met zijn ogen te knipperen.

'We hebben deze tussen je bezittingen gevonden,' voegde McAndrew eraan toe, en ze wees naar een bewijszakje met daarin verschillende kettingen en ringen. 'Ze zij namaak, niet erg kostbaar. Ik neem aan dat het jou niet om de waarde ging, dus waarom heb je ze gestolen? Hebben ze een speciale betekenis voor je?'

Nog steeds niets.

'Ik hoef je niet te zeggen dat Lauren Scott onlangs is vermoord.' Helen nam het weer over. 'Drie keer beschoten en langzaam leeggebloed. Wat wil je ons daarover vertellen? Waarom was zíj je doelwit?'

Eindelijk reageerde Clarke. Hij snoof en schudde zijn hoofd.

'We weten dat je een gewelddadig type bent, Dean. We hebben je gewoontes eens goed onder de loep genomen, zowel op internet als op het dark web. We weten dat je regelmatig expliciet gewelddadige beelden post onder de aliassen 2Helmandback en Helmanned2008.'

Een flikkering van iets. Vijandigheid? Angst?

'We weten ook dat je exotische wapens koopt en verhandelt: messen, knuppels, kruisbogen. Dit ben jij, neem ik aan?' Helen liet hem een schermafdruk zien van een gemaskerde man die qua formaat en houding precies op Dean leek en langs een kruisboog staarde.

Clarke bevochtigde zijn lippen, maar weigerde iets te zeggen. Voor het eerst wendde hij zijn blik af, terwijl Helen naar hem bleef staren.

'Lauren Scott is drie keer beschoten met een kruisboog, net als Tom Campbell. Allebei zijn ze ontvoerd en per Land Rover Defender vervoerd, zo een waar jij vanavond mee naar Lydgate Road bent gereden. Je auto wordt op dit moment onderzocht op sporen van bloed, speeksel en huid en we onderzoeken een haspel touw die in de achterbak van je auto lag. Je begrijpt toch wel welke kant dit op gaat, Dean?'

Dat begreep hij en hij was er duidelijk niet blij mee.

'Uit belangstelling, waarom heb je ze opgehangen? Wat was daar het nut van? We staan voor een raadsel.' Ze zei het met een glimlach, alsof ze hem uitnodigde zijn vrienden in vertrouwen te nemen, maar zijn reactie was kort.

'Dit is gelul.'

'Ik wil het echt weten,' drong Helen aan. 'Ik heb het een en ander gezien in mijn carrière, maar dit is... bijzonder. Kun je ons helpen om het begrijpen? Wat had Lauren jou aangedaan? Wat had Tom jou aangedaan?'

'Ik ken die lui niet.'

'Dat is niet waar, Dean, je kent ze zelfs heel goed. Zo goed dat je ze kon ontvoeren en vermoorden zonder dat iemand het doorhad, zelfs de mensen die naast hen lagen te slapen niet.'

'Dat kun je helemaal niet bewijzen,' zei hij boos.

'Integendeel, we hebben meer dan genoeg bewijsmateriaal. Niet alleen van jouw geweld, je sadistische aard, je voorliefde voor wapens, je regelmatige nachtelijke excursies...'

Weer een flikkering. Deze keer zag Helen angst.

'... en nu hebben we je auto, je bezoekje aan Laurens flat op zoek naar... wat? Trofeeën? Aandenkens? En we hebben bewijs dat je Tom Campbell stalkte in de dagen voordat hij werd ontvoerd en vermoord.'

Clarke leek nu echt geschrokken.

'Na jouw uitje van gisteravond hebben we camerabeelden uit de straten in de buurt van Tom Campbells huis geanalyseerd. Van de avonden ná zijn dood konden we niets vinden, maar kijk eens naar deze plaatjes...' McAndrew schoof een zwart-witfoto van een Land Rover Defender over tafel. 'Kijk eens naar de nummerplaat... Dat is jouw auto. En hier, op deze zien we je gezicht...'

Op een scheve foto was Clarkes gezicht te zien door het raampje van zijn auto. Hoewel hij half in de schaduw zat, was hij het beslist.

'We hebben beelden van twee verschillende keren dat je in Clifton Road geparkeerd staat,' zei Helen snel. 'Nog geen dertig meter van Tom Campbells huis.' Ze liet dit even tot hem doordringen. 'Je stalkte hem, of niet? Misschien wilde je zijn dagelijkse routine weten? Misschien wíst je al dat hij ging kamperen en wachtte je op het moment waarop je kon toeslaan?'

'Nee...'

'Wat deed je daar dan? Wat had Tom Campbell dat jij zo spannend vond? Of was het zijn verloofde in wie je geïnteresseerd was, Melanie?'

'Ik heb toch al gezegd dat ik niet weet wie dat zijn,' hield Clarke vol.

'Maar ik geloof je niet, Dean. Tenzij er een andere reden was dat je in die straat stond. Dat je in Lauren Scotts flat was.'

Dean Clarke liet zijn blik naar de grond zakken en schopte herhaaldelijk tegen de tafelpoot.

Helen keek met toenemende voldoening toe; het was duidelijk dat hij de druk voelde. 'Wat hadden ze gedaan, Dean? Waarom zij?' ging ze verder. 'Tom ging trouwen, Lauren was zwanger...'

Clarke stopte met schoppen.

'Wist je dat niet? Ze was twee maanden zwanger, van een jongetje. Ze had haar hele toekomst voor zich, een gelukkig gezinnetje. En daar heb jij een einde aan gemaakt.'

'Nee...'

'Daar houden rechters niet van. De baby had net zo veel recht op leven als Tom en Lauren, dus dat wordt drie keer levenslang. Om nog maar te zwijgen van wat je krijgt voor poging tot moord op een politieagent...'

Clarke liet een verstikt geluid horen, iets tussen een schreeuw en een brul.

Helen had hem nu goed te pakken en dus was het tijd voor de genadeslag. 'Mijn team is op dit moment bij jou thuis, ze halen alles overhoop, stukje bij beetje. Wedden dat ze een kruisboog vinden? Dezelfde kruisboog die is gebruikt om Tom Campbell, Lauren Scott en haar ongeboren kind te vermoorden...'

'Hou alsjeblieft op,' kreunde Clarke met zijn hoofd in zijn handen.

'Zeg me dan waarom je het hebt gedaan. Waarom heb je drie onschuldige mensen vermoord?'

Clarke bleef kreunen en met zijn hoofd schudden, maar Helen liet hem niet met rust. 'Zeg me waarom.'

90

Joseph Hudson staarde in de spiegel, walgend van wat hij daar zag.

Zijn hoge kraag kon de blauwe plekken, die van zijn kin tot voorbij zijn adamsappel reikten, niet verhullen, en aan de schrammen en blauwe plekken op zijn wang kon hij al helemaal niets doen. Achter in zijn medicijnkastje lag een tube foundation verstopt en daar had hij een flinke laag van aangebracht, maar meer dan vervagen kon hij de plekken niet. Erger was dat, hoewel hij geen blijvende schade aan zijn keel had opgelopen, de boel toch behoorlijk geïrriteerd was, waardoor hij hees klonk en iedereen kon horen wat hij had meegemaakt.

Maar wat hem het meest dwarszat, was de schade die zijn reputatie had opgelopen. De schrammen en blauwe plekken zouden wel verdwijnen, maar het feit dat Clarke hem had verslagen, zou hem nog lang heugen. Goed, Clarke was een grote kerel, iemand die hard trainde en in topconditie was, maar dat was Hudson ook. Bovendien was Hudson in het voordeel geweest en had hij Clarke onverwachts overvallen. Hij had hem, letterlijk en figuurlijk, bij de kraag gevat, en toch was híj het geweest die op de grond was beland, plat op zijn rug met zijn eigen wapenstok tegen zijn keel gedrukt. Hij had moeten vechten voor zijn leven.

Politiemensen die bedreigd werden met hun eigen wapen werden niet voor niets bespot.

Als zijn baas niet tijdig had ingegrepen, had hij hier niet eens gestaan. Nadat Helen zijn signaal had ontvangen, was ze naar de achterkant van het huis gelopen om hem te assisteren bij de arrestatie van Clarke, maar in plaats daarvan had ze over de muur moeten springen en een sprintje moeten trekken om zijn leven te redden. Daar was hij niet alleen overstuur van, hij schaamde zich ook rot.

Niet omdat ze een vrouw was – hij was tenslotte geen holbewoner – maar omdat hij indruk op haar had willen maken. Hij had van tevoren geweten dat haar team een van de beste in zijn soort was en dat Helen een veeleisende baas zou zijn. Daar had hij zich goed op voorbereid, was vastbesloten geweest om zijn uiterste best te doen toen hij begon.

Nadat hij haar had ontmoet en wat tijd met haar had doorgebracht, was zijn vastberadenheid om uit te blinken alleen maar groter geworden. Ze was zonder twijfel iemand die indruk maakte, maar tegelijkertijd had ze iets kwetsbaars over zich, iets wat hij heel aantrekkelijk vond. Ze hadden een vergelijkbare achtergrond, hadden zich met moeite opgewerkt en waren momenteel allebei alleenstaand. Stiekem had hij gehoopt dat ze misschien geïnteresseerd zou zijn in hem. Natuurlijk kon hij dat wel op zijn buik schrijven nu hij zichzelf zo had vernederd, nu hij zich had laten inmaken door een gestoorde fantast, een of andere nietsnut die droomde van roem en bloedvergieten. Wát die Clarke ook in het bos had gedaan, op het moment dat Hudson hem aanviel was hij ongewapend geweest, en toch had hij gewonnen.

Toen Hudson dus in de spiegel naar zijn toegetakelde gezicht stond te staren, zag hij geen blauwe plekken, maar alleen schaamte.

91

Ze grinnikte in zichzelf en genoot van haar overwinning, terwijl ze naar zijn gegevens op het scherm staarde: *Dean Clarke, 38, woonachtig te Woolston.* Eindelijk had ze een naam.

Die ochtend was al vroeg bekend geworden dat er een arrestatie had plaatsgevonden en sindsdien had Emilia tevergeefs geprobeerd om via haar contacten bij de politie van Hampshire meer informatie te krijgen. Op zulke momenten had ze echt een informant nodig, een betaalde informant. Maar de laatste tijd was ze er niet in geslaagd iemand te vinden die zwak of wanhopig genoeg was om haar geld aan te nemen.

En dus had ze een probleem, waarover ze nog steeds had zitten piekeren toen ze het parkeerterrein van de *Southampton Evening News* op was gereden. Terwijl ze haar Corsa had geparkeerd, was haar aandacht getrokken door een busje van de RAC dat een auto bij het gebouw wegsleepte, en opeens had ze het geweten. Nu de politie een verdachte had, waren ze waarschijnlijk druk bezig met een inval van zijn woning en zijn werk, op zoek naar bewijsmateriaal. Gezien het feit dat beide moordslachtoffers vanaf een camping naar hun plek van executie waren gebracht, zouden ze ongetwijfeld onderzoeken wat voor voertuigen deze persoon bezat. Emilia was het gebouw binnengerend en had ondertussen het telefoonnummer opgezocht van de politiesleepdienst die dagelijks gestolen auto's naar het politieterrein vervoerde. Emilia kende een van de chauffeurs, Jamie Mavers, die haar wel eens een dienst had bewezen. Snel had ze hem gebeld.

'Ja.'

Mavers was een man van weinig woorden.

'Jamie, met Emilia Garanita. Hoe staat-ie?'

'Goed. Met jou?'

'Kan niet beter. Moet je horen, ik heb wat informatie nodig. Hebben jullie de afgelopen vierentwintig uur nog iets interessants opgepikt? Een terreinwagen, misschien? Een soort offroadvoertuig?'

'Ja, en wat dan nog?'

'Kun je me er iets over vertellen? Ik heb er vijftig pond voor over.'

'Nou, we hebben gisteravond een Land Rover aan Lydgate Road opgepikt. Die is regelrecht naar Meredith Walker gestuurd voor onderzoek.'

'Van wie was hij?'

'Geen idee.'

'Kun je dan op z'n minst het kenteken geven?'

Het bleef stil aan de andere kant.

'Ik weet niet of ik dat moet doen…'

'Als ik het bedrag nou eens verdubbel?'

'Deal.'

Even later had Emilia in de database van de Dienst Wegverkeer zowel de auto als de eigenaar gevonden.

Nu hoefde ze alleen wat in zijn achtergrond te spitten en dan had ze haar primeur. Wie had er informanten nodig als je met wat slimheid alles kon regelen wat je nodig had? Er brak een brede glimlach op Emilia's gezicht door toen ze haar zoektocht op internet begon.

Soms wist ze zelfs zichzelf te verrassen.

92

'Dit is je laatste kans, Dean. Vertel me wat er is gebeurd.'

Clarke had al tien minuten niets gezegd. Hij haalde zijn handen over zijn gezicht en staarde naar de vloer. Soms leek hij wel catatonisch. Helen was bang dat hij helemaal dicht zou klappen of dat hij zou ontploffen van woede en frustratie. Ze wist niet wat hij zou doen, maar als ze deze mysterieuze zaak wilden doorgronden, moest ze toch tot hem zien door te dringen.

'Als je niet met me praat, moet ik ervan uitgaan dat je schuldig bent. Dan heb ik geen andere keus dan je nu, ter plekke, te beschuldigen van drievoudige moord, poging tot moord, mishandeling van een politieagent, verzet bij arrestatie, inbraak, diefstal...'

Bij iedere beschuldiging kromp Dean wat meer ineen, alsof de realiteit eindelijk tot hem doordrong.

'We kunnen vragen of iemand je kan bijstaan. Een advocaat, een vriend of misschien je vader...' Helen liet deze laatste suggestie even doorsijpelen. Hij en zijn vader hadden geen goede band, maar iemand anders had hij niet. 'Maar ik kan het niet tegenhouden. Zodra je in staat van beschuldiging bent gesteld, kun je misschien op borgtocht worden vrijgelaten, maar met overtredingen van deze orde...'

Ze kon hem niet expliciet dreigen met gevangenneming, maar het was duidelijk wat ze bedoelde. Clarke haalde weer zijn handen door zijn haar en mompelde in zichzelf. Hij leek met een enorm dilemma te worstelen. Helen kon de zweetdruppels op zijn voorhoofd tellen. Een gleed er langs zijn rechterwang naar beneden.

'Als ik met jullie praat, wil ik wel hulp...'

'Natuurlijk.'

'Ik kan niet naar de gevangenis. Ik mag niet opgesloten worden...'

Het was verwonderlijk hoe snel zijn macho gedrag verdwenen was. Het leek wel of hij kleiner was geworden, net een kind, zoals hij zijn armen om zichzelf heen sloeg.

'Dat kan ik je niet beloven, Dean. Maar ik kan je wel zeggen dat het allemaal veel makkelijker voor je zal zijn als je meewerkt. Een snelle, eerlijke schuldbekentenis is altijd een goede manier om...'

'Ik heb dat allemaal niet gedaan.'

'Toe nou, Dean,' zei Helen geërgerd. 'Het ging net zo goed...'

'Ik bedoel, ik zeg niet dat ik niks heb gedaan. Ik weet heus wel dat ik me schuldig heb gemaakt...'

'Vertel er dan over. Help me om het te begrijpen.'

'Ik sta inderdaad op die foto's. Op Clifton Road,' ging hij verder, knikkend naar de foto's die op tafel lagen. 'Maar ik kwam daar niet voor hem, voor die Campbell...'

'Wat deed je daar dan wel?'

'Ik was een huis aan het verkennen.'

Helen keek hem onderzoekend aan, keek naar hoe hij eraan toe was.

'Ik heb ingebroken bij een huis een straat verderop. Vanaf Clifton Road kon ik daar via de achtertuin komen, zodat ik niet gezien zou worden.'

'Wat was het adres?' vroeg Helen sceptisch.

'Elm Road 14. Nee, 16.'

'Wanneer heb je dat gedaan?'

'De dag dat die tweede foto is genomen. De achttiende, geloof ik.'

Helen wierp een blik naar McAndrew, die meteen begreep wat er van haar verwacht werd. Snel stond ze op en liep de kamer uit.

'En Lauren Scott? Dát huis heb je niet verkend. Waarom ging je daarnaartoe?'

'Omdat ik het op het nieuws had gezien.'

'Hoe bedoel je?'

'Ze hadden het steeds over dat meisje dat vermoord was, en toen lieten ze beelden zien van haar vriend die het appartement uit vluchtte om zich ergens in een hotel schuil te houden.'

Terwijl Helen hem aandachtig bekeek, drong er een afschuwelijke gedachte tot haar door.

'Ik heb wat problemen gehad bij vorige klussen. Ben een paar keer verrast en ik dacht dat dit een makkelijk karweitje zou zijn. Niemand thuis, snel erin en eruit...'

'Moet ik echt geloven dat je dacht iets te kunnen scoren in een flat in Thornhill?'

'Het is een rotbuurt, maar iedereen heeft toch wel iets van waarde? Behalve deze twee, dan. Alleen maar goedkope nepsieraden, verdomme.'

'Dus je wilt mij vertellen dat je een hele reeks inbraken hebt gepleegd, heel veel dure spullen hebt gestolen, maar dat je nog steeds in een bouwval woont en een baantje hebt waar je niets mee verdient. Wat doe je met al dat gestolen geld, Dean?'

Maar terwijl ze het vroeg, wist ze het antwoord al.

'Wapens,' fluisterde Dean. 'Iedere cent die ik binnenkrijg gaat op aan wapens.'

Hij trilde nu heftig. Het leek wel of het een opluchting voor hem was om eindelijk te bekennen. Maar Helen zag nog iets anders: schaamte.

'Even voor alle duidelijkheid, hoor. Jij beweert dat je bij de SAS hebt gezeten. Dat je een militair bent die gevochten heeft voor zijn land, onze vijanden onder de voet heeft gelopen en onderdrukte mensen heeft gered. Maar in werkelijkheid aas je op de bezittingen van je medemens, beroof je onschuldige, kwetsbare mensen en maak je misbruik van hun verdriet en ellende om je eigen zakken te vullen.'

Helen wist dat ze zich moest inhouden, maar ze was woest. Uit frustratie en woede wilde ze uithalen naar Clarke, maar het was al niet meer nodig. Hij liet zijn hoofd in zijn handen zakken en begon met lange uithalen te huilen.

Helens kwaadheid maakte plaats voor berusting. Op dat moment werd er op het raam geklopt: het was McAndrew, die met een sombere, bezorgde uitdrukking op haar gezicht naar haar knikte. Diep teleurgesteld ademde Helen langzaam en luidruchtig uit.

Dean Clarke was schuldig. Maar hij was niet de moordenaar. Hij was de inbreker die de inwoners van Southampton al weken in de greep hield.

93

'Weten we het heel zeker?'

Rechercheur Edwards' vraag verwoordde de vertwijfeling die het hele team voelde. Charlie en Hudson waren er ook weer en droegen bij aan de koortsachtige analyse, hoewel het Helen opviel dat Hudsons reactie op deze laatste tegenslag merkwaardig ingetogen leek.

'Clarke heeft ons een complete lijst gegeven van de woningen waar hij zou hebben ingebroken. Ze komen overeen met onze gegevens en slechts een paar adressen zijn openbaar gemaakt, dus lijkt het te kloppen. Bovendien komen de beschrijvingen van enkele getuigen van de inbraken overeen met Clarkes lengte, bouw en accent. En het gereedschap in zijn Land Rover is standaard bij dit soort klussen.'

Het team keek ontmoedigd en toch had Helen geen andere keus dan de genadeklap te geven.

'Daarnaast heb ik zojuist informatie van Meredith Walker doorgekregen. De banden op Clarkes Land Rover zijn oude Avons, maar het profiel komt niet overeen met de sporen op de plaats delict. Ze waren her en der wat opgelapt, klungelige reparatieklussen van een tijdje geleden, en dat past niet bij het bewijsmateriaal van de camping...'

'Dus we zijn terug bij af,' concludeerde Edwards troosteloos.

'Nee,' antwoordde Helen snel, omdat ze niet wilde dat iedereen moedeloos werd. 'We hebben flink wat bewijsmateriaal over de werkwijze van de dader en de auto die hij gebruikt. We hebben een foto van hem waar we verder mee kunnen. Maar we moeten wel naar andere mogelijke verdachten en nieuwe invalshoeken kijken. Zolang we die niet allemaal onderzocht hebben, hebben we ons werk niet gedaan.'

Hier en daar werd vastberaden geknikt en daar was Helen blij om.

'Laten we opnieuw bekijken wat we hebben. Rechercheur Osbourne, jij was bezig met de man die uit de boogschuttersvereniging was getrapt...'

'Hij zit met zijn zus in de Filipijnen. Is tien dagen geleden vertrokken, dus die kunnen we uitsluiten.'

Helen probeerde haar teleurstelling te verbergen.

'Andere wapengekken?' vroeg ze, en ze wendde zich tot rechercheur Reid.

'We moeten nog een paar namen controleren... maar niemand met een fixatie voor kruisbogen. Het draait tegenwoordig voornamelijk om vuurwapens, iedereen wil een gangster zijn...'

'Hoe zit het met het telefoonnummer? Dat zowel in Campbells als in Scotts belgeschiedenis stond.'

'We hebben de beller gevonden,' antwoordde rechercheur Edwards direct. 'Het telefoonnummer is van ene Mavis Stemple, een gepensioneerde lerares uit Freemantle. Ze heeft MS en een waterdicht alibi, dus denk ik dat we ervan uit kunnen gaan dat haar simkaart is gekloond.'

Helen onderdrukte de neiging om te vloeken. Welke kant ze ook op gingen, ze kwamen steeds weer op een dood spoor.

'Het helpt ons niet echt verder,' ging Edwards verder, 'maar het belpatroon is wel interessant. Een paar weken geleden waren er verschillende telefoontjes kort op elkaar en vlak voor de moorden stopten ze opeens.'

'We hebben een telefoontap nodig voor dat nummer. Ik regel het papierwerk, jij zet het in gang,' antwoordde Helen, voordat ze naar Charlie keek. 'Rechercheur Brooks, hoe staat het met Lauren Scott?'

'We zoeken uit of er mogelijk een connectie is tussen Scott en Campbell. Lauren heeft inderdaad een jaar aan de universiteit van Southampton gestudeerd...'

'Waarom wisten we dat niet?' onderbrak Helen haar verrast.

'Ze heeft haar studie niet afgemaakt, geen bul, dus bij ons eerste onderzoek kwam haar naam niet naar voren. Haar twee beste vrienden uit die tijd zijn Aaron Slater en Julia Winter. De eerste zit in de Verenigde Staten – ik probeer hem te vinden – en de laatste ligt in het South Hants Hospital. Ze ligt in coma na een mislukte zelfmoordpoging en zal ons niet kunnen helpen. Ik heb wel net haar vader gesproken en die is bereid met ons te praten. Misschien is het niets, maar ik zou toch graag willen weten wat de reden was van Scotts zenuwinzinking. Toen ze begin twintig was, nam haar drugsgebruik dramatisch toe, dus dat lijkt me de moeite waard om uit te zoeken...'

'Goed, ik ga met je mee,' antwoordde Helen, die blij was dat ze een aanwijzing hadden, hoe onbeduidend ook. 'Iedereen gaat in de tussentijd hard aan de slag. Rechercheur Hudson neemt waar, maar jullie weten hoe het gaat. Onderzoek elk stukje bewijs, alle verklaringen van de kampeerders en campingeigenaren, zoek naar alles wat we gemist hebben. Ik wil ook de zoektocht naar de Land Rover uitbreiden. Bel alle carrosseriebedrijven en garages in de buurt om te zien of iemand aan zo'n auto heeft gewerkt en of iemand iets is opgevallen. Controleer ook op gestolen auto's

– als verkeerscamera’s Land Rovers hebben gesignaleerd die als gestolen staan vermeld, wil ik het weten. Die auto is onze beste kans om de dader te vinden.’

Helen sloot de briefing af en pakte haar spullen om met Charlie naar het ziekenhuis te gaan. De overige leden van het team zaten alweer achter hun bureau opnieuw door hun dossiers te spitten, telefoontjes te plegen en aanknopingspunten op te volgen. Ondanks de enorme tegenslag was Helen blij om dat te zien. Het team had haar nog nooit teleurgesteld en dat ging het nu ook niet doen. Toch zat haar iets dwars, knaagde er iets aan haar wat ze maar niet van zich af kon schudden.

Tijdens de briefing had Joseph Hudson haar niet één keer aangekeken en had hij zijn blik vastberaden op de grond gericht.

94

Vrolijk neuriënd liep Emilia naar het kantoor van Gardiner. De bureaus stonden zo opgesteld dat ze als het ware vanzelf uitnodigend naar de deur werd geleid. Het enige wat er ontbrak was een rode loper, dacht ze, terwijl ze met opgeheven hoofd en een zelfvoldaan gevoel naar haar redacteur snelde.

Ze was door het dolle heen; er was geen andere manier om het te omschrijven. Zodra ze de identiteit van de verdachte had achterhaald, had ze vliegensvlug onderzoek gedaan en vervolgens een stuk van tweeduizend woorden over de sneue Clarke in elkaar geflanst. Hij was duidelijk iemand bij wie werkelijk alles tegenzat: moeilijke jeugd, geen vooruitzichten, een verleden vol kleine criminaliteit en psychische problemen, hetgeen hem kennelijk in een soort vreemde fantasiewereld had gestort. Andere mensen vonden de foto's waarop hij met kruisbogen en messen in de aanslag stond misschien verontrustend, maar zij vond ze om te gillen. Ze had hartelijk gelachen om al die militair getinte tatoeages van hem. Alsof deze minkukel ooit bij de SAS zou zijn toegelaten.

Bij Gardiners deur aangekomen, stak ze haar hoofd om de hoek. Gardiner was in een ernstig gesprek verwikkeld met eindredacteur Sally Jones, maar hij keek op toen ze binnenkwam.

'Ik heb dat stuk over Dean Clarke naar je toegestuurd, maar je hebt zeker nog geen tijd gehad om ernaar te kijken?' Ze wist best dat hij het allang gelezen had, maar ze wilde even genieten van haar triomf.

'Ik heb het gelezen, ja. En ik heb het net teruggetrokken.'

Even dacht Emilia dat ze hem niet goed had gehoord. 'Sorry, maar dat snap ik niet. Ik kan alles bewijzen, heb elk detail geverifieerd...'

'Het probleem is dat we net hebben gehoord dat Clarke geen verdachte meer is,' zei Jones zelfgenoegzaam.

'Hij wordt beschuldigd van zesmaal diefstal met braak,' vulde Gardiner aan. 'Hij is die kerel die de laatste tijd al die inbraken heeft gepleegd in de stad.'

'Maar... Ik...' stotterde Emilia, geschokt dat al haar werk van vanochtend voor niets was geweest.

'Zie het maar van de positieve kant,' ging Jones verder. 'Aangezien je het voorbereidende werk voor het inbraakverhaal al hebt gedaan, kost het je vast geen moeite om een nieuwe voorpagina in elkaar te draaien. Binnen drie kwartier, lukt dat?'

Al vloekend beende Emilia terug naar haar bureau. Ze vond het vreselijk om achter de feiten aan te lopen en die valse, triomfantelijke toon van Jones was helemaal niet te harden. Ze liet zich in haar stoel ploffen, pakte haar aantekeningen over de inbraken erbij en begon, zonder erbij na te denken, op de toetsen te rammen. De kwaliteit kon haar niet schelen, er was toch geen tijd om de tekst bij te schaven. Bovendien was ze er met haar gedachten niet bij. Ze dacht nog steeds aan de moordenaar van de New Forest en aan een manier om het initiatief terug te krijgen; een manier om iedereen te bewijzen dat ze echt de beste was.

Terwijl ze zat te typen, viel haar oog op haar telefoon. Ze pakte hem op en scrolde door de lijst met contacten tot ze Graham Ross had gevonden. Na een korte aarzeling typte ze:

Heb je nu tijd?

95

'Ik ben inspecteur Helen Grace. Mijn collega rechercheur Brooks kent u al, geloof ik?'

'We hebben elkaar gesproken,' antwoordde Oliver Winter. Hij knikte naar Charlie terwijl hij Helen de hand schudde. 'Ze zei dat u me wilde spreken?'

'Als u wat tijd voor ons kunt vrijmaken, zou dat erg fijn zijn.' Terwijl ze het zei, schoot haar blik door het raam van de ic. Daar zag ze Julia Winter doodstil in bed liggen, verbonden aan verschillende slangen.

'Misschien even snel een kop koffie? Ik wil niet lang bij Julia weg zijn…'

'Wat u het prettigst vindt,' antwoordde Helen, en ze wees naar de koffiebar aan het einde van de gang.

Vijf minuten later zaten ze in de koffiebar van het veel te warme ziekenhuisrestaurant met drie onaangeroerde koppen koffie met melk voor zich. Winter was open en vriendelijk, hoewel hij erg afgeleid leek door de toestand van zijn dochter. Hij sprak omzichtig en met een licht Zweeds accent, hoewel hij al vijfentwintig jaar in Engeland woonde.

'Mag ik vragen hoe lang Julia hier al ligt?' vroeg Helen aarzelend.

'Ongeveer acht jaar,' antwoordde Winter kalm. 'Ze is van Itchen Bridge gesprongen. Die plek kent u waarschijnlijk wel.'

Inderdaad. Het was een van de meest beruchte zelfmoordplekken in Southampton.

'De artsen zeiden dat ze het niet zou redden. Ze had ernstige hoofdwonden, zware inwendige bloedingen. Maar mijn meisje is een vechter...'

Hij zei het met trots, maar Helen kon het verdriet in zijn ogen zien. Na acht jaar zorgen voor zijn dochter was het gezicht van de aantrekkelijke man bleek en gerimpeld.

'Ze heeft het overleefd, al is het wel zo dat de apparaten haar in leven houden. In het begin dachten ze dat dat het was, dat ze in een vegetatieve toestand zou blijven, maar ik was ervan overtuigd dat ze me kon horen, dat ze begreep wat er gebeurde. Dus hebben we op verschillende manieren geprobeerd haar te bereiken en een tijdlang hebben we ook echt met haar kunnen communiceren.' Winter zag hun verbazing en glimlachte.

'We ontdekten een manier om haar eenvoudige vragen te stellen en haar antwoorden met behulp van *brain mapping* te interpreteren. Afhankelijk van haar reactie, ja of nee, lichtte een ander deel van haar hersenen op. Het was echt fantastisch om weer met haar te kunnen praten.'

Zijn emotie was duidelijk voelbaar en hoorbaar.

'En nu?' vroeg Helen voorzichtig.

'Ze heeft een paar weken geleden longontsteking gekregen. Het is nu een constant gevecht om haar lijden te verlichten, haar longen schoon te houden, dus hebben we onze gesprekken even moeten opschorten.' Hij zei het met een wrange glimlach, maar wierp weer een blik in de richting van de ruimte waar zijn dochter lag.

'Als u het goedvindt, wil ik u een paar korte vragen stellen over

Julia's periode aan de universiteit. Ze deelde in die tijd een woning met Lauren Scott, als ik het goed heb?'

'Dat klopt. Ze hadden samen een huis in Portswood. Na Julia's ongeluk heeft Lauren nog een tijdje contact gehouden, ze kwam op bezoek als ze kon. Ondanks alles was het een lief meisje.'

'U hebt het nieuws waarschijnlijk wel gezien.'

'Ja, ik vond het erg triest om te lezen. Erg triest, al verbaasde het me niet...'

'Waarom niet?' vroeg Helen, verrast door zijn reactie.

'Omdat ik altijd al het idee had dat het slecht met haar zou aflopen. Dít niet, natuurlijk, maar toch dacht ik dat ik op een dag over haar in de krant zou lezen...'

'Waarom zegt u dat?' vroeg Charlie.

'Omdat ze kwetsbaar was. Omdat ze moeilijkheden aantrok.'

'Zelfs toen?'

'Vooral toen,' antwoordde Winter overtuigd. 'Ik denk dat zij en Julia daarom bevriend waren. Het was voor allebei geen gemakkelijke tijd. Julia vond het moeilijk om niet meer thuis te wonen en ze stortte zich op haar studie. Lauren studeerde nauwelijks, ze zat daar alleen om haar ouders een plezier te doen. Vervolgens kreeg ze foute vrienden, raakte aan de drugs, kreeg schulden...'

Helen leunde geïntrigeerd naar voren nu ze eindelijk een beter beeld kreeg van de jonge Lauren.

'De meisjes hadden het allebei niet naar hun zin, maar gingen er verschillend mee om. Julia kropte het op, Lauren deed juist het andere uiterste. Ze wilde alleen maar zo snel mogelijk high zijn. Lauren was een leuke meid, maar ik maakte me zorgen om haar. Ze was zo iemand die nooit gelukkig leek.'

Opnieuw moest Helen aan Laurens ouders denken. Hadden ze haar mogelijk verwaarloosd? Mishandeld zelfs?

‘Heeft Julia u ooit verteld wat de oorzaak van Laurens verdriet was?’ vroeg Charlie, alsof ze Helens gedachten las.

‘Nee, Julia was niet het type dat geheimen deelde… maar ik had altijd het idee dat Lauren eenzaam was. Haar ouders waren ongeïnteresseerd of vonden haar niet goed genoeg, ik weet het niet. En ze was enig kind, dus…’

‘Was ze erg geïsoleerd?’

‘Ik denk dat ze op zoek was naar goedkeuring, liefde, waar ze die maar kon krijgen. En goede mensenkennis had ze niet.’

Helen knikte en dacht na. ‘U zegt dat ze foute vrienden had. Kunt u zich namen herinneren? Mensen door wie ze aan de drugs is geraakt of die haar drugs hebben verkocht…’

‘Niet echt, het is acht jaar geleden. Je had… Aaron, die daar ook in huis woonde.’

‘Aaron Slater.’

‘Ja, die bedoel ik. En anderen… Julia en Lauren hadden wel een hechte band, maar het was alsof ze net zo vaak van vrienden wisselden als van kleding. Als ik bij hen was, zag ik altijd nieuwe gezichten…’

‘Denkt u…’ begon Helen, en ze vroeg zich af of ze haar vraag moest afmaken. ‘Denkt u dat er een kans bestaat dat Laurens ouders haar op wat voor manier dan ook kwaad gedaan hebben? In het verleden, bedoel ik.’

‘Dat weet ik niet,’ zei Winter snel. ‘Dat moet u hun vragen.’

Helen knikte, en Winter, die besefte dat hij erg afwerend had geklonken, ging verder: ‘Moet u horen, ik mocht ze niet, dat is een feit. De paar keer dat ik ze heb gezien. Maar ik kan niet speculeren over hun gezinsleven, dat zou niet eerlijk zijn.’

‘Ik begrijp het.’

Helen keek naar Charlie, maar die schudde langzaam haar hoofd om aan te geven dat ze verder geen vragen had.

‘Nog één ding,’ ging Helen verder, terwijl ze haar dossier opensloeg en er een foto uit haalde. ‘Herkent u deze man misschien?’

Ze liet hem de foto van Tom Campbell zien. Het was een gokje, een laatste wanhoopspoging om iets zinvols aan dit gesprek over te houden. Maar Winter schudde langzaam zijn hoofd en torpedeerde haar hoop.

‘Nee, sorry…’

‘Hij zag er in die tijd anders uit. Langer haar, een oorbel…’

Ze toonde hem een tweede foto van Campbell in diens studententijd. Op hetzelfde moment leek er tot Helens verrassing een schaduw over Winters gezicht te glijden. Peinzend pakte hij de recentere foto erbij en hield beide foto’s naast elkaar.

‘Mijn god, dat is Tommy.’

‘Pardon?’

‘Zo noemden ze hem in die tijd. Ik zou hem niet herkend hebben van deze foto…’ Hij keek naar Helen. ‘En dit is…? Tommy is ook…?’

‘Ja, Tom Campbell is vijf dagen geleden vermoord. Kent u hem?’

‘Ik heb hem maar een paar keer ontmoet, maar ja, ik ken hem. Al had ik zijn achternaam nooit eerder gehoord…’ Hij staarde Helen onthutst aan, maar slaagde erin te mompelen: ‘Hij was Laurens vriendje.’

96

Met gezwinde pas verlieten Helen en Charlie het ziekenhuis. Na hun teleurstelling over Clarke hadden ze nieuwe moed gekregen door hun gesprek met Oliver Winter. Eerder waren ze nog bang geweest dat de brute moorden het werk waren van een losgeslagen bezetene of een lugubere geest die het op onschuldige vakantiegangers had voorzien, maar nu waren ze er zeker van dat er een specifiek verband was tussen de slachtoffers, dat er een reden was voor deze opzienbarende moorden.

'Eerst moeten alle vormen van communicatie onderzocht worden. E-mails, telefoongesprekken, social media, noem maar op. We moeten erachter zien te komen of Campbell en Scott de afgelopen maanden contact met elkaar hebben gehad.'

'Denk je dat ze hun relatie misschien nieuw leven hadden ingeblazen?' vroeg Charlie.

'Waarom niet? Volgens Winter waren ze tijdens haar eerste jaar heel close. Zij woonde nog steeds in Southampton, en hij kwam er iedere dag voor zijn werk.'

'We moeten ook bij de plaatselijke hotels reserveringen en creditcardafschriften nagaan…'

'Zeker. We moeten weten of ze nog steeds contact hadden, of ze nog iets voor elkaar voelden.'

'Denk je dat een van hun partners erbij betrokken kan zijn?' vroeg Charlie. 'Als ze bijvoorbeeld een verhouding met elkaar hadden?'

'Dat kan, natuurlijk, maar ik betwijfel het. Ze leken allebei heel oprecht.'

'Absoluut.'

'Bovendien lijkt het erop dat het koolmonoxide gebruikt is om béíde partijen uit te schakelen, en ik denk niet dat Dominici deed alsof.'

'Een rivaal dan? Iemand die bezwaar had tegen hun relatie?'

'Alles kan, maar we weten nog niet eens óf ze wel contact met elkaar hadden, dus moeten we voor alles openstaan. Ook voor drugs.'

Charlie keek Helen aan, verbaasd over deze plotselinge wending.

'Lauren gebruikte drugs, maar op de universiteit, toen ze een relatie had met Campbell, werd het pas echt erg. We weten dat Tom Campbell ooit is gearresteerd wegens drugsbezit toen hij een tiener was en van geluk mocht spreken dat hij niet werd aangeklaagd voor handel in drugs. Hij heeft biochemie gestudeerd, zat in de drugsscene...'

'Denk je dat hij een dealer was?'

'Mogelijk. Hij zou moeiteloos in een laboratorium MDMA of acid geproduceerd kunnen hebben, en ook synthetische drugs. Rond 2008 werden spice of K2 populair, en toen studeerde hij al.'

'Bovendien had hij een enthousiaste afzetmarkt.'

'Precies.'

Ondertussen waren ze bij Charlies auto aangekomen. 'Denk je dat hij misschien nog steeds dealde? Dat dát de basis was voor een mogelijke band?'

'Dat denk ik niet,' antwoordde Helen. 'Veel te riskant. Hij had een goede baan, een mooi huis. Het zou alleen de moeite lonen als hij een grote dealer was, dus moeten we nog een keer door zijn financiën heen.'

'Maar het is wel degelijk mogelijk dat hij nog gebruikte. Hij hield in ieder geval wel van een glaasje en van het goede leven. Lauren was wel clean, maar die was al eens eerder teruggevallen...'

'Zelfs als ze geen contact met elkaar hadden,' zei Helen, hardop denkend, 'is het best mogelijk dat iemand bij de moorden betrokken was die hen kende uit hun studententijd. Iemand die nog steeds in de buurt woont...'

'We hebben ons zo vastgebeten in Lauren, maar misschien vinden we meer als we de studententijd van Tom Campbell ontwarren. Hij was tenslotte het eerste slachtoffer.' Met een vage glimlach keek Charlie Helen aan.

'Je hebt gelijk,' reageerde Helen. 'Wie het eerst op het bureau is!' Ze liep naar haar motor, maar draaide zich toen weer langzaam om. 'Goed gedaan, Charlie. Zonder jou waren we nooit zover gekomen.'

97

Het was een gok geweest… die nu iets opleverde.

Emilia was in tien minuten naar de flat van Ross in St. Denys gereden. Onderweg had ze verschillende scenario's uitgetest en vroeg ze zich af hoe verstandig het was om op zijn uitnodiging in te gaan. Bij aankomst had ze een bericht naar een collega gestuurd om te laten weten waar ze zat en wat ze hoopte te bereiken met haar onofficiële gesprek met de fotograaf. Dat was gebruikelijk als je een situatie niet goed kon inschatten, en hoewel het niet echt bescherming bood, had je in elk geval de zekerheid dat je niet zomaar van de aardbodem zou verdwijnen. Emilia was niet bang aangelegd, ze stond haar mannetje, maar de tragische dood van Kim Wall lag nog vers in haar geheugen en het was niet verstandig om zonder iets te zeggen te verdwijnen.

Ross had haar hartelijk ontvangen, had de goede gastheer gespeeld en haar complimentjes over haar werk gegeven. Hij leek bijzonder geïnteresseerd in haar ambities voor de toekomst en in eerste instantie was het net alsof ze hier kwam voor een sollicitatiegesprek. Terwijl ze van een kopje thee genoot, liet ze hem vragen stellen, maar daarna trok ze het gesprek naar zich toe.

'Heb je altijd voor het team van Grace gewerkt?'

'O, nee. Ik heb in het hele land gewerkt. Belfast, Glasgow, Manchester, Leeds...'

'Wat jij wel niet gezien moet hebben...'

'Inderdaad,' antwoordde hij opgewekt, en hij rekte zich uit. 'En toch is elke plaats delict weer verrassend.'

'Hoezo?'

'Nou ja, onderweg krijg je wat basisinformatie – moord door huiselijk geweld, drugsmoord, seksmisdrijf – en daar creëer je dan een beeld bij. Vaak zie je dat de essentie wel klopt, maar dat de details je nog kunnen verrassen. Wat mensen hebben gedaan om te overleven, de aandenkens die ze nog in hun hand hebben, de manier waarop het lichaam na overlijden is neergelegd. Elk detail vertelt een verhaal.'

Ross leek trots op zijn kennis en inzicht, en dus stuurde Emilia het gesprek snel naar zijn huidige zaak. Tot haar verbazing deed Ross erg geringschattend over het werk van Grace tot nu toe. En dat terwijl het Emilia altijd moeite had gekost om politiemensen op het hoofdbureau te vinden die niet wild enthousiast over haar waren.

'Met die Dean Clarke hebben ze zich compleet vergaloppeerd,' verklaarde Ross, toen Emilia had aangegeven dat ze wist dat Dean vrijuit ging. 'Die vent is een schurk, doet alsof hij een militair is zonder de hersenen of de kennis om dát te doen...' Hij gebaarde naar de bloederige foto's op de salontafel, een schril contrast met de thee en koekjes.

Ze hadden er al gelegen toen Emilia binnenkwam, alsof Ross zijn waren had uitgestald.

'Misschien zou hij nog wel in staat zijn om de slachtoffers te ontvoeren en op te jagen, maar ik heb geen idee wat hen ervan overtuigde dat hij een reden had om de lichamen zo aan de wereld te tonen.'

Emilia keek naar de lichamen van Campbell en Scott die in de boom hingen, en richtte haar blik toen weer op Ross. 'Hoe bedoel je?' Ze hield zich van de domme in de hoop dat ze hem verder uit de tent kon lokken.

'Nou, kijk dan. De twee slachtoffers zijn niet alleen vermoord, ze zijn vernederd, opgeknoopt. Degene die dit heeft gedaan, heeft misschien wel genoten van de jacht, maar het gáát om het eindresultaat. De tentoonstelling.'

'Wat betekent het dan?'

'Wie zal het zeggen?' antwoordde Ross grinnikend. 'Maar het is wel interessant, vind je niet?' Hij schoof wat dichter naar Emilia toe en legde een vinger op de foto. 'Misschien wilde hij ze vernederen, ze krenken. Misschien hoopte hij dat de vogels en andere dieren in het bos van het lijk zouden eten en dat het langzaam zou ontbinden. Misschien wilde hij zijn eigen fysieke kracht en macht tentoonspreiden door ze te vermoorden en op die manier op te hangen. Misschien probeert hij ons gewoon op het verkeerde been te zetten, maar dat is nog niet eens het interessantste...'

Voor Emilia wel – zij probeerde nog steeds het motief voor de moorden te begrijpen – maar ze zei niets.

'Het interessantste is de manier waarop de lichamen zijn gepositioneerd,' ging Ross vrijwel direct verder. 'Moet je de achtergrond zien, de manier waarop de lijken loodrecht omlaag hangen, terwijl ze omlijst worden door de open plek. Gruwelijk, natuurlijk, maar eigenlijk ook heel artistiek, mooi zelfs.'

Hij leek betoverd door het beeld.

'En daarin ligt zijn kracht.' Hij wendde zich tot Emilia. 'Het is een van de beste foto's die ik ooit heb gemaakt en geloof me, ik heb er veel gemaakt...'

'Heb je meer van dit soort foto's?' vroeg Emilia, die opeens geïntrigeerd was.

Ross gaf niet direct antwoord. In plaats daarvan kwam hij overeind, liep naar de andere kant van de kamer en wenkte haar. ‘Loop maar mee.’

98

'We moeten alles over ze te weten komen.'

Joseph Hudson werd omringd door een groep aspiranten en een aantal data-analisten. Na Helens bezoek aan het ziekenhuis had ze hem de leiding gegeven over het digitale onderzoek naar de twee slachtoffers. Zij was inmiddels weer op weg ergens anders naartoe en stiekem was hij daar blij om.

'We moeten onderzoeken of er een verband of een relatie is, van welke soort dan ook: romantisch, zakelijk, onschuldig geflirt, vijandigheid, beschuldigingen over en weer... noem het maar op. Als ze contact met elkaar hadden, moeten wij het weten.'

Het team knikte en wachtte op verdere instructie.

'Kijk dus vooral naar waar ze hun geld aan uitgaven, waar ze naartoe gingen, wat hun hobby's waren. We weten nu dat Campbell en Scott een romantische relatie hadden, dus moeten we onderzoeken of daar iets van over was. Laat alles waar je mee bezig was maar vallen, dít is nu jullie belangrijkste taak.'

Iedereen keek hem enthousiast aan, maar niemand kwam in actie.

'Nou? Waar wachten jullie op?' brulde hij, waardoor hij een van de vrouwelijke data-analisten aan het schrikken maakte. 'Opschieten!'

Het team stond als één man op en ging er snel vandoor. De geschrokken data-analist snelde naar haar bureau, terwijl ze een ernstig gesprek aanknoopte met een collega.

Hudson zag tot zijn spijt dat ze overstuur was. Misschien was ze alleen maar geschrokken, of dacht ze dat zijn irritatie op haar persoonlijk gericht was, maar hij vond het hoe dan ook vervelend dat hij deze reactie had uitgelokt. Hij zou later wel even met haar praten.

Hij liep naar zijn bureau en verdiepte zich in zijn werk. Helen had hem een belangrijke taak gegeven die hij kundig wilde afwerken, maar hij kon zich niet concentreren. Zijn blik ging steeds naar de data-analist die nog altijd in gesprek was met haar collega. Hudson had zo zijn best gedaan om een goede indruk op het team te maken door het goede voorbeeld te geven. Helaas kon hij nog steeds niet goed de stemming peilen en nu had hij zelf geblunderd.

Dachten ze soms dat zijn confrontatie met Clarke hem nog dwarszat? Of vroegen ze zich af of hij de stress van een grote moordzaak wel aankon? Of hij niet te zwak was? Die gedachte maakte hem hels: hij had meer dan genoeg grote zaken aangepakt. Geen van alle zo verwarrend en ongebruikelijk als deze, maar toch…

Hij moest zich inhouden om niet nog harder tegen zijn collega's te schreeuwen dat ze moesten ophouden met roddelen en aan het werk moesten. In plaats daarvan liep hij naar het schrijfbord. Hij keek naar de politiefoto's van Campbell en Scott en naar alles wat eromheen geschreven stond. Het leek net of hij alles in zich opnam, de onderzoekslijnen volgde om verbanden te zoeken, maar in werkelijkheid probeerde hij zichzelf tot kalmte te manen.

Dit was de meest uitdagende baan van zijn carrière en hij was zó goed begonnen. Natuurlijk was het moeilijk om de plaats in te nemen van een rechercheur die overleden was; het was logisch dat collega's moesten wennen aan haar vervanger en in een team met zo'n veeleisende baas was het nóg moeilijker. Toch had hij het in het begin naar behoren gedaan. Hij kon goed overweg met zowel Helen Grace als Charlie Brooks en had wat positieve wendingen aan de zaak gegeven. Maar waar had dat toe geleid? Clarke was zijn verdachte geweest en die was uiteindelijk maar een inbreker gebleken. Een gewelddadig stuk vreten, dat wel, maar toch slechts een inbreker. Erger nog, hij had zijn confrontatie met Clarke moeten bekopen met een afrossing, beurse plekken en vernedering.

Lachte het team hem nu uit? Twijfelden ze aan hem? En belangrijker nog: wat dacht Helen Grace? Had ze spijt dat ze hem had aangenomen? Had ze hem daarom opgezadeld met dat saaie digitale gedoe, terwijl zij en Charlie eropuit gingen om mensen te ondervragen?

Hudson voelde zijn woede weer oplaaien, en opnieuw probeerde hij hem te onderdrukken. Hij moest die boosheid in de hand zien te houden, niet zijn werk en beoordelingsvermogen erdoor laten beïnvloeden. Als hij niet uitkeek, zou zijn woede hem verteren.

Het zou niet de eerste keer zijn.

99

Melanie Walton staarde Helen verbijsterd aan. Wat als een afschuwelijke tragedie was begonnen, leek nu steeds meer op een gruwelijke, verwrongen nachtmerrie.

'Nee, nee, hij heeft het nooit over haar gehad waar ik bij was...' wist ze uiteindelijk uit te brengen.

Helen keek haar onderzoekend aan en luisterde goed.

'Ik bedoel, Tom heeft vóór mij wel eens een vriendinnetje gehad, maar hij had verder geen contact met ze en had het in elk geval nooit over ze. Er was er een – Louise – die ik een keer heb ontmoet. Ze hadden kort iets toen Tom halverwege de twintig was. Maar verder...'

'Heb je hem nooit naar vroeger gevraagd? Zijn eerste liefde, zijn eerste serieuze vriendin...?' vroeg Helen.

'Misschien wel, in het begin. Maar hij hoefde er niet zo nodig over te praten. Hij wilde het over ons hebben, over de toekomst en dat vond ik fijn.'

Helen vroeg zich af waarom Campbell zijn relatie met Lauren Scott zo zorgvuldig had verdoezeld. Had hij een deel van zichzelf – de Tom van vroeger – verborgen willen houden?

'Heeft hij dingen uit die tijd bewaard? Foto's? Jaarboeken? Dagboeken?'

'Misschien, maar dan liggen ze op zolder...'

'Vind je het goed als we even kijken?'

Melanie leek er niet erg happig op. Een ogenblik dacht Helen echt dat ze om een bevelschrift zou vragen, wat natuurlijk haar goed recht was. Maar op hetzelfde moment leek haar vechtlust verdwenen en ze mompelde: 'Deze kant op.'

Een paar minuten later stonden ze op de stoffige zolder. Een enkel peertje verlichtte de dozen met troep die hier waren gedumpt en vergeten. Melanie verontschuldigde zich voor de rommel, maar Helen wuifde haar schaamte weg en vroeg haar om te helpen bij het vinden van Toms universiteitsaandenkens. Het was een warm, vies werkje, maar uiteindelijk vonden ze één doos met daarin een programma voor een Zomerbal, een universiteitssjaal, wat cd's, één gedeukte tennistrofee voor de herensingles en meerdere pakjes met foto's. Helen dook direct op die laatste af, haalde ze uit hun enveloppen en bekeek ze.

Het was alsof ze terugging in de tijd. De foto's waren allemaal gedateerd met een ouderwetse digitale tijdsstempel in de rechteronderhoek. Ze leken zijn hele studietijd te beslaan, maar Helen was vooral geïnteresseerd in de foto's uit 2008/2009, toen hij in zijn derde jaar zat en Lauren eerstejaars was.

De meeste waren zo te zien tijdens de zomer genomen, met mooi weer, terwijl de examenfeesten in volle gang waren. Julia Winter stond op een paar, evenals Aaron Slater – Helen herkende beide gezichten inmiddels. Opvallend genoeg was het merendeel van de foto's – en dat waren er een boel – van Lauren Scott: Lauren terwijl ze lag te slapen, Lauren die om iets lachte, Lauren die een jointje rookte, Lauren die met de camera flirtte. Helen kon zien waarom Campbell zich tot haar aangetrokken had gevoeld: ze leek zo teer, zo mooi, maar met een gevaarlijk kantje. Ze had een natuurlijk sexappeal, een suggestieve uitstraling die mannen moeilijk konden weerstaan.

'Zou het mogelijk kunnen zijn...' begon Helen heel behoedzaam, '... dat Tom weer contact had met Lauren?'

Melanie stond naast haar en keek met een bezorgde blik naar de foto's van de jonge, aantrekkelijke vrouw.

'Nee.'

'Je hebt je nooit ergens zorgen om gemaakt? Mysterieuze berichtjes? Tom die geheimzinnig deed over waar hij naartoe ging en met wie?'

'Absoluut niet, ik vertrouw hem... vertrouwde hem honderd procent.'

Helen knikte, maar Melanie voelde haar ongeloof kennelijk aan, want ze verdedigde hem met klem. 'Ik weet zeker dat hij me trouw was. We zouden gaan trouwen.'

'Natuurlijk. Ik begrijp het. Maar mensen zijn zwak en soms kunnen relaties uit het verleden nog lang invloed hebben...'

'Nee, nee, nee... Tom zou me nooit op die manier hebben bedonderd...' Ze staarde Helen nu vijandig en boos aan. 'Nóóit.'

100

'Dat meen je niet. Zoiets zou Lauren nooit doen. Ze hield van me, en ik hield van haar...' Matteo Dominici ijsbeerde door de kamer en haalde zijn handen door zijn warrige haardos.

De laatste paar dagen – met de dood van Lauren, het identificeren van haar lichaam en het achternagezeten worden door de pers – hadden hun tol geëist. Het leek wel of hij ouder was geworden: hij had meer rimpels, het haar bij zijn slapen was grijzer en hij was erg ongedurig. Door Charlies indringende vragen over Lauren was hij nog onrustiger geworden, maar ze had geen keus.

'Je hebt nooit aan haar getwijfeld? Ze heeft nooit iets gedaan waar jij je ook maar een beetje zorgen om maakte...?'

'Als je Lauren had gekend, als je óns had gekend, dan zou je snappen wat een achterlijke vraag dat is,' zei hij minachtend.

'Waarom?'

Matteo staarde Charlie zwijgend aan en ging toen op de bank zitten.

Charlie was blij dat hij eindelijk was opgehouden met ijsberen, want hij had zichzelf er alleen maar meer mee op de kast gejaagd. Hij leek nu iets kalmer.

'Lauren en ik hebben elkaar ontmoet bij de AA. Het was haar gelukt om van de drugs af te komen, maar het kostte haar moeite om de drank te laten staan. Ik dronk ook...'

Hij aarzelde even, alsof hij zich afvroeg hoeveel hij met haar moest delen. Daarna ging hij haperend verder. 'Mijn huwelijk was naar de knoppen en tegelijkertijd was mijn bedrijf in de moeilijkheden geraakt. Ik was niet de enige die last had van de recessie, maar dat maakte het er niet makkelijker op, en ik moest weer in het familierestaurant gaan werken. Maar goed, na een jaar van zelfkastijding besloot ik om echt aan mezelf te gaan werken. En op de eerste dag kwam ik Lauren tegen.'

Die herinnering leek hem een beetje op te vrolijken.

'We voelden ons meteen tot elkaar aangetrokken, maar dat wordt niet echt op prijs gesteld bij de AA, dus deden we het rustig aan. Leerden we elkaar eerst wat beter kennen. Alles wat ik over haar te weten kwam, vond ik geweldig. Ze was grappig en ondeugend, maar ook heel oprecht, vriendelijk en nuchter. Ze maakte zich geen illusies over het leven: ze wist dat je overleeft óndanks alles wat er gebeurt, niet dankzij.'

'Waarom zeg je dat?'

'Omdat haar ouders klote waren. Sorry, maar er is geen ander woord voor. Het was typisch zo'n stel uit de hogere middenklasse: overheersend, vooringenomen en bekrompen. Ze hadden een duidelijk beeld van hoe Lauren moest zijn en dat beeld kwam niet overeen met wie ze was. Dat konden ze niet aan, dus gaven ze haar geen geld meer en hebben ze haar zelfs een paar keer het huis uitgezet...'

'Vanwege de drugs? Of de drank?'

'Lauren was echt geen engeltje, hoor,' zei hij fel. 'Maar ze was ook nooit gemeen. Haar ouders konden het gewoon niet aan dat ze anders was, dat ze haar eigen keuzes wilde maken. En hoe meer ze hun best deden om haar in het gareel te houden, hoe dichter Lauren bij de afgrond kwam. Hoe slechter het met haar ging, hoe erger haar ouders werden. En dat was allemaal absoluut...' Hij ramde hard met zijn knokkels op de salontafel om zijn woorden kracht bij te zetten. '... ábsoluut niet nodig geweest. Het enige wat ze nodig had, was een beetje liefde. Die heb ik haar gegeven. Ik heb haar alles gegeven wat ik in me had en zij heeft het me dubbel en dwars teruggegeven. Meer nog. Ze zei wel eens dat ik haar had gered, maar dat was niet zo. Ik heb haar bevríjd, en haar dankbaarheid en liefde waren eindeloos...'

Hij ontmoette Charlies geïntrigeerde blik. 'En daarom weet ik zo zeker dat ze het niet heeft aangelegd met die Tom Campbell, of met welke andere oude vlam dan ook.'

'Dat snap ik heus, en ik geloof ook vast dat je gelijk hebt. Jij kende haar beter dan wie ook. Maar je begrijpt ook dat ik al die vragen moet stellen: het kan geen toeval zijn dat zij tweeën het slachtoffer zijn geworden.'

Matteo haalde zijn schouders op. Hij moest met tegenzin toegeven dat ze gelijk had.

'Daarom moet ik je nog één ding vragen. Ik begrijp dat dit moeilijk voor je zal zijn, maar om alle mogelijkheden uit te sluiten wil ik je vragen om wat wangslijm af te staan. We willen onderzoeken of jouw DNA overeenkomt met dat van de baby, om vast te stellen wie de vader is.'

Diep geschokt en verbaasd keek Matteo haar aan.

'Ik heb alle spullen bij me, het is zo gebeurd.'

Het leek helemaal niet tot hem door te dringen wat ze eigenlijk zei. Tot gisteren had hij niet eens geweten dat Lauren zwanger was, en nu moest hij opeens de mogelijkheid onder ogen zien dat hij misschien niet de vader was.

'Doe maar wat je moet doen,' zei hij toen zacht. 'En daarna opflikkeren.'

Hij zei het zo giftig dat Charlie ervan schrok. Ze aarzelde geen moment, pakte de steriele set uit haar tas en trok een paar handschoenen aan. Ze opende het plastic zakje en haalde het reageerbuisje en het wattenstaafje eruit. 'Wil je even je mond opendoen?'

Langzaam deed hij wat ze vroeg. Charlie ging zo snel en efficiënt als ze kon te werk, maar het was duidelijk dat de sfeer was omgeslagen. Terwijl ze het wattenstaafje door Matteo's mond haalde, hield hij haar met een koude, hatelijke blik in de gaten. Het greintje vertrouwen dat er was geweest, was voorgoed verdwenen. Van nu af aan was de verschijning van Charlie, in zijn ogen, een voorbode van ellende.

101

Ze kwam om in de dood.

Graham Ross was in eerste instantie niet erg enthousiast geweest om zijn dossiers te openen, maar leek ze nu graag te willen delen. Hij haalde de ene map na de andere tevoorschijn en stuk voor stuk waren ze gevuld met een overvloed aan verontrustende beelden. Lijk na lijk, plaats delict na plaats delict, elke vorm van vernedering en wreedheid die een mens een ander kon aandoen lag verborgen in Ross' achterkamertje.

Het was een merkwaardig intiem samenzijn. De kleine ruimte fungeerde al langere tijd als doka en hoewel hij best efficiënt was ingericht, was hij voor twee personen erg hokkerig. In feite was het zijn werkkamer én opslagruimte, wat betekende dat hij alles bij de hand had, ook al kon hij er niet altijd even handig bij. Emilia had achteruit moeten stappen, opzij moeten gaan en meerdere keren moeten verkassen op het moment dat Ross vlak langs haar schoof om weer ergens een schat op te diepen. Emilia ging ervan uit dat deze vluchtige aanrakingen toeval waren, maar ze wist het niet helemaal zeker.

Ze voelde zich in elk geval niet bedreigd en was ook niet van plan om minder dan uitgelaten enthousiasme op te brengen voor de verzameling wrede beelden voor haar op tafel. Steekpartijen, schotwonden, wurgingen, zelfs een crime passionnel met een kapotte Perrier-fles – allemaal speciaal voor haar uitgespreid. Er lagen zelfs een paar foto's bij van de plaatsen delict in de New Forest die Ross uit de officiële dossiers had gehouden. Emilia besloot om hem hier niet op te wijzen, en ze richtte zich in plaats daarvan op zijn geniale werk.

'Ik heb nog nooit zoiets gezien,' zei ze lyrisch. 'Ik bedoel, je moet natuurlijk de verplichte close-ups en zo maken, maar je andere foto's – van de plaats delict als geheel – die hebben een bepaalde... sierlijkheid.'

Ross leek blij met het compliment.

'Elke idioot kan bewijsmateriaal fotograferen,' zei hij, alsof het niet zo veel voorstelde. 'Het gaat erom wat de plaats delict jou zegt. Soms probeert de dader actief met je te communiceren door middel van de enscenering, soms ook niet, maar het verhaal is er, als je bereid bent te kijken. En als je het goed vastlegt, goed omlijst...'

'Dan is een foto duizend woorden waard.'

'Precies. Als je de kamer in je opneemt, de positie van het lichaam, de toestand van de meubels en decoraties in die kamer, de spiegels, de foto's... dan kun je het zien. Ik ben een keer op een plaats delict geweest waar de dader alle familiefoto's had omgedraaid omdat hij zich schaamde voor wat hij deed en niet wilde dat zijn familieleden getuige waren van de gruwelijke daden waartoe hij zich gedwongen voelde.'

'Daar heb ik over gelezen,' loog Emilia zo zelfverzekerd mogelijk.

'Er schuilt meer in jou dan je zou denken,' antwoordde Ross opgewekt, en hij sloeg een volgende foto op voor haar vermaak.

'Hoort bij het vak, denk ik.'

Ross glimlachte, maar zei niets en bladerde verder.

'Hoeveel lijken heb je in je carrière gezien, denk je?' ging Emilia verder, en ze pakte een foto van een akelige steekpartij tussen een paar tieners.

'Tweehonderd of zo. Misschien meer...'

'Raakt het je wel eens?'

'Niet echt,' antwoordde hij nuchter. 'Daar ben ik altijd heel gedisciplineerd in. Het is werk. Voor mij zijn het objecten. Ik wil ze fotograferen om bij het onderzoek te helpen, natuurlijk, maar ik wil ze ook vastleggen zoals ze het verdienen om vastgelegd te worden. Ik wil hun dood een bepaalde betekenis, zelfs een schoonheid meegeven. In de stilte van de dood schuilt iets waardoor ze een bepaalde sereniteit hebben, een gevoel van vrede dat ze in hun eigen leven waarschijnlijk niet hadden.'

'Dat kan ik zien,' antwoordde Emilia keurig. Eerlijk gezegd zag ze het niet, niet helemaal in elk geval. Sommige foto's hadden wel iets elegants, iets kunstzinnigs – vooral die van de New Forest – maar bij andere was dat moeilijk te zien. Een tiener die voorover op straat lag, een jonge moeder gewurgd door haar gewelddadige partner – in dat soort beelden zag Emilia alleen lelijkheid en geweld. Maar ze bleef complimentjes geven, waar haar gastheer blij mee was.

'Ik heb er meer, maar misschien moeten we die voor een andere keer bewaren. Die maken deel uit van mijn speciale collectie.'

'Graag,' loog Emilia opnieuw.

'Dat is dan geregeld.'

Niet lang daarna vertrok ze en ze peinsde over de betekenis van die middag. Het had eigenlijk niet beter kunnen gaan: hoe meer Ross haar accepteerde, hoe waarschijnlijker het was dat hij haar over zijn theorieën over de moorden in de New Forest zou vertellen, haar uit de doeken zou doen wat het belang en de betekenis van deze complex geënsceneerde moorden waren. Maar de vraag bleef: wat wilde hij? Hij had zijn uiterste best gedaan om haar in te palmen, haar te imponeren, al had hij niet het achterste van zijn tong laten zien, professioneel niet én privé niet. Toch was ze er honderd procent zeker van dat hij contact met haar wilde, haar in zijn wereld probeerde te trekken.

Maar waarom hij haar zo dichtbij wilde, was nog altijd een mysterie.

102

Het vrat al even aan haar, maar nu wilde ze eindelijk weten hoe het zat.

'Brigadier Hudson, heb je even?'

Toen Helen met een hele lading foto's bij Melanie Walton vandaan was gekomen, was het bijzonder druk in de recherchekamer geweest. Het feit dat er nu een aanwijsbare link was tussen Campbell en Scott had iedereen danig gemotiveerd en het team was hard aan het werk om nog meer aanknopingspunten te vinden. Maar Joseph Hudson, die het normaal het langste volhield, had vandaag besloten om eerder naar huis te gaan en de drukte op de werkvloer te gebruiken om ongemerkt te vertrekken.

Hudson bleef staan en draaide zich om naar Helen. 'Ik heb je een update gestuurd van het digitale onderzoek...'

'Daar gaat het niet over,' onderbrak Helen hem vriendelijk. 'Zullen we?' Ze gebaarde naar haar kamer.

Hij verborg zijn ongemak, liep achter haar aan en ging zitten.

Helen deed de deur dicht en liep om haar bureau heen. 'Hoe voel je je?'

'Prima,' antwoordde Hudson snel. 'Ik bedoel, die blauwe plekken zien er niet uit, maar...'

'Die hebben we allemaal wel eens gehad. Gaan vanzelf weg.'

Hudson knikte vriendelijk, maar zei niets.

Hij was kennelijk niet van plan om uit eigen beweging iets los te laten, dus moest zij de koe maar bij de hoorns vatten, hoewel ze genoeg andere dingen te doen had nu het team zo onder druk stond. Toch kon ze niet onder dit gesprek uit. 'Maar hoe vóél je je? Je bent vast erg geschrokken.'

'Ja, maar dat was te verwachten,' zei hij ontwijkend.

'Als je een dag vrij wilt, of een gesprek met de politiepsycholoog...'

'Dat is niet nodig, hoor. Ik wil hier zijn. Ik wil mijn bijdrage leveren.'

'Grappig. Ik kreeg namelijk de indruk dat je overal wilde zijn behálve hier. Als je inzit over die aanval van gisteravond...'

'Nee.'

'Wat is er dan wel?'

Hudson zei niets. Hij wendde zijn blik af naar buiten, maar daarna keek hij Helen weer aan.

'Weet je, Joseph, er zijn mannen die het misschien vervelend vinden om een vrouw als baas te hebben. Mannen die boos zouden zijn of zich zouden schamen als die baas ze uit de nesten moest halen.'

'Zie ik eruit als een holenmens?'

Nee, verre van. Hij zag eruit als een wereldwijze, moderne politieagent, en knap bovendien. Maar dat ging ze hem natuurlijk niet aan zijn neus hangen. 'Er zijn mensen die zo denken. Daar kunnen ze zelf ook niets aan doen,' ging Helen onverstoord verder. 'En dat is erg jammer, want we hebben allemaal wel eens in zo'n moeilijke situatie gezeten dat we geen kant op konden. Mijn leven is ook al meerdere keren gered door een collega, en daar heb ik me nooit rot om gevoeld. We zijn juist sterk als team omdát we voor elkaar werken. En een rechercheur mag nooit het gevoel hebben dat hij het team heeft teleurgesteld omdat hij een paar blauwe plekken heeft opgelopen. Wij zijn succesvol omdat we onze levens in de waagschaal stellen, en een rechercheur die een dergelijke moed en onbaatzuchtigheid laat zien, zal ik nooit bekritiseren.'

Hudson wilde reageren, maar Helen was nog niet klaar.

'Ga dus alsjeblieft naar huis, Joseph. Neem een wijntje, rook een sigaret, kijk Netflix, doe wat je moet doen om te ontspannen. Dan ga je morgen weer met frisse moed aan de slag. We maken eindelijk vorderingen in deze zaak en ik wil mijn beste mensen om me heen hebben.'

Hudson knikte instemmend en stond op.

Ze was blij te zien dat hij wat meer op zijn gemak leek, alsof er een last van zijn schouders was gevallen.

'Tot morgen, dan.'

Tot Helens vreugde klonk hij gedecideerd. 'Tot morgen, brigadier Hudson.' Blij met de manier waarop ze dit had aangepakt, keek ze hem na terwijl hij haar kamer uit liep. De zaak begon inderdaad eindelijk ergens op te lijken, maar ze hadden nog een boel werk te verrichten. Hoewel ze langzaam maar zeker de puzzelstukjes in elkaar pasten, moesten er nog heel wat raadsels worden opgelost en veel gevaren bestreden, voordat ze de moordenaar te pakken hadden.

Als het dan eindelijk zover was, wilde Helen allebei haar brigadiers aan haar zijde.

103

Ze stond in haar eentje in de duisternis.

Haar gesprek met Matteo Dominici had langer geduurd dan ze had verwacht – ze had erg haar best moeten doen om hem te kalmeren, al had het niet veel effect gehad. Tegen de tijd dat ze was vertrokken, had het geen zin meer om naar het bureau te gaan. In plaats daarvan was ze rechtstreeks naar het forensisch lab in Woolston gegaan om Dominici's DNA zelf af te geven. Normaal gesproken deed ze dat niet, dat was het werk van een agent of desnoods een koerier. Maar een snelle uitslag was zo belangrijk dat ze had besloten zelf te gaan: als Dominici níét de vader van Scotts baby was, ontstond er een heel nieuwe onderzoekslijn.

Toch had ze nu spijt van haar onbaatzuchtige actie. Daardoor was ze langer dan gepland met haar werk bezig geweest en was ze pas tegen negen uur thuis. Ze had van tevoren gebeld om Jessica welterusten te zeggen en voorzichtig af te tasten hoe Steves humeur was, maar hij had niet opgenomen. Deed hij dat om haar te straffen? Om haar iets duidelijk te maken? Of was het volkomen onschuldig, was hij zo druk bezig geweest met Jessica dat hij helemaal niet had gemerkt dat zijn telefoon had gezoemd? Charlie wist het niet en dat maakte haar onrustig.

Ze deed de deur open en liep het huis binnen, waar het doodstil was. Het licht in de hal brandde niet en in de keuken en woonkamer was het ook donker. De anders zo gezellige sfeer beneden was weg. Het hele huis voelde zelfs koud en onwelkom aan.

Charlie liep zachtjes naar boven en voelde paniek in zich opkomen. Steve was toch niet vertrokken? Met Jessica? Nee, dat was absurd. Boven aan de trap zag ze tot haar opluchting dat Jessica's kamerdeur op een kier stond en ze kon de warme gloed van haar nachtlampje zien. Steve zou nooit zoiets dramatisch, zoiets stiekems doen. Hij had misschien zo z'n eigenaardigheden, maar hij was open en eerlijk, zelfs als hij woedend op haar was. En dat stadium hadden ze nog niet bereikt, toch?

Op haar tenen liep ze langs Jessica's deur, waarna ze stilletjes hun slaapkamer binnenging. Tot haar opluchting zag ze Steve liggen, maar zo te zien sliep hij. De gordijnen waren dicht, hij had het dekbed tot aan zijn kin opgetrokken en lag met zijn rug naar haar toe.

'Steve?'

Geen beweging. Zelfs geen verandering in zijn ademhaling.

'Steve, ben je wakker? Het spijt me dat ik zo laat ben...' Haar stem stierf weg, ze zou toch geen antwoord krijgen. Of hij sliep, en dan was dit zinloos, of hij was te boos om met haar te praten. Hoe dan ook, het was een treurige toestand. Ze wilde hem zo veel vertellen: van de opwinding over hun nieuwe aanwijzing tot aan haar moeilijke gesprek met Matteo Dominici. Ze wilde een glas wijn, wilde haar zorgen delen, wilde zijn armen om haar heen voelen. Maar dat zou vanavond niet gebeuren – voor het eerst in tijden voelde ze zich niet welkom in haar eigen huis.

Zachtjes liet ze zich op bed zakken en trok haar laarzen een voor een uit. Haar linkerenkel klopte weer – de zwelling rond haar wond weigerde af te nemen – en ze was hondsmoe. Misschien werd ze oud, maar ze had zich zelden zo afgedraaid gevoeld tijdens een zaak. Ze wilde alleen maar slapen, lekker in bed kruipen en een paar zalige uren doen alsof er niets aan de hand was. Ze trok haar blouse, broek en ondergoed uit, trok haar pyjama aan en verheugde zich op de vergetelheid van de nacht. Maar op het moment dat ze het dekbed optilde, klonk er een doodsbange gil uit Jessica's kamer.

Er zou vanavond niet geslapen worden.

104

Zijn ogen gleden door het donkere bos, op zoek naar tekenen van leven. De politie was weer bezig, opsporingsteams doken steeds dieper het bos in, tot in de donkerste hoeken. Ze werden steeds beter, voorzichtiger, opmerkzamer, stiller. Toch was de kans klein dat ze hem te pakken zouden krijgen. Nathaniel Martin woonde al anderhalf jaar in het bos en hij kende er ieder geluid. Er was geen geroep, gekrijs of gekraak dat hij niet herkende, dus zes agenten die gezamenlijk door het bos trokken merkte hij moeiteloos op. Hij hoorde ze al van een kilometer afstand, zodat hij zich makkelijk uit de voeten kon maken voordat ze zijn laatste schuilplek gevonden hadden.

De teams waren nu uitgerust met honden, wat het allemaal iets lastiger maakte. Ze gebruikten ongetwijfeld spullen uit zijn vroegere kamp om de honden aan te laten snuffelen, en de dieren deden hun werk goed. Als reactie op deze zorgelijke ontwikkeling was Martin zijn kleren gaan bedekken met stinkende modder, rottende planten en zelfs uitwerpselen van vossen, maar ook die konden zijn aanwezigheid niet verhullen. Als de politie de honden had losgelaten en ze had laten rondrennen, dan hadden ze hem misschien te pakken gekregen, maar gelukkig werkte het bij opsporingsteams anders. Ze hielden hun herders stevig aan de lijn en hun enthousiasme in toom. Als gevolg daarvan ging hun voortgang tergend langzaam en kreeg Martin alle kans om zich op tijd uit de voeten te maken.

Zo zag zijn leven er nu dus uit. Dag in, dag uit, van zonsopgang tot zonsondergang alert. Op zich zou hij vrede hebben gehad met zijn rondtrekkende bestaan totdat de opsporingsteams hun zoektocht eindelijk zouden afblazen en het bos weer van hem was. Alleen wás het bos niet meer van hem. Misschien zou het dat ook nooit meer worden; in ieder geval niet zolang het kwaad er regeerde.

Na anderhalf jaar heerlijke afzondering waarin hij alleen was opgedoken om belagers van het bos tegen te werken, had Nathaniel Martin nu het gevoel dat hij van alle kanten bestookt werd. Eerst door bouwvakkers, ontwikkelaars en vakantiegangers. Daarna door de politie, journalisten en zelfs een groep ondernemende tieners die elkaar opstookten om het gevaarlijke woud in te gaan. Tussen al deze mensen door was daar de prooi waar ze allemaal achteraan zaten; een vluchtige, kwaadaardige geest die dood en verderf had gebracht naar Nathaniel Martins toevluchtsoord. Martin had hem zelf nog niet gezien, maar had zijn boosaardige aanwezigheid wel gevoeld. Bovendien had hij gezien wat hij had gedaan: hij had twee pony's afgeslacht en als afval achtergelaten. De aanblik van die twee pony's – zo mooi, zelfs toen ze daar zo dood en stijf op de grond lagen – had zijn hart pijn gedaan.

Liep hij hier vanavond ook weer rond? Zou hij de bosbodem weer met zijn moordlust bezoedelen? Martin hield zich doodstil. Alleen zijn ogen bewogen, zochten de duistere figuur in de bosjes, de bladeren, de lange schaduwen. Hij zag niets bijzonders, geen enkel teken dat de man hier rondliep, maar dat zei niet veel. Die andere nachten, toen hij vier onschuldige wezens van het leven beroofde, had Nathaniel ook niets gezien. Voor hetzelfde geld was hij er wél en zat hij naar hém te kijken.

Dat voelde niet goed. Waar hij eerst heerser over zijn eigen lot was, koning van deze omvangrijke wildernis, voelde hij zich nu in het defensief gedrongen. Dit bos was zijn vriend geweest, zijn redding, maar het was er niet veilig meer, hoe onvoorstelbaar dat ook leek. Zijn nieuwe Eden was een duistere plek geworden.

105

De ochtendzon kroop door de vieze ramen en verlichtte de roerloze gestalte van Helen Grace. Ze stond voor het schrijfbord en staarde naar de foto's voor haar. Onderaan hingen Nathaniel Martin en Dean Clarke, met daarboven Tom Campbell en Lauren Scott en aan weerszijden Matteo Dominici en Melanie Walton. Helens ogen schoten heen en weer tussen de laatste vier alsof ze verborgen verbanden zocht, maar hun gezichten staarden ondoorgrondelijk en levenloos terug.

Langzaam draaide ze zich om naar een andere reeks gezichten. Het team had zich in een halve cirkel rond haar verzameld en iedereen vroeg zich nieuwsgierig af waarom ze zo vroeg waren opgeroepen. Helen had al voor het bord gestaan toen de eersten binnenkwamen en sommigen vroegen zich ongetwijfeld af of ze hier soms de hele nacht was geweest. Ze had inderdaad een paar uur op de bank op haar kantoor geslapen, waarna ze zich had opgefrist, verkleed en weer aan het werk was gegaan.

Helen was ervan overtuigd dat er antwoorden binnen handbereik lagen en toch lukte het haar niet om een helder beeld te vormen. Haar stemming was er niet beter op geworden na een vroeg telefoontje van het forensisch laboratorium in Woolston.

'Ik heb vanmorgen de resultaten van het DNA-onderzoek binnengekregen,' verkondigde ze aan de verzamelde politiemensen. 'Matteo Dominici is de vader van Lauren Scotts baby.'

Hier en daar werd zachtjes gekreund.

'Dat hoeft niet per se iets te betekenen. Ze kan nog steeds een verhouding hebben gehad met Campbell of haar vriendschap met hem hebben hernieuwd. Hoe zit het met mogelijke verbanden?'

'Die zijn er eigenlijk niet,' antwoordde rechercheur Osbourne, in een poging niet te teleurgesteld te klinken.

'Wat betekent "eigenlijk niet"?'

'Het betekent… niet. We hebben niet kunnen vaststellen dat ze telefonisch of via internet contact met elkaar hadden, of dat ze elkaar hebben ontmoet. We zijn hun gangen nagegaan met behulp van hun telefoonagenda's en met wat we op beveiligingscamera's hebben kunnen vinden, en er is geen verband. Campbell ging zelden naar het centrum van Southampton, hij forensde tussen Winchester en Lyndhurst, verder niet. Lauren kwam regelmatig in Thornhill en Woolston, waar ze bij Boots werkte. Verder ging ze zo nu en dan de stad in om te winkelen, maar dat waren korte tripjes en ze lijken overeen te komen met pinbetalingen bij de H&M, Primark en Tesco.'

'En hun internetgedrag?' wilde Helen weten.

'We hebben hun telefoons, tablets en laptops bekeken,' antwoordde Reid kordaat. 'Ze hebben elkaars namen of persoonsgegevens niet gegoogeld. Ze waren geen Facebookvrienden, er zijn nooit vriendschapsverzoeken verstuurd. Het lijkt erop dat ze niet op de hoogte waren van het feit dat ze relatief dicht bij elkaar woonden.'

'En verbanden met andere mensen die ze mogelijk uit die tijd hebben gekend?'

'Rechercheur Edwards en ik hebben daar vanmorgen naar gekeken,' zei Charlie, half gapend. 'Campbell had met een paar mensen uit zijn studietijd nog contact. Een vriend uit zijn tennisteam die nu in Singapore zit en een medestudent die in de West Midlands woont, maar het contact was op zijn zachtst gezegd sporadisch.'

'En Scott?'

'Niets,' zei Edwards. 'Ze had met niemand uit die tijd nog contact.'

'Hoe zit het met telefoontjes van de gekloonde telefoon? Kunnen dié van een oude bekende zijn?'

'Mogelijk,' antwoordde Edwards. 'Maar het belpatroon duidt er niet op dat Campbell of Scott de beller goedgezind was.'

'Hoe bedoel je?'

'De beller nam altijd contact op met hén, nooit andersom. De eerste paar keer nam Campbell op, daarna gingen de telefoontjes, gezien de duur van de verbinding, over op de voicemail. Voor Scott geldt hetzelfde. Zij nam de eerste keer op en liet de daaropvolgende lopen. Meerdere telefoontjes werden niet opgenomen en ze heeft nooit teruggebeld.'

'Dus de telefoontjes waren niet gewenst? Misschien zelfs bedreigend?'

'Daar lijkt het op,' beaamde Edwards.

Er werd enthousiast gemompeld.

'Hoe staat het met de telefoontap?' ging Helen door. 'Is de telefoon nog actief?'

'Hij wordt gebruikt, maar steeds hooguit een minuutje ofzo achter elkaar, en maar één of twee keer per dag,' zei Hudson. 'Het nummer is niet aan een woonadres, hotel of hostel verbonden. Rechercheur Osbourne brengt de telefoontjes in kaart om te zien of we een cluster of patroon van bewegingen kunnen ontdekken...'

'Zo snel mogelijk, graag,' drong Helen aan. 'In de tussentijd moeten we Campbell en Scotts gangen opnieuw nagaan... hun uitgavepatronen, communicatie, alles, om te zien of er een verband is met die telefoontjes. We moeten weten waarom er werd gebeld, wat het doel was en wat voor impact dat had op Campbell en Scott. Boven alles,' Helen zweeg even, voordat ze concludeerde, 'moeten we erachter komen van wie die telefoontjes afkomstig waren.'

106

Zijn ogen gleden over de tekst. Elk detail nam hij in zich op. Inmiddels had hij alle regionale kranten gehad en was hij overgestapt op de landelijke dagbladen; hij had net nog een uitgave van de *Daily Mirror* van de tafel naast zich gejat. Het verbaasde hem niet dat de krant vier hele pagina's aan de moorden in de New Forest had gewijd waarin ze alle oude feiten herkauwden, maar ook berichtten dat er twee dode pony's in het bos waren aangetroffen. Ze hadden tot in detail beschreven hoe de pijlen eruitzagen waar de pony's mee waren vermoord én in welke staat van ontbinding ze verkeerden, maar de foto's die op internet beschikbaar waren publiceerden ze niet, aangezien het een 'familiekrant' was. Onder andere omstandigheden had hij hier smakelijk om gelachen.

Hij draaide de bladzij om en staarde recht in het gezicht van Lauren Scott, die hem met haar ingetogen blauwe ogen van onder haar lange pony aankeek. Hij had haar altijd verleidelijk gevonden, zelfs nu nog, ondanks de tragische omstandigheden. Volgens de geschokte journalist was Lauren zwanger geweest, iets wat een hele omslag had veroorzaakt in de verslaggeving rond haar dood. Eerst waren de kranten gefocust geweest op haar drugsverleden en de problemen met haar familie, maar nu schilderden ze haar af als een heilige. Een zwangere vrouw mocht je tenslotte nooit kwaad doen.

Weer sloeg hij een bladzij om, maar daar zag hij alleen nieuws over celebrity's – wie deed het met wie bij welke voetbalclub? – dus bladerde hij snel terug naar de afgeslachte pony's. Terwijl hij dat deed, zag hij dat de uitbater van het café hem veelzeggend aankeek. Even verstijfde hij, met de pagina nog half in de lucht, maar ging daarna snel door met lezen. Toen hij hier naar binnen was gelopen, was het erg druk geweest en had hij relatief onopvallend zijn krant kunnen lezen en een fatsoenlijke maaltijd kunnen eten. Maar nu was het rustiger en viel hij meer op en de eigenaar vond het blijkbaar niet fijn dat hij al meer dan een uur in zijn eentje een tafel voor vier personen bezet hield. Hij leek op het punt te staan om naar hem toe te komen en hem erover aan te spreken, maar dat kon hij natuurlijk niet laten gebeuren. Hij zou wel gek zijn als hij bleef plakken en de aandacht op zich vestigde, dus stopte hij de krant in zijn jas en haastte zich het café uit. Eén paar ogen liet hem niet los.

107

'Dit wordt de doodsteek voor ons allemaal. Zet dát maar in die krant van je.'

Nigel Robinson prikte met zijn vinger in de lucht en dwong Emilia een stap achteruit. De campingeigenaar kookte van woede en ze begreep best waarom, maar was niet van plan om verwondingen op te lopen omdat hij zo verontwaardigd was. Daar vond ze zichzelf te belangrijk voor.

Feit was dat ze hier helemaal niet wilde zijn om over oud nieuws te praten met de radeloze eigenaar van camping Woodland View, maar er waren akelig weinig nieuwe ontwikkelingen in het onderzoek: geen nieuwe arrestaties, geen nieuwe aanwijzingen, geen nieuwe lijken, niets om te voldoen aan de uitzinnige belangstelling. Het nieuws dat Lauren Scott zwanger was, had gisteren een storm van reacties veroorzaakt, maar dat was voor de verandering niet Emilia's werk geweest. Kennelijk had David Spivack dat juweeltje achtergehouden om aan de roddelbladen te verkopen. Daar zou ze nog een hartig woordje met hem over spreken.

Ze hadden dringend nieuwe informatie nodig. Slechts een handjevol doorzetters ging de New Forest nog in, dat was logisch, dus leek er jammer genoeg geen grote bedreiging meer voor de bevolking. De privélevens van de slachtoffers hadden ze wel zo ongeveer uitgemolken, op de baby na, maar Gardiner had hier niet te veel over willen uitweiden uit angst dat het hun lezers zou afschrikken. Bij gebrek aan andere invalshoeken hadden ze gekozen voor het verwoestende effect dat de zaak op lokale bedrijven had. Niet erg spannend, niet erg origineel, maar het was in elk geval relevant en verschafte inzicht in het leven in Hampshire waar de landelijke bladen niet tegenop konden.

'Hoe langer deze zaak onopgelost blijft, hoe langer de moordenaar vrij rondloopt en hoe erger het zal zijn voor mensen als ik. En ik denk niet alleen aan mijn eigen toekomst. Ik heb mensen in dienst, veel mensen. Als ik kopje-onder ga, wat gebeurt er dan met hen?'

Emilia knikte meelevend, al luisterde ze maar half. Normaal gesproken nam ze een gesprek als dit op, maar ze wist precies wat Robinson ging zeggen, nog voordat hij het zei. Zijn opgeblazen woede en verontwaardiging waren volkomen voorspelbaar; zelfs als ze zich niet meer woord voor woord kon herinneren wat hij had gezegd, kon ze er wel wat moois van maken. In gedachten was ze het artikel al aan het schrijven. Vijfhonderd woorden vol schrik en angst, een zorgelijk plaatje van de toekomst voor lokale bedrijven en het toerisme in de New Forest. Wie zou er nog door het bos willen zwerven als je een plaats delict kon tegenkomen? Je had van die engerds die dat leuk vonden, natuurlijk, plus nog een handjevol lieden die zo dom of ongeïnteresseerd waren dat ze het nieuws niet volgden, maar Emilia had zo'n vermoeden dat de meeste kampeerders voorlopig liever naar Dorset gingen.

Robinson was nu op stoom en klaagde over de politie, de gemeente, het bureau voor toerisme van Hampshire en elke andere overheidsinstantie die hij maar kon bedenken. Emilia deed alsof ze braaf aantekeningen maakte, maar was gewoon wat aan het krabbelen. Ze had de grote lijnen van het artikel al in haar hoofd en haar gedachten gingen nu naar Graham Ross.

Ze had hem vanmorgen een sms'je gestuurd om hem te bedanken en te zeggen dat ze graag nog eens met hem wilde afspreken. Ze had er nog niets op gehoord. Hij kon natuurlijk gewoon aan het werk zijn, maar ze vond de stilte verontrustend. Ze had niet alleen zijn inzicht nodig en mogelijk ook die foto's die hij had achtergehouden, maar ze had ook ambitieuzere plannen. Een boek over deze zaak, misschien, of zelfs een retrospectief over het leven van Ross in de wereld van de misdaad, met daarin zijn waanzinnige schat aan beeldmateriaal. De mogelijkheden lagen voor het oprapen, mits hij wilde meewerken. Maar zou hij dat willen? Dit hield Emilia bezig terwijl Nigel Robinson maar doorzeurde.

Zou Ross zich willen laten citeren over de moorden? Haar toestemming geven om zijn inzichten over de positionering van de lijken te gebruiken? Misschien zelfs een samenwerking willen overwegen? Het was een uitdagend vooruitzicht, maar het lag net buiten haar bereik. Ze wist helemaal niets over deze man of zijn motieven en ook niet wat ervoor nodig was om hem te verleiden.

Wie wás de mysterieuze Graham Ross?

108

'Wat weten we over Campbells doen en laten?'

Charlie zat bij Helen in het kantoor. Terwijl Joseph Hudson een signaal probeerde op te vangen van de niet-geregistreerde telefoon, doken zij steeds dieper in het leven van hun slachtoffers. Hun persoonlijke levens hadden ze al binnenstebuiten gekeerd, vroegere en huidige relaties met minnaars, vrienden en familie onderzocht, en nu waren ze bezig de gangen van de twee na te gaan. Waar ze geweest waren, wie ze gezien hadden, hoe ze hadden gereageerd op die geheimzinnige telefoontjes.

'Na dat eerste belletje niets bijzonders,' antwoordde Charlie, die een uitdraai van Campbells agenda bekeek. 'De volgende dag had hij een vergadering in Lyndhurst. Die heeft hij vermoedelijk bijgewoond, want later op de dag heeft hij de notulen van die vergadering naar zijn baas gemaild. 's Middags had hij kennelijk niet veel te doen, wat een beetje ongebruikelijk is, maar het hoeft niet per se iets te betekenen. We zouden zijn personal assistant moeten bellen om daar meer over te vragen.'

'En na dat tweede telefoontje?'

'Iets soortgelijks. Die middag had hij een training op het hoofdkantoor die hij schijnbaar heeft bijgewoond, aangezien hij rond de lunch daar in de buurt heeft getankt. Hoe zit het met Scott?'

'Hetzelfde verhaal. Zij is maar één keer gebeld, maar de volgende dag was ze in Woolston, dus is ze kennelijk naar haar werk geweest. Reid probeert de manager van Boots te pakken te krijgen om dat te bevestigen.'

'En Campbell heeft geen ongebruikelijke reisplannen gemaakt na een van die telefoontjes?'

'Niet dat ik kan achterhalen. Hij had in ieder geval geen plannen om ervandoor te gaan, als hij zich er al druk om maakte.'

'Nog andere telefoongesprekken?' hield Helen vol. 'Heeft hij Melanie gebeld nadat hij door dat nummer was gebeld?'

'Nee. Hij heeft die dagen sowieso erg weinig gebeld.' Charlie keek op naar Helen terwijl ze hierover nadacht.

Maar Helen was alweer een stap verder. 'Voor Scott geldt hetzelfde: ook geen telefoongesprekken met haar vriend. Dus misschien wilde zowel Campbell als Scott dit geheimhouden. Misschien waren ze niet zozeer verontrust, maar wilden ze dat niemand anders ervanaf wist...'

'Zou kunnen...'

Helen kreeg opeens een idee. Snel opende ze het dossier met Lauren Scotts bankafschriften en liet ze haar vinger langs de data glijden totdat ze de goede gevonden had. 'Heeft Campbell rond de tijd van die telefoontjes onverwachte betalingen of geldopnames gedaan?'

Charlie leek even verward en toen geïntrigeerd zodra ze doorhad waar Helen naartoe wilde. Ze bladerde door de papieren totdat ze de lange lijst van transacties had gevonden. Esso, Pret a Manger, Superdrug, Reiss, Cellar Door Wines... 'Hier hebben we misschien iets.'

'Wat dan?'

'Nou, de dag na het eerste telefoontje pinde hij tweehonderd pond. Dat is een abnormaal hoog bedrag voor hem, want hij betaalde meestal contactloos.'

'Lauren Scott doet hier precies hetzelfde. De dag na het telefoongesprek pinde zij ook tweehonderd pond, en voor haar was dat helemáál niet normaal, want ze zat altijd in geldnood. Sterker nog, doordat ze zo veel geld opnam, kwam ze rood te staan, met alle kosten van dien.'

Nu haar nieuwsgierigheid was gewekt, neusde Charlie al door een andere lijst met afschrijvingen. 'Hier nog een keer,' zei ze. 'Na het tweede telefoontje nam Campbell weer tweehonderd pond op.' Triomfantelijk keek ze Helen aan. 'Denk je dat ze gechanteerd werden?'

'Precies. Lauren kon niet veel missen, dus misschien hield zij het na één keer voor gezien. Campbell betaalde twee keer, maar die bleef gebeld worden.'

'Tot het moment dat ze aangevallen werden.'

'Dus misschien weigerden ze te betalen en vertelden ze die chanteur wat hij kon doen…'

'Om het met de dood te bekopen.'

Het was een heel interessante theorie. Een die intuïtief klopte.

'We komen er alleen niet veel verder mee. We weten niet waar ze dat geld overhandigd hebben, áls dat al is gebeurd.'

'Nog niet, maar misschien kunnen we kijken waar ze gepind hebben. Als er een beveiligingscamera in de buurt hangt, kunnen we hun gangen misschien natrekken, kijken waar ze naartoe gingen…'

'Campbell heeft twee keer gepind bij een benzinestation, dus in zijn geval hebben we niet veel aan camerabeelden. Tenzij de overdracht bij het benzinestation zelf was. Misschien kunnen we beelden van verkeerscamera's gebruiken.'

'Scott pinde bij een bank, de Santander op Burgess Road. Daar hangen sowieso veel camera's in de buurt…'

Helen stond op van haar bureau. 'Dan is dat een prima plek om te beginnen.'

109

Binnen een paar minuten zaten ze op de weg. Helen had haar motor op het bureau laten staan en een auto uit de pool meegenomen omdat ze het beter vond om samen naar de bank te gaan. Ze konden de tijd gebruiken om de laatste ontwikkelingen in de zaak te bespreken, maar Helen wilde ook graag weten hoe het met haar oude vriendin ging. Ze had zich zorgen over Charlie gemaakt sinds hun gesprek op het rokersplaatsje.

'Hoe zijn de nachten?' vroeg ze, terwijl ze Onslow Road insloeg. 'Al wat beter?'

Charlie schudde haar hoofd. 'Ik slaap nu minder dan toen ze een baby was. Dát stond niet in het handboek...'

'En er zijn geen duidelijke redenen waarom ze die nachtangst heeft?'

'Niet te zeggen. Misschien is het iets natuurlijks, hoort het gewoon bij de ontwikkeling, of...'

Charlie leek niet in de stemming om er verder over uit te weiden, dus drong Helen niet aan. 'Hoe is het met Steve?'

'Nog erger. Sorry Helen, het lijkt wel alsof ik de depressiefste mens op aarde ben.' Charlie lachte, en werd toen stil.

'Denk je dat je dat misschien bent? Depressief, bedoel ik? Want als dat zo is...'

‘Ik denk dat ik moe, bezorgd, chagrijnig en een beetje verdrietig ben. Maar verder ben ik het zonnetje in huis…’

Ze glimlachte meewarig en Helen volgde haar voorbeeld.

‘Laten we het niet over mij hebben, ik ben zo saai. Ik weet wel een spannender onderwerp.’

‘Zoals?’

‘Joseph Hudson.’

‘Wat is er met hem?’

‘Meen je dat nou?’

Helen keek even opzij en zag dat haar vriendin naar haar grijnsde. ‘Wat?’

‘Ach, kom op, Helen. Je hebt toch wel gezien hoe hij naar je kijkt?’

Helen zei niets en besloot dat discretie het verstandigst was.

‘Hij is net een vos in het kippenhok. En ik zweer je dat hij constant naar je zit te kijken. Ik heb laatst op zijn computer gekeken toen hij naar huis was, en hij had je hele loopbaan opgezocht.’

‘Charlie…’ zei Helen waarschuwend.

‘Ik weet het… maar ik pas gewoon een beetje op je. Na Gardam al helemaal, en daar schaam ik me niet voor.’

‘Hij is geen tweede Jonathan Gardam. Hij is veel te groen, te open…’

‘Heeft hij gezegd dat hij een oogje op je heeft?’

‘Doe niet zo absurd.’

‘Dat hoeft ook niet, het spat ervan af.’

Helen schudde geamuseerd haar hoofd, maar heimelijk vond ze het leuk dat hij zich zo overduidelijk tot haar aangetrokken voelde.

‘En als ík zo nu en dan de regels een beetje mag overtreden,’ ging Charlie met een glinstering in haar ogen verder, ‘zie ik niet in waarom jij dat niet zou doen…’

Helen fronste haar wenkbrauwen goedmoedig, maar hield haar blik op de weg.

'Ik bedoel, het is een aantrekkelijke vent, jong, sportief...'

'Ik ben zijn meerdere.'

'Ik zeg niet dat je met hem moet trouwen. En ik zweer je dat ik het niemand zal vertellen...' Charlie zat haar bewust uit te dagen en genoot ervan om haar oude vriendin te plagen.

Helen was blij om te zien dat haar collega weer wat kleur op haar wangen had. 'Ik moet toegeven dat hij wel belangstelling heeft getoond...'

'Zie je wel.'

'En het zou leuk zijn om wat gezelschap te hebben...'

'Dus?'

Charlie was erg enthousiast, maar Helen kon de verleiding niet weerstaan om haar te plagen. 'Het is niet iets wat ik ooit zou overwegen.' Ze zei het met een stalen gezicht, maar op een speelse toon.

Charlie keek haar wantrouwig aan en wist niet wat ze ervan moest vinden.

Eerlijk gezegd had Helen ook geen idee – ze wist niet wat ze van Joseph Hudson vond, of ze hem ooit op die manier zou kunnen zien. Maar als Charlie ervan opvrolijkte, als het haar afleidde van haar eigen problemen, dan speelde ze het spelletje graag mee.

Maar dat moest nu wachten. Ze waren bij Burgess Road.

110

De Santander was een vreemdsoortige mengeling van oud en nieuw, gevestigd in een smaakvol victoriaans gebouw dat ontsierd werd door opzichtige rode reclameposters en talloze aanplakbiljetten van Jenson Button. Deze bank zag er helemaal niet uit zoals Helen zich de banken van vroeger herinnerde: statig, gewichtig, zo stil als een bibliotheek. Hier was alles felverlicht, fris geboend en agressief klantvriendelijk.

Onderdirecteur Jane Harris, die nieuwe gewichtige clientèle vermoedde, haastte zich naar hen toe en reageerde teleurgesteld toen Helen haar vertelde waar ze daadwerkelijk voor kwamen. 'Mag ik vragen waarmee dit verband houdt?'

'We zijn bezig met een groot onderzoek, meer kan ik er helaas niet over zeggen. Maar uw medewerking zou heel belangrijk kunnen zijn. We zijn op zoek naar beveiligingsbeelden binnen in dit gebouw van 3 juni jongstleden.' Helen zei het met een vrolijke glimlach, maar met een dringende ondertoon in haar stem.

Aarzelend keek Harris van Helen naar Charlie en weer terug. 'Loop dan maar mee,' zei ze uiteindelijk.

Hoe vriendelijk Harris eerst ook was, nu keek ze erg zorgelijk, mogelijk omdat ze bang was dat er een financieel misdrijf was gepleegd dat misschien zijn weerslag zou hebben op haar, of misschien omdat ze onrustig werd van hun aanwezigheid. Hoe dan ook, ze bleef maar om Helen en Charlie heen hangen en over hun schouders meekijken naar de schokkerige zwart-witbeelden op het scherm.

Helen probeerde haar te negeren en zich volledig te concentreren op de stoet klanten die zich van en naar de pinautomaat haastten. Ze speelde de beelden op dubbele snelheid af, wat het geheel nogal komisch maakte: de klanten toetsten als een razende hun pincode in en gingen er vervolgens pijlsnel vandoor. Het had ook wel iets hypnotisch: dat komen en gaan van al die mensen in het atrium van de bank zag eruit als het getij van het dagelijks leven. Maar Helen bleef de beelden nauwlettend in de gaten houden, op zoek naar Lauren Scott.

Het was een lange stroom mannen, oudere dames, jonge moeders, rumoerige jongens, en opeens was ze daar. Haar binnenkomst had Helen gemist, dus zette ze de opname op pauze en spoelde hem terug. Ja, het was ongetwijfeld Scott, gekleed in een hemdje, waardoor Helen een van haar opvallende tatoeages herkende. Maar wat nog het meeste opviel, was het feit dat ze niet alleen was.

'Is dat Campbell?' mompelde Charlie zonder op te kijken, zodat Harris zo min mogelijk van hun gesprek meekreeg.

'Te lang,' fluisterde Helen terug.

Ze stonden allebei met hun rug naar de camera, maar het was duidelijk dat de metgezel van Scott te lang en te slank was om Tom Campbell te kunnen zijn. Zijn haar was ook te lang en te donker en zijn hele uitstraling kwam niet overeen. Hij stond over Scott heen gebogen, veel dichter bij haar dan nodig was.

Helen speelde de beelden nu langzaam af. Het stel leek in een ernstig gesprek verwikkeld, waarna Scott zich omdraaide om te pinnen. De interactie tussen hen leek erg onnatuurlijk, hoewel ze daar zonder geluidsmateriaal niet zeker van konden zijn. De man legde zijn hand op haar schouder. Was dat een uiting van genegenheid? Of hield hij haar vast omdat hij bang was dat ze er anders vandoor zou gaan?

Nu draaide Scott zich weer naar hem om, overduidelijk niet op haar gemak. Ze leek overstuur en zelfs bang toen ze hem het geld overhandigde. Ze deed het snel, alsof ze er zo vlug mogelijk vanaf wilde zijn. Helen keek aandachtig toe terwijl Scott zich uit zijn klauwen probeerde te bevrijden. Tevergeefs, want hij bleef haar vasthouden en bewoog zijn gezicht zelfs naar dat van haar toe. Scott deinsde terug, waarop er een korte confrontatie volgde. Maar toen keek de man om zich heen, naar de andere klanten, en liet hij haar los. Zonder te aarzelen zwaaide Scott haar tas over haar schouder en liep ze zo snel als ze kon de bank uit.

Helen wierp even een blik naar Charlie, die knikte. Daarna keek ze weer op het scherm naar de lange, slanke man met de ongewoon dreigende houding. Hij telde het geld, stopte het in zijn zak en maakte aanstalten om weg te lopen. Maar voordat hij dat deed, keek hij nog een keer om zich heen, om te kijken of iemand zijn woordenwisseling met Scott had opgemerkt. Zijn ogen gingen omhoog en gleden langs de muren en het plafond, voordat ze op de beveiligingscamera bleven rusten. Eén seconde keek hij hen recht aan. Helen drukte op een knopje om het beeld stil te zetten.

'Hebbes,' fluisterde Charlie.

Maar Helen luisterde niet en keek ingespannen naar het beeld voor haar. Niet vanwege de nare hoonlach op zijn gezicht.

Maar vanwege het feit dat ze hem herkende.

111

Vrolijk geschreeuw van kinderen schalde door de lucht, maar hij keek niet op. Niet alleen omdat het met onkruid overwoekerde stuk grond waar hij over liep hobbelig was en vol rotzooi lag, maar ook omdat hij niet wilde opvallen. Hij was hier nu veel, maar hoopte dat hij ongezien kon passeren als hij naar de grond keek en niemand aansprak.

Dat was ijdele hoop, natuurlijk. De travellers op dit terrein vormden een hechte groep en dan viel de aanwezigheid van een buitenstaander wel op. Zo nu en dan werd er iets naar hem geroepen of vroeg iemand iets, maar dan negeerde hij ze in de hoop dat het ze zou gaan vervelen en ze hem met rust zouden laten. Over het algemeen beperkte hij zijn wandelingen over het terrein zo veel mogelijk om geen aandacht op zichzelf te vestigen.

Maar vandaag was anders. Hij had gesnakt naar een echte maaltijd – hij leefde al veel te lang op eten uit blik – en hij wilde een krant. Daarom had hij midden op de dag een ommetje geriskeerd. Hij was niet onsuccesvol geweest, maar had er nu spijt van bij het horen van alle geklets dat steeds luider werd toen hij snel in de richting van zijn caravan liep.

'Waar ben je mee bezig, man? Heb je daar een meisje verstopt?'

De vrouwenstem klonk jong en honend, ze genoot van haar schunnige vraag.

‘Of een jongen?’

Hier werd luid en puberaal om gelachen, maar nog altijd draaide hij zich niet om; hij ontweek een bierflesje op de grond en liep verder. Hij zou graag terugschelden – hij hield niet van zigeuners, of hoe ze zichzelf ook noemden – maar hij moest zich niet met hen bemoeien. Een gezocht man deed er goed aan op zichzelf te blijven.

Dat was het enige positieve aan zijn huidige situatie. Hij had deze plek bewust gekozen omdat hij perfect paste bij wat hij wilde: er stond een lege caravan die hij had ingepikt en het was er afgelegen. Mensen kwamen hier niet zomaar en anders waren ze snel weer verdwenen; de gewone man koesterde een diepgeworteld wantrouwen tegen travellers. En minstens zo belangrijk was het feit dat de travellers hem niet snel zouden aangeven, omdat ze door hun paranoia wat betreft de politie niet snel geneigd waren mensen te verklikken, ongeacht het misdrijf dat ze hadden gepleegd. Zij pasten hun eigen recht toe en zolang hij ze niet tegen zich in het harnas joeg, kon hij complicaties voorkomen. Het was geen perfecte schuilplek, maar goed genoeg voor iemand die een tijdje niet wilde opvallen.

Hij was nu bij de caravan en stak de sleutel in het hangslot. Ondertussen wierp hij een blik over zijn schouder. De groep tieners was al niet meer geïnteresseerd; allemaal zaten ze al kletsend op hun telefoontjes te kijken. Hij nam zijn kans waar om hun leider te bekijken. Ze was goedgebouwd met fraaie rondingen, niet ouder dan vijftien, en droeg altijd het voorgeschreven korte topje en de denim hotpants. Ze was er iets te dik voor en een roze vetrol hing over de rand van haar shorts, maar toch stond het haar op de een of andere manier. Ze was jong, onervaren, maar ook mollig en uitnodigend, rijp om te plukken. Hij liet zijn ogen even op haar rusten terwijl de laatste zonnestralen op haar huid vielen en stelde zich voor wat er zou gebeuren als hij haar alleen in zijn caravan had.

Hij droomde even weg, maar opeens keek ze op. Onmiddellijk wendde hij zijn blik af. Hoe hongerig hij ook was, hij moest haar niet aanmoedigen, nog niet in elk geval. Dus maakte hij het hangslot los, trok zich snel terug in de vermolmde caravan en deed de deur resoluut achter zich dicht.

112

Graham Ross was een parasiet die zich tegoed deed aan andermans ellende.

Dat vond Emilia ook vaak van zichzelf, maar Ross ging wel heel ver. Het grootste gedeelte van zijn volwassen leven had hij zich omringd met afgeslachte kinderen, vermoorde minnaars en mishandelde echtgenotes. Hij had er met zijn neus bovenop gezeten, terwijl zij er nog redelijk ver van bleef. En iedere keer ging hij terug voor meer. Zag hij het als zijn roeping of speelde er iets anders? In de ogen van Emilia begon het steeds meer op een obsessie te lijken.

Na haar stuk over de inbraken had ze haar aandacht weer snel op Ross gericht en was ze in zijn privéleven en werkverleden gedoken, op zoek naar iets wat ze kon gebruiken of uitbuiten. Maar hoe meer ze over hem las, hoe duidelijker het werd dat hij een ware passie had voor de dood. Dat boeide haar mateloos, maar het baarde haar ook zorgen.

Zoals Ross al had laten doorschemeren, bleef hij nooit lang op dezelfde plaats. Hij had voor een aantal korpsen gewerkt, verspreid over het hele land – van Londen naar Glasgow en daarna van Manchester naar Hampshire – zonder zich ooit vast te leggen. Hij had zich bij ieder willekeurig korps kunnen aansluiten, maar had gebruikgemaakt van de recente privatisering van de forensische sector om freelance te blijven werken, zodat hij altijd op een zekere afstand bleef van zijn werkgevers. Deed hij dat omdat hij terughoudend van aard was, of zat er een andere reden achter?

Naar aanleiding van haar gesprekken met hem, gokte ze dat er meer achter zat. Ross leek mensen van een afstandje te aanschouwen, alsof ze louter fotomateriaal waren. Persoonlijk leek hij niet veel met ze te maken willen hebben. Vond hij zijn medemens misschien afstotend? Was hij een mensenhater? En als dat zo was, waar paste zij dan in het plaatje? Waarom deed hij zo vriendelijk tegen haar?

Of hij nu naar haar verlangde, wilde dat ze zijn werk promootte of een andere mysterieuze reden had, zij was ongetwijfeld de uitzondering op de regel. Ross zag het leven als een kunstvorm, als iets wat hij moest vastleggen en behouden in plaats van het te beleven. Ze zag daar de charme wel van in – ze snapte dat het een kick gaf om zo veel controle te hebben over de onderwerpen, over de wereld in het algemeen – maar ze vroeg zich af wat een dergelijke instelling met hem deed. Zijn hele leven draaide om fotografie: hij gaf cursussen en organiseerde zelfs exposities in de buurt om zijn inkomen aan te vullen. Dat moest invloed hebben op de manier waarop hij als mens functioneerde. Voor zijn werk maakte hij foto's van de bloederige resten van mensen die niets meer te hopen of te dromen hadden, omdat ze vroegtijdig van het leven waren beroofd. Dat alles bij elkaar opgeteld móést toch bijna wel leiden tot een geestelijke of emotionele stoornis?

Emilia had zich al eerder afgevraagd of hij gevaarlijk kon zijn, of hij haar misschien zelfs kwaad zou kunnen doen. Eerst had ze er haar schouders over opgehaald, maar nu begon ze weer te twijfelen. Werkelijk iedereen, journalisten, burgers, de politie zelf, tastte in het duister over het motief achter de moorden. Maar had Ross haar, al dan niet expres, een hint gegeven? Misschien zat er geen speciale bedoeling achter de manier waarop die mensen vermoord waren, maar ging het de moordenaar om het 'plaatje'. De schoonheid van de enscenering werd zo een doel op zich. Als dat zo was, had Ross er dan op de een of andere manier zelf iets mee te maken?

Het leek onwaarschijnlijk, maar toch kon Emilia de gedachte niet uit haar hoofd zetten. Daarom bedwong ze haar ongerustheid en dook ze verder in de duistere wereld van de man die zijn leven met dode lichamen doorbracht.

113

Hij was een gezicht zonder naam.

Zodra Helen hem op het korrelige zwart-witbeeld had gezien, had ze het gevoel dat ze hem kende. Niet van een van hun belangrijkste onderzoekslijnen – de levens van Nathaniel Martin en Dean Clarke – maar van iets wat heel bijkomstig was.

Met de opnames van de beveiligingscamera's in haar hand was ze de bank uit gelopen en met Charlie teruggereden naar het hoofdbureau, waarna ze zich hadden teruggetrokken op haar kantoor, de jaloezieën dicht hadden gedaan en een reeks foto's van tien jaar oud op tafel hadden uitgespreid.

Toen Helen de schat aan foto's had meegenomen die op Toms zolder verstopt had gelegen, had ze de beelden van Campbell en Scott eruit gehaald, op zoek naar een bevestiging van hun relatie. Maar ondertussen was haar blik ook langs andere gezichten gegleden: vluchtige beelden van Aaron Slater, Julia Winter en andere mensen die regelmatig waren gefotografeerd. En een van hen – deze man, hun mysterieuze afperser – was haar opgevallen.

Sommige foto's waren heel huiselijk – lieve, maffe beelden van Campbell en Scott in gelukkiger tijden – maar de meeste waren buitenshuis genomen. Rokend in het park, dansend in de schemering, zonnebadend, zwemmend; eindeloze foto's van zorgeloze, losbandige tijden vol alcohol en drugs. Hun verdachte was opvallend afwezig op de huiselijke foto's, waardoor Helen zich afvroeg of hij wel zo'n goede vriend was, maar hij was wel aanwezig bij alle feesten: een jonge, sarcastische, maar onmiskenbaar aantrekkelijke heer der anarchie. Helen was ervan uitgegaan dat hij bij de groep hoorde, dat hij een medestudent was, misschien, maar tot nu toe had hun zoektocht niets opgeleverd.

'En de afstudeerfoto's? Misschien is hij later begonnen, deed hij een verkorte opleiding?'

Ze hadden Scotts inschrijvingsfoto al bekeken, evenals die van Campbell en foto's uit het tussenliggende jaar. Ze hadden heel veel anderen gezien – stijve, serieuze blikken op de officiële foto's en grijnzend en dronken op Campbells feestfoto's – maar hun verdachte zat er niet tussen.

Charlie pakte Tom Campbells afstudeerfoto en bestudeerde hem. 'Hij staat er niet op...'

'Laat mij eens kijken.' Helen tuurde langs de gezichten, maar wist al wat ze kon verwachten. Charlie zou het opvallende gezicht van hun verdachte met de arendsneus, het hoge voorhoofd en de dikke, kastanjebruine krullen heus niet hebben gemist.

Charlie keek op en schudde langzaam haar hoofd. 'Zou hij hun dealer kunnen zijn? We weten dat ze allebei drugs gebruikten.'

'Mogelijk,' antwoordde Helen voorzichtig. 'Maar hij lijkt echt bij de groep te horen. Je ziet hem regelmatig drinkend, lachend, zingend op de foto staan. Ik kan me niet voorstellen dat Tom zijn dealer zo enthousiast zou omhelzen...'

'Bovendien denken we dat Campbell misschien zelf drugs maakte,' reageerde Charlie, waarmee ze haar eigen redenatie onderuithaalde. 'Kan hij een vriend van een van de anderen zijn? Misschien een familielid? Een broer? Een neef?'

'Het zou kunnen, maar ik zie geen gelijkenis met een van de

anderen hier. En als hij een vriend van iemand is, wordt het nog moeilijk om uit te zoeken van wie. Zo te zien kan hij het met iedereen goed vinden en als we de Facebookgeschiedenis van de hele groep niet willen uitpluizen...'

'Zover zou het nog wel eens kunnen komen...' Charlie haalde haar schouders op, hoewel ze het idee duidelijk niet zag zitten. 'We kunnen beginnen met hun laatste tienerjaren, want ik denk dat deze man ouder is. In elk geval ouder dan Lauren en waarschijnlijk ook ouder dan Tom Campbell...'

'Dat kunnen we doen, maar toch denk ik dat de universiteit de link is. Campbell en Scott kenden elkaar voor hun studie niet. Volgens mij is deze man daar in contact met hen gekomen, waarom zou hij hen anders allebei afpersen?'

'Was hij dan zomaar iemand, iemand die een flat deelde met een van de...?'

'Of hij werkte er.'

Charlie keek geïntrigeerd op.

'Er werken natuurlijk massa's ouwe lui aan universiteiten, mensen met een aanstelling voor het leven, maar je hebt ook jonge docenten, promovendi en dergelijke. Charismatische, volwassen types die indruk kunnen maken op jonge studenten...' Terwijl ze het zei, kreeg Helen het gevoel dat het klopte gezien het leeftijdsverschil. 'Kunnen we de foto's van het personeel uit die tijd erbij halen?'

'Reken maar,' antwoordde Charlie snel. 'De universiteit van Southampton laat haar personeel en kwalificaties altijd graag zien...'

'Laten we beginnen bij 2008, toen Campbell begon.'

Helen liep om haar bureau heen en keek over Charlies schouder mee. Het bekende embleem van de universiteit van Southampton verscheen in beeld met daaronder een verscheidenheid aan foto's van enkele van de knapste koppen van het land, van aardwetenschappen tot zoölogie.

'Kijk eerst eens bij Scheikunde, Campbells studierichting...'

Charlie scrolde in hoog tempo langs de foto's, maar er zat niemand bij die op hun verdachte leek.

'Geografie dan. Misschien was Scott de link.'

Opnieuw scrolde Charlie langs een rij foto's. Gezichten vlogen voorbij: een jonge Aziatische vrouw, een aantrekkelijke donkere man met dik wit haar, een degelijke oudere vrouw. 'Daar!' Ze schreeuwde het bijna uit en sloeg haar hand voor haar mond. Ze klikte op de foto, vergrootte hem.

Helen leunde naar voren en nam zijn gelaatstrekken in zich op, waarna ze Charlie met een triomfantelijke blik op haar gezicht aankeek. Eindelijk hadden ze een link.

En wat nog belangrijker was, ze hadden een naam.

114

'Onze verdachte is dus Caleb Morgan.'

Een aantal mensen in het team maakte een notitie van de naam voordat ze hun aandacht weer vestigden op het grote scherm. Daar waren twee beelden te zien: de still van de beveiligingscamera van de bank en een foto uit 2009, uit de verzameling van Campbell. Nu de foto's uitvergroot in beeld waren, was duidelijk te zien dat het om dezelfde man ging.

'Tussen 2006 en 2010 gaf hij les aan de universiteit van Southampton,' ging Helen verder. 'Daarna doceerde hij drie jaar lang aan de universiteit van Bournemouth, waarna hij het hoger onderwijs verliet en ging lesgeven aan de bovenbouw van verschillende middelbare scholen. Tijdens zijn laatste aanstelling werd hij ontslagen na een klacht van een vrouwelijke leerling.'

'Dat was vorig jaar,' vulde Charlie aan, 'rond de tijd dat #MeToo in zwang raakte. Na die eerste aantijging meldden zich nog drie vrouwelijke leerlingen. Momenteel heeft hij drie uitstaande aanhoudingsbevelen wegens aanranding en seksuele intimidatie; voordat hij gearresteerd kon worden, verdween hij van de radar.'

'Typisch,' gromde rechercheur Edwards. 'Hoe lang is hij al foetsie?'

'Al bijna twee maanden.'

'Vermoedelijk ging hij daarom ook bij zijn oude "vrienden" langs,' ging McAndrew verder. 'Hij krijgt nergens meer een baan, wordt achternagezeten door de politie en heeft waarschijnlijk geen geld meer. Dus gaat hij naar Campbell en naar Scott. Campbell geeft hem twee keer geld, Scott één keer, en daarna nemen ze niet meer op als hij belt. Nu heeft hij dus een probleem.'

'Misschien heeft hij zijn frustratie afgereageerd op zijn voormalige vrienden,' zei rechercheur Bentham. 'En wilde hij ze vernietigen, vernederen?'

'Dat is een goede theorie,' zei Helen, 'die ik graag wil volgen. Onze prioriteit is nu om hem te arresteren. Hoe zit het met zijn telefoongesprekken?'

Nu was het de beurt aan Osbourne om zijn bevindingen te delen. 'Hij heeft een paar keer vanuit het centrum van Southampton gebeld, dat is niets bijzonders. Maar de meeste telefoontjes kwamen uit een gebied aan de oostkant van de stad, vlak bij Horton Heath.' Hij liep naar het scherm toe.

Helen voegde zich bij de rest van het team, terwijl Osbourne Google Maps opende.

'Hij belde vooral vanaf verschillende plekken aan Burnett's Lane. Daar in de buurt is verder niets bijzonders te vinden, maar er gaat wel een busroute langs, van en naar het centrum van Southampton. Het is mogelijk dat hij vanuit zijn schuilplaats naar Burnett's Lane is gelopen om te bellen, misschien omdat hij zeker wilde weten dat niemand hem zou horen.'

'Als iemand zich daar in de buurt wil schuilhouden, waar zou hij dan naartoe gaan?' vroeg Helen.

'Dat is moeilijk te zeggen. Knowle Park ligt er in de buurt en ook wat sportvelden, maar daar komen vaak schoolkinderen en sportclubs, dus het is geen ideale plek.'

'Leegstaande huizen of andere gebouwen?'

'Niet dat we weten. Niets dan weilanden en landwegen, met weinig huizen en geen industrie in de buurt.'

'Bossen? Moerassen? Iets anders opvallends?'

Osbourne schudde zijn hoofd. 'Het is er heel landelijk.'

Even hing er een gefrustreerde stilte in de kamer, totdat iemand zei: 'Er is wel een plek waar hij zou kunnen zitten. Een plek die niet op Google Maps staat...'

Iedereen draaide zich om naar Joseph Hudson.

'Mensen uit de omgeving weten er misschien vanaf, maar het wordt officieel niet erkend, dus is het ook niet te zien,' ging Hudson verder, terwijl hij naar het scherm liep. 'Het is een kamp met travellers, op ongeveer anderhalve kilometer van Burnett's Lane.'

Hij opende Google Earth en zoomde snel in op een aantal vage vormen midden in een groene vlakte. Langzaam werden de contouren duidelijk van een veld, een reeks caravans en kleine mensjes die er rondliepen.

'Hoe kan het nou dat ik hier al jaren woon en hier niets vanaf weet?' vroeg Osbourne.

'Omdat ze dat graag zo willen. Het is een onopvallende plek, ver van de bewoonde wereld, en de mensen die er wonen hebben het niet op vreemden.'

Verschillende teamleden staarden nieuwsgierig naar hun nieuwe collega, die zo goed op de hoogte was van plaatselijke travellerskampen.

Hudson negeerde hun onderzoekende blikken en wendde zich tot Helen. 'Als ik van de aardbodem zou willen verdwijnen, ging ik daarheen.'

115

Ze hobbelden over het zandpad en streken met hun hoofden langs het plafond terwijl de auto hotste en slingerde. Deze keer reed Helen, snel en doelbewust, terwijl Hudson zwijgend naast haar zat. Het werd avond en ze was vastbesloten om Morgan voor het donker in hechtenis te hebben.

Ze reden zonder zwaailicht en sirenes. Enorme stofwolken dwarrelden achter hen op, maar Helen was van mening dat snelheid geboden was. Ze waren met vijf voertuigen en als ze het terrein konden omsingelen voordat Morgan het doorhad, hadden ze hem te pakken.

'Ben je hier vaker geweest?'

'Nee, maar ik ken het bestaan ervan. Ik heb nog steeds vrienden binnen de travellersgemeenschap...'

'Daar ben ik blij om.'

'Nu we het er toch over hebben... Het is misschien beter als ik het woord voer. Dat levert sneller resultaat op.'

'Geen probleem, ik voeg me graag naar jouw superieure kennis.'

Hudson wierp een blik opzij, maar zei niets.

Helen was blij dat de glinstering in zijn ogen terug was. Misschien lag die opgelaten sfeer nu achter hen. Ze richtte haar aandacht weer op de weg en zag tot haar opluchting het kamp opdoemen. Toch was ze tot haar eigen verbazing ook zenuwachtig. 'Meld de anderen dat we er zijn,' zei ze snel.

Even later scheurden de auto's het kamp binnen. Twee bogen af en reden naar de rand van het kamp om eventuele ontsnappingsroutes te blokkeren, terwijl Charlie en McAndrew ieder hun auto bij de ingang zetten. Helen bleef vlak voor de caravans staan en stapte snel uit, evenals Hudson. Ze had het zwaailicht aangezet en liet de sirene kort gaan om hun komst aan te kondigen.

Dat had direct effect: een groep kinderen en tieners stoof weg, terwijl een groep mannen hun kant op liep. Ze kwamen recht op hen af met een wantrouwige, zelfs vijandige houding. Normaal gesproken zou Helen onmiddellijk de confrontatie met ze aangaan, maar in dit geval deed ze een stap naar achteren, zodat Hudson in zijn eentje naar ze toe kon. Dit was zijn wereld, niet de hare.

Ze kon hen niet verstaan, maar het gesprek was verhit. Hudson probeerde de travellers gerust te stellen door naar een foto van Morgan te wijzen, alsof hij heel duidelijk wilde maken dat híj het doelwit was, niet zij. Eerst leken ze ongeïnteresseerd, alsof ze helemaal niet naar Hudson wilden luisteren, maar het sierde de jonge brigadier dat hij volhield tot een van hen uiteindelijk zijn schouders ophaalde en naar een caravan aan de rand van het terrein wees.

Hudson draaide zich om en knikte naar Helen, waarop ze naar hem toe kwam. Onmiddellijk trokken de mannen zich terug, alsof ze bang waren om besmet te worden.

'Hij houdt zich hier al zes weken schuil. De op twee na laatste caravan.'

Ze kwamen direct in actie. Helen pakte haar portofoon om de anderen opdracht te geven zich bij hen te voegen. Het team reageerde snel. Helen zag hoe ze tussen de caravans vandaan kwamen en een sluitende cirkel rond het verlopen onderkomen vormden.

Binnen een minuut stonden zij en Hudson bij Morgans schuilplaats. De caravan was vies en beschadigd en er zat een gat in het dak. Verder viel er niet veel te zien; er hingen vieze lakens voor de ramen, zodat ze niet naar binnen konden kijken.

'Geen heldendaden,' zei Helen, terwijl ze haar wapenstok uit haar riem trok. 'Ik wil hem kunnen ondervragen.'

Hudson knikte en deed hetzelfde. Helen telde af, deed een stap naar voren en ramde met haar voet tegen de deur. Het slot brak direct en de deur vloog open. Ze aarzelde geen moment en sprong naar binnen. Hudson stond achter haar, maar was zo verrast door haar snelheid dat hij even in z'n eentje buiten stond terwijl Helen al binnen was om in het duister naar de verdachte te zoeken. Ze voelde iets langs haar hoofd vliegen, dook weg en besefte toen dat het een peertje was dat in de bries heen en weer slingerde. Met bonkend hart draaide ze zich naar het zitgedeelte van de caravan in de verwachting dat Morgan op haar af zou duiken.

Maar de caravan was leeg, van hun verdachte was geen spoor te bekennen. Er lagen slechts een paar persoonlijke spullen en verder alleen wat lege blikjes in de gootsteen. De caravan bevatte niets interessants... alleen een reeks uitgeknipte krantenartikelen die met zorg op de vieze formicatafel waren gelegd en de brute moorden op Tom Campbell en Lauren Scott beschreven.

116

De verlichte tent was als een baken in de duisternis.

De nacht was gevallen en de camping lag er schijnbaar verlaten bij: de tenten die her en der stonden leken niets met elkaar te maken te hebben. Eerder had een aantal kampeerders wel een woordje met elkaar gewisseld, maar nu had iedereen die zich op deze afgelegen plek waagde zich teruggetrokken om te genieten van een nacht onder de sterrenhemel.

Afgezien van een enkele krekel en vogel was het helemaal stil op de donkere camping. Caleb Morgan stond stokstijf in de schaduw het tafereel in zich op te nemen. Het was zo vreedzaam, zo stil. Niemand hier zou raden dat er kwaad rondwaarde.

Net voordat het donker werd, had hij zijn caravan verlaten en was hij via wat achterwegen naar het bos gereden. Hij had zich goed voorbereid, maar dat nam niet weg dat zijn hart tekeer was gegaan terwijl hij achter het stuur zat. Af en toe had hij in de achteruitkijkspiegel gekeken, maar eerlijk gezegd kon er niets fout gaan. Vanavond had hij alles onder controle.

Vlak voordat hij bij de camping was, had hij de auto aan de rand van het bos geparkeerd, achter wat dikke struiken. Daarna had hij zijn spullen eruit gehaald en was hij lopend naar de camping gegaan, waar hij nog alle tijd had om zijn voorbereidingen te treffen. Een uur later was de zon ondergegaan, maar toen stond hij al lang en breed in positie, verscholen in de schaduw aan de rand van het terrein.

Hij had voldaan toegekeken hoe de vuren werden gedoofd, de lichten werden uitgedaan en de tenten werden dichtgeritst. De setting was perfect en met iedere seconde die voorbijging, nam zijn opwinding toe. Voorzichtig raakte hij zijn wapen aan. Zijn handen jeukten om het te gebruiken, maar hij wist zich in te houden. Hij mocht niet te snel toeslaan, want dan zou hij zijn aanwezigheid verraden. Vanavond draaide alles om behoedzaamheid.

Hij concentreerde zich weer op de tent en moest glimlachen toen hij het plaatje in zich opnam. Het zag er zo mooi uit, een beetje magisch zelfs, zoals de tent afstak tegen de inktzwarte hemel. Binnen hing een brandende lantaarn die lange schaduwen wierp, maar het licht begon te dimmen; het zou niet lang duren voordat alles donker was.

Tot het zover was, zou hij zijn opwinding in bedwang houden en blijven staan waar hij stond. Hij zou wachten tot het moment waarop hij kon toeslaan.

117

Haar vingers zochten in de viezigheid tot ze eindelijk iets stevigs voelde.

Hun eerste doorzoeking van de caravan had weinig opgeleverd: de kastjes waren leeg, de kleerkast was ongebruikt, zelfs in de kapotte koelkast lag niets. Maar toen ze waren begonnen om de zittingen op te tillen en alles uit elkaar te halen, had Helen iets in de hoek onder het bed zien liggen.

Ze had zich op haar knieën laten zakken, een paar handschoenen aangetrokken en op de tast naar de donkere contouren gezocht. Nu had ze het vast en trok het voorzichtig naar zich toe: een versleten weekendtas kwam onder het bed vandaan. De krantenknipsels waren al in bewijszakjes opgeborgen en meegenomen, dus zette Helen de tas op tafel en trok de rits open. Een gezicht staarde haar aan.

Helen hapte naar adem, maar besefte op hetzelfde moment dat ze naar een masker keek. Ze trok de tas verder open, haalde het masker eruit en richtte haar zaklamp erop. Het gladde leer glansde en het licht weerkaatste op de rits die op de plek zat waar de mond moest zitten. Het was een typisch sm-masker, maar vanavond zag het er erg sinister uit.

Ze gaf het aan McAndrew, die een gezicht trok, en richtte zich op de rest van de spullen in de tas. Meer kranten, wat groezelige kleren en daaronder een laptop en een telefoon. Nieuwsgierig legde Helen ze op tafel, zette ze aan en trok er een omgekeerd krat bij om op te zitten. Om te beginnen keek ze naar de telefoon; het scherm was saai grijs en het ding vroeg om een viercijferige pincode, dus richtte ze haar aandacht op de laptop. De ICT-afdeling moest de telefoon straks maar kraken.

De computer leverde meer op. Ook daar was een wachtwoord voor nodig, maar op het metalen frame rond het scherm stond een woord gekrast: *Pompey75*. Helen had het vaker gezien: gestolen computers die op de markt of uit de achterbak van een auto werden verkocht, met het wachtwoord van de vorige eigenaar voor het gemak erbij. Het wachtwoord verwees naar de voetbalclub van Portsmouth, dus daar zou de laptop wel vandaan komen. Het verbaasde Helen niet dat ze hiermee de computer kon ontgrendelen en het bureaublad zichtbaar werd.

Er stonden maar een paar documenten en programma's op, maar Helens blik werd naar de rechterbovenhoek getrokken. De laptop maakte uit zichzelf internetverbinding met de iPhone op tafel, via een 4G-hotspot. Zo maakte Morgan dus verbinding met de buitenwereld.

Helen opende de internetgeschiedenis. Ze verwachtte er niet veel van, maar zelfs zij was verrast door de schat aan verdorvenheid die zich presenteerde. Met uitzondering van enkele nieuwswebsites waren het allemaal pornosites: groepsverkrachtingen, jonge tieners en allerlei vormen van geweld en dwang. De meeste vrouwen en meisjes in de filmpjes leken – oprecht of gemaakt – bang, en de opnames waren duidelijk bedoeld voor mensen die opgewonden werden van de angst en pijn van anderen.

Helen kwam overeind en wenkte Hudson om te komen kijken. Zelf liep ze naar buiten. Terwijl ze naar de rij caravans keek en de nieuwsgierige blikken van de toeschouwers in zich opnam, dacht ze aan hun ontdekkingen. Morgan hield zich bezig met afpersing en chantage, maar waar hadden ze nog meer mee te maken? Hij was beschuldigd van aanranding en intimidatie, maar was Morgan meer dan de doodgewone verkrachters die Helen was tegengekomen? Op het eerste gezicht leek hij een seksueel sadist met belangstelling voor dominantie en marteling, maar hoever was hij met zijn fantasieën gegaan? Was hij helemaal doorgeslagen? Aasde hij op de mensen die hem hadden tegengewerkt, genoot hij van hun pijn en verdriet?

Helen staarde in het donker voor zich uit en vroeg zich af waar Morgan nu was. Slechts een handjevol volhardende vakantiegangers was nu in het bos, de meerderheid had geluisterd naar de waarschuwingen om weg te blijven, maar toch was Helen er niet gerust op. Was Morgan vanavond toevallig op pad gegaan of was er een onheilspellender reden voor zijn afwezigheid? Scott en Campbell waren dood, er waren geen andere nummers die hij regelmatig had gebeld, en toch was hij er niet. Ook de kruisboog en een Jeep Cherokee, waar hij volgens getuigen uit het kamp in had gereden, waren weg. En dus vroeg Helen zich af: zou hij vanavond toeslaan?

Zo ja, wie zou er in de vuurlinie staan?

118

'Sorry, maar ik wil niet over hem praten. Ik wil de naam van die kerel nooit meer uitspreken.'

'Dat begrijp ik,' zei Charlie zo begripvol mogelijk, 'maar het is heel belangrijk dat we Caleb Morgan te spreken krijgen, en alles wat jij over hem kunt vertellen...'

'Dat heb ik al zo vaak gedaan! Wel vijf, zes, zeven keer,' antwoordde Chloe Matthews boos. 'En wat heb ik eraan gehad? Hij loopt nog steeds vrij rond. Jullie hebben geen flauw idee waar hij is, of wel?'

De jonge vrouw zat nu van angst en ellende te huilen. Charlie wilde haar graag troosten, maar voordat ze iets kon zeggen, hoorde ze een norse mannenstem aan de andere kant van de lijn.

'Met de vader van Chloe. Ze heeft niks meer te zeggen. Je hebt haar al genoeg van streek gemaakt. En waag het niet om terug te bellen voordat jullie verdomme een keer wat bereikt hebben!'

Charlie deed haar mond open om iets te zeggen, maar de verbinding werd al verbroken. Ze zuchtte heel diep. Zij en een aantal andere rechercheurs waren terug naar het hoofdbureau gegaan, terwijl Helen en Hudson op het kamp waren gebleven voor verder onderzoek. Ze hadden zich beziggehouden met Caleb Morgans persoonlijke verleden, familie en vroegere overtredingen, maar weinig vooruitgang geboekt. Zijn aanklagers waren óf heel vijandig tegenover de politie, óf hadden geen zin om hun traumatische ervaringen te herkauwen. Dat, opgeteld bij de mislukte overval op het kamp en een gebrek aan nuttige informatie omtrent Morgans gewoontes of verblijfplaats, betekende dat ze nog niets opgeschoten waren.

'Nog aan het werk?'

Charlie schrok zich een ongeluk van de onverwachte stem. Ze draaide zich om en zag commissaris Simmons haar kant op komen. Dat verbaasde haar, want de bureauchef vertoonde zich normaal gesproken niet vaak in de recherchekamer: ze had liever dat men naar háár toe kwam. Eerst had Charlie dat als een gebrek aan interesse van Simmons' kant gezien, maar inmiddels wist ze dat het tegendeel waar was. Simmons was juist ontzettend geïnteresseerd, maar ze vertrouwde erop dat het team zijn werk goed deed. Dat was totaal niet wat ze van andere leidinggevenden gewend was, maar Charlie vond het een welkome verandering.

'Dat is de bedoeling,' antwoordde Charlie. 'Maar het schiet niet echt op.'

'Dat zou ik niet zeggen,' verzekerde Simmons haar. 'We weten nu in ieder geval waar Morgan zich schuilhoudt. Misschien komt hij vanavond nog terug, en dan wachten wij hem netjes op. En zo niet, dan geven we morgen zijn gegevens door aan de pers, zodat het moeilijker voor hem wordt om zich te blijven verschuilen.'

'Laten we het hopen.'

'Ik twijfel er niet aan. Waarom ga je niet lekker naar huis. Gun je been wat rust. Het wordt al laat.'

'Misschien nog twintig minuten…'

'Toe, rechercheur Brooks. Je ziet er moe uit.'

Charlie glimlachte bevestigend, maar de moed zonk haar in de schoenen. Ze had haar make-up nog bijgewerkt om er wat frisser uit te zien, maar dat had blijkbaar niet het gewenste effect. 'Vooruit dan maar,' stemde ze in, zonder in beweging te komen.

'Gaat alles wel goed? Je lijkt de laatste tijd een beetje somber.'

Charlie kon wel door de grond zakken. Er was nog nooit een meerdere zo bezorgd geweest over haar welzijn. 'Ja hoor, het gaat prima,' antwoordde ze zo vrolijk mogelijk.

Simmons knikte, maar leek niet helemaal overtuigd, en door haar warme, bezorgde blik had Charlie het gevoel dat ze het moest uitleggen.

'Mijn partner en ik hebben het momenteel een beetje moeilijk…'

'Wat rot voor je. Maar met een baan als deze is dat niet ongebruikelijk, weet je.'

'Het komt wel weer goed, hoor. We moeten gewoon wat meer tijd samen doorbrengen, met elkaar praten, maar Jessie werkt niet mee.'

'Je dochtertje?'

'Ze slaapt slecht. Heeft nachtangst.'

'Aha.'

Ze klonk alsof ze precies wist waarover Charlie het had. 'We hebben geprobeerd te achterhalen waar het vandaan komt, wat de oorzaak is, maar… het is een raadsel. En we kunnen zo langzamerhand wel een keer een ononderbroken nacht gebruiken.'

'Heb je al eens geprobeerd om voor haar te zingen?'

Even dacht Charlie dat ze haar verkeerd verstaan had.

'Ik weet dat het gek klinkt,' ging Simmons verder, 'maar bij mijn oudste deed het wonderen.'

'Oké…'

'Hij had bijna vier weken lang nachtangst, precies rond de tijd dat ik bevorderd werd tot inspecteur en er thuis veel spanning heerste. Ik was toen supergestrest, en iemand zei tegen me dat ik eens een liedje voor hem moest zingen voor het slapengaan. Die nachtangst was meteen over.'

Charlie was verbaasd, maar ook erg geïnteresseerd. 'Dus als je iedere avond voor je kind zingt, maakt dat zó veel verschil?'

'Inderdaad. Maar niet zozeer voor het kind als wel voor de moeder.'

Verbouwereerd keek Charlie haar aan.

'Maar goed, ik hou je niet langer op. Ik ga naar huis, en dat moet jij ook doen.' En na die woorden liep Simmons de rechercheкamer uit.

Charlie keek haar na, terwijl ze het vreemde advies tot zich liet doordringen. Simmons had het haar zonder aarzelen verteld, alsof ze op de een of andere manier wist hoe Charlie zo ongelukkig kwam. Charlie stond open voor alle goede raad die ze krijgen kon, maar het advies van Simmons bracht haar behoorlijk van haar stuk. Ze was ervan uitgegaan dat het probleem bij Jessie lag, dat haar iets dwarszat, maar nu bleek er nog een andere mogelijkheid te zijn.

Charlie had het erg moeilijk met Sandersons dood, ze worstelde met angst en schuldgevoelens, en dat had de sfeer thuis geen goedgedaan. Was het mogelijk dat het probleem bij háár lag? Dat Jessie haar onrust had overgenomen?

Was zíj al die tijd het probleem geweest?

119

Helen wierp een blik op de zevende verdieping, naar het zachte licht dat achter de jaloezieën vandaan kwam. Ze wist zeker dat Charlie nog boven was – ze had net een e-mail van haar gekregen over hun voortgang – en was geneigd om naar boven te gaan om met haar te praten, te vragen of alles goed met haar was. Maar vanavond verlangde ze ernaar om het hoofdbureau achter zich te laten en zichzelf wat tijd en ruimte te geven. Ze keerde het gebouw de rug toe en stapte op haar motor.

Hudson had aangeboden om de dienstauto terug te brengen en dus pakte ze haar helm en zette hem op. Onmiddellijk klonk alles om haar heen gedempt, terwijl haar blik op de wereld getint en verzacht werd. Het was heel vreemd en misschien een beetje zorgelijk hoe rustgevend ze het vond om een klein beetje los van de wereld te zijn. Ze haalde de motor van de standaard, startte hem en scheurde de parkeerplaats af, weg van al haar frustraties.

Morgan had weten te ontkomen en liep ergens vrij rond. Helen wist zeker dat hij de sleutelfiguur was – de enige persoon die Campbell met Scott verbond, de enige die een reden had om hun iets aan te doen, om nog maar te zwijgen van de verbeelding en verdorvenheid die nodig waren om die uitgelezen vorm van marteling te bedenken. Maar waar was hij? Hij kwam oorspronkelijk uit Macclesfield, maar leek weinig contact met zijn ouders te hebben, die daar nog steeds woonden. Hij had weinig vrienden in de buurt en geen van allen hadden ze hem gesteund toen bleek dat hij een ontuchtpleger was. Zijn armoedige bestaan aan de rand van het travellerskamp duidde er sterk op dat hij geen andere mogelijkheden meer had, dat hij in zijn eentje sober leefde en het zo lang mogelijk uitzong met het geld dat hij nog had door eten in blik te kopen dat over de datum was. Ze hoopte vurig dat hij terug zou gaan naar het kamp – McAndrew, Bentham en een aantal agenten in uniform hadden zich daar verdekt opgesteld in een caravan. Maar wat als hij hun aanwezigheid had opgemerkt en ervandoor was gegaan? Een opsporingsbevel en een persbericht zouden kunnen helpen om hem uit te roken, maar als hij ergens onderdook, was hun enige optie om zijn gangen uit het verleden na te gaan aan de hand van zijn telefoonsignaal, om te zien of er plekken waren waar hij regelmatig kwam. Het was een gok en dat besefte Helen maar al te goed.

Ze zat hier nog steeds over te piekeren toen haar iets opviel. Ze reed op de ringweg, volgde haar vaste route naar huis en zag in haar spiegels een andere motor naderen.

Helen nam snelheid terug, bekeek haar achtervolger en zag dat het Hudson was. Ze verbaasde zich over zijn lef en wist niet goed of ze boos of juist onder de indruk moest zijn van zijn hardnekkige inspanningen en schaamteloosheid. Ze was hoe dan ook niet van plan hem volledig zijn zin te geven.

Ze minderde nog meer vaart, liet hem dichterbij komen. Vervolgens opende ze het gas en scheurde bij hem weg. Hudson reageerde direct, maar Helen had een voorsprong en liep op haar achtervolger uit.

Het spel was begonnen. Het was laat en de ringweg lag er verlaten en uitnodigend bij. Hudsons motor had meer vermogen, maar Helen had meer ervaring en kende elke hobbel in de weg. Ze nam de bochten snel en laag, kwam zo nu en dan overeind om vrachtwagens te passeren en flitste langs ze heen alsof ze er niet waren. Als de verkeerspolitie vanavond op pad was, zou ze heel wat uit te leggen hebben, maar het kon haar niets schelen; ze genoot van de snelheid en de opwinding van de jacht.

In dit kat-en-muisspel kwam Hudson het ene moment dichtbij, soms tot op zes meter, waarna Helen het gat weer groter maakte. Dan kwam hij sterk terug, waarop Helen hem voor de gek hield door af te remmen of te doen alsof ze wilde afslaan, om weer weg te scheuren zodra Hudson snelheid had geminderd. Ze gingen maar door, genoten van het duel, speelden met elkaar, twee rijders in hun element, volkomen ongeremd door de enkele auto's waar ze langs raceten.

Uiteindelijk vond Helen dat het tijd was om hem uit zijn lijden te verlossen. Hudson had goed gestreden, maar had haar niet weten in te halen. Grootmoedig reed ze naar een parkeerplaats en bracht de jacht ten einde. Hudson kwam naast haar tot stilstand, deed zijn helm af en grijnsde vrolijk, zelfs jongensachtig. Helen keek hem even aan en deed toen het vizier omhoog. Ze keken elkaar aan.

'Als we dit doen, dan doen we het op mijn manier,' zei ze resoluut.

'Prima.'

'We praten er met niemand over en als het tijd is om te stoppen, dan stoppen we.'

'Begrepen.'

'Goed. Volg mij.'

Ze klapte het vizier omlaag en reed met bulderend geraas weg. Hudson deed hetzelfde en samen scheurden ze door de donkere nacht, de kortste weg naar haar appartement.

120

Rond het vervallen gebouw was het zo stil als het graf. Het meisje dat de deur opendeed, had op dit vroege uur duidelijk geen bezoek verwacht en was niet erg spraakzaam. Blijkbaar geen ochtendmens, dacht Emilia, toen het kind haar vragen onvriendelijk en ongeïnteresseerd beantwoordde.

'Het staat allemaal op de website.'

'Dat is niet de informatie waar ik naar op zoek ben,' wierp Emilia tegen.

'Als je je wilt aanmelden voor een cursus,' zei het meisje lijzig, 'moet je naar www...'

'Ik ben journalist. Mijn naam is Emilia Garanita. Misschien heb je mijn artikelen over de moordenaar van de New Forest gelezen.'

Tot Emilia's genoegen werd het meisje daar stil van.

Ze was gisteravond nog laat op internet bezig geweest om het doen en laten van Graham Ross uit te spitten en vanochtend was ze in alle vroegte naar zijn fotovakschool gereden. 'School' was een wel erg gewichtige benaming voor de verzameling studiotjes waar hij en zijn collega's cursussen gaven, maar het oogde goed in de folder. De school was gevestigd in een oude sportschool die verhuisd was naar een chiquere buurt. Binnen was een expositieruimte voor plaatselijke fotografen en kunstenaars die een band hadden met Southampton.

'Wat ik van jou wil weten,' ging Emilia verder, terwijl de tiener haar wat geïntimideerd aanstaarde, 'is of deze man ooit een cursus heeft gedaan bij Graham Ross?' Ze gaf het meisje een briefje met daarop de naam van Tom Campbell.

Het kind aarzelde. 'Ik weet niet of ik dat wel moet doen. Ik bedoel, wie zegt dat je bent wie je zegt dat je bent?'

'Hier heb je mijn perskaart. En als je opschiet, kun je er twintig pond mee verdienen.'

Dat gaf de doorslag. Een avondje gratis doorhalen kon de tiener niet laten schieten, en al helemaal niet als het voor een paar minuten werk was.

Terwijl het meisje wegliep, vroeg Emilia zich af of het wel zo'n goed idee was om hiernaartoe te komen. Het was een beetje een gok, maar fotografie was de enige mogelijke link tussen Ross en de slachtoffers in de New Forest die Emilia had kunnen bedenken. Campbell was een enthousiast amateurfotograaf geweest – de krant had een flink aantal foto's gepubliceerd die hij van zijn vriendin had gemaakt en zelfs, akelig genoeg, een paar van de New Forest zelf. Ze was erachter gekomen dat Campbell wat fotografiecursussen had gedaan in de buurt. Toen ze gisteravond achter haar bureau zat, met haar venndiagram van verbanden voor haar neus, leek de link aannemelijk, maar nu ze hier stond, begon ze te twijfelen en was ze bang dat ze zich voor niets in de drukke ochtendspits had gewaagd.

Aangezien ze toch moest wachten, liep ze de expositieruimte in. Ook daar was het leeg en verlaten en er hing een eerbiedige stilte. Emilia slenterde langs de foto's en bekeek ze aandachtig.

Het thema was criminaliteit, wat haar niet verbaasde, gezien Ross' beroep. Deze expositie had de naam 'Misdaad en straf'.

Voor zover Emilia kon nagaan waren het allemaal portretten van veroordeelde criminelen, met daaronder een korte samenvatting van hun leven en de straf die ze van de staat hadden gekregen. Ze las er een paar; de stukjes waren zonder kritiek of vooroordeel geschreven, zodat het publiek zelf een mening kon vormen over de mensen op de foto's.

Sommige van de geportretteerden zagen er ook echt crimineel uit: van die mensen die je niet in een donker steegje wilde tegenkomen. Andere geportretteerden leken veel kwetsbaarder, treurig zelfs, vooral de vrouwen, en Emilia merkte dat ze zich het meest tot die foto's aangetrokken voelde. Uit eigen ervaring wist ze maar al te goed dat mensen geneigd waren de, in hun optiek, zwakkeren stelselmatig te mishandelen en uit te buiten.

Er hing een portret van een Afrikaanse vrouw die was veroordeeld voor mensenhandel; een Britse tiener die was opgesloten wegens zware mishandeling en een gepensioneerde die had gezeten voor meerdere gevallen van fraude. Enkele waren om te lachen, een paar om te huilen – vrouwen met blauwe plekken in het gezicht, bij wie het trauma in hun ogen te lezen stond. Emilia liet al wandelend en kijkend de beelden en de verhalen over zich heen komen. Totdat ze plotseling bleef staan.

Eerst wist ze niet of ze het wel goed zag, maar toen liep er een rilling over haar rug. Want ze keek recht in het gezicht van een jongere, naïevere, maar ongewoon uitdagende Lauren Scott.

121

Helen staarde naar hem, naar hoe de ochtendzon over zijn gezicht gleed. Ze was al een paar minuten wakker, genoot van een moment van rust en dacht aan de nacht die ze samen hadden doorgebracht. Maar Hudson begon te bewegen, de warmte van de zon deed haar werk, wat betekende dat Helen zo dadelijk de gevolgen van haar daden onder ogen moest zien.

Normaal gesproken wist ze niet hoe snel ze uit zo'n situatie weg moest, maar vandaag was ze merkwaardig ontspannen. Ze hadden weinig tegen elkaar gezegd toen ze eenmaal thuis waren, maar de seks was ontspannen en hartstochtelijk geweest en had tot in de kleine uurtjes van de ochtend geduurd. Helen was vrij snel daarna in slaap gevallen, met Josephs arm losjes over haar schouder. Even voor acht uur was ze opvallend fris wakker geworden.

Ze had het team de eerste paar uur vrijgegeven ter compensatie van al hun werk van de vorige avond, dus kon ze rustig blijven liggen, hoewel het al negen uur was geweest. Ze wist dat ze zo moest opstaan, maar was opeens vastbesloten om tot het laatste moment te genieten van wat een verrassend, maar aangenaam samenzijn was geweest.

Hudson bewoog, mompelde iets half in zijn slaap, draaide zich om en trok het dekbed over zich heen. Waarschijnlijk was hij vergeten waar hij was, dacht hij dat hij in zijn eigen bed lag, wat nog maar eens onderstreepte hoe vreemd het was dat hij hier was. Dit appartement was altijd de plek geweest waar Helen zich in moeilijke tijden terugtrok – als ze herstelde van verwondingen, als ze wilde vluchten voor de wereld, als haar gevoel van eenzaamheid met Kerstmis te sterk was – en altijd in haar eentje.

Haar kantoor op het hoofdbureau van politie was doelbewust kaal; de getuigen van haar leven lagen hier: de boeken die ze als kind had gelezen, de paar foto's die ze nog van Marianne had, de sieraden die Grace Simmons haar voor haar achttiende verjaardag had gegeven, haar eerste politie-uniform dat gestreken in de kast hing. Anderen hadden geprobeerd dit toevluchtsoord binnen te dringen en waren afgewezen, maar Joseph had ze zelf uitgenodigd en daar had ze geen spijt van. In bed hadden rang, anciënniteit, zelfs hun karakterverschillen er niet toe gedaan toen ze opwinding, genegenheid en troost bij elkaar zochten. En wat Helen met een schok besefte, terwijl ze naar hem keek, was niet dat het zo raar was dat hij er nog was, maar hoe goed het voelde.

Ze lag nog steeds over deze merkwaardige ontdekking na te denken toen haar telefoon begon te trillen en er een blikkerig muziekje klonk. Helen viel zelden in slaap zonder eerst haar wekker te zetten en was gewend aan het geluid, maar vandaag verafschuwde ze het. Het betekende dat het echte leven zich weer aandiende: het onderzoek, de angst, de zorgen, de vrees en de dood. Ze zette de wekker uit, stapte uit bed en maakte zich klaar voor de dag.

Vandaag was een dag als alle andere, maar toch voelde het niet zo, dus toen ze naar de douche liep, zei ze in stilte een dankgebed voor het straaltje geluk dat haar was gegund. Misschien was ze toch geen hopeloos geval.

122

Jacquetta deed haar best om dapper haar leed onder ogen te zien, maar het was duidelijk dat ze niet in orde was. Haar hele uitstraling wees erop: de wallen onder haar ogen, de kort afgekloven nagels, de nicotinevlekken op haar vingers. Charlie was met een zwaar gemoed het gesprek in gegaan, want verkrachtingszaken waren altijd vermoeiend en ze wist niet precies wat deze ondervraging moest opleveren, maar nu schaamde ze zich voor haar instelling. Wat deze vrouw had doorstaan was afschuwelijk en ze verdiende alle medeleven en aandacht die Charlie kon opbrengen. Haar eigen problemen vielen in het niet bij die van Jacquetta.

'Eerst was hij heel charmant. Inspirerend, zelfs. Ik had nog nooit een leraar als hij meegemaakt.'

Toen Charlie haar gisteravond had gebeld om een afspraak te maken voor een gesprek, had Jacquetta in eerste instantie geweigerd. Maar blijkbaar had haar geweten haar parten gespeeld, want vanochtend had Charlie een verontschuldigend berichtje gekregen, en nu zaten ze dicht bij elkaar in een pub aan het eind van de straat waar Jacquetta woonde. Ze wilde niet te ver van huis, en nu Charlie de strekking van haar verhaal had gehoord, snapte ze daar alles van.

‘Hoe oud was je toen je les van hem kreeg?’

‘Negentien. Ik was gezakt en moest opnieuw eindexamen doen. De eerste keer had ik een vier voor aardrijkskunde, maar dat jaar lag ik op koers om een negen te halen. Dankzij hem.’

‘Waardoor maakte hij het verschil?’

‘Hij was heel verrassend. Slim, grappig. Hij was meer een vriend dan een leraar. Hij hield van dezelfde muziek als wij, en van dezelfde televisieprogramma’s.’

‘Wanneer begon hij meer een vriend dan een leraar te worden?’

‘Al heel snel. Maar in de zomer kwam het in een stroomversnelling. Hij stuurde berichtjes en belde gewoon op. Niet alleen mij, hoor. Ook anderen.’

‘Ontmoette je hem ook wel eens buiten school om?’

‘Ja, hoor. Toen het beter weer werd, spraken we af en toe af in een pub of op het strand. Dan gingen we wandelen.’

‘Had jij in de gaten dat zijn interesse in jou seksueel was?’

Jacquetta sloeg beschaamd haar ogen neer. ‘Jawel. Maar dat vond ik wel leuk…’

‘Daar hoef je je niet voor te schamen, Jacquetta. Jij hebt niets verkeerd gedaan.’

‘Ik denk… Ik denk dat ik me gevleid voelde. Hij was ouder, intelligenter, meer ontwikkeld…’ Haar stem stierf weg en ze pulkte aan haar nagels.

‘En wat er gebeurde? Ben je in staat om daar iets over te vertellen?’

Er volgde een lange stilte, en daarna een diepe, beverige zucht. ‘Dat was afgelopen zomer. We waren met een groep naar Tanners Lane Beach gegaan. Het was volle maan en we waren van plan om er de hele nacht te blijven, zoals ze dat in Thailand ook wel doen. Het was zijn idee – dat van Caleb, bedoel ik – maar we hadden er allemaal zin in. We hadden eindexamen gedaan en we wilden lekker feesten…'

Charlie hield Jacquetta nauwlettend in de gaten terwijl ze haar traumatische ervaring uit de doeken deed. Ieder woord kostte haar moeite.

'Caleb vertelde verhalen, speelde gitaar, maakte grapjes. Hij was heel attent, vooral voor mij. Ik weet nog dat ik de dag van mijn leven had. Oké, er werd gedronken en we hadden ook wat drugs, maar daar lag het niet aan. Alles bij elkaar, het strand, de sfeer, de zon die lekker scheen… het was zo ontspannend, zo'n bevrijding na al die maanden studeren.' Een vage, verbitterde glimlach verscheen op haar gezicht. 'We bleven tot drie, vier uur op, en toen gingen we naar bed. Ik had een tent voor mezelf en ging meteen knock-out.'

Ze aarzelde weer. Haar ademhaling werd steeds oppervlakkiger en sneller nu de emoties boven kwamen drijven, maar toch hield ze vol.

'Het eerste wat ik me kan herinneren, is dat hij bij mij in de tent was, boven op me lag. Hij probeerde me te zoenen, en ik zei tegen hem dat hij van me af moest gaan, dat ik het zo niet wilde, maar hij luisterde niet. Hij zei dat hij wist wat ik wilde, maar dat wás niet zo…'

Jacquetta beefde nu. Charlie wilde haar hand naar haar uitsteken, maar de jonge vrouw was helemaal in zichzelf gekeerd, en zat met haar armen om haar middel geslagen.

'Ik probeerde hem van me af te slaan en toen dat niet lukte wilde ik schreeuwen, maar hij duwde zijn vuist in mijn mond. Ik dacht dat ik ging overgeven, maar hij hield hem in mijn mond. De hele tijd…'

Ze staarde naar haar voeten, alsof ze nog steeds niet kon geloven dat haar zoiets vreselijks was overkomen.

'Naderhand gaf hij me een kus op mijn hoofd en zei hij "welterusten". Alsof het heel normaal was wat hij had gedaan. De volgende dag was hij heel aardig, gezellig en ontspannen. Ik geloofde zélf bijna niet wat er gebeurd was, maar hij had me pijn gedaan en ik bloedde nog steeds, dus...'

'En je hebt het er met niemand over gehad? Niet met familie of vrienden...?'

Met een verslagen blik schudde Jacquetta verwoed haar hoofd. 'Ik wilde het wel vertellen, maar hoe langer ik mijn mond hield, hoe moeilijker het werd.'

'Dat begrijp ik.'

'Uiteindelijk meldde een van de andere meiden zich die hij had verkracht, en toen vond ik dat ik geen keus meer had. Ik wilde dat ik eerder mijn mond open had gedaan, echt waar. Dan was er misschien met die anderen...'

De tranen stroomden over haar wangen. Charlie pakte haar hand vast en deze keer liet Jacquetta het toe. De emoties op haar gezicht wisselden elkaar in snel tempo af: schaamte, verdriet, ongerustheid, angst, spijt.

Charlie zelf voelde maar één emotie: woede. Ze wist nu zonder enige twijfel dat Caleb Morgan precies was wat ze al vreesden. Hij was niet het slachtoffer van een heksenjacht en ook geen opportunistische viezerik.

Hij was een doorgewinterde verkrachter.

123

Alexander Newton speelde met de briefopener en draaide hem keer op keer om. Als hij niet zo zat te zweten, zou hij net een klassieke schurk lijken met het dunne mes dat tussen zijn vingers ronddraaide.

'Dus Caleb Morgan heeft hier van mei 2006 tot januari 2010 als docent gewerkt?' wilde Helen weten, en haar blik flitste van haar notitieboekje naar de decaan.

'Dat klopt,' antwoordde Newton behoedzaam. 'We hadden in die tijd veel personeel, maar sinds de drastische bezuinigingen...'

'Is dat de reden dat hij weg moest? Bezuinigingen?'

'Deels.'

'En het andere deel?'

'Mag ik vragen waar dit over gaat?'

Het mes lag nu stil in zijn hand. Toch leek Newton nog zenuwachtiger dan daarstraks.

Helen was naar de faculteit Geografie aan de universiteit van Southampton gekomen om Morgans achtergrond en zijn relatie met Scott en andere studenten die hij doceerde te onderzoeken, maar vrijwel direct had ze het gevoel gekregen dat er onder Newtons doelbewust nietszeggende antwoorden iets lag wat onuitgesproken bleef.

'U weet waarschijnlijk wel dat Caleb Morgan wordt gezocht in verband met drie gevallen van aanranding en verkrachting.'

Newton knikte langzaam.

'We werken uit alle macht om hem te arresteren, maar proberen ook een beter beeld te krijgen van zijn gedrag sinds ongeveer 2005, om te zien of hij mogelijk verantwoordelijk is voor... andere misdrijven. Dus vraag ik u nogmaals welke andere reden of redenen er waren om Morgan te ontslaan.'

'Zoals ik al zei, kwam het voornamelijk door de bezuinigingen...'

'U hebt zijn contract halverwege het academische jaar beëindigd, meneer Newton. Dat is niet om financiële redenen.' Helen keek hem strak aan. Ze zou meer kunnen zeggen, maar hield bewust haar mond en liet de zware stilte haar werk doen.

Newton zat ongemakkelijk in zijn stoel te draaien en antwoordde toen: 'Moet u horen, misschien is het beter als onze advocaat hierbij aanwezig is...'

'Dat is zeker mogelijk. Maar dat zou betekenen dat ik het officieel moet maken. Elk gesprek zou dan op het hoofdbureau van politie plaatsvinden en dan zou ik u op uw rechten moeten wijzen...'

'Oké, oké,' antwoordde Newton ongerust. Het vooruitzicht om als een ordinaire crimineel behandeld te worden schrikte hem af.

'Vertel op,' zei Helen streng.

De briefopener werd op het bureau gelegd. Newton haalde zijn hand door zijn dunner wordende haar en zei uiteindelijk: 'Er... waren wat klachten. Van vrouwelijke studenten. Niet heel ernstig, hoor,' voegde hij er snel aan toe, 'maar genoeg om zorgwekkend te zijn.'

'Wat voor klachten?'

'Flirten, oneerbare voorstellen, grensoverschrijdend gedrag.'

'Heeft hij iemand verkracht?'

'Lieve god, nee... maar er was wel sprake van ongewenst lichamelijk contact dat leed veroorzaakte.'

'Hoe oud waren deze vrouwen?'

'Achttien, negentien...'

'Wat hebt u toen gedaan?'

Newton zweeg.

'Nou?'

'We hebben natuurlijk met hem gesproken. Hem een mondelinge waarschuwing gegeven. Maar dat leek niet te helpen. Er volgden nog een paar klachten, dus voelden we ons genoodzaakt verdere maatregelen te nemen.'

'Wat betekent dat?'

'We hebben zijn contract beëindigd.'

'Ontkende hij wat hij had gedaan?'

'Niet echt,' antwoordde Newton ontwijkend.

'U hebt hem toch wel aangesproken op die nieuwe klachten?'

Newton wendde zijn blik af en staarde weer naar de briefopener.

'Dat hebt u niet gedaan?' vroeg Helen geschokt. 'U hebt hem gewoon ontslagen?'

'Luister eens, een gesprek was overduidelijk zinloos. Hij wilde helemaal niet horen wat we te zeggen hadden...'

'U hebt het probleem gewoon verplaatst, dan was u er maar vanaf.'

Newton deed geen moeite om het te ontkennen.

'Vervolgens kreeg hij een baan aan de universiteit van Bournemouth. Hebt u ooit met hen gesproken over de kwestie?'

'Dat wilde ik wel... maar dat vond het bestuur niet verstandig.'

'Schande.' Helen kwam overeind en schudde vol ongeloof haar

hoofd. 'Schande dat u hebt toegestaan dat deze universiteit haar eigen belangen boven het welzijn van haar studenten heeft gesteld...'

'Ik heb gedaan wat ik kon...'

'Gelul. U hebt gedaan wat het makkelijkste was.' Helen wist dat ze te ver ging, maar haar bloed kookte. 'Het volgende gaat gebeuren: u zorgt ervoor dat ik al uw gegevens krijg over Caleb Morgan, en dan bedoel ik ook echt álles. Over zijn relaties met vrienden en collega's, adressen waar hij heeft gewoond, zijn volledige studentenlijst en, als belangrijkste, de details van elke klacht die ooit tegen hem is ingediend. Daarmee kunnen we mogelijk leed in de toekomst voorkomen, maar het zal u en uw meerderen niet sparen. Hier is het laatste nog niet over gezegd.'

Newton wilde reageren, om clementie vragen, misschien, maar Helen liep al naar de deur. Ze haastte zich de kamer uit, de gang door, om haar team zo snel mogelijk op de hoogte te brengen. Maar toen ze over de gepolijste vloer beende, trilde haar telefoon. Het was McAndrew. Snel nam ze op en wenste haar opgewekt een goedemorgen.

Bij hoge uitzondering deed haar ondergeschikte niet hetzelfde. 'We hebben hem,' zei ze alleen.

124

Met haar telefoon stevig in de hand haastte Charlie zich naar haar auto toe, die een flink eind van de pub geparkeerd stond. Ondertussen dacht ze na over haar gesprek met Jacquetta, over wat de jonge vrouw had meegemaakt, over wat dat zei over Caleb Morgan, maar ook over haar eigen situatie. Opeens voelde ze zich ontzettend dom. Haar problemen vielen in het niet bij die van Jacquetta; vergeleken bij de jonge vrouw, die helemaal opnieuw haar leven moest opbouwen, was zij maar een zwakkeling.

Charlie had absoluut geleden, maar ze was niet de enige. Ook Helen en Ellie, en ieder ander die met Joanne had samengewerkt, hadden het moeilijk gehad. En zij hadden allemaal vrienden en familie die hen steunden, in tegenstelling tot de moeder van Joanne, Nicola, die er helemaal alleen voor stond. Charlie had zo goed en zo kwaad als het ging geprobeerd haar verdriet te verwerken, en wat had dat opgeleverd? Ze had zich afgezonderd van haar liefhebbende vriend en haar dochter van streek gemaakt. Ze had toch zeker niet het recht om te zwelgen in zelfmedelijden, terwijl er zo veel anderen waren die écht leden?

Inmiddels was ze bij haar auto aangekomen. Ze masseerde haar linkerbeen even en opende daarna WhatsApp om Steve een berichtje te sturen. Zo wisselden ze vaak nietszeggende, lieve berichtjes uit, hoewel het de laatste tijd weinig was voorgekomen, iets wat Charlie behoorlijk droevig vond. Hun ontspannen, eenvoudige relatie was juist altijd de basis van haar geluk geweest, dus nu aarzelde ze geen moment en typte snel en vastberaden haar bericht.

Sorry dat ik zo'n doos ben. Ik hou ontzettend veel van je en ik wil dat we samen gelukkig zijn.

Het stelde niet veel voor, maar ze moest ergens beginnen, en ze wist dat ze op korte termijn niet meer kon doen dan dit. Uit ervaring wist ze dat de belangrijkste dingen in het leven het moeilijkst te verwoorden waren.

125

'Ik weet niet goed wat je nu suggereert, Emilia.' Ross klonk rustig, maar zijn stem had een scherp randje.

Ze zaten met z'n tweeën weggedoken aan een tafeltje bij Carluccio's, een restaurant dat zij bewust had uitgekozen: druk genoeg om veilig te zijn, niet druk genoeg om afgeluisterd te worden.

'Ik suggereer helemaal niets. Ik zeg alleen dat het me verbaasde toen ik zag dat Lauren Scott in jouw expositie voorkomt.'

'Het is mijn expositie niet.'

'Het is jouw school.'

'Tientallen fotografen dragen bij aan die expositie. Zij hebben de onderwerpen geselecteerd, mensen met een strafblad of...'

'Maar jij bepaalt welke foto's tentoongesteld worden, of niet?'

'Ja natuurlijk, maar ik begrijp nog steeds niet waarom dat een probleem zou zijn.'

Ross raakte geïrriteerd. Misschien was hij ervan uitgegaan dat haar uitnodiging per sms het begin van een gezellig babbeltje zou zijn. In dat geval was hij bedrogen uitgekomen, want Emilia was haar ondervraging vrijwel direct na de beleefdheden begonnen. 'Dat is een probleem omdat je niet eerlijk tegen me bent geweest. Je hebt helemaal niet gezegd dat je Lauren Scott kende.'

‘Wie zegt dat ik haar kende?’

‘De expositie loopt al meer dan een maand. Je moet haar zijn tegenkomen in de weken voordat ze...’

‘Voordat ze... wat?’

‘Voordat ze overleed,’ was Emilia’s opstandige weerwoord.

Ross schudde nijdig zijn hoofd. ‘Ze was een foto tussen honderden andere. Ik heb haar naam niet eens genoteerd toen ik de expositie samenstelde. Ik legde gisteren of eergisteren pas de link.’

‘En Tom Campbell?’

‘Wat is er met Tom Campbell? Ga me niet vertellen dat hij ook in de expositie zit.’ Ross deed zijn best om vernietigend te klinken, maar er lag een gevoel van onbehagen achter zijn vijandige toon.

‘Je hebt me niet verteld dat je hem ook kende.’

‘Ik ken hem niet.’

‘Hij heeft zich vier maanden geleden voor jouw cursus opgegeven. Volgde twaalf lessen.’

‘Niet bij mij.’

‘Hij was er elke vrijdagmiddag, bijna drié maanden lang.’

‘Ik heb meerdere docenten in dienst en ik geef zelden zelf les. Daar heb ik de tijd niet voor.’

‘Hou je een administratie bij van wie welke cursus geeft?’

‘Niet officieel, het gaat grotendeels zwart. Zij zeggen wie ze hebben lesgegeven en krijgen daarvoor betaald. Ik vertrouw ze.’

‘Dus is er niet met zekerheid te zeggen wie Campbell lesgaf?’

‘Wel als ik mijn aantekeningen bekijk.’

‘Als we je op je woord geloven.’

‘Godsamme, Emilia, wat is dit?’ Eindelijk uitte hij zijn woede. Hij staarde haar met vlammende ogen aan. Een passerende ober draaide zich om, geschrokken van zijn luide stem. Ross had het niet eens in de gaten.

'Ik probeer alleen maar uit te zoeken hoe het zit met jouw relatie met...'

'Er is geen relatie.'

'Het is puur toeval?'

'Ja.'

'Sorry hoor, maar daar geloof ik niet in.' Ze staarde hem aan en weigerde zich te laten intimideren door zijn zichtbare woede.

'Dan is dit gesprek afgelopen.' Hij stond op en schudde boos zijn hoofd.

'Prima,' was haar opgewekte reactie. 'Ik heb alles wat ik nodig heb.'

Ross had een stap in de richting van de deur gezet, maar aarzelde toen een vreselijk besef tot hem doordrong. 'Dit... dit neem je toch niet op, hè?' Hij keek naar haar telefoon.

Emilia dook erop af, maar ze was te laat. Ross griste hem van tafel. Hij ontgrendelde hem, keek verwoed naar de verschillende apps, zag toen geen reden voor bezorgdheid en gooide hem terug op tafel. Emilia bleef rustig zitten. Van slag door haar kalmte wierp Ross een blik op haar tas, verwierp dat idee en liet zijn ogen over tafel glijden. Hij bekeek het tafelblad, had het toen opeens door en liet zich snel door zijn knieën zakken om eronder te kijken. Deze keer was Emilia hem te snel af, ze griste de kleine recorder weg en stopte hem in haar jaszak. 'Dat zou ik niet doen, als ik jou was...'

Ross had een stap haar kant op gezet, maar bij het horen van Emilia's voorzichtige waarschuwing, bleef hij staan.

'Het is hier druk...'

Even leek het erop alsof hij toch op haar af zou duiken, zo ontzettend kwaad was hij, maar op het laatste moment bedacht hij zich. Hij draaide zich om en liep zonder omkijken met grote stappen het restaurant uit.

Emilia liet hem gaan en wenkte de ober. Ze deed haar best om kalm en beheerst over te komen, maar haar hart ging tekeer. Het gesprek was niet helemaal gegaan zoals ze had verwacht, maar ze was ongeschonden uit de strijd gekomen en had bruikbaar materiaal om mee te werken. Geen bekentenis, hij had niet eens toegegeven dat hij de slachtoffers persoonlijk kende, maar het feit dat hij haar beweringen niet had weerlegd en erg gespannen en afwerend was geweest, was veelzeggend. Ze had hem nog niet, maar Emilia was er zeker van dat ze haar hoofdverdachte in het vizier had.

126

Helen staarde naar het lijk. Ze geloofde haar eigen ogen bijna niet.

Even na half tien vanochtend had een hevig ontdane man die zijn hond uitliet gebeld, en kort daarna was het halfnaakte, afgeslachte lichaam van Caleb Morgan gevonden door agenten in uniform. Net als de anderen hing hij ondersteboven aan een tak van een dikke eik, op een kleine open plek in het noordoostelijke deel van de New Forest. Helen was ervan overtuigd geweest dat Morgan hun moordenaar was, dat hij de sleutel was tot de oplossing van deze eigenaardige zaak. Nu bleek hij slachtoffer nummer drie te zijn.

Helen was van nature stoïcijns aangelegd en geloofde heilig dat ze met ijverig speurwerk de slag zou winnen, maar zelfs zij voelde nu een zweem van paniek. Al haar theorieën en vooropgezette ideeën over de motieven voor deze moordpartijen waren in rook opgegaan nu deze onverbeterlijke sadistische verkrachter precies dezelfde behandeling had gekregen als Lauren Scott en Tom Campbell. Ze snapte er niets van. Ze snapte er gewoon helemaal geen hout meer van.

'Zo'n anderhalve kilometer verderop hebben ze zijn Jeep gevonden, in de bosjes.'

Hudson was bij haar komen staan, maar Helen draaide zich niet eens naar hem om. Ze had haar ogen nog steeds gericht op Morgan.

'Breng me daar dan maar naartoe.'

De roestige Jeep Cherokee viel bijna niet op tussen het dikke gebladerte en zag er verloren en verlaten uit. In stilte liepen Helen en Hudson erop af, zoals ze ook de rit ernaartoe zwijgend hadden afgelegd. Onder andere omstandigheden hadden ze misschien voorzichtig verwezen naar de nacht die ze samen hadden doorgebracht om elkaars reactie te peilen, maar de kans dat dat vandaag ging gebeuren was klein. De moord op Morgan had elk ander onderwerp naar de achtergrond gedreven.

Helen trok een paar handschoenen aan en deed de deur van de Jeep open. Hij zat niet op slot en tot haar verbazing zaten de sleutels er zelfs nog in. Was dat met opzet gedaan? Had Morgan ze in het contact laten zitten om er snel vandoor te kunnen? Of was er een andere reden? Helen leunde verder de wagen in toen ze een honkbalknuppel op de bijrijdersstoel zag liggen. Lag die daar altijd, vroeg ze zich af. Of was Morgan bedacht geweest op een gewelddadige ontmoeting?

Ze liet haar hand over de zachte stof van de zitting glijden terwijl ze op de achterbank van de auto keek. Daar zag ze niets bijzonders, dus richtte ze haar aandacht weer op het voorste gedeelte. Deze keer viel haar wel iets op: een bloedvlekje op het stuur. Met haar pink ging ze heel voorzichtig langs de rand van de vlek. Die gaf nog af, dus redelijk vers.

In gedachten verzonken keek ze naar het dashboard, de voorruit en vervolgens de ruit aan de kant van de bestuurder. Ook daar zag ze tekenen dat er een gevecht had plaatsgevonden. Er zaten vegen op het raam, smalle, doorzichtige strepen, alsof er een hand langs was gegleden in een poging zich ergens aan vast te grijpen. Interessanter nog was de bloedvlek op de plek waar het raam en de deur samenkwamen, want daar zaten een paar haren in. Donkerbruine haren, precies zoals die van Morgan. Opeens had Helen een duidelijk beeld van wat zich hier had afgespeeld: Morgan was in zijn auto aangevallen, misschien op het moment dat hij weg had willen rijden.

'Zijn er hier campings in de buurt?'

'De dichtstbijzijnde is Alder's Edge, zo'n achthonderd meter verderop.'

Helen knikte, kwam uit de auto en liep naar de achterbak. Die bleek leeg te zijn. Als Morgan hier met kampeergerei naartoe was gekomen, lag dat nu ergens anders.

Helen en Hudson liepen vastberaden door het bos, tot ze tien minuten later bij de camping waren. Ellie McAndrew was er al en stond naar een kleine tent te gebaren die vlak bij de rand van het bos stond, een eindje bij de andere tenten vandaan.

'De beheerder zegt dat er gisteravond maar vier tenten stonden. De andere eigenaren zijn al boven water.'

Helen liep snel naar de tent toe. Ze bukte om de tentflappen open te doen, maar toen ze naar binnen keek, zag ze daar niets bijzonders. Het tentje was helemaal leeg, afgezien van een gedoofde lantaarn die in het midden op het grondzeil stond. 'Nou, hij was in ieder geval niet zwaar bepakt...'

Hudson stond met een verwarde blik over haar schouder mee te kijken, maar Helen was in gedachten al een paar stappen verder. Hoewel Morgan op dezelfde manier aan zijn einde was gekomen als Campbell en Scott, was zijn ontvoering een heel andere zaak. Kennelijk was hij niet van plan geweest om hier te kamperen – er lagen geen slaapzak, geen voedsel en geen kleding – en waarom zou hij ook, aangezien hij een veilig onderkomen had in het travellerskamp? Nee, hij was hiernaartoe gekomen, gewapend met een honkbalknuppel en met een lantaarn die de tent een beperkte tijd had verlicht, waarna hij waarschijnlijk vanzelf was gedoofd. Dit, en het feit dat zijn terreinwagen zorgvuldig verstopt was, suggereerde dat Morgan hier niet naartoe was gekomen om te kamperen. Hij had een val willen zetten.

Deze gedachtegang leidde weer tot een andere interessante vraag: had Morgan verwácht dat hij aangevallen zou worden?

127

'Denk je dat hij zijn aanvaller kende?'

Het was een goede vraag van commissaris Simmons. Helen had op de terugweg naar het hoofdbureau over precies hetzelfde nagedacht.

'Het moet een mogelijkheid zijn. Hij zat klem – geen geld, arrestatiebevelen, geen noemenswaardige vrienden – en toch was het zijn grootste zorg om onze moordenaar in de val te lokken. Bovendien lijkt hij te hebben geweten dat de man waarschijnlijk weer zou toeslaan.'

'Bestaat er een kans dat ze het samen hebben gedaan? Dat hij is bedonderd door zijn handlanger? Het zou verklaren waarom ze samen in de auto zaten.'

'Misschien,' gaf Helen toe, 'maar volgens de travellers had hij nooit bezoek, en er is geen bewijs dat hij regelmatig met iemand belde. Bovendien lijkt het er sterk op dat hij van achteren is aangevallen in de auto.'

'De moordenaar lag op de loer.'

'Daar lijkt het op. Ik denk dat Morgan een val wilde zetten, maar dat onze man hem een stap voor was en zelf een hinderlaag heeft gelegd.'

'Maar dat zou betekenen dat Morgan wist dat de dader bij Alder's Edge zou toeslaan. Hoe kon hij dat weten als hij niet onder één hoedje speelde met die vent?'

'Dat hoeft niet per se. Het betekent misschien alleen dat Morgan wist dat de moordenaar naar hem toe zou komen. Dat hij voelde dat hij gevolgd en zelfs gestalkt werd.'

'Maar Morgan was al weken spoorloos. Hoe kan onze dader hem hebben gevonden?'

'Hij is de afgelopen weken wel op pad geweest. Twee keer omdat hij met Campbell had afgesproken, een keer met Scott... Als onze man die twee stalkte, is het heel waarschijnlijk dat hij Morgan heeft gezien en hem naar huis is gevolgd.'

'En jij denkt dat Morgan iets heeft gezien, heeft beseft dat hij in gevaar was?'

'Hij was in elk geval op z'n hoede, dat is een ding dat zeker is. Hij had verschillende krantenartikelen over de moorden op Tom Campbell en Lauren Scott uitgeknipt.'

'Denk je dat hij daarvan was geschrokken? Ook al had hij die twee amper gezien sinds hij bij de universiteit van Southampton was vertrokken?'

'Daar lijkt het op.'

'Maar waarom? Waarom zou iemand hem nú op de korrel nemen?'

'Dat weet ik niet,' antwoordde Helen eerlijk.

Voor het eerst sinds ze weer samenwerkten, was Simmons een beetje somber. Het was alsof ze geen stap dichter bij de dader waren dan aan het begin van deze verbijsterende zaak.

Helen wist dat ze iets moest zeggen, moest doen, om het onderzoek op de rit te houden. 'Het antwoord ligt in het verleden, daar ben ik van overtuigd. Iets... we weten nog niet wat... verbindt deze drie. Iets wat Morgan wilde uitbuiten toen hij wanhopig werd. Onze enige optie is dieper graven, verder teruggaan in de tijd en achterhalen wat die man motiveert. Als we dat doen, vinden we hem, daar heb ik alle vertrouwen in.'

Ze klonk zelfverzekerder dan ze zich voelde, maar het werkte en Simmons' gebruikelijke glimlach was terug.

'En ik heb alle vertrouwen in jóú,' zei ze grootmoedig.

Even later vertrok Helen. Ze liep met grote stappen naar de recherchekamer, klaar om vol enthousiasme weer met het bewijsmateriaal te stoeien, om ergens een aanwijzing vandaan te halen, maar net toen ze de kamer binnen wilde gaan, hoorde ze haar naam. Ze draaide zich om en zag tot haar verrassing dat Jerry Taylor, de baliemedewerker, schommelend op haar afkwam.

'Neem me niet kwalijk dat ik u lastigval, inspecteur. Maar u hebt bezoek.'

128

'Sorry, Emilia, maar ik geloof er niets van.'

Voor het eerst sinds ze elkaar kenden, reageerde de journaliste geagiteerd en boos op Helens tegenspraak. 'Ik snap niet dat je dat zomaar kunt zeggen,' wierp ze tegen. 'We zijn allemaal op zoek naar links tussen Tom Campbell en Lauren Scott, en nu krijg je er een op een presenteerblaadje aangeboden. Graham Ross kende ze allebei.'

'Je dénkt dat hij ze allebei kende.'

'Ik weet zeker dat hij contact met ze heeft gehad en dat er iets met die twee, met hun verhalen, was wat hem ertoe heeft aangezet om...'

'Daar heb je geen enkel bewijs voor. Misschien vertelt hij wel gewoon de waarheid. Toeval bestaat, tenslotte.'

'Waarom ben je er zo zeker van dat er géén link tussen hen is?'

'Dat ben ik niet. En als jij concrete bewijzen hebt dat hij er iets mee te maken heeft, dan gaan we daar natuurlijk mee aan het werk. Maar ik zie Ross niet als een gewelddadig iemand. Vreemd, dat zeker, maar niet gewelddadig. Bovendien is hij rechtshandig.'

'Dat wil niks zeggen.'

Dat wilde het natuurlijk wel, maar daar ging Helen verder niet op in. 'Wat voor motief zou hij moeten hebben?'

'Hij is doorgedraaid,' beweerde Emilia zonder te aarzelen.

'Sorry, maar je moet echt wat duidelijker zijn.'

'Hij heeft te veel tijd tussen de lijken doorgebracht.'

'Jij en ik ook. Dat maakt ons nog geen moordenaars.'

'Maar bij hem is het anders. Voor zijn beroep moet hij zich tot in de kleinste details bezighouden met de lijken, met hun verwondingen en de intense martelgang van hun overlijden. Volgens mij is hij alle gevoel verloren en ziet hij ze allang niet meer als echte mensen, maar als objecten die met liefde tentoongespreid en vastgelegd moeten worden, om behouden te blijven voor... zijn eigen plezier. Misschien voor het nageslacht.'

'En hoe weet je dit allemaal?'

'Omdat ik bij hem thuis ben geweest.'

'Emilia,' reageerde Helen, oprecht geschokt.

'Ik heb zijn fotoverzameling gezien. Het lijkt wel een museum van de dood, een eerbewijs aan zijn roeping. Het gaat hem niet om het verhaal van de mensen, om de persoonlijke tragedie, maar om de pracht van zijn werk. Moord is zijn kunstvorm geworden, zijn bestaansreden.'

'Dat kan allemaal wel zo zijn, maar dat maakt hem geen moordenaar. Misschien is hij alleen een passieve rapporteur van andermans tegenspoed...'

'Maar hoe zit het dan met die enscenering?' hield Emilia gedreven vol. 'Denk eens aan hoe die lichamen gevonden zijn. Die mensen zijn niet vermoord en vervolgens in de bosjes weggemoffeld. Ze zijn heel zorgvuldig, zelfs kunstzinnig tentoongespreid, als een verkondiging; iets moois om te aanschouwen... Dat móét toch iets te betekenen hebben?'

Helen aarzelde. Natuurlijk had Emilia gelijk, maar dat wilde niet zeggen dat de uitleg van de journaliste klopte. 'Dat ontken ik niet,' gaf ze bedachtzaam toe. 'Maar ik zie geen motief. Er zijn heel wat makkelijker manieren om dat te bereiken dan mensen op te jagen in het bos. Ik kan me niet voorstellen dat Ross de vaardigheid, de kracht of de moed heeft om deze moorden te plegen. Bovendien denk ik dat de onderliggende oorzaak van deze moorden in het verleden ligt, ver voordat Ross naar Hampshire verhuisde...'

'Dat is het punt niet...'

'Ja, Emilia, dat is het punt wél. Jij bent journalist, geen rechercheur. Bedankt dat je deze informatie met me hebt gedeeld, maar ík bepaal het onderzoek. Jij hebt jouw werk. Ik heb het mijne.'

Al mopperend vertrok Emilia, waarna Helen doorliep naar de recherchekamer. Onderweg bleven de woorden van de journaliste door haar hoofd malen. Helen was ervan overtuigd dat ze fout zat wat Ross betrof, maar wat ze had gezegd over de enscenering klopte als een bus. Die moest iets te betekenen hebben.

Maar wat?

129

De foto's lagen voor hen, een caleidoscoop van jeugdig plezier en wangedrag. De rest van het team was hard bezig om de informatie over de moord op Caleb Morgen te analyseren en na te gaan waar zijn auto in de dagen voor zijn dood was geweest, maar Helen had Charlie en Joseph Hudson gevraagd naar haar kamer te komen voor een privéoverleg.

Ze had McAndrew gezegd dat ze niet gestoord wilden worden, tenzij er iets heel belangrijks was. Al hun aandacht moest naar de slachtoffers uitgaan – Lauren Scott, Tom Campbell en Caleb Morgan – wier blije, zorgeloze gezichten hen vanaf het bureau aanstaarden. Campbells levendige belangstelling voor fotografie had hun veel foto's verschaft van de onstuimige dagen die de drie samen hadden doorgebracht, en ze bestudeerden ze nu, zochten naar hints, aanwijzingen, alles wat hen kon helpen om een beter beeld te krijgen van hun onderlinge band.

'Gaan we er, gezien deze foto's, van uit dat Campbell en Scott deel uitmaakten van Morgans clubje?' vroeg Charlie.

'Dat lijkt me logisch,' bevestigde Hudson. 'We weten dat hij graag jongere studenten om zich heen had, het middelpunt van de belangstelling wilde zijn, de leider…'

'Campbell was ouder dan Scott, maar Morgan was weer ouder

dan híj,' zei Helen, die doorging op dit thema. 'Morgan was in Campbells ogen waarschijnlijk een charmante, charismatische rebel.'

'Scott was misschien ook wel van hem gecharmeerd. Mogelijk was zíj Morgans doelwit,' opperde Charlie. 'Ik denk dat hij de drijvende kracht was achter die vollemaansfeestjes en ze zo organiseerde dat hij op zijn slachtoffers kon azen. We weten dat Lauren Scott niet van kamperen hield. Misschien was er een réden dat ze er een hekel aan had.'

'Dat zou kunnen, maar kijk naar de data,' merkte Hudson op. 'Scott is bij meerdere feesten aanwezig. En ze ziet er heel vrolijk uit. Waarom zou ze nog een keer gaan als ze was verkracht?'

'En waarom zou ze zijn telefoontje aannemen?' voegde Helen eraan toe. 'Waarom zou ze hem geld geven?'

'Misschien probeerde hij haar te chanteren... We weten dat hij dringend geld nodig had, geen kant uit kon. Misschien dreigde hij bekend te maken dat ze was verkracht. Hij had niets te verliezen en werd toch al door de politie gezocht. Hij zou het zelfs anoniem online hebben kunnen doen, als hij niet...'

'Dat kan allemaal wel, maar er is geen bewijs dat ze is verkracht. En trouwens, Morgan heeft ook contact gezocht met Campbell. Ik kan me niet voorstellen dat Campbell Morgan ook maar een cent zou geven als Morgan zijn vriendin iets had aangedaan.'

'Wie weet is hij ergens getuige van geweest,' bedacht Charlie.

'Dat lijkt me veel waarschijnlijker,' zei Hudson, en hij klaarde opeens op. 'Misschien zijn ze allebei ergens getuige van geweest. Of waren ze ergens medeplichtig aan. Dat zou verklaren waarom Morgan hen allebei chanteerde. Als ze met iets crimineels of immoreels te maken hadden gehad wat hij kon gebruiken om hen te vernederen, hun baan in gevaar te brengen, hun relaties...'

De gedachte leek bij alle drie aan te slaan. Ze richtten hun aandacht weer op de foto's en zochten, zochten, zochten.

Helens blik gleed naar Caleb Morgan, Tom Campbell, Julia Winter, Aaron Slater en allerlei andere gezichten in het wilde, hedonistische tafereel. 'Julia...' mompelde ze.

Charlie keek op. 'Wat is er met haar?'

'Ze was goed bevriend met Scott. Ze waren zelfs huisgenoten. Toch komt ze op deze foto's bijna niet voor...'

Charlie en Hudson bekeken de beelden en beseften dat ze gelijk had. Er waren talloze kiekjes van Campbell, Morgan, Scott en vele anderen, inclusief Slater, maar slechts een handjevol van de sprankelende, beeldschone Julia Winter. Helen viste ze eruit en legde de vijf foto's naast elkaar. Daarop leek ze vrolijk, dronken en even zorgeloos als de anderen. Het waren zeker geen beelden die erop duidden dat er iets mis was.

'De data.'

Charlie en Hudson keken naar de data in de rechteronderhoek.

'Allemaal dezelfde,' mompelde Charlie. 'Deze foto's zijn op een en dezelfde dag genomen.'

'Precies,' bevestigde Helen. 'Ik had het niet in de gaten omdat het lijkt alsof ze verschillende kleren draagt, maar dat is alleen omdat ze op een paar foto's haar hoody niet draagt.'

'En eerst heeft ze haar haar opgestoken,' voegde Hudson eraan toe.

'30 april 2009,' las Helen hardop. 'Misschien is de datum belangrijk...'

Hudson was al aan het typen. 'In het voorjaar van 2009 was de volle maan...' mompelde hij, en hij wachtte tot de zoekmachine haar werk had gedaan. '... op 30 april.' Hij draaide zich met een beheerste maar opgewonden blik naar Helen.

'Julia komt op latere foto's niet voor, maar de anderen wel,' dacht Helen hardop.

'En we weten dat Julia twee maanden hierna een poging tot zelfmoord heeft gedaan, nadat ze was gezakt voor haar examens. Volgens haar vader vanwege de academische druk, maar...'

'... maar misschien had Morgan haar verkracht.'

Hudsons woorden drongen tot de anderen door en opeens leken alle puzzelstukjes op hun plaats te vallen.

'Als haar vader daarachter is gekomen, zou hij een sterk motief hebben om wraak te nemen op Morgan, op allemaal zelfs. Stel je voor wat het met hem moet hebben gedaan, de wetenschap dat zijn kleine meisje het slachtoffer was van deze serieverkrachter...'

'Misschien heeft hij het recht in eigen hand genomen,' zei Helen, en ze keek haar collega's aan, 'en werd de jager uiteindelijk de prooi...'

130

'Baldur var en av de mest älskade av alla gudar. Odins son, gudstjänstemannen och den välvilliga trollkarlsgudinnan Frigg, Baldur var en generös...'

Zijn tong danste over de woorden, genietend van het bekende ritme. Oliver Winter woonde al bijna vijfentwintig jaar in Engeland, maar hij was zijn accent en de liefde voor zijn moedertaal nooit kwijtgeraakt. Als hij bij zijn dochter zat, las hij haar vaak in het Zweeds voor of hij vertelde met groot enthousiasme over de oude mythes in een taal die alleen zij verstonden.

Hij wist dat de verpleegkundigen hem maar een vreemde snuiter vonden. Sommige verklaarden hem vast voor gek dat hij uren voorlas en praatte met een jonge vrouw die roerloos en zwijgend in bed lag en nooit reageerde op zijn eindeloze geklets. Maar híj wist dat ze hem kon horen, dat ze naar hem luisterde, en dat was het enige wat ertoe deed. Ja, haar gezondheid ging achteruit: ze was de strijd met haar longontsteking aan het verliezen. Maar nu was ze er nog en hing ze aan zijn lippen.

Jammer genoeg mocht hij vandaag niet lang van zijn gezellige idylle genieten, want terwijl Oliver een bladzij omsloeg, ging zijn telefoon hard af. De verpleegkundigen keken hem direct bestraffend aan omdat hij het geluid niet uit had gezet.

'Sorry, sorry,' mompelde hij, terwijl hij het boek op bed legde en naar de gang liep. Eenmaal door de deuren heen keek hij op het schermpje. Het was een buitenlands nummer dat hij niet kende, dus aarzelde hij even voordat hij opnam. 'Hallo?'

'Oliver, met Alice.'

Hij schrok.

'Oliver? Hoor je me?'

'Ja,' antwoordde hij kortaf.

'Ik probeer je al een tijd te pakken te krijgen. Heb je mijn berichtjes niet gehad?'

'Jawel,' gaf hij toe.

'Waarom heb je me dan niet teruggebeld?'

'Omdat ik niks te zeggen heb.' Eigenlijk wilde hij meteen ophangen, maar er was iets wat hem tegenhield. Een greintje beleefdheid of gewoon het plezier om zijn ex-vrouw boos en overstuur te horen.

'Je hebt niet het recht om me zo buiten te sluiten.'

'Daar heb ik alle recht toe.'

'Ze is ook míjn dochter...'

'Nee, Alice. Ze wás jouw dochter. Nu is ze van mij.'

'Wat er ook allemaal gebeurd is, ze is nog steeds mijn vlees en bloed.'

'O, dat kun je je nu opeens herinneren? Toen je haar in de steek liet, zat je daar niet zo mee...'

'Oliver, doe nou niet zo...'

Hij moest glimlachen om de gepijnigde klank in haar stem, blij dat hij haar nog steeds kon kwetsen. 'Ze is trouwens veel te ziek om bezoek te ontvangen, dat heb ik toch gezegd? Vooral van mensen die ze nauwelijks kent.'

'Daarom moet ik haar ook zien. Als er ook maar het kleinste gevaar is dat ze...'

'Ik geef haar alles wat ze nodig heeft.'

'Ik ga niet smeken, Oliver.'

'Daar ben ik blij om. Spaar je krachten maar voor je nieuwe leven, met je man en je kind. Hoe gaat het trouwens met ze?'

'Ze missen me.'

Ze klonk uitgekookt toen ze dat zei, en hij was direct op zijn hoede. 'Hoe bedoel je?'

'Ik ben hier, in Engeland. Sterker nog, ik sta bij jou thuis op de stoep. Ligt je reservesleutel nog steeds onder de bloempot?'

'Maak dat je daar wegkomt,' zei Oliver dreigend, plotseling razend van woede. 'Maak dat je bij mij wegkomt, bij óns...'

'Sorry Oliver, daar is het te laat voor. Ik ben hier met een brief van mijn advocaten en ik ga niet terug naar Zweden voordat ik mijn zin krijg.' Ze hield even stil om van haar overwicht te genieten, maar daarna ging ze verder: 'Ik wil mijn dochter zien.'

131

Hij werd gezocht door de politie, hij was een verkrachter en zijn naam was Caleb Morgan. Zelfs haar onnozele collega's hadden er geen moeite mee gehad om díé informatie los te peuteren bij de agenten in uniform die de ontdekking van de voortvluchtige van de daken wilden schreeuwen.

Na haar onbevredigende gesprek met Helen Grace was Emilia in een pestbui weer naar kantoor gegaan, om daar te ontdekken dat het verhaal in haar afwezigheid wéér was veranderd. Er was een derde lichaam in de New Forest gevonden. Ze vervloekte zichzelf en het leven, legde zich neer bij het feit dat haar collega's vanavond het voorpaginanieuws zouden schrijven en ging verder met de belangrijke taak van het identificeren van de dader.

Grace had haar theorie, dat Graham Ross mogelijk verantwoordelijk was, afgeschoten en Emilia was geschokt dat de politievrouw hem zo nonchalant had weggewuifd. Zij was niet bereid hetzelfde te doen. Dus probeerde ze uit alle macht te bedenken welk verband er tussen Ross en het derde slachtoffer, Caleb Morgan, was. Tot nu toe had ze niets gevonden. Ze had het meisje van de fotografieopleiding gebeld, twee, zelfs drie keer de namen in de 'Misdaad en straf'-expositie gecontroleerd en elke mogelijke onlinezoekopdracht uitgevoerd om een verband te ontdekken tussen de forensisch fotograaf uit Schotland en de docent/verkrachter uit Macclesfield, en toch had het niets opgeleverd. Had haar intuïtie haar in de steek gelaten? Had ze het al die tijd mis gehad?

In dat geval had ze op grandioze wijze haar eigen glazen ingegooid. Ross had informatie over het onderzoek met haar willen delen, misschien in de hoop op een productieve samenwerking in de toekomst. Maar zij had dat verpest met haar ogenschijnlijk ongegronde beschuldigingen.

Gedachten aan zijn lugubere verzameling zetten haar aan tot verder zoeken. Aan de afgelopen vierentwintig uur viel niet veel eer te behalen, maar wat Helen Grace wel had toegegeven was dat de enscenering van de moorden veelzeggend was. Emilia was daar zelf ook van overtuigd en omdat Grace die niet had kunnen verklaren, hervatte ze haar jacht op antwoorden. Als ze nieuw licht kon werpen op deze merkwaardig theatrale moorden was dat ten minste iets – iets waar ze haar collega's mee om de oren kon slaan, om nog maar te zwijgen van Grace zelf.

Haar eerste pogingen waren niet geweldig; haar zoekopdrachten leverden gruwelijke IS-ophangingen op. Van terroristische en militaire wreedheden ging ze verder terug in de tijd, op zoek naar het belang van de doodsoorzaak en het publieke karakter van de moorden. Dat leidde haar naar de wereld van middeleeuwse marteling, van een tijd waarin de bestraffing van criminaliteit veel 'fantasierijker' was. Maar nog altijd vond ze niets wat in het plaatje paste, waardoor ze zich afvroeg of er misschien geen precedent bestond en de moordenaar gewoon verknipt en uniek was.

Ze wilde het net boos en gefrustreerd opgeven toen ze een foto zag waarnaar ze even doodstil bleef staren. Ze had er op goed geluk op geklikt – het was een site over de Vikingen, hun geloof en rituelen – maar nu had hij haar volledige aandacht. Het was een wrede, verontrustende afbeelding waar Emilia's hart sneller van ging kloppen.

Een exacte kopie van Ross' forensische foto's.

132

'*Oliver Winter versterkt vanaf 1991 ons team. Daarvoor werkte hij als compliance officer bij ons kantoor in Stockholm.*'

Helen zat op de officiële website van Bahcon. '*Momenteel leidt hij de technische dienst in het Verenigd Koninkrijk van...*'

'Staat er iets over zijn familie?' onderbrak Charlie haar.

'Nee, alleen dat hij in de buurt woont.'

'Ik zal eens in de nationale archieven zoeken,' stelde Hudson voor, terwijl hij snel aan het typen sloeg. 'Als hij hier gescheiden is, dan moet het daarin vermeld staan.'

Helen keek naar de foto op de homepage van het bedrijf. Winter stond er wilskrachtig en tevreden op. Heel anders dan de afgetobde man die ze in het ziekenhuis had ontmoet.

'Kijk aan. In 1993 is een verzoek tot echtscheiding aangevraagd dat kort daarop werd ingewilligd. Winter en zijn vrouw Alice zijn hier dus begin jaren negentig naartoe gekomen, toen Julia al geboren moest zijn.'

'Ze was een jaar,' zei Charlie, terwijl ze haar aantekeningen doorlas.

'Misschien hadden ze al huwelijksproblemen, of misschien vond Alice het moeilijk om in een vreemd land te wonen...?'

'Dat kan natuurlijk erg eenzaam zijn,' voegde Helen eraan toe.

'Vooral als ze in haar eentje thuis zat om het kind op te voeden. Staat er iets bijzonders op haar Facebookpagina?'

Hudson was al aan het kijken. Op het scherm verscheen een leuke foto van Alice met haar huidige man en tienerdochter. 'Ze woont in Stockholm, is getrouwd met Peter Karlsson en heeft een dochter, Lilly. Ze zegt dat ze daar haar hele leven heeft gewoond.'

'Dat ze ook híér heeft gewoond heeft ze dus verdrongen. Dat wil zeggen dat haar verhuizing naar Engeland en haar huwelijk vergissingen waren...'

'Maar toen ze terugging naar Zweden, liet ze de baby achter,' zei Charlie.

Helen keek haar collega's aan. Dit was een wel heel interessante ontdekking. Had Alice Karlsson uit vrije wil haar dochter Julia opgegeven? Of was ze daartoe gedwongen? Deed ze zo haar best om haar verleden weg te poetsen uit schuldgevoel, schaamte of om een andere reden?

'Dat moet toentertijd heel vreemd zijn overgekomen, een vrouw die haar kind achterlaat...'

'Dat zou nog steeds vreemd overkomen, alleen zou niemand het recht in je gezicht zeggen,' zei Charlie somber. 'Laten we eens kijken wat haar ex-man erover te zeggen heeft.'

Charlie pakte de Facebookpagina van Oliver Winter erbij. Er verscheen meteen een prachtige profielfoto in beeld van Julia toen ze een jaar of vijftien, zestien was, lachend op het strand.

'Wat een mooi kind,' zei Helen een tikje bedroefd.

'En hij was echt gek op haar.'

Dat was ontegenzeglijk waar. Winter postte niet veel op Facebook, maar áls hij iets postte, dan draaide het alleen om Julia. Hij schreef over het feit dat ze een schrijfwedstrijd voor korte verhalen had gewonnen, over haar talent op de cello, haar zwemprestaties en haar inspanningen om geld in te zamelen voor kankeronderzoek.

'Over zichzelf schrijft hij niet, hè?' stelde Helen vast.

'Nee, het gaat alleen maar over haar...'

'Wat post hij rond de periode van haar zelfmoordpoging?'

Charlie scrolde vooruit, totdat ze bij een sprong in de tijdlijn kwam. 'Niet veel,' antwoordde ze, terwijl ze de tekst doorlas. 'Hij post iets vlak voordat ze gaat studeren. Kijk, hier is een foto van de dag van haar inschrijving.'

Alle drie keken ze naar het plaatje van de gelukkige, trotse vader met zijn dochter.

'Daarna schrijft hij... bijna een jaar lang niets. Dan vertelt hij over haar ongeluk – dat woord gebruikte hij ook toen wij met hem praatten – en geeft hij updates over haar vooruitgang.'

Charlie las verder. De eerste tijd na het ongeluk was hij geschokt en ingetogen, maar daarna werd hij langzaam wat positiever. Winter schreef enthousiast over hoe goed ze vooruitging en hoe ze zelfs met elkaar communiceerden, maar toen haar toestand verslechterde, werd hij weer negatiever.

'Hij is behoorlijk over de zeik,' mompelde Charlie in zichzelf terwijl ze zijn laatste posts doorlas.

'Waarover?' vroeg Helen.

'Alles en iedereen. Eerst geeft hij alleen de feiten, dat ze door een ziekenhuisinfectie nu longontsteking heeft, maar daarna gaat hij los. Artsen, verpleegkundigen, het leven, God en natuurlijk zijn ex-vrouw. Iedereen heeft het gedaan.'

'*Ik hoop dat die harteloze hoer het naar d'r zin heeft, met d'r nieuwe leventje,*' las Hudson voor, terwijl hij bij Charlie over haar schouder meekeek. 'Subtiel...'

'Maar geen woord over Campbell, Scott of Morgan.'

'Dat lijkt me nogal wiedes. Of ze hebben niets met elkaar te maken en zijn dus niet relevant, óf hij was van plan om ze iets aan te doen en wilde ze niet van tevoren op de hoogte brengen.'

'We moeten hoe dan ook met hem praten,' zei Helen, terwijl ze opstond. 'Blijven jullie maar zoeken naar alles wat er te vinden is over de zelfmoordpoging van Julia. Hoe, wat, waar, dat soort dingen. Dan ga ik op zoek naar Winter.'

Helen pakte haar sleutels en stond net op het punt om weg te gaan toen haar telefoon zoemde. Ze haalde hem uit haar zak en zag tot haar verbazing dat ze een berichtje had van Emilia Garanita. Het was maar kort: *Moorden zijn Vikingoffers. Zie Uppsala.*

Verrast liep Helen terug naar haar bureau. Ze draaide haar laptop naar zich toe en googelde 'Uppsala Viking offer', waarop er direct een verzameling afbeeldingen op het scherm verscheen. Ze klikte de eerste aan, benieuwd naar wat Emilia precies met haar cryptische bericht bedoelde. Ondertussen waren Hudson en Charlie uit nieuwsgierigheid om haar heen komen staan.

Heel even leek de tijd stil te staan. Want op het scherm verscheen een potloodtekening van een halfnaakte man die ondersteboven aan een boom hing. Er stond een kleine menigte om hem heen: een aantal mensen was betrokken bij de executie, andere toeschouwers staarden alleen naar de plas bloed die zich onder de man op de bosgrond begon te vormen.

'Dit heet *Het bloedoffer*,' las Helen snel voor. 'Het was de ultieme boetedoening voor degenen die gezondigd hadden.' Ze verslond de details die op het scherm verschenen. 'Uppsala was de enige plaats waar iemand van buitenaf, een reizende koopman, getuige is geweest van een dergelijke offerande. Waar ligt Uppsala?'

Hudson had Google Maps erbij gepakt. 'Midden-Zweden, ten noorden van Stockholm. Het is maar een paar kilometer van Håga...'

‘Waar Winter geboren is,’ zei Charlie, die precies begreep waar Hudson heen wilde.

‘Hij zal vast van die mythes gehoord hebben. Misschien als kleine jongen al?’ Nu Helen haar gedachten zo verwoordde, kwam ze opeens op een ander idee. Ze typte snel een nieuwe zoekopdracht, waarna er weer een serie afbeeldingen verscheen. Ze klikte er een aan en vergrootte die, zodat ook Charlie en Hudson hem goed konden zien. Het was een foto van een Vikinghelm uit een museum in Stockholm waar ze allemaal stil van werden. Er zaten geen hoorns op de helm, zoals je die vroeger in stripverhalen zag. Het was een gladde, metalen kap met een kruisvormig stuk aan de voorkant om de wangen en de neus te beschermen. En daarboven twee grote, macabere gaten voor de ogen.

133

Helen duwde de deuren open en haastte zich door de hal van het ziekenhuis. Ze negeerde de onderzoekende blik van de baliemedewerker en liep snel naar de lift. Ze was al een keer op de ic geweest en wist de weg.

Nog geen minuut later liep ze over het saai grijze linoleum naar de ingang van de afdeling. Mensen keken op omdat ze zo'n haast maakte, maar zij reageerde niet. Toen ze bij de dubbele deuren van de ic was, kwam er net een oudere dame naar buiten die ze met een vriendelijke glimlach voor haar openhield. Helen glimlachte terug en ging naar binnen.

De afdeling had slechts een handjevol bedden, bezoek werd streng gereguleerd vanwege de gezondheidstoestand van de patienten, maar de bezoekuren waren iets ruimer, waarschijnlijk omdat de kans bestond dat de toestand van een patiënt onverwachts achteruit kon gaan.

Oliver Winter had eerder deze week naast het bed van zijn dochter gezeten toen ze langskwamen, maar tot Helens verrassing zat hij er nu niet. Julia lag bewusteloos in haar ziekenhuisbed met alleen de gestaag piepende apparaten als gezelschap.

'U bent hem net misgelopen.'

Helen draaide zich om en zag een jonge verpleegkundige dichterbij komen.

'Bent u familie? In dat geval moet ik u vragen om in te tekenen...'

'Inspecteur Helen Grace, politie Hampshire,' zei ze, en ze toonde de verpleegkundige haar penning.

'O, aha...'

'Ik moet meneer Winter spreken. Komt hij nog terug?'

'Normaal is hij er altijd het hele bezoekuur,' antwoordde ze, en ze glimlachte weer. 'Nou ja, tot we hem wegsturen. Ik weet niet waarom het vandaag anders is. Daarnet was hij er nog. Een van de andere verpleegkundigen zei dat hij een telefoontje kreeg en dringend naar huis moest en dat we hem moesten bellen als er...'

'Hij heeft dus niet gezegd of hij nog terugkomt?' onderbrak Helen haar op vriendelijke toon.

'Voor zover ik weet niet, sorry,' antwoordde de jonge verpleegkundige. Ze haalde verontschuldigend haar schouders op en keek even achterom. 'Ik moet weer aan het werk.'

Helen liet haar gaan. Het frustreerde haar dat Winter er niet was, maar ze was geïntrigeerd door het verhaal van de verpleegkundige. Hoe wist Winter de intensieve zorg voor zijn dochter te combineren met zijn werk? Hij had een leidinggevende functie, maar leek hele dagen, misschien zelfs wel de hele week, in het ziekenhuis door te brengen. Had hij buitengewoon verlof? Had hij ontslag genomen? En nog belangrijker, had de jonge verpleegkundige onbedoeld een indringend nieuw licht op de timing van de moorden geworpen?

Helen raakte er steeds meer van overtuigd dat Oliver Winter de organisator was geweest van deze moorden, misschien had hij ze zelf wel gepleegd. Hij kende het gebied goed, woonde hier al vijfentwintig jaar, en was als ingenieur vermoedelijk in staat om wapens te ontwerpen en te bouwen. Als hun theorieën klopten, had hij ook een sterk motief om de drie slachtoffers iets aan te doen. Stel dat ze inderdaad gelijk hadden, stel dat Winter de dader was, dan waren zijn nachtelijke uitstapjes ook heel logisch te verklaren. Ze waren ervan uitgegaan dat de moordenaar in het donker te werk ging om zijn aanvallen te vergemakkelijken of omdat hij een baan had die hem overdag bezighield. Maar misschien was er een heel simpele reden dat deze moorden 's nachts plaatsvonden.

Liefde hield hem overdag hier.

134

Al rokend ijsbeerde ze over het trottoir. Alice Karlsson had geweten dat dit moment ooit zou komen, dat deze confrontatie niet te vermijden was, maar toch was ze misselijk van de spanning om de aanstaande ontmoeting met haar ex-man.

Hun huwelijk had maar kort geduurd en was een vergissing geweest. Ze had Oliver in een bar in Stockholm ontmoet toen ze nog maar twintig was, net geen kind meer. Als plattelandsmeisje was ze zo verblind door zijn zelfvertrouwen, wereldwijsheid en charme dat ze halsoverkop verliefd was geworden en precies een half jaar na hun ontmoeting was ze met hem getrouwd.

In Zweden was het nog wel goed gegaan. Oliver was veeleisend en had een kort lontje, maar ze waren best gelukkig. Toen was ze zwanger geraakt en niet lang daarna, de kraamtranen nauwelijks gedroogd, waren ze naar Engeland verhuisd. Zonder enige discussie of aarzeling hadden ze Olivers ambities gevolgd en woonde ze plotseling in Southampton met een baby'tje om voor te zorgen. Overdag zag ze geen mens en als Oliver 's avonds thuiskwam was hij chagrijnig en zei hij geen woord. Zijn nieuwe baan viel hem zwaarder dan hij had gedacht. Alice sprak geen Engels en in die jaren zonder social media ging het contact met familie en vrienden in Zweden gemakkelijk verloren. Feit was dat ze vanaf de eerste dag in Engeland al ongelukkig was.

Eerst was Oliver geschokt geweest toen ze zei dat ze terug naar huis wilde, maar hij reageerde met zijn typische onwrikbaarheid. Hij zei dat zij mocht gaan als ze wilde, maar dat hij in Engeland bleef, met Julia. Toen was zij zich rot geschrokken. Hij was zo gevoelloos, zo klinisch in de manier waarop hij hun huwelijk te gronde richtte, maar eerlijk gezegd was ze ook wel opgelucht geweest. Ze had nooit op zo'n jonge leeftijd moeder willen worden; ze voelde zich gevangen, hulpeloos, mislukt. En hoewel ze het hartverscheurend vond om Julia zo liefdevol naar haar te zien kijken, kreeg ze dankzij de scheiding wel de kans om helemaal opnieuw te beginnen. Natuurlijk had ze het vreselijk moeilijk gehad toen het eenmaal zover was. Ze had nog geprobeerd een compromis te sluiten met Oliver, maar hij was onverbiddelijk. Hij zou als enige het gezag krijgen over zijn geliefde dochter en Alice zou haar vrijheid terugkrijgen. Diep beschaamd was ze vervolgens afgedropen naar haar familie en sindsdien had ze met dat schuldgevoel moeten leven.

'Maak godverdomme dat je wegkomt.'

Ze schrok op uit haar gedachten bij het horen van de stem van haar ex. Ze gooide haar sigaret in de goot en draaide zich naar hem toe. 'Geloof me, Oliver, ik wil hier echt niet zijn. Maar je laat me geen andere keus.'

'Gelul.'

'Ik heb je keer op keer gebeld en berichtjes gestuurd om te vragen hoe het met Julia gaat en waar ze behandeld wordt, maar je reageert niet.'

'We hadden een overeenkomst, Alice. Ik dacht dat je begreep wat die inhield.'

Alice staarde hem aan. Hij was ouder geworden, magerder, maar ook harder, op de een of andere manier. Hij had altijd een bepaalde fonkeling in zijn ogen gehad, maar die was vervangen door een veel onheilspellender blik. Tijdens hun huwelijk was hij nooit openlijk agressief geweest, hoewel hij soms wel eens naar haar uithaalde, maar hij kwam nu veel dreigender over dan ze zich kon herinneren. 'Dingen veranderen nu eenmaal, Oliver,' zei ze dapper, niet van plan zich klein te laten krijgen. 'Ik heb een heleboel fouten gemaakt, maar ik ben nu ouder, volwassener. En als Julia, ónze dochter, niet lang meer heeft, dan wil ik naar haar toe.'

'Om vrede met haar te sluiten?' sneerde hij.

'Om tegen haar te zeggen dat ik van haar hou, ja.' Ze voelde haar tranen branden, maar ze wist ze in te houden. Dat pleziertje gunde ze hem niet.

'Nou sorry, maar dat gaat niet gebeuren.'

'Ik heb hier een brief van mijn advocaat – een Britse advocaat – waarin hij de rechter verzoekt om mijn recht op omgang af te dwingen.' Ze gaf hem de brief. 'Dit kun je natuurlijk aanvechten, maar dat verlies je en in dat geval zouden ze het ouderlijk gezag wel eens onder de loep kunnen nemen.'

Oliver schudde alleen zijn hoofd en scheurde de brief doormidden, waarna hij de voordeur opendeed. 'Je krijgt haar niet te zien.'

'Jawel, hoor,' zei ze uitdagend, met een iets hardere stem.

'Niet zolang ik leef.'

'Ik ben uit Zweden hiernaartoe gekomen om mijn dochter te zien,' protesteerde ze, terwijl ze hem bij zijn mouw vastpakte voordat hij langs haar heen kon lopen. 'En ik ga niet terug voordat ik bij haar ben geweest, dus je blijft hier mooi met mij staan praten. We gaan hier écht over praten, Oliver…'

Ze stond bijna te schreeuwen en voor het eerst leek haar exman te aarzelen. Toen hij even om zich heen keek, zag hij dat er aan de overkant een aantal buren schaamteloos naar hen stond te staren. 'Binnen,' blafte hij haar toe. Hij greep haar bij de arm en trok haar mee het huis in, waarna hij de deur hard achter zich in het slot sloeg.

135

'We kunnen u onmogelijk toelaten.'

De specialist versperde haar de toegang.

'Ze is stabiel, maar daar is alles mee gezegd. Ze heeft nu al enkele weken longontsteking, haar longen functioneren niet meer, haar immuunsysteem is aangetast.'

'Maar haar vader komt elke dag op bezoek.'

'Onder streng gecontroleerde voorwaarden en...'

'Niettemin is hij hier elke dag en praat hij met haar. En hij zweert bij hoog en bij laag dat ze hem begrijpt en zelfs in staat is te reageren.'

'Het is inderdaad zo dat dokter Ellis enig succes heeft geboekt in de communicatie met haar...'

'Precies.'

'Maar toen was Julia in een betere conditie.'

'Bent u van mening dat haar leven direct in gevaar komt als ik met haar praat?'

Baines zweeg. 'Nee, dat kan ik niet met zekerheid zeggen, maar probeert u te begrijpen dat haar lichaam er langzaam mee stopt. We houden haar in leven in de hoop dat we verbetering zien, maar eerlijk gezegd zou dat een wonder zijn. Ondank alles wat we doen, blijft ze achteruitgaan.'

'En daarom is het des te belangrijker dat ik met haar praat. We denken dat ze bijna tien jaar geleden het slachtoffer is geweest van een zeer ernstig misdrijf, een misdrijf waarvan zij waarschijnlijk nog de enige getuige is.'

'Het spijt me, ik kan het niet toestaan,' hield Baines vol, en hij schudde zijn hoofd. 'Ondervraagd worden door de politie, een trauma uit het verleden moeten herleven... Ik heb geen idee wat dat met haar zal doen. En aangezien haar vader op dit moment niet aanwezig is...'

'Ook een reden om het nú te doen.'

De specialist zweeg toen tot hem doordrong wat Helen hiermee bedoelde. Hij had geen idee van wat voor misdrijf Oliver Winter al dan niet verdacht werd, maar zijn verbeelding sloeg op hol.

Helen zag zweetdruppeltjes op zijn voorhoofd staan. 'Moet u luisteren, ik zal het zo kort mogelijk houden,' ging ze verder. 'En ik zal er alles aan doen om te voorkomen dat ik haar overstuur maak. Maar ik moet met haar praten.' Ze staarde Baines recht aan en na een lange strijd zag ze eindelijk iets in zijn blik veranderen. 'Roept u alstublieft dokter Ellis op. Doet u wat nodig is. Dit moet nú gebeuren.'

136

'Hoe werkt het?'

Helen zat met dokter Louise Ellis in Julia's kamer op de ic, met Julia net buiten gehoorafstand en verder geen andere aanwezigen. De jonge vrouw, die met talloze slangetjes aan apparaten vastzat, had nu ook elektrodes op haar voorhoofd en slapen.

'De methode is in de Verenigde Staten getest op verkeersslachtoffers met ernstig hersenletsel. Deze mensen verkeerden in een permanente vegetatieve toestand, reageerden nergens op en stonden op het punt om van de beademing afgehaald te worden, maar onderzoek toonde aan dat veel van hen wel degelijk konden horen wat er tegen ze werd gezegd. Ze konden het zelfs verwerken en erop reageren.'

'Maar hoe kan dat op een voor ons begrijpelijke manier?'

'Dat kunnen ze niet. Tenminste, niet met complete zinnen, maar ze kunnen wel met ja of nee antwoorden. Wat er gebeurt is dat verschillende delen van de hersenen reageren al naar gelang je gedachtegang. Als je bijvoorbeeld denkt aan actief bezig zijn, zoals rennen of dansen, dan worden de grote hersenen aan de voorkant van het brein actief. Als je iets visueels in gedachten neemt, bijvoorbeeld een mooie zonsondergang, dan reageert de hersenschors aan de achterkant van je brein.'

'Dus ik stel een vraag,' vatte Helen samen, 'en als Julia "ja" wil zeggen, denkt ze aan rennen, en als ze "nee" wil zeggen, denkt ze aan een zonsondergang?'

Dokter Ellis knikte en gebaarde naar de high-resolution monitor die naast Julia's bed stond. 'Het scherm laat zien welke kant van haar hersenen reageert op een vraag en dat gedeelte licht op. Het is niet waterdicht, maar het is vrij effectief. Zij en haar vader hebben in het verleden ellenlange gesprekken gevoerd. De laatste tijd reageerde ze niet meer en was hij de enige die communiceerde, hele verhalen vertelde. Dat vond ik overigens niet per se een goed idee. Als het niet goed met je gaat, kun je alle hulp en aanmoediging gebruiken die je krijgen kunt, maar het kan ook bijzonder stressvol zijn om gebombardeerd te worden met informatie waar je niets mee kunt.'

Helen keek even naar de jonge vrouw die zo vredig in haar ziekenhuisbed lag. Het leek inderdaad wat wreed om haar rust te verstoren, maar Helen had geen keus, dus wendde ze zich weer tot dokter Ellis. 'Ik ben er klaar voor.'

Helen zat vlak naast Julia aan haar bed. Dokter Ellis stond stil en bescheiden aan de andere kant, bij de monitor.

Helen schraapte haar keel en stak van wal: 'Hallo, Julia. Mijn naam is Helen Grace. Ik ben inspecteur bij de politie en ik ben hier om je te helpen.'

Helen keek naar dokter Ellis, die knikte dat ze kon doorgaan.

'Als je niet met me wilt praten, dan begrijp ik dat. Zeg maar "nee" en dan laat ik je met rust. Maar ik weet dat je erg hebt geleden, nu en in het verleden, en ik denk dat je me misschien een boel kunt vertellen, als je daartoe in staat bent.'

De monitor met daarop de spookachtige schaduw van Julia's hersenen bleef grijs, maar Helen ging door.

'Ik onderzoek momenteel een aantal ernstige misdaden. Er zijn drie mensen vermoord, mensen die jij kent. Tom Campbell. Lauren Scott. Caleb Morgan. Je bent vast verbaasd om die namen te horen en misschien schrik je wel, maar ik wil je graag wat over hen vragen. Vind je dat goed?'

Nog steeds geen reactie. Bezorgd keek Helen naar dokter Ellis, die op haar beurt veelbetekenend naar het scherm knikte. Helen keek weer naar de monitor en zag daar de voorkant van Julia's hersenen heel kort oplichten, waarna het beeld weer grijs werd. Het zag er op een vreemde manier erg mooi uit, die felle groene flits die vervaagde in het duister.

'Dank je wel, Julia. We weten dat deze mensen jouw vrienden waren en dat je een tijdje met Lauren in een huis hebt gewoond. Maar ik denk dat ze jou gekwetst hebben…' Helen aarzelde even, maar ging toen door. 'Zo'n twee maanden voor jouw ongeluk bij de brug waren jullie allemaal op een feest. Een vollemaansfeest in de New Forest. Wij denken dat Caleb Morgan het feest had georganiseerd en dat hij daar een bepaalde bedoeling mee had. Julia, ik wil je vragen of Caleb jou die nacht heeft aangevallen?'

Er volgde een lange, lange pauze, waarna de voorkant van de hersenen weer oplichtte. Helen voelde van alles tegelijk: opwinding omdat ze eindelijk vooruit leken te komen, maar ook diep medeleven met Julia. Ze was zo jong geweest toen ze dit allemaal meemaakte.

'Heeft hij je verkracht?'

Weer een bevestigend antwoord. Helen merkte dat ze boos werd, maar ze wist haar woede te onderdrukken.

'Waren Lauren en Tom erbij toen het gebeurde?'

Deze keer lichtte de achterkant van de hersenen op. Helen aarzelde even, want dit antwoord had ze niet verwacht, en probeerde vervolgens te raden wat er was gebeurd. 'Maar heb je het er met iemand over gehad? Je woonde samen met Lauren. Heb je het haar verteld?'

Het duurde even, maar daarna kleurde de voorkant van Julia's hersenen groen.

'Heb je het aan de politie verteld?'

Toen Julia met nee antwoordde, dacht Helen even goed na over haar volgende vraag. 'Zei Lauren dat je dat niet moest doen?'

Een overtuigend ja; de voorkant van Julia's hersenen lichtte fel op.

In Helens hoofd begon zich een beeld te vormen van de verkrachting en alle ellende nadien, met als extra dieptepunt de poging van Lauren Scott, en misschien ook van Campbell, om de schade te beperken. Of ze nu idolaat waren van Morgan of dat hij hen op de een of andere manier in zijn macht had, ze hadden het kennelijk voor hem opgenomen en zich tegen Julia gekeerd, terwijl ze haar juist hadden moeten helpen. 'En weet... weet je vader hiervan? Van de verkrachting? En Laurens poging om jou het zwijgen op te leggen?'

Weer een bevestigend antwoord.

'Ik weet dat het moeilijk voor je zal zijn om eerlijk antwoord te geven op mijn volgende vraag, Julia, maar we moeten echt de waarheid weten. Heeft je vader... iets gedaan? Toen hij eenmaal wist wat er met je was gebeurd?'

Deze keer bleef het scherm grijs.

'Er is jou immens onrecht aangedaan, Julia. Caleb Morgan had gearresteerd en veroordeeld moeten worden, en Lauren Scott en Tom Campbell misschien ook wel. Maar wraak is niet hetzelfde als gerechtigheid. Onschuldige mensen worden daar de dupe van. Lauren Scott was zwanger. Ze had een partner die veel van haar hield, en Tom Campbell ook. Dat zijn mensen die nu verdriet hebben, die het ook moeilijk hebben, net als jij. Dus als je het weet, zeg het me dan alsjeblieft. Heeft je vader Tom Campbell, Lauren Scott en Caleb Morgan vermoord?'

Het scherm bleef ondraaglijk lang grijs. Daarna lichtte de voorkant van Julia's hersenen groen op. Helen blies langzaam haar ingehouden adem uit. Dit was dan eindelijk het antwoord op het mysterie dat hen al zo lang in de greep hield.

Ze had zich al eerder afgevraagd waar Oliver Winter het al die tijd zo uitvoerig met Julia over had gehad, en of hij zijn dochter misschien had 'betrokken' bij zijn plannen. Of hij haar had verteld wat hij had gedaan om zijn schuldgevoel te sussen en om haar een soort gevoel van voldoening, van gerechtigheid te geven. Maar Julia had nooit de kans gekregen om te reageren, en daarom had Helen nog een laatste vraag voor haar.

'Wil je dat het ophoudt, Julia?' Helen keek van het meisje naar de monitor.

Nog geen seconde later lichtte de voorkant van haar hersenen fel op.

137

'Genoeg!' Hij snauwde het met onverholen haat in zijn stem. 'Je hebt gezegd wat je wilde zeggen, en ik heb je mijn antwoord gegeven. Je hebt hier verder niets te zoeken, dus wegwezen!'

Hij pakte haar bij de arm, maar Alice schudde hem los. Ze hadden al bijna een uur ruzie, maar ze was nog niet klaar. 'Hoor eens, Oliver, ik begrijp dat je het moeilijk vindt om me weer te zien, dat je boos bent om wat ik je vraag. En als je wilt dat ik zeg dat ik een slechte moeder was, dat ik haar slecht behandeld heb, dan doe ik dat direct. Ik heb het niet goed gedaan.'

Ze had geen zin meer om steeds in herhaling te vallen; ze had gedreigd met juridische stappen, had een beroep gedaan op zijn moreel besef, geredeneerd dat ze het recht had om haar dochter te zien, maar niets had indruk op hem gemaakt. Haar enige hoop was nu om hem naar de mond te praten, zich te verlagen in de hoop dat hij zijn standpunt wat zou bijstellen.

'Dat een moeder haar kind op die manier in de steek laat... Ik kan uitvluchten verzinnen en iets zeggen over hoe jong ik was, over mijn gemoedstoestand, maar dat maakt het er niet beter op.' Ze geloofde haar eigen woorden niet – ze wás heel erg jong geweest en hij hád haar onder druk gezet om een slechte beslissing te nemen – maar ze had het gevoel dat hij dit wilde horen. 'Geloof me, Oliver, ik heb er altijd spijt van gehad.'

'Zo veel spijt dat je een gloednieuw gezinnetje bent begonnen.'

'Wat moest ik dan? Ik had hier niets – daar was je heel duidelijk over geweest – en ik had mijn hele leven nog voor me.'

'Waarom nu? Wat doe je hier nu, met je mooie nieuwe leven? Wat moet je hier?'

'Daar hebben we het al over gehad,' antwoordde Alice, en ze kon haar ergernis niet verhullen. 'Ik heb een dochter, een dochter die tot voor kort niet eens wist dat ze een halfzus had. Vanwege haar moest ik...'

'Je had het haar helemaal niet moeten vertellen.'

'Hoe kon ik het nu verzwijgen? Julia is haar vlees en bloed. Ze is míjn kind.'

'Nee, ze is míjn kind. De dag dat je wegging, heb je al je rechten verspeeld.'

Zijn woorden deden pijn. Alice wilde vreselijk graag iets terugzeggen, zichzelf verdedigen, maar hij walste over haar heen.

'Ik ben degene die haar heeft grootgebracht, opgevoed. Ik heb haar naar dansles en ponyrijden gebracht, ik heb haar verteld over dingen als menstrueren. Ik heb haar getroost toen ze gedumpt werd. Dat heb ík allemaal gedaan, niet jij.'

'Oliver, alsjeblieft...'

'Ik heb haar door haar examens heen gesleept, haar geholpen met haar aanvraag voor de universiteit, en toen... na haar ongeluk heb ík voor haar gezorgd. Ik heb al die jaren voor haar gezorgd, Alice.'

'Ik wist niet dat ze een ongeluk had gehad, ik wist daar niets van.'

'Omdat het je niets kon schelen. Omdat je niets vroeg.'

'Je zou tóch gezegd hebben dat ik kon opdonderen.'

'En terecht. Je bent zwak, Alice. En egoïstisch. Ze was beter af zonder jou.'

Tranen prikten in Alice' ogen. Olivers woorden sneden door haar heen, deels omdat ze vermoedde dat hij gelijk had. Maar ze weigerde zich te laten intimideren, er stond te veel op het spel. 'Als je me had verteld dat ze het moeilijk had, als je me had verteld wat er was gebeurd, zou ik zijn teruggekomen, natúúrlijk, maar je hield het bewust voor me verborgen.'

Oliver lachte lang en verbitterd.

'Je hield het voor me verborgen om me pijn te doen. Zoals je me nu pijn wilt doen.'

'Je hebt geen idee,' antwoordde hij vernietigend. 'Je hebt geen idee wat het betekent om te lijden. Met je mooie huis en je leuke gezin...'

Hij staarde haar ingespannen aan op een manier waarbij ze zich heel ongemakkelijk voelde. Daarstraks was hij woedend op haar geweest, maar nu was het alsof hij plezier had, alsof hij genoot van haar verdriet.

'Ik heb elk vrij moment aan Julia's bed gezeten. Voor haar gezorgd, tegen haar gepraat, met haar gecommuniceerd. Ik heb haar een reden gegeven om te leven. Ik heb mijn eigen geluk opgeofferd, elke kans op een relatie, zelfs mijn baan. En zal ik je 's wat zeggen? Dat heb ik met liefde gedaan, omdat ik van mijn dochter hou, omdat ze me nodig had.'

'Dat weet ik Oliver en daar ben ik je zo dankbaar voor...'

'En weet je waarom ze me nodig had, waarom ze er zo slecht aan toe was?'

'Omdat ze het moeilijk had met haar studie, zei je. Omdat ze voor haar examens was gezakt...'

'Omdat ze was verkracht.'

Alice staarde hem verbijsterd aan. Ze had het gevoel alsof ze een stomp in haar maag had gekregen, alsof ze geen lucht kreeg.

'Verkracht door een monster dat misbruik maakte van haar onschuld, haar jeugd.'

'Nee, Oliver...'

'Ze was nog maar een meisje, míjn meisje, met haar hele leven nog voor zich. Ze was vrolijk en zorgzaam en grappig en beeldschoon... en hij heeft dat allemaal afgepakt.'

'Ik geloof je niet. Ik...' Maar ze geloofde hem wel. De pure woede in zijn ogen was niet gespeeld.

'Ik wist het eerst niet, ze heeft het me nooit verteld. Maar op een dag kwam ik thuis en lag er een afscheidsbriefje naast haar dagboek. Daar stond het allemaal in, geloof me, maar na een paar woorden was ik de deur al uit. Ik had zo'n idee waar ze naartoe zou, maar ik was te laat.' Hij hijgde moeizaam, alsof de emoties elk moment konden losbarsten. 'Ik zag haar... ik zag haar op de brug. Ik riep naar haar, maar ik was te laat.'

Ondanks alles stak Alice haar hand naar hem uit, pakte ze zijn arm vast. Wat Oliver haar vertelde was meer dan gruwelijk en hartverscheurend.

'Op mijn knieën zat ik op de weg en hield ik haar in mijn armen tot de ambulance kwam. Ik dacht dat ik haar kwijt zou raken.'

'Maar dat was niet zo, je hebt haar erdoorheen gesleept.'

'Misschien had ik dat niet moeten doen.'

'Dat moet je niet zeggen. Je hebt het goed gedaan.'

'O ja? Al acht jaar ligt ze in dat bed, moet ze allerlei vernederingen, allerlei ingrepen ondergaan en waarvoor? Ze ligt daar maar, met longen die vollopen, ze verdrinkt in haar eigen slijm...'

'Alsjeblieft, hou op!' Alice huilde, ze kon het niet verdragen. Tot haar verbazing zweeg hij en zijn boosheid en verdriet leken opeens opgebrand. 'Het is niet eerlijk dat je er alleen voor stond.'

'Wie had ik moeten bellen? Jou?'

Hij zei het op valse toon, maar ze negeerde het. 'De politie. Je had naar de politie moeten gaan.'

'O ja? Terwijl ze in coma lag, niet kon praten, niet kon bevestigen wat er was gebeurd?'

'Je had het dagboek.'

'En hij had twee vrienden, twee hándlangers die bereid waren te zeggen dat het niet was gebeurd, dat Julia het had verzonnen. Denk je dat we gerechtigheid zouden hebben gekregen?'

'Maar het is de taak van de politie...'

'... om verkrachters en leugenaars te beschermen. Mooi niet dat ik haar lot in hun handen zou leggen. Julia is van mij, ze is altijd van mij geweest.'

Voor het eerst begon Alice echt zenuwachtig te worden. Zijn intensiteit maakte haar bang. 'Als we dan nu naar de politie gaan? Jij hebt het dagboek, dan gaan we samen.'

Maar Oliver schudde zijn hoofd.

'Ik meen het, Oliver. Ik kan zolang blijven als nodig is. Dan zorgen we ervoor dat die man ondervraagd en aangeklaagd wordt.'

'Je verspilt je tijd.'

'Hoe kun je dat nou zeggen?'

'Je bent te laat.'

Hij zei het zo resoluut dat Alice even zweeg. 'Ik begrijp het niet.'

'Dat heb je nooit gedaan.'

'Waar is die man? Wat is er met hem gebeurd?'

'Hij is dood.'

Oliver zei het zo kalm dat Alice even sprakeloos was. Toen vermande ze zich en slaagde erin te vragen: 'En die anderen dan? Degenen die hebben gelogen? Zij kunnen toch zeker...'

'Die zijn ook dood.'

Alice verstijfde. Er lag een triomfantelijke klank in zijn stem, maar dat was toch zeker onmogelijk? 'Hoe zijn ze overleden, Oliver?'

Haar ex staarde haar alleen maar aan.

'Wat heb je gedaan?'

Nog steeds zei hij niets.

'Alsjeblieft Oliver, je maakt me bang. Zeg me wat er is gebeurd.'

Hij bleef naar haar staren en genoot van haar ongemak. Alle lucht leek uit de kamer weggezogen – de sfeer was gedempt, gespannen, koortsig – tot de zware stilte opeens werd doorbroken door een indringend, aanhoudend geluid. Het geluid van sirenes.

Oliver reageerde direct. Hij rende naar het raam en keek naar buiten. De sirenes werden luider, ze kwamen dichterbij. Hij draaide zich om en haastte zich naar de deur, maar Alice stak haar arm uit en pakte hem bij zijn jas vast.

'Zeg het me. Zeg me wat je hebt gedaan.'

Hij haalde met zijn elleboog naar haar uit en stompte haar in de ribben. Toch bleef ze vasthouden, ondanks de pijn die door haar heen schoot. Hij worstelde om los te komen, greep haar haren vast en probeerde haar van zich af te rukken, maar dit was een gevecht dat ze niet van plan was te verliezen.

Opeens móést ze weten wat haar ex was geworden.

138

Ze racete over de weg totdat ze met haar motor achter Hudsons politiewagen zat.

Terwijl ze door de ziekenhuisgangen naar de uitgang was gerend, had ze Charlie gebeld en haar verteld over de belastende verklaring van Julia. Haar vriendin was direct in actie gekomen en voordat Helen goed en wel bij haar Kawasaki was, was het team al onderweg.

Helen was dwars door de stad naar Upper Shirley gescheurd. Hoe dichter ze bij het huis van Winter kwam, hoe luider de sirenes klonken, totdat ze de auto van Hudson had gezien en zich bij hem had aangesloten. Dankzij zijn sirenes en zwaailicht waren ze binnen een mum van tijd waar ze moesten zijn. Helen gebaarde naar Hudson dat hij via de voordeur moest gaan, terwijl ze zelf weer gas gaf en via een zijstraat naar de achterkant van het huis reed.

Ze telde de huizen en kwam met slippende banden achter Winters huis tot stilstand. Ze zette de motor af, sprong ervan af en rammelde aan het hek. Het verbaasde haar niets dat het op slot zat, maar ze aarzelde geen moment, zette haar voet op de gietijzeren handgreep en hees zichzelf er behendig overheen.

Zodra haar voeten de grond raakten, rende ze naar de achterdeur, met haar wapenstok in de aanslag. Ze had niet het gevoel dat Winter zich makkelijk zou overgeven.

Eenmaal bij de deur stak ze haar hand naar de deurkruk uit, maar voordat ze die kon aanraken, vloog de deur open. Instinctief hief ze haar arm toen er een grote gedaante op haar afkwam.

Maar het was Joseph Hudson. Zijn verhitte en teleurgestelde blik vertelde haar alles wat ze moest weten.

Ze waren te laat.

139

'Ik wist niet waar hij mee bezig was, ik wist dit allemaal niet.'

Helen was geneigd haar te geloven. Alice Karlsson had bloed op haar mond en wang zitten en zag lijkbleek. De omgevallen meubels duidden op een worsteling, evenals het bloederige zakdoekje dat ze tegen haar neus gedrukt hield.

'Ik kwam voor mijn dochter,' hield de geschrokken vrouw vol. 'Ik wist dat ze in het ziekenhuis lag, dat het slecht met haar ging… maar… maar ik wist niet dat ze was verkracht, laat staan dat Oliver…' Haar stem stierf weg terwijl ze de recente ontdekkingen probeerde te verwerken.

'U hebt geen contact meer met uw man gehad sinds u het land uit bent?'

'Nee. Ik heb geprobeerd hem te bellen, mijn advocaten hebben geprobeerd hem te bellen…'

'En hij heeft u nooit over Julia verteld?'

Ze schudde bedroefd haar hoofd. 'Hij wilde haar helemaal voor zichzelf houden. En misschien wilde hij mij straffen.'

Het was wreed en onaangenaam, maar het klonk wel logisch.

'Heeft hij ooit geweld tegen u gebruikt?'

'Een enkele keer, maar niet heel erg.'

'Hij heeft dus nooit eerder zoiets gedaan?'

'Natuurlijk niet. Maar hij heeft in Zweden in dienst gezeten, dat was verplicht voor mannen in die tijd, dus zal hij wel iets hebben geleerd over vechten, over camouflagetechnieken.'

'Aha. En jaagde hij hier tijdens uw huwelijk ook? Schoot hij wel eens op dieren?'

'Nee, maar in Zweden wel. Als jongetje nam zijn opa hem mee. Dan jaagden ze met bogen op elanden. Dat mag nu niet meer, maar toen…'

'Hij wist dus hoe hij een boog moest gebruiken,' onderbrak Helen haar. 'Een kruisboog in het bijzonder?'

'Natuurlijk,' antwoordde Alice, alsof het de gewoonste zaak van de wereld was. 'Zijn opa zwoer bij die dingen, en aan het einde van de dag mocht Oliver de boog van opa dan schoonmaken. Oliver was gek op die boog…'

Helen staarde haar aan.

'… en hij kon als geen ander met dat ding omgaan.'

140

Hij liep steeds dieper zijn heiligdom, het bos in. Hij had geweten dat dit moment zou komen en hoewel de plotselinge komst van Alice zijn plannen behoorlijk in de war had gestuurd, was hij nu toch verbazingwekkend kalm. Al heel lang geleden had hij zich voorgesteld hoe dit zou aflopen en hij was er klaar voor.

Winter bleef stilstaan en legde zijn zware rugzak neer. Even keek hij om zich heen in het stille bos en genoot hij van het voldane gevoel dat deze omgeving hem altijd gaf, waarna hij zijn rugzak openmaakte en de inhoud eruit haalde. De zon begon net achter de horizon te verdwijnen; de laatste gouden stralen piepten tussen de lage takken door. Dat betekende dat het tijd was.

De afgelopen acht jaar hadden in het teken gestaan van leed. Van totale, hartverscheurende wanhoop, afgewisseld met vlagen van razernij en momenten van totale uitputting. Zijn dagen had hij gewijd aan Julia. Mooie dagen, maar ook afschuwelijke, want daar lag zijn dochter dan, of liever, haar omhulsel, comateus in een ziekenhuisbed. De nachten waren daarentegen alleen maar ondraaglijk. Dan sloeg de verlammende eenzaamheid toe en werd hij bezeten door verdriet, haat en radeloosheid. Overdag bracht hij uren met Julia door en probeerde hij te putten uit haar goedheid, positiviteit en fatsoen, maar ieder jaar werd het moeilijker om de stemmen in zijn hoofd tot stilte te manen.

Uiteindelijk had hij op Facebook, LinkedIn en Twitter haar aanvallers en verraders opgezocht en zich verdiept in hun levens. Hij had gelezen over hun tegenslagen en teleurstellingen, maar ook over alles wat meezat. Vakanties, nieuwe auto's, nieuwe huizen en zelfs de verloving van Campbell. Eerst was hij zwaar verbitterd geweest over het feit dat zij nog leefden, lachten en lol hadden, maar later, toen hij in de plaatselijke krant las dat Morgan weer had toegeslagen en nog meer jonge levens had verwoest, was hij razend geworden. In de duisternis voelde hij zich dan omringd door drammerige, volhardende duivels die wraak en boetedoening eisten. Uiteindelijk had hij aan ze toegegeven en had hij die verandering in zichzelf omarmd.

Na dat moment had hij zijn nachten besteed aan het vervaardigen van zijn gevechtstenue en van zijn eigen boog, een exacte replica van de boog waar hij als jongen zo veel plezier mee had gehad. De eerste keer dat hij het pak had aangetrokken en het donkere leer zijn bovenlijf, armen en benen had omvat, voelde hij zich behoorlijk ongemakkelijk en onzeker, maar na een paar keer gaf het hem een kick om zich zo machtig en onschendbaar te voelen. Ook de capuchon gaf hem extra zekerheid, omdat die hem beschermde tegen nieuwsgierige blikken van mensen die hij onverhoeds in het donkere woud tegenkwam. Maar het was vooral de helm, die hij in zijn werkplaats met zijn eigen handen had gemaakt, die de transformatie afmaakte. Het was een eenvoudig, stevig ding, maar ergens maakte het hem tot wie hij was. Alleen al met die helm op werd Oliver Winter een groter, beter, sterker man. Als hij zijn gevechtspak droeg, verdween de twijfel, de angst, de wroeging. De koppige, ijverige, zorgzame man die beleefd de verpleegkundigen van zijn dochter bedankte terwijl ze achter zijn rug samenspanden om haar van de beademing te halen... die laffe slapjanus verdween zodra de helm over zijn hoofd zakte.

Dan werd hij iemand anders. Dan werd hij een kind van de nacht.

141

Ze scheurde over het asfalt met haar blik strak op de weg gericht. Zo nu en dan keek ze in haar spiegel, maar Hudson was nog maar een stipje in de verte en het zwaailicht op zijn auto was het enige wat ze nog zag. Ze week van het protocol af door niet op hem te wachten, maar elke seconde telde nu ze wisten dat Winter weer in het bos was.

Er was een gestolen Land Rover aan de westkant van de stad gesignaleerd die vervolgens ergens op de landelijke weggetjes was verdwenen. Het voertuig dat drie weken geleden van een parkeerplaats in Woolston was gestolen stond op de lijst van het team, en de verkeerspolitie was op pad gestuurd om het te onderscheppen. Een half uur later had een oplettende agent de terreinwagen verborgen in het groen in de buurt van Burgate zien staan, aan de rand van het bos. De auto, met een tweeënhalve meter lange rubberen slang achterin, was open en de sleutels zaten er nog in. Dat laatste zei Helen meer dan genoeg. Winter was niet van plan te ontsnappen.

Ging hij zichzelf iets aandoen? Of wilde hij nog een laatste keer stelling innemen? Hoe dan ook, ze moesten hem zo snel mogelijk inrekenen. Ondanks alle waarschuwingen kwamen er nog steeds mensen naar het bos, uit onwetendheid of arrogantie, om nog maar te zwijgen van de bewoners die aan de rand van het bos woonden. Als Winter daar nu ergens rondliep, moesten ze hem oppakken. Ze hadden zijn huis, zijn werkplaats en zijn auto doorzocht, maar de kruisboog niet gevonden, dus moesten ze ervan uitgaan dat hij gewapend en gevaarlijk was.

Twee arrestatieteams waren onderweg naar het bos. Ze hoopte vurig dat ze ze niet nodig zou hebben, maar was bang van wel. Winter had een grens overschreden, had de smaak van bloed te pakken en het zou moeilijk worden om hem met conventionele middelen in te rekenen, zeker op zulk onbekend terrein.

Helen voelde de opwinding prikkelen, ook al stond ze stijf van de spanning. Ze was op grote snelheid onderweg naar een verdachte, naar een onzekere en mogelijk gewelddadige conclusie van deze complexe zaak, maar eindelijk hadden ze de dader in het vizier.

Het einde was in zicht.

142

Hij liep stilletjes door het bos, om vooral geen geluid te maken. Hoe vaak had hij hier al niet gelopen, eerst met Alice en hun kind en later alleen met Julia? Hij wist hier blindelings de weg. De betekenis van het bos in zijn leven was in de tussenliggende jaren wel veranderd. Waar het eerst een afleiding van de sleur van alledag was, was het nu zijn heiligdom, zijn veilige plek.

Er waren mensen die de grote takken boven hun hoofd beangstigend of onheilspellend vonden, maar in zijn ogen waren het net grote armen die hem omhelsden. Het bos was nu zijn vriend, of nee, meer dan dat: zijn bondgenoot. Het was een plek waar hij kon zijn wie hij móést zijn.

Als hij Caleb Morgan in het dagelijks leven was tegengekomen, zou hij dan de moed hebben gehad om hem te doden? En Campbell en Scott? Overdag, midden in de sleur van het dagelijks bestaan, voelde hij zich onzeker, gefrustreerd en machteloos. Maar in het bos was dat anders. Hier kon hij iedere neiging tot genade en medelijden de kop indrukken en gaf hij toe aan zijn woede en haat. Het doden van die pony's had hij erg onplezierig gevonden, maar het was nodig geweest; een belangrijke stap op weg naar zijn nieuwe identiteit waarvoor hij zijn vaardigheden nu eenmaal moest verbeteren. In de rol van jager voelde hij zich groter, sterker en onaantastbaar, maar het was meer dan dat. Zodra hij het bladerdak van al die oude bomen boven zich wist, leek de hele notie van tijd te veranderen. Hier stond de tijd aan zijn kant.

Als hij zijn prooien naderde, als ze doodmoe en de wanhoop nabij waren, dan leek de tijd langzamer te gaan. Dan kon hij ieder detail zien: de angst in hun ogen, het bloed op hun huid, het vuil onder hun nagels als ze smekend hun handen naar hem ophieven. Seconden leken dan wel minuten – als in slow motion sprongen de pijlen los en zoefden ze door de lucht, voordat ze hun doel raakten. Dat waren de momenten waarop hij het meest genoot, als hij de schok op hun gezicht zag en het bloed en het leven uit hun lichaam weg lekten.

Zoiets had hij al eens eerder meegemaakt, maar die ervaring was een stuk minder aangenaam geweest. Het was het afschuwelijkste wat hij ooit had meegemaakt. Nadat hij Julia's afscheidsbrief had gevonden, was hij direct naar Itchen Bridge gescheurd in de veronderstelling dat ze daarnaartoe was gegaan, zoals wel meer mensen deden. Als het verkeer niet zo had tegengezeten, als hij een paar minuten eerder thuis was geweest, had hij haar misschien kunnen tegenhouden. Maar hij kwam bij de brug aan op het moment dat Julia over de reling klom. Hij had naar haar geroepen, geschreeuwd, gekrijst, maar ze leek hem niet te horen. Hij had gezien hoe ze voorzichtig een stapje deed op de richel, en toen nog een stapje. Al schreeuwend had hij gerend zo hard hij kon, maar hij ging niet snel genoeg, zijn benen bewogen in slow motion. En hij schreeuwde niet hard genoeg, want ze hoorde hem nog steeds niet. Als ze hem had gehoord, was ze toch wel blijven staan? Maar dat had ze niet gedaan. Ze had zichzelf gewoon laten gaan. Het leek wel of ze een eeuwigheid onzeker op die richel had staan schommelen voordat ze haar armen had uitgespreid en zich had laten vallen.

Hij had nooit geweten dat tijd op die manier kon vervormen, dat die met hem kon spelen, hem het idee kon geven dat hij misschien wel op tijd bij haar zou zijn, om vervolgens al zijn hoop te verpletteren. Sinds die gebeurtenis had hij dezelfde vreemde, magische ervaring nog een paar keer gehad, hier in het bos, zijn nachtelijke speelparadijs.

Men zou over hem oordelen, hem psychotisch en gestoord noemen, maar de dood van die lui had góéd gevoeld. Het was het vereffenen van een rekening, de plicht van een vader. Hij zou zich er niet voor verontschuldigen en hij zou zich ook niet als een mak lammetje laten arresteren. Het was nooit zijn bedoeling geweest om voor gerechtigheid te vluchten of de afrekening te vermijden en hij was vastbesloten om dit op zijn eigen voorwaarden te doen.

Dit hele bedroevende verhaal was jaren geleden in het bos begonnen. Vanavond zou het daar ook eindigen.

143

Charlie negeerde de pijn in haar been en rende voorovergebogen over het heliplat om de rotorbladen te ontwijken. Helen was inmiddels in het bos, had contact gelegd met de arrestatieteams en was de zoektocht begonnen. Maar vóór die tijd had ze Charlie gebeld en haar opdracht gegeven naar het heliplat te gaan. Het werd avond en het terrein dat afgezocht moest worden, was groot; ze zouden ogen in de lucht nodig hebben om Winter uit te roken.

De piloot opende de deur voor haar, waarop Charlie instapte en zich insnoerde. Ze zat pas voor de tweede keer van haar leven in een politiehelikopter en het lawaai, de energie en de kracht van de machine waren opwindend. Over nog geen vijf minuten zouden ze boven de New Forest zijn en met hun zoeklicht door de duisternis schijnen. Het licht van de helikopter was bijzonder krachtig en zou de bosbewoners doen opschrikken terwijl het over het bos zwiepte. Zouden ze Winter in die straal kunnen vangen? Als hij eenmaal in zicht was en ze hem vanuit de lucht konden volgen, was ontsnappen niet meer mogelijk.

'Klaar?'

Charlie knikte en stak haar duimen op. Onmiddellijk liet de piloot de rotorbladen met een oorverdovend lawaai boven hen draaien en een paar seconden later steeg de helikopter op; hij hing even boven het platform en verdween toen met een zwaai in de nacht.

144

Zijn auto stuiterde over het grasveld totdat hij precies aan de rand van het bos tot stilstand kwam.

Helens Kawasaki stond vlakbij geparkeerd, naast de busjes van het arrestatieteam, maar van haar zelf was geen enkel spoor te bekennen. Vloekend sloeg Hudson de deur dicht en liep naar de motor toe. Hij had zijn best gedaan om haar bij te houden, maar het was een oneerlijke strijd geweest en ergens op de ringweg was hij haar uit het oog verloren. Hij had zo hard mogelijk gereden in de hoop dat hij haar vóór de zoektocht nog zou treffen, zodat hij erbij zou zijn als Winter eindelijk gepakt werd, maar ze had niet op hem gewacht. Had hij zijn motor nou maar bij zich gehad toen het verlossende telefoontje kwam, in plaats van die logge dienst-auto.

Inmiddels was er een andere auto gestopt waar rechercheurs McAndrew en Osbourne uit stapten. Zij werden op de voet gevolgd door de andere leden van het team – nog even en ze waren compleet. Dan zouden ze met z'n allen de donkerste uithoeken van het bos doorspitten, op zoek naar Oliver Winter. Hudson twijfelde er geen moment aan dat hun hoofdverdachte ergens in het bos zat en die gedachte maakte hem doodnerveus. Winter had zich daar niet voor niets teruggetrokken; hij wist donders goed dat hij in de werkelijke wereld geen schijn van kans had. Daar waren er honderd-en-een manieren om hem te pakken te krijgen, maar het bos was zijn domein. Daar was hij in het voordeel. Zelfs geoefende scherpschutters van de politie zouden daar letterlijk en figuurlijk van het pad raken, onbekend als ze waren met de vage weggetjes en geheime schuilplekken. Wat zou dat voor hen betekenen? En voor Helen?

'Wat wil je doen?'

McAndrew en Osbourne waren bij hem komen staan.

'Wil je wachten, of...?'

Hudson keek naar McAndrew en daarna over haar hoofd naar de andere auto's die kwamen aanrijden. Het was een moeilijke beslissing. Het hele team was er nu, maar ze waren allemaal ongewapend. In de meest ideale situatie zouden ze wachten tot de helikopter in de lucht was en het derde arrestatieteam er was, maar dat team was net vertrokken uit Bournemouth en zou er pas over een uur zijn.

'We gaan ervoor,' zei Hudson. Hij gebaarde naar de anderen dat ze moesten volgen en liep, met McAndrew en Osbourne op zijn hielen, het bos in. Waarschijnlijk was het een riskante, onbezonnen actie, maar Hudson zag geen andere manier.

Helen werd in dat bos bedreigd door een sinister, onzichtbaar onheil en hij zou haar onder geen enkele voorwaarde aan haar lot overlaten.

145

'Blijf dicht bij elkaar.'

Haar gedempte bevel had direct effect. De gewapende politiemensen sloten de gelederen weer en liepen in een strakke pijlformatie verder, Helen voorop. Onder normale omstandigheden zouden zij vooroplopen, omdat zij het best uitgerust waren om een levensbedreigende situatie te neutraliseren, maar vanavond was de situatie anders. Ze was blij dat ze er waren, maar zelfs deze professionals leken een beetje zenuwachtig door de allesomvattende duisternis en de niet-aflatende bewegingen om hen heen. Ze zou ze nodig hebben als ze Winter vonden, maar wilde ze niet voorop hebben; stel dat ze een verdwaalde kampeerder of een dier tegenkwamen. Voorlopig nam zij de leiding en was zij hun oren en ogen tijdens hun jacht op de meedogenloze moordenaar.

Ze waren bij Burgate aan de westrand begonnen en vandaaruit het bos in getrokken. Ze hadden de paden in oostelijke richting gevolgd, waren hier en daar uitgewaaierd, voordat ze weer in formatie verder waren gegaan, voortdurend op zoek naar tekens van leven. Mogelijk liep Winter langs de bosrand, net uit het zicht en in staat om weg te vluchten als het nodig was, maar iets zei Helen dat hij zich dieper tussen de bomen zou terugtrekken en zijn toevlucht zou zoeken in het hart van het woud.

Ze gingen maar door, stapten behoedzaam over gevallen takken en vermeden de vele kuilen. Ze hielden de straal van hun zaklamp laag om te zien wat er op hun pad lag, zonder hun komst aan te kondigen. Het was zoeken naar een speld in een hooiberg met die smalle lichtbundels – speldenprikjes vergeleken bij de allesoverheersende duisternis in het bos. Maar het was nu te laat om te twijfelen. Dit was het plan dat ze hadden gekozen en Helen wist dat ze er vol voor moesten gaan.

Ze liep verder en maakte haar portofoon ondertussen van haar riem los. Voorzichtig zette ze hem aan, het geluid op zacht. In de verte kon ze het doffe gedreun van de politiehelikopter horen. Het was bijna tijd om contact op te nemen met Charlie om hun zoektocht door het bos te coördineren, maar dat wilde ze nu nog niet doen. Elk geluid kon Winter erop attent maken dat ze in de buurt waren en dat wilde ze voorkomen aangezien hij toch al in het voordeel was. In stilte zochten ze verder, al werd er af en toe zachtjes gevloekt wanneer iemand met zijn voet een uitstekende wortel of een konijnenhol raakte.

De verstikkend dichte begroeiing van het bos leek hier iets dunner te worden en tot haar verbazing leek het wel of Helen licht in de verte zag. Ze versnelde haar pas, liep die kant op en zag toen dat het maanlicht was dat op een open plek scheen. Het was vanavond volle maan en het gebied zag er griezelig mooi uit, maar ook gevaarlijk; open terrein dat aan alle kanten werd omringd door donker bos.

'Rustig aan...' Helen stak haar hand omhoog en het team vertraagde iets. Behoedzaam liep Helen de open plek op, maar er gebeurde niets, nergens bewoog iets. Haar teamleden hielden hun positie, op hun hoede voor gevaar, maar toen ze niets zagen, liepen ook zij voorzichtig het felle maanlicht in.

Gevoelsmatig wilde Helen hier zo snel mogelijk weg – ze

vormden een gemakkelijk doelwit. Snel liep ze naar de andere kant. Nog zes meter en ze was weer in de duisternis, nog drie, anderhalf... Ze slaakte een zucht van verlichting en scheen met haar zaklamp weer in het dikke struikgewas. Waar een paar ogen haar recht aanstaarden.

'Hier!'

Onmiddellijk bracht het team de wapens in de aanslag en zochten ze met hun zaklamp naar hun prooi.

'Gewapende politie! Leg je...' Maar nog voor de teamleider zijn waarschuwing had kunnen afmaken, was de uil opgevlogen en klapperde hij wild met zijn vleugels om te ontsnappen. De teamleden lieten hun wapens zakken, keken naar Helen, die verontschuldigend gebaarde en aangaf dat ze door moesten. Zonder mopperen deden ze dit, volledig gericht op hun taak.

Helen was blij met deze vakmensen, met hun vastberadenheid, maar hoewel ze haar best deed om vertrouwen uit te stralen, gaf het incident haar weinig energie of hoop. Haar hart ging tekeer, ze was tot het uiterste gespannen en voelde zich opeens heel kwetsbaar. Het bos was zo uitgestrekt, zo vol leven, zo donker en mysterieus dat ze overal dreigingen zag. Misschien stond Winter op dit moment wel naar hen te kijken, maakte hij zich klaar voor de aanval; zonder waarschuwing, zonder verraderlijk geweervuur, met alleen de hevige inslag van een pijl in het lichaam. Helen had zich nog nooit zo weerloos gevoeld, zo kwetsbaar, en met elke stap was ze bang dat het haar laatste zou zijn.

Toch hadden ze geen keus en gingen ze verder, onverbiddelijk op zoek naar een mysterieuze moordenaar die weigerde zichzelf te laten zien.

146

Hij stak zijn hand uit, maar trok hem net zo snel weer terug. Zelfs nu hij zo ver was gekomen, zo veel risico's had genomen, wist hij niet zeker of hij ermee door kon gaan. Het was natuurlijk vreselijk treurig dat een volwassen man aarzelde om een oude telefooncel binnen te stappen, maar toch voelde het fout. Alsof hij zichzelf verraadde als hij het ding aanraakte.

Nathaniel Martin raapte zijn moed bijeen en trok aan de zware ijzeren deur, die zonder moeite openging. Binnen was het vies en het stonk er naar urine. Af en toe werd er nog wel eens van dit overblijfsel van het premobiele tijdperk gebruikgemaakt door een toerist – Martin had dat een aantal keer gezien – maar meestal waren het dronken boeren en tieners die het glorierijke, rode monument wilden markeren.

Martin stapte naar binnen en liet de deur achter zich dichtvallen. De stank werd er alleen maar erger door, net als zijn claustrofobie, en hij werd er misselijk van. Maar als hij nu ging twijfelen, zou hij de moed verliezen. Dan zou hij zich omdraaien en het bos weer in vluchten, dus deed hij nog een stap en pakte de kunststof hoorn van de haak.

Toen het zachte gezoem van de kiestoon in zijn oor klonk, waande hij zich even terug in zijn jeugd, toen hij wel eens stiekem in een telefooncel zijn vriendinnetje belde. Maar die fijne herinneringen strookten niet met het bittere heden en hij concentreerde zich op het hier en nu.

Lange tijd had hij gepiekerd over wat hij moest doen. Hij had de wereld afgezworen en had zeker niet verwacht dat hij ooit nog gebruik zou maken van welke vorm van technologie dan ook, maar wat moest hij dan? Hij wist al een tijd dat er iets boosaardigs in het bos was. Maar tot vanavond had hij niet geweten wat – of liever gezegd wie – dat was.

Hij was vanavond in het donker op pad gegaan om zijn klemmen te controleren. Het bos was opmerkelijk stil, anders was het geluid van de gedempte voetstappen hem waarschijnlijk niet opgevallen. Maar zijn zintuigen waren scherp ontwikkeld en hij was nog steeds bedacht op opsporingsteams. Hij had zijn oren gespitst toen hij zachte stappen dacht te horen die zijn kant op kwamen, waarna hij onmiddellijk zijn toevlucht had gezocht tussen de takken van een taxus. Waarom zijn hart opeens zo tekeerging en hij zo bang werd, begreep hij zelf niet, maar hij had zich doodstil gehouden toen de figuur langs hem heen sloop. Nathaniel had zijn gezicht niet gezien – hij leek een soort masker op te hebben – maar de kruisboog die hij bij zich had, viel des te meer op. Hij had nauwelijks adem durven halen toen hij de gestalte zo'n vijftien meter verder zag lopen, naar de oever van Cooper's Lake, waar hij ging zitten om te rusten.

Nathaniel had direct gebruikgemaakt van het feit dat de figuur met zijn rug naar hem toe zat en was in beweging gekomen. Snel was hij tussen de bomen en struiken door gelopen, wel een kilometer of meer, waarna hij was afgebogen en zich naar de rand van het bos had begeven. Van daaruit was het nog maar een korte wandeling naar de telefooncel.

Hij blies nu zijn adem uit en hield de smerige hoorn aan zijn oor. Eigenlijk had hij gehoopt dat hij dit soort dingen nooit meer hoefde te doen, maar hij kon het kwaad niet langer negeren. Daarom haalde hij het verfrommelde kaartje van rechercheur Brooks uit zijn zak en toetste haar nummer in.

147

Ze zou zich oppermachtig moeten voelen, maar was alleen maar misselijk. De helikopter cirkelde in ruime bochten boven het bosgebied en richtte zijn krachtige lichtbundel op het bladerdek. Charlie had een ereplaats, had uitzicht op het bos zoals maar weinigen dat ooit zouden zien, maar ze kon er niet van genieten. In het donker zag de enorme lap bos er sinister uit, als een smet op het landschap, waardoor ze zich van alles in haar hoofd haalde. Maar wat nog veel vervelender was, voor haar in elk geval, was het feit dat er een stevige wind stond, waardoor hun lichte toestel schokte en slingerde. Charlie had over het algemeen geen last van luchtziekte, maar deze keer kende haar onophoudelijke misselijkheid geen genade.

Ze klampte zich vast aan de handgreep boven haar hoofd in de hoop dat ze niet hoefde over te geven. Dat zou niet alleen gênant zijn, maar ook bijzonder onaangenaam voor haar en de piloot, samen in die kleine cockpit. Dus vocht ze tegen de misselijkheid en probeerde zich op haar werk te concentreren door in het bos te zoeken naar hun verdachte.

Dat was een stuk moeilijker dan ze had gedacht. Vorige keer hadden ze een vluchtende verdachte over de weg gevolgd. Dat was gemakkelijk geweest: de felblauwe Vauxhall was wel opgevallen toen hij door een woonwijk scheurde. Bovendien was gemakkelijk te voorspellen geweest waar de auto naartoe zou gaan omdat de wegen vanuit de lucht net een lego-constructie leken.

Maar het bos bij nacht was een heel andere kwestie. Als ze te hoog vlogen, zagen ze helemaal niets. En als ze te ver daalden, kwamen de boomtoppen opeens tot leven en zwaaiden ze wild heen en weer in de neerwaartse wind van de rotorbladen. Zelfs als ze het precies goed timeden – geen gemakkelijke klus met al die windvlagen – was de schijnwerper niet helemaal betrouwbaar. De krachtige straal verlichtte veel, maar creëerde ook enorme schaduwen. Meer dan eens dacht Charlie dat ze een vluchtende figuur zag, die vervolgens als een luchtspiegeling verdween wanneer ze de lichtbundel erop richtte. Ze vroeg zich nu af of ze zich dingen inbeeldde, zo gespannen was ze.

'Wil je nog een keer rond?'

Ze hadden het gebied aan de noordkant één keer omcirkeld en de piloot had een nieuwe opdracht nodig. Charlie vroeg zich af wat ze moesten doen – in zuidelijke richting naar Helen of naar het oosten – toen haar telefoon begon te trillen. Ze haalde hem uit haar zak en keek op het schermpje. Het was een lokaal nummer dat ze niet herkende, dus drukte ze het weg om de lijn open te houden. Ze wendde zich tot de piloot en antwoordde: 'Ik denk dat we...'

Weer trilde de telefoon. Deze keer nam ze op, al was het kortaf. 'Ja?'

'Rechercheur Brooks, met Nathaniel Martin.'

Charlie wist niet of ze het goed had gehoord boven het lawaai van de rotorbladen uit. 'Sorry, met wie?'

'Nathaniel Martin, we hebben elkaar een paar dagen geleden ontmoet.'

'Ja, natuurlijk...' Charlie antwoordde aarzelend omdat ze geen idee had hoe ze moest reageren.

‘Neem me niet kwalijk dat ik u lastigval…’

Hij sprak langzaam en overdreven beleefd, alsof hij het gevaarlijk of eng vond om met iemand te praten, of misschien wel allebei. Maar er lag ook een dringende toon in zijn stem toen hij besloot: ‘… maar ik heb informatie waar u misschien iets aan hebt.’

148

'Weet je zeker dat hij het was?' Helen had Charlie al een paar keer om bevestiging gevraagd, gewoon omdat ze het maar niet kon geloven.

'Ja, heel zeker. Hij wist wie ik was en had het over onze confrontatie. En hij belde mij omdat hij mijn kaartje had.'

'Geloof je hem?'

'Ik zou niet weten waarom niet. Hij klonk oprecht boos en bezorgd. Hij is gek op dat bos en de pony's.'

'Waar zei hij dat Winter was?'

'Hij zei dat hij zat uit te rusten bij Cooper's Lake. Dat is een meertje waar de Latchmere Brook op uitkomt.'

Helen scheen met haar zaklamp op haar kaart. 'Ik heb het gevonden,' zei ze snel. Het lag in het meest afgelegen deel van het bos, precies waar ze het team naartoe had geleid. Dit was waar de eerste moord was gepleegd en waar Winter zich misschien het veiligst voelde. Het was logisch dat hij zich daar zou hebben teruggetrokken. 'Ik zit daar zo'n vijf minuten vandaan. Hou positie in het oosten, totdat ik zeg dat je verder mag. Nu wij in het voordeel zijn, wil ik hem niet wegjagen.'

'Begrepen.'

Helen verbrak het contact met Charlie en meldde het nieuws

aan Hudson, waarna ze zich weer tot de leden van het arrestatieteam wendde. 'Naar Cooper's Lake. Snel en stil, graag.'

Ze haastten zich door het bos, springend over takken, boomstammen en struiken die op hun pad kwamen. Hun zaklampen stonden op de laagste stand, maar de maan scheen zo fel dat het pad redelijk goed verlicht werd. Tot dusver had alles tegengezeten, maar nu leek het opeens of de goden hun gunstig gezind waren.

Helen maakte voort; de anderen moesten moeite doen om haar bij te houden. Gedurende dit hele onderzoek had ze het gevoel gehad dat ze achter de feiten aan liep. Ze hadden steeds maar weer in de verkeerde richting gezocht en er een paar keer behoorlijk naast gezeten, dus nu het eindelijk goed ging, borrelde ze over van energie en opwinding. De dader had steeds weten te ontkomen, maar nu hadden ze eindelijk een concrete aanwijzing en dus de kans om deze gewelddadige, sadistische moordenaar in de kraag te vatten. Helen hoopte maar dat hij bleef waar hij was, of dat hij zich in ieder geval niet snel verplaatste. Als hij nu wist te ontkomen, zou het misschien uren, zo niet dagen duren om zijn spoor weer op te pikken, want hij had ruimschoots bewezen dat hij ongemerkt in het bos kon opgaan.

Het verbaasde Helen hoe meegaand het bos nu leek. In het begin had het geleken of het haar had tegengewerkt: ze was vast komen te zitten in doornhagen die haar huid en haar kleren aan flarden scheurden, en het had het haar langs doodlopende paden gestuurd. Maar nu lag alles voor haar open en werd ze nog bijgelicht ook. Terwijl ze moeiteloos verder beende, merkte ze dat ze het team ver voor was, dus ging ze wat langzamer lopen en scheen ze met haar zaklamp omhoog, zodat de anderen haar licht konden volgen. Daarna zette ze de pas er weer in en liep ze verder door het donkere woud.

Maar terwijl ze dat deed, bleef haar voet ergens achter haken. Ze voelde zichzelf vallen zonder dat ze ook maar enige controle had, en ze verwachtte ieder moment plat op haar gezicht terecht te komen, maar tot haar afgrijzen blééf ze vallen. Wanhopig graaide ze met haar handen om zich heen in een poging zich ergens aan vast te klampen, maar ze greep alleen vruchteloos in de lucht. Een seconde later klapte ze met haar schouder ergens tegenaan en leek ze keihard honderdtachtig graden om te draaien. Nu raakte ze inderdaad de grond, maar de val was nog niet ten einde: ze schoof met een noodgang een helling af. Doornen klauwden aan haar lijf, takken zwiepten tegen haar gezicht en ze leek alleen maar harder te vallen in plaats van langzamer. Totdat ze met haar achterhoofd op iets hards terechtkwam en ze eindelijk stillag.

Te verdoofd om zich te verroeren, bleef ze liggen. Even was ze bang dat ze zou flauwvallen, want de pijn in haar hoofd was ondraaglijk, maar ze dwong zichzelf om bij bewustzijn te blijven. Hier mocht ze geen black-out krijgen.

Ze probeerde overeind te komen, maar was zo duizelig en misselijk dat ze meteen weer neerviel. Instinctief voelde ze aan haar achterhoofd, waar ze tot haar grote schrik bloed voelde. Was ze verder nog gewond? Versuft draaide ze met haar handen en voeten en daarna liet ze haar handen over haar ribben glijden. Ze dacht niet dat ze iets gebroken had, maar iedere centimeter van haar lichaam deed pijn en ze wist niet of ze zich wel kon bewegen, iets wat haar heel onrustig maakte.

Ver boven zich zag ze opeens kleine, dansende lichtjes en ze bedacht dat dat haar collega's moesten zijn, maar ze leken kilometers ver weg, hoog in de lucht. Met haar ogen half dichtgeknepen, probeerde ze zich te concentreren op de duisternis om zich heen. Pas toen kreeg ze door dat ze wel dertig meter naar beneden was gevallen, als het niet meer was. De afgrond waar ze op af was gelopen, was haar totaal niet opgevallen. Nu liep haar supportteam daarboven wanhopig naar haar te zoeken, terwijl zij hier beneden in de duisternis lag.

Hadden ze haar zien vallen? Wisten ze dat ze hier beneden lag?

'Help.' Haar stem klonk zwak en schor. 'Help!'

Ze probeerde te schreeuwen, maar ze kon niet genoeg lucht binnenkrijgen om gehoord te worden. Boven haar zag ze de zaklampen verwoed heen en weer bewegen, alsof ze een wilde dans uitvoerden.

'Ik ben hier!'

Ze was nu zo radeloos dat haar stem automatisch harder klonk. Eén blij moment dacht ze dat ze haar gehoord hadden toen de lichtstralen opeens stilvielen. Maar tot haar ontzetting zag ze vervolgens alle lichtjes vervagen toen ze allemaal tegelijk verder bij haar vandaan bewogen.

'Wacht...'

Maar het was al te laat; ze waren weg. Helen bleef vertwijfeld liggen, tot ze zich opeens herinnerde dat ze een portofoon had. Dat gaf haar weer enige hoop, en de kracht om zich om te draaien tot ze op handen en knieën zat. Ze greep naar haar riem... om te ontdekken dat haar portofoon er niet meer aan zat. In paniek voelde ze in haar zakken, maar ook de kaart was verdwenen. Haar zaklamp dan? Die lag waarschijnlijk ergens in gruzelementen op de helling, want het schijnsel ervan zag ze nergens.

Moeizaam wist Helen overeind te komen, en ze keek om zich heen. Behalve de silhouetten van de zwaaiende takken en de ritselende blaadjes zag of hoorde ze niets. Dankzij haar leren motorpak had ze geen ernstiger verwondingen aan haar val overgehouden, maar dat was het positiefste wat ze van haar situatie kon denken.

Ze was van streek. Ze was verdwaald. En ze was nu alleen in het bos.

149

Hij bewoog zich niet, alleen zijn ogen gingen heen en weer terwijl hij haar moeizaam door het struikgewas zag lopen. Ze was zichtbaar gedesoriënteerd, liep voortdurend een andere kant op in een poging haar weg weer te vinden. Op een gegeven moment was ze recht op hem afgekomen, waardoor hij zich verder in de schaduw had moeten terugtrekken, maar vervolgens was ze weer van gedachten veranderd omdat ze ergens anders een makkelijker pad had gevonden.

Als het lot hem gunstig gezind was, vond ze zo dadelijk haar collega's terug en zouden ze hun weg vervolgen, maar ze bleef treuzelen, verscheurd door besluiteloosheid. Ze kende het bos duidelijk niet zo goed als hij, maar haar onwetendheid kon hem duur komen te staan. Als ze besloot hier te blijven tot haar collega's haar hadden gevonden, zou hij in feite in de val zitten, want de maan scheen zo fel dat het te gevaarlijk was om er zomaar vandoor te gaan.

Hoe hadden ze hem zo snel gevonden? Hij begreep het niet. Hij had zich hier uren geleden al verschanst, had zich in het diepst van het bos teruggetrokken en was ver van de paden gebleven. Hij had het tempo hoog gehouden, had zich alleen bij Cooper's Lake even opgefrist voordat hij weer verder was getrokken. Hij had zeker nog een kilometer afgelegd voordat hij ze had gezien – lichtbundels links van hem, hoog op de heuvelrug. Eerst was het er maar een die nogal zwabberde en vervolgens omlaag viel op het moment dat de ongelukkige eigenaar over de rand tuimelde. Daarna nog meer – zes, zeven, misschien wel acht lichtbronnen die boven aan de heuvel dansten. Die hadden behoedzamer bewogen en waren uiteindelijk verdwenen, waardoor hun gevallen collega alleen was achtergebleven.

Vanuit zijn schuilplaats achter een boom had Oliver Winter toegekeken hoe de figuur was opgekrabbeld. Hij had aan het hese geschreeuw kunnen horen dat het een vrouw was, maar pas toen ze weer rechtop stond, had hij beseft dat het Grace was. Hij was in het ziekenhuis onder de indruk van haar geweest – van haar intellect, haar vastberadenheid – en trouwens, zelfs in het donker herkende hij haar direct aan haar motorkleding.

Op de een op andere manier was ze hem op het spoor gekomen. Het leek onmogelijk omdat hij zelf niet eens had geweten dat hij hiernaartoe zou gaan, maar toch was het haar gelukt. Misschien hadden ze de Defender gevonden en maar gewoon gegokt dat hij zo ver mogelijk het bos in zou gaan. In dat geval hadden ze mazzel gehad. Ze hadden niet kunnen weten dat zijn dierbare dochter al die jaren geleden hier was aangevallen.

Nog altijd maakte ze geen aanstalten om weg te gaan. Sterker nog, ze stond doodstil, luisterde ingespannen, misschien in de hoop dat ze haar collega's in de wind zou horen, zodat ze wist welke kant ze op moest. Even dacht hij dat hij ze hoorde. Een diep gebrom, alsof er tientallen voeten door het bos renden. Maar dat was absurd, het leek wel een heel leger…

Het geluid kwam dichterbij en op dat moment besefte hij dat het van boven het bos kwam. Het was niet het geluid van mensen, maar van een machine. Hij kon het gerommel van de rotorbladen horen en zag nu in de verte een enorme bundel wit licht.

Dat gaf de doorslag. Een groep gedesoriënteerde politiemensen kon hij wel ontlopen, maar met een helikopter erbij was er geen ontsnappen aan. Langzaam bracht hij zijn hand naar zijn zij en haalde een pijl uit de koker. Heel stil en soepel legde hij de pijl in de groef, spande de pees en bracht de boog omhoog tot hij hem recht op Grace had gericht.

Ze had hem die eerste keer zorgen gebaard. Hij was er toen al van overtuigd geweest dat ze een geduchte tegenstandster was en dat was gebleken. Ze had ontdekt dat hij verantwoordelijk was voor de recente moorden, of dat nu door haar eigen inspanningen kwam of door de tussenkomst van Alice. Vervolgens had ze hem opgespoord en hier in dit oerbos in het nauw gedreven, waardoor hij geen kans meer had om afscheid te nemen van Julia. Het was altijd zijn bedoeling geweest om Julia te laten weten dat het recht had gezegevierd, om zich daarna geheel aan de zorg voor haar te wijden in haar laatste dagen. Maar Helen Grace ging hem dat ontzeggen en dus moest ze dood, net als eventuele andere collega's van haar die hem in de weg zaten.

Hij staarde langs de schacht van de pijl. Helen Grace stond voor hem en had geen idee van het gevaar. Hij nam de tijd, vertraagde zijn ademhaling en liet de boog iets zakken, zodat de pijl haar in de rug zou raken. Dan zou hij haar longen doorboren, mogelijk haar hart, en zou ze tegen de grond klappen. Dan hoefde hij haar alleen nog af te maken en kon hij zich op de andere aanvallers richten.

Grace bewoog naar links en even kon hij haar niet zien. Er

schoot een golf van paniek door hem heen, maar vervolgens bewoog ze de andere kant weer op en keek ze omhoog.

Nu aarzelde hij niet langer. Hij deed een stap naar voren, concentreerde zich en haalde de trekker over.

150

Instinctief liet Helen zich naar links vallen. Op hetzelfde moment suisde er iets langs haar oor wat met een doffe plof in een boom dichtbij belandde. Zodra ze de grond raakte, rolde ze naar opzij en sprong weer overeind. Zonder na te denken keek ze achter zich, naar het object dat haar bijna had geraakt. Het was een pijl die in een boombast was blijven zitten. Daarna draaide ze zich om naar degene die haar had aangevallen, maar die was nergens te bekennen.

Helen dook achter een boom, waar ze zich met haar rug tegenaan drukte. Het had maar een seconde gescheeld of ze was er niet meer geweest, doordat ze zich had laten afleiden door het licht van de helikopter. Ze had vaag een takje horen kraken, waarschijnlijk op het moment dat Winter zich schrap zette om te schieten, en dat was haar redding geweest. Natuurlijk wist ze niet zeker dat het Winter was, maar haar zintuigen stonden vanavond op scherp en haar instincten waren alert op gevaar, waardoor ze zich zonder na te denken had laten vallen. Ze was maar wat dankbaar dat haar reactievermogen nog steeds zo scherp was, want als ze een fractie langzamer was geweest, had ze nu misschien voorover op de bosgrond gelegen.

Hoe had Winter haar weten te vinden? Ze waren immers een

eindje bij Cooper's Lake vandaan. Had hij haar bij toeval gezien? Had hij haar zien vallen? Of had hij haar al die tijd gestalkt? Hoe dan ook, feit bleef dat ze nu geen kant op kon. De pijl was diep in de boombast doorgedrongen, dus vermoedelijk had hij van dichtbij geschoten. Helen had achter zich een dichte muur van struiken en taxusbomen gezien, wat betekende dat Winter zo'n negen meter bij haar vandaan zat. Haar kansen waren dus niet best, aangezien ze ongewapend was en nauwelijks dekking had.

Met haar rug nog steeds plat tegen de boomstam aan schoof ze een eindje verder en spitste ze haar oren, maar het bos leek vanavond wel te leven: het kreunde, floot en soms leek het zelfs te lachen. Bovendien werd het lawaai van de helikopter steeds luider, waardoor het vrijwel onmogelijk was om het geritsel van bladeren en het voorzichtige naderen van een moordenaar te horen. Ze schoof nog een stukje verder en wierp snel een blik naar de laatste positie van Winter.

Luid gezoef. Helen trok vliegensvlug haar hoofd terug. Een pijl raakte de puntjes van haar haar en verdween in het duister. Met wild kloppend hart leunde Helen weer tegen de boom aan. Ze zat in het nauw. Ze kon alleen maar wachten en hopen dat de helikopter Winter zou afschrikken voordat hij de kans kreeg een dodelijk schot te lossen. Maar toen ze in de lucht keek, zag ze dat de helikopter bij haar vandaan vloog.

'Nee, nee, nee...'

Het was natuurlijk volkomen logisch. Het ding was tenslotte op weg naar Cooper's Lake, op zoek naar Winter, maar daardoor zag Helen haar laatste hoop op redding vervliegen en werd nu echt bang. Wat waren haar kansen tegen een meedogenloze moordenaar?

Eén ding was zeker: het had geen zin om hier te gaan staan

wachten op de dood. Als ze in dit eenzame stuk bos moest sterven, dan wel onder haar eigen voorwaarden. Aan haar voeten lag een tak die ze nu langzaam opraapte. Toen haalde ze diep adem en gooide ze de tak naar rechts, waarna ze zelf naar links dook en het op een rennen zette.

Een paar seconden bleef het stil. Daarna hoorde ze geruis. Er vloog weer een pijl langs haar heen, die een eind verderop in het kreupelhout terechtkwam. Het gemiste schot gaf Helen nieuwe moed en ze rende verder, af en toe dekking zoekend achter een struik, maar steeds weer verder. Voor zich zag ze een soort pad opdoemen dat in een bocht om een groep struiken heen leidde. Als ze daar kon komen, zou ze uit Winters gezichtsveld zijn en dan…

Het kwam zo hard aan dat het leek alsof ze omvergeblazen werd. Het ene moment rende ze recht vooruit, het volgende moment vloog ze opzij en stortte ze tegen de vlakte. Hijgend, duizelig lag ze een tel op de grond, totdat de pijn tot haar begon door te dringen. Ze draaide haar hoofd om te kunnen kijken en daar zag ze het: een diepe, bloederige wond in haar schouder waar de schacht van de pijl uit stak.

Achter zich hoorde ze snelle voetstappen, dus krabbelde ze overeind. Ze moest hier weg. Ze kon nog steeds rennen en als ze ergens dekking kon vinden…

Ze zakte door haar rechterbeen toen een tweede pijl in haar dijbeen dreunde. Ze verloor haar evenwicht en deze keer belandde ze met haar gezicht in de aarde. Proestend en hijgend probeerde ze overeind te komen, maar iemand duwde met een zware laars tegen de zijkant van haar gezicht, waardoor ze op haar rug viel.

Terwijl ze bloedend en hulpeloos op de grond lag, boog haar aanvaller zich over haar heen. Oliver Winter had een leren gevechtspak aan en droeg een capuchon over het doffe metalen masker met de twee gapende, lugubere ooggaten. Hij zei niets. Hij plaatste alleen zijn laatste pijl, waarna hij de boog op haar keel richtte.

151

Hij rende over het pad en scheen met zijn zaklamp door het donker. Hij zag vormen, takken, zelfs zo nu en dan een paar gele knipperende ogen in het kreupelhout, maar er was geen spoor van Helen of Winter.

'Helen?' Hudson bleef staan en riep haar naam. 'Helen, hoor je me?' Hij kreeg geen antwoord, hoorde alleen het geraas van de wind. Het weer werd slechter, werd ruig en uitzichtloos, passend bij zijn humeur.

McAndrew en hij waren met z'n tweeën op pad, Osbourne en Edwards waren een andere richting op gegaan en Bentham en Lucas weer een andere richting. Aangestuurd door Charlie waren ze vanuit verschillende punten naar Cooper's Lake gelopen, in de verwachting Helen en haar team daar aan te treffen, met Winter misschien al in hechtenis. Maar toen ze de gedesoriënteerde leden van het arrestatieteam uiteindelijk hadden gevonden, was er geen spoor van hun leider te bekennen. Ze waren Helen kwijt.

Hudson had geen moment geaarzeld, maar was dezelfde weg teruggerend en McAndrew had moeite moeten doen om hem bij te houden. Hij had geen rekening met haar gehouden, was in een moordend tempo doorgegaan, wanhopig op zoek naar een spoor van hun vermiste collega. Helen liep nu in haar eentje in het bos met een meedogenloze moordenaar in de buurt en Hudson was vastbesloten haar te vinden. Ze had zijn leven gered en hij wilde voor haar hetzelfde doen.

'Helen? Helen, hoor je me?'

Het interesseerde hem niet meer dat hij schreeuwde. Als hij haar op die manier vond, prima, als hij Winter verjoeg, des te beter. Hij bekommerde zich niet om zijn eigen veiligheid. Helen was in gevaar en niets deed er verder toe.

Maar ze gaf geen antwoord. Hudson vertraagde zijn pas en keek met een getergde blik naar McAndrew, maar zij schudde alleen haar hoofd, net zo radeloos als hij.

'Helen? Alsjeblieft, als je me hoort...' Zijn stem stierf weg en hij voelde zich opeens volkomen ontmoedigd. Hij had geen idee welke kant hij op moest of hoe het op dit moment met haar ging. Zouden ze haar op tijd vinden? Stel dat ze Winters volgende slachtoffer werd...

Het was te gruwelijk om over na te denken, dus gebaarde hij naar McAndrew en hervatte de zoektocht.

152

'Alsjeblieft, Oliver. Dit is niet nodig.'

Maar het masker staarde stil en emotieloos terug.

'Ik ben de vijand niet...'

Winter bracht zijn gezicht naar de boog en keek door het vizier naar beneden, recht in haar gezicht.

'Ik weet dat je hebt geleden, dat Julia heeft geleden, maar dat is nu voorbij. De mensen die haar leven geruïneerd hebben, zijn dood. Je hoeft niet nog meer bloed te vergieten.'

Zijn vinger bewoog naar de trekker.

'Alsjeblieft, Oliver. Zet je masker af, dan kunnen we praten...' Helen hoorde hem zachtjes grinniken van achter zijn masker.

'Dat zou je wel willen, hè?'

'Inderdaad, ja.'

'Een beetje tijd winnen. Maar het zal niks uitmaken. Of ik schiet je dood, of je bloedt dood.'

Terwijl Helen hem aanstaarde, probeerde ze haar angst onder controle te houden. Ze wist dat ze hevig uit beide wonden bloedde – ze voelde het onder haar leren kleding sijpelen – en ze was duizelig van de pijn. 'Ik wil alleen maar praten,' zei ze moeizaam. 'Ik begrijp waarom je vond dat je dit moest doen, waarom Morgan en de anderen gestraft moesten worden...'

‘O ja?’ blafte Winter haar toe. ‘En hoe weet jij dat?’

‘Omdat ik weet wat er met Julia is gebeurd. Ik heb vandaag met haar gepraat.’

Nu leek Winter even te aarzelen. ‘Hoe bedoel je, je hebt met haar gepraat? Dat laat het ziekenhuis niet…’

‘Ik heb ze gedwongen.’

‘Je lult.’

‘Dokter Ellis heeft me geholpen. Ik heb Julia naar jou gevraagd en naar de moorden. Ze heeft dit nooit gewild en ze wil dat het ophoudt.’

Winter zei niets, maar hij schudde wild met zijn hoofd.

‘En ik weet heel zeker dat ze absoluut niet wil dat er nóg meer bloed vloeit. En zíj is toch de belangrijkste persoon in dit hele verhaal?’

‘Ja, natuurlijk. En weet je waarom?’

Helen keek nog steeds naar haar aanvaller, die nu naar haar vooroverboog.

‘Omdat zij degene is die heeft geleden. Weet jij hoe het is om te lijden?’ Terwijl hij dit aan haar vroeg, zette hij de teen van zijn laars op de pijl in Helens been en duwde hij die hard naar beneden.

Helen hapte naar adem, creperend van de pijn, bijna stikkend in haar eigen braaksel. Automatisch greep ze naar zijn voet in een poging die van zich af te trekken, maar hij bleef duwen, steeds harder… totdat hij plotseling zijn voet weghaalde. Ze hijgde van opluchting, met haar hand tegen de gapende wond gedrukt. Maar Winter was nog niet klaar.

‘Je hebt geen idee wat ze allemaal heeft meegemaakt. Wat dat beest met haar heeft gedaan.’

‘Ik weet dat hij haar heeft verkracht. Dat hij…’

‘Hij heeft haar kapotgemaakt.’ Alle woede en verbittering kwamen nu bij hem naar boven. 'Ze had een dagboek, wist je dat?'

Helen probeerde antwoord te geven, maar de pijn in haar been ontnam haar de adem.

'Ze heeft een afscheidsbrief geschreven en haar dagboek voor me achtergelaten. Ik heb het sinds die dag altijd op mijn hart gedragen...'

Tot Helens verbazing haalde Winter de boog uit haar gezicht en stak hij zijn hand in zijn jas om een klein dagboek uit zijn borstzak te halen.

'Lees maar.' Hij gooide het boekje naar haar toe.

Met haar linkerhand ving ze het op, waarna ze Winter even aankeek om te zien of hij het echt meende. Als antwoord hield hij de boog in de lucht. Helen zette het boek op haar buik en probeerde het zo goed en zo kwaad als het ging in het maanlicht te lezen. De eerste bladzijden besloegen de maanden oktober, november en december van 2008 en stonden vol met kleine stukjes over wat Julia vond van haar eerste studiejaar.

'Je weet welke datum je moet hebben,' zei hij zacht. Ondertussen keek hij om zich heen, op zoek naar tekenen van de helikopter of een eventueel reddingsteam, maar er was niets te zien of te horen. Ze waren helemaal alleen.

Helen bladerde naar 30 april en begon te lezen. Alles draaide voor haar ogen, maar ze probeerde zich met alle macht te concentreren op de dansende woorden en hun betekenis. *Naar het bos geweest. Vollemaansfeest.*

In tegenstelling tot de eerdere notities, die allemaal erg wollig geschreven waren, was de beschrijving bij deze dag heel kort en afstandelijk. Helen kon zich goed voorstellen waarom: de jonge vrouw was nog in shock geweest na die verschrikkelijke gebeurtenis. Ze bladerde verder.

Caleb was de hele avond erg aardig. Net na middernacht wilde hij verstoppertje doen – alleen hij en ik. Ik vond het goed. Ik zei: 'pak me dan,' en toen rende ik het bos in...

Helen sloeg weer een paar regels over. Ze was duizelig en wilde geen tijd verdoen met details.

Ik zei dat ik het niet wilde en ik duwde hem weg. Toen stompte hij me in mijn maag en voordat ik het wist, lag ik op de grond. Hij duwde mijn gezicht in de aarde, het zat in mijn mond, ik kon de rottende bladeren proeven...

Helen liet het dagboek op de grond vallen. Meer wilde ze niet lezen.

'Lees door!' brulde Winter.

'Ik hoef het niet te lezen. Ik weet zeker dat Morgan het allemaal ontkend heeft en dat de anderen hem in bescherming namen...'

'Ze had het aan haar vriendín verteld...'

Hij sprak het woord met zo veel walging uit dat Helen ineenkromp.

'Ze had tegen Lauren gezegd wat er was gebeurd, en wat denk je? Die vertelde het aan haar vriend.'

'De vriend die de drugs voor het feest had geleverd...'

'Die de drugs voor het feest had geleverd, inderdaad,' bevestigde Winter verbitterd.

Dat was een gok geweest van Helens kant, maar het leek plotseling volkomen logisch dat het zo gebeurd was. Campbell was natuurlijk bezorgd geweest om wat er uit een eventuele verkrachtingszaak naar voren zou komen, net als Scott, die haar strenge ouders juist had verteld dat ze geen drugs meer gebruikte.

'De volgende dag zei Lauren tegen Julia dat ze niet geloofde dat het echt gebeurd was. Dat zij en Tom, als Julia naar de politie zou stappen, zouden vertellen dat het met wederzijdse goedkeuring gebeurd was, dat Julia het zelf wilde en dat ze niet van hem af te slaan was geweest.' Winter stond nu bijna te schreeuwen.

Tot Helens opperste verbazing trok hij ineens zijn masker af en smeet het in de bosjes. Ze schrok van wat ze zag: Winters gezicht was vertrokken van jarenlang opgekropte razernij.

'Ze hebben haar verraden...' zei hij hijgend, woest.

Dat was waar. Maar er was een keerzijde geweest. Helen was er nu van overtuigd dat Lauren harddrugs was gaan gebruiken vanwege haar schuldgevoel over de manier waarop ze Julia had behandeld. Niet dat Winter dat nu zou willen horen.

'Ze hebben haar op de vreselijkst denkbare manier verraden,' ging hij verder.

'Dat klopt.'

'Net als jíj.'

'Dat is niet waar, Oliver.'

'Hoe moet ik nu afscheid van haar nemen? Hoe moet ik haar vertellen dat ik van haar hou?' Zijn gezicht was nog steeds verwrongen van woede, maar nu ook van verdriet. Hij zag eruit alsof hij beroofd was van alle hoop.

'Luister, Oliver, als je met ons meewerkt dan weet ik zeker dat we iets kunnen...'

'Lul niet! Dit is het einde.'

Zo voelde het in ieder geval wel. Helen zag en voelde de wereld om zich heen draaien en alles begon zwart te worden. Haar krachten namen af; ze kon ieder moment het bewustzijn verliezen. Maar Winter had geen genade. Hij liet de boog zakken en zette zijn vinger weer aan de trekker.

'De tijd is om. Voor ons allebei.'

Hij bracht zijn oog naar het vizier. Helen probeerde haar ogen open te houden en haar blik scherp te stellen. Ze zocht om zich heen naar iets wat haar kon redden. Ze voelde dat haar rechterhand nog tegen de wond in haar been aan lag, met haar vingers om de pijl. Ze klemde ze er steviger omheen.

'Tot kijk, Helen. Tot in de volgende wereld,' zei Winter, terwijl hij een stap naar voren deed.

Pijn was altijd een vriend van Helen geweest, iets wat ze kon aansturen. En dus zette ze haar kiezen op elkaar en trok ze de pijl uit haar been. Een dikke straal bloed spoot onmiddellijk de lucht in, over haar zelf en Winter heen. Winter verstijfde even, maar Helen vloog naar voren en ramde de pijl in zijn dijbeen.

De man schreeuwde het uit. Het was een lange, ijselijke kreet. Even wankelde hij op zijn benen, starend naar de pijl die uit zijn been stak. Woedend hief hij toen zijn kruisboog weer op, maar Helen was sneller: ze rukte de pijl uit haar schouder en plantte hem in zijn knie, terwijl haar bloed over hem heen gutste.

Deze keer bleef zijn gepijnigde gil nagalmen in haar oren. Winter viel achterover. Zijn handen vlogen naar zijn knie, waardoor de boog op de grond belandde. Helen wist al struikelend naar haar tegenstander toe te lopen. Hij had het in de gaten en probeerde wanhopig overeind te komen, maar Helen had de boog al te pakken en beukte de kolf tegen zijn kin aan. Er klonk een akelige klap toen enkele van zijn tanden afbraken. Daarna viel Winter plat op zijn rug en bleef bewegingloos liggen.

Helen stond boven hem te zwaaien op haar benen, helemaal beurs, maar het was haar gelukt hem te overmeesteren. Ze draaide zich weg van hem en zette haar handen rond haar mond om om hulp te roepen. Maar op hetzelfde moment begon de wereld om haar heen te draaien en zakte ze op de grond ineen.

153

'Gaat ze het redden? Wat kunnen jullie voor haar doen?'

De vragen drongen langzaam tot Helens bewustzijn door, maar van een afstand. De stem leek van kilometers ver te komen, aan het eind van een lange tunnel.

'Ik begrijp best dat u niets kunt garanderen, ik wil alleen weten hoe haar toestand is…'

Ze herkende de zachte stem. Met een enorme inspanning probeerde Helen haar ogen te openen. Het licht was verblindend, maar ze hield vol. Ze had gedacht dat ze nog in het bos lag, maar zag nu dat ze in hoog tempo door een gang werd vervoerd en dat Charlie naast haar liep.

'Charlie?' vroeg ze hees.

Onmiddellijk keek haar vriendin radeloos en hoopvol haar kant op.

'Helen, ik ben het. Je bent in het South Hants. Je bent gewond, maar het komt goed.'

Ze klonk niet overtuigd. Beelden drongen nu tot Helen door: Winter, de kruisboog, die afschuwelijke wonden. Helen besefte dat ze veel bloed moest hebben verloren, de vraag was of ze nog genoeg kracht had, of haar lichaam sterk genoeg was om eventuele operaties te doorstaan.

'Alles komt goed. Voor je het weet ben je weer op de been.'

De trilling in Charlies stem ondermijnde haar poging om zich groot te houden, maar Helen was te verzwakt om zich zorgen te maken. Het was zoals het was. 'Winter?' vroeg ze.

'In hechtenis,' stelde Charlie haar gerust. 'Al moet hij waarschijnlijk dringend naar de tandarts, want volgens mij heb je de helft van zijn tanden eruit geslagen...'

Helen wilde reageren, maar een stem kwam ertussen. Een jonge Aziatische vrouw met een vriendelijk maar ernstig gezicht verscheen boven haar.

'We brengen je zo naar de ok, Helen. Tijd om afscheid te nemen van je vriendin. Je moet je krachten sparen...'

Helen tilde haar hand op, te moe om te praten. Toen ze door de deuren werd gereden, keek ze nog even achterom en zag Charlie bezorgd kijken. Dat was niets nieuws, ze hadden deze situatie vaker meegemaakt en Helen herkende de liefde en zorg in de houding van haar dierbare vriendin. Ze nam Charlies gezicht en emoties in zich op. Vervolgens sloegen de deuren dicht en was ze verdwenen.

154

Hij trok de deur open en de donkere ruimte werd zichtbaar. Aarzelend draaide Oliver Winter zich om naar Joseph Hudson alsof hij op een formele uitnodiging wachtte, maar Hudson had geen zin in spelletjes. Hij greep de arrestant bij zijn kraag en duwde hem achter in de politiebus, waarna hij zelf ook instapte. Even later werden de deuren dichtgeslagen en reden ze weg.

Terwijl Hudson door het bos had gerend, had hij een doodskreet horen weergalmen waar zijn hart van stilstond. Hij was op het geluid van de schreeuw afgegaan en op een open plek gestuit waar hij tot zijn onbeschrijflijke schrik twee figuren op de grond had zien liggen. Winter had hij compleet genegeerd, en hij was naast Helen op zijn knieën gevallen om zo snel mogelijk haar pols te pakken. Godzijdank had hij een hartslag gevoeld en het had niet lang geduurd of ze was met de traumahelikopter op weg naar het South Hants Hospital.

De verwondingen van Winter waren minder ernstig. De politiearts had hem onderzocht en de losse resten van zijn tanden verwijderd, waarna hij gezond genoeg was verklaard om meegenomen te worden naar het hoofdbureau. Hudson had zich als vrijwilliger gemeld om hem te begeleiden, omdat hij niet van plan was deze meervoudige moordenaar uit het oog te verliezen totdat hij veilig en wel achter de tralies zat. Daarvoor had die kerel te veel ellende veroorzaakt en te veel bloed vergoten.

Rechercheur McAndrew zat voor in de bus naast de bestuurder, zodat Hudson en Winter met zijn tweeën achterin zaten. Hudson had verwacht dat de moordenaar verslagen zou zijn of zelfs een greintje berouw zou tonen, maar de stevige Zweed leek absoluut niet onder de indruk; hij had geweigerd een woord te zeggen en had iedereen, met name Hudson, aangekeken met een geamuseerde en minachtende blik. Kennelijk was hij te ver heen en was de liefhebbende vader permanent veranderd in een duistere, beangstigende figuur.

Hudson voelde dat er ogen op hem gericht waren en hij keek op. Winter zat op de bank tegenover hem heen en weer te zwaaien, op het ritme van de bus, zonder zijn blik van hem af te houden. Hudson keek hem recht in zijn ogen aan. Hij zou zich niet laten intimideren.

Winter zag er niet uit. Zijn gezicht was bont en blauw, de bloedsporen zaten nog tussen zijn stoppels. Het was een passende omlijsting voor een mond vol afgebroken tanden.

'Hoe is het met je vriendin?'

Hudson schrok zich een ongeluk van de plotselinge vraag. Winter had bijna twee uur lang nauwelijks een woord gezegd.

'Gaat ze het halen?'

'Hou je kop.' Hij had het goed gezien: Winter was inderdaad geamuseerd. Hudson voelde zijn bloed koken, maar hij hield zijn woede in bedwang.

'Ze heeft me echt verrast.'

'Kop dicht, Winter.'

'Ze was sterker dan de rest. Vindingrijk, ook.' Winter keek Hudson aandachtig aan. Hij vond het duidelijk leuk om hem zo slecht op zijn gemak te zien. 'Ik dacht echt dat ze net als de rest zou sterven. Op haar knieën smekend om genade.'

'Als je wilt opbiechten, doe je dat maar op het bureau, Winter.'

Maar Winter wuifde zijn woorden weg, alsof die er niet toe deden. 'Maar Grace... die wilde echt vechten. Stom van haar, aangezien ze alleen en ongewapend was.'

'Ik zeg het niet nog een keer.'

Winter grijnsde naar Hudson. 'Twee pijlen kreeg ze van me. Die derde had ik haar ook graag gegeven. Héél graag.'

Hudson keek hem alleen nijdig aan.

'Maar misschien waren die twee wel genoeg. Ze heeft veel bloed verloren en ze was er érg slecht aan toe... Je weet maar nooit. Met een beetje geluk kom je voor de avond voorbij is nog in aanmerking voor promotie.'

Voor Winter kon reageren had Hudson zijn vuist al in zijn maag geplant.

'Jezus christus...'

Opeens lichtten Winters ogen angstig op, maar nu was het te laat. Hudson sleepte hem van de bank op de vloer, ging schrijlings op hem zitten en stompte hem weer in zijn maag, één, twee, drie keer.

'Wat krijgen we...?' hijgde Winter.

Hij kon zijn zin niet afmaken, want Hudson trok hem overeind en gooide hem weer op de bank, met zijn rug keihard tegen de zijkant van de bus aan. Joseph Hudson boog zich voorover, greep de geschrokken Winter bij zijn kraag en trok hem naar zich toe, totdat hun neuzen elkaar bijna raakten. 'Als er ook maar iéts met haar gebeurt, dan kom ik écht achter je aan...' Hudson zag een zweetdruppel langs Winters wang naar beneden glijden. 'En dan maak ik af waar ik aan begonnen ben.' Nog even hield Hudson hem in de greep, genietend van de schrik in zijn ogen. Daarna liet hij hem plotseling los en ging hij weer op de bank tegenover hem zitten. Zijn hart ging als een bezetene tekeer en zijn hoofd suisde. Hij wilde schreeuwen, de bus afbreken, maar hij zou zichzelf niet laten kennen. Dat pleziertje gunde hij Winter niet. En dus bleef hij op de bank zitten, met zijn blik strak vooruit.

Winter zat er verhit en angstig bij, misschien bang dat de politieman weer op hem af zou komen.

Maar Hudson was hem alweer vergeten. Hij had geen tijd voor deze moordenaar, die zielige kleine stumper die op de bank tegenover hem naar adem zat te happen.

Zijn gedachten waren alleen bij Helen.

155

Ze duwde de deur dicht en leunde met haar hoofd tegen het koele oppervlak.

Ze had bij Helen willen blijven, maar commissaris Simmons had haar weggestuurd en zelf de rol van nachtwaker op zich genomen. Simmons wist dat Charlie en Helen een hechte band hadden, maar ze had zelf ook een bijzondere band met haar beschermelinge, en onwillig had Charlie zich laten overtuigen.

Het was een gruwelijke avond geweest – hoog in de lucht in die helikopter, vechtend tegen de misselijkheid, terwijl ze het bos had afgespeurd naar Winter – en ze was volkomen uitgeput. Moe, vies en emotioneel total loss. Toch had ze zich lang genoeg tegen Simmons' dringende adviezen verzet om wat bemoedigend nieuws uit de ok te horen: Helen was stabiel en ging het redden. Hierna was ze naar huis gegaan.

Hier, in haar vertrouwde omgeving, merkte Charlie dat ze zich enorm opgelucht voelde. Zij en Steve hadden na haar excuus-app een goed gesprek gehad en het ging weer de goede kant op, zo leek het. Ook met Jessie ging het iets beter; ze had de afgelopen nacht doorgeslapen en heel misschien zou Charlie vannacht wat rust krijgen. Iets wat ze dringend nodig had.

Maar toen ze de trap op sloop, zag ze tot haar verbazing haar dochter bovenaan staan.

'Zeg, waarom ben jij nog wakker?' vroeg ze bezorgd, en ze keek op haar horloge. 'Het is bijna twaalf uur.'

Ze was bang dat ze het antwoord al wist en vroeg zich af waarom Steve niet bij haar was, maar Jessie antwoordde: 'Ik kon niet slapen.'

'Hoe komt dat?'

'Ik heb het zo warm...'

'Daar kunnen we wat aan doen,' zei Charlie. Ze bracht haar dochter terug naar bed, trok het dekbed tot aan haar middel en zette de tafelventilator aan. Zo te zien vond haar dochter de koele bries prettig. Ze nestelde zich tussen haar knuffelberen en deed haar ogen dicht. Op het advies van Grace Simmons ging Charlie naast haar zitten, streelde haar haar en begon te zingen.

Binnen een minuut was Jessica in dromenland. Het toonbeeld van onschuld en rust. Charlie zweeg en staarde met tranen in haar ogen naar haar dochter. Maar het waren geen tranen van verdriet of zelfs ongerustheid, het waren tranen van geluk.

Misschien was er toch geen reden om bang te zijn.

Epiloog

156

'Hoe voel je je nu?'

Helen Grace dacht even over de vraag na voordat ze antwoord gaf. 'Ik voel me... goed.'

'Daar ben ik heel blij om. Je hebt ons geweldig laten schrikken.'

Grace Simmons zei het met een glimlach op haar gezicht, maar Helen wist dat haar mentor zich écht zorgen had gemaakt. Ze was iedere dag op bezoek geweest totdat ze eindelijk uit het ziekenhuis was ontslagen. Helen had veel bloed verloren en twee zware operaties moeten ondergaan om de schade die Winters pijlen hadden aangericht te beperken. Gelukkig waren die geslaagd, en hoewel Helens spieren beschadigd waren en er littekens zouden overblijven, hadden de artsen haar verzekerd dat ze uiteindelijk volledig zou herstellen. Daarom was ze nu weer aan het werk, zij het veilig achter haar bureau.

Sinds die kwade nacht in de New Forest was er een maand verstreken. In haar dromen zag ze nog steeds beelden van haar strijd met Winter voor zich, maar desondanks ging het goed met haar. Deels kwam dat door haar aangeboren veerkracht, maar vooral ook door de lieve zorgen van haar team. Simmons was blijven moederen, zelfs toen Helen uit het ziekenhuis ontslagen was. Ellie McAndrew was langs geweest met cadeautjes namens het hele team, en rechercheur Hudson had een grote bos bloemen meegebracht. Maar aan Charlie had ze natuurlijk het meest gehad: zij kwam om de haverklap aan met lekker eten, tijdschriften en zelfs een keer met een beterschapskaart van Jessica, waar Helen van moest huilen.

Met een dergelijk netwerk van verzorgers om haar heen was het niet moeilijk om te herstellen. Het grootste probleem was eigenlijk geweest om Helen er zo lang mogelijk van te weerhouden om weer aan het werk te gaan, slecht als ze was in thuiszitten en nietsdoen. Maar het was Charlie gelukt om haar in toom te houden en haar ervan te overtuigen dat ze haar lichaam nu eens rust moest gunnen. Gelukkig was dat allemaal achter de rug en was Helen blij dat ze weer op het hoofdbureau zat, klaar om aan het werk te gaan.

'Ik wil dat je het heel rustig aan doet. Er is op dit moment toch niet veel te doen, dus waarom probeer je niet wat achterstallige administratie weg te werken?'

Helen trok een wenkbrauw op.

'Ik meen het serieus, Helen,' zei Simmons streng. 'Als je nu weer als een gek achter zware jongens aan gaat, blijf je last houden van die schouder, en ik wil voorkomen dat mijn beste rechercheur straks rijp is voor de sloop.'

'Ik zal mijn best doen. Misschien is er nog een cold case waar ik aan kan werken, hoewel dat niet echt mijn ding is...'

'Je vindt vast iets interessants om te doen. Ik wil gewoon niet dat je te hard werkt.'

Dit was Simmons' vaste riedeltje, en Helen wist wel beter dan haar te onderbreken.

'Ik weet dat je graag het goede voorbeeld geeft, maar er komt nog eens een dag dat jij je in de vuurlinie werpt en géén geluk hebt. Ik weet dat ik je niet kan tegenhouden, want dit is nu eenmaal wat je het liefste doet en het beste kunt, maar laat dit werk niet het enige belangrijke in je leven zijn, alsjeblieft. Er is meer in het leven dan werk.' Simmons' blik gleed even naar de foto op haar bureau van haar twee knappe zoons en haar overleden man.

Ook Helen keek ernaar. Zoals altijd als ze die foto zag, verscheen er een glimlach op haar gezicht. 'Dat weet ik,' gaf ze toe. 'En ik werk er echt aan...'

'Ik ben blij dat te horen.' Simmons keek Helen aandachtig aan. 'Als er iemand is die een beetje geluk verdient, dan ben jij het, Helen. Loop er niet van weg. Geníét er alsjeblieft van.'

Toen Helen het kantoor van Simmons verliet, was ze optimistischer en zekerder dan ze zich in lange tijd had gevoeld. De angsten en twijfels en zinloze hersenschimmen die haar jarenlang in de greep hadden gehad, leken van haar af te vallen. Ze zou naar Simmons' goede raad luisteren, de dag plukken en proberen gelukkig te zijn.

Maar er was iets wat ze eerst moest doen.

157

Het was rustig op de gangen. Meestal was het druk en lawaaierig in het South Hants, met verpleegkundigen en verpleeghulpen die kletsten en grapjes maakten terwijl ze hun patiënten rondreden. Maar deze ochtend leek er een rustige, gedempte sfeer op de afdelingen te hangen, alsof er een respectvolle stilte werd betracht.

In gedachten verzonken liep Helen over de zesde verdieping. Gedurende haar herstel had ze Julia Winters toestand nauwlettend in de gaten gehouden en tegen beter weten in gehoopt dat de jonge vrouw de longontsteking die haar had geveld kon overwinnen. Maar tot Helens diepe droefheid en frustratie was haar toestand verslechterd. De artsen waren niet langer in staat met haar te communiceren, er was geen hersenactiviteit meer en alleen de slangen en de beademingsmachine hielden haar in leven. Ze hadden er bij Alice op aangedrongen om haar van de beademing af te halen en na rijp beraad had ze daarmee ingestemd. Daarom was Helen hier. Het was geen taak waar ze naar uitkeek, maar ze vond wel dat ze hem moest respecteren.

Charlie stond al bij de kamer en keek door het raam naar moeder en dochter. Ze wierp even een blik op Helen en richtte haar aandacht toen weer op Alice en Julia. 'Arm kind. Dat iemand zo moet eindigen...'

Helen knikte en wreef haar vriendin even geruststellend over haar arm.

'Het lijkt zo wreed, zo willekeurig dat de een zo veel geluk heeft en dat anderen, die een volkomen onschuldig leven hebben geleid...'

'Ik weet het,' beaamde Helen, toen Charlies stem wegstierf. 'Het is zo zonde.'

Ze bleven naar de twee mensen staren, terwijl Alice een lok haar uit het gezicht van haar dochter streek en zich tot de arts richtte. Op hetzelfde moment zag ze Helen staan en knikte ze even veelbetekenend naar haar. Helen was geroerd toen ze tranen in de ogen van de verdrietige moeder zag.

'Ik weet niet of ik dit kan aanzien,' mompelde Charlie met overslaande stem.

'We doen het samen,' stelde Helen haar gerust. 'Alice heeft onze steun nodig.'

Charlie knikte, maar zei niets.

Het was waar: hoe moeilijk het ook was, Helen was blij dat ze er waren. Alice' man en dochter waren vanuit Zweden overgekomen om bij haar te zijn en Lilly had waardevolle tijd met haar halfzus doorgebracht. Toch hadden ze besloten dat vader en dochter er vandaag niet bij zouden zijn, omdat het te aangrijpend voor het meisje was. Maar Alice zou heel veel tegenstrijdige emoties te verwerken krijgen – verdriet, gemis, schuld – en mocht nu niet alleen zijn.

Toen Alice en de arts waren uitgesproken, kon Helen aan de serieuze blik op hun gezicht zien dat het tijd was. Opnieuw schoot de blik van de vrouw een ogenblik naar Helen en Charlie, waarna ze haar aandacht weer op haar dochter richtte.

Helen probeerde haar eigen emoties in bedwang te houden, terwijl ze keek hoe Alice Julia's hand pakte en kuste. De treurende moeder hield hem stevig vast en streelde hem terwijl de tranen over haar gezicht stroomden. Helen legde een hand op Charlies schouder en trok haar naar zich toe. Zo keken ze naar het verdrietige tafereel voor hen, peinsden ze over een leven dat zo tragisch en vroegtijdig was afgebroken en treurden ze om alles wat had kunnen zijn.

158

In stilte liepen ze weg, allebei diep onder de indruk van waar ze net getuige van waren geweest.

Julia was vredig heengegaan, in de liefdevolle armen van haar moeder. De jonge vrouw had nu eindelijk vrede, dat was tenminste iets, maar toch voelden ze zich allebei leeg.

Ze hadden hun eigen verdriet ingeslikt en hun best gedaan om Alice te troosten, die zich, gezien de omstandigheden, erg groot had gehouden. Ze was natuurlijk kapot van verdriet en berouw, maar ze had de resterende tijd met haar dochter gekoesterd en was dankbaar dat ze aan het eind bij haar had kunnen zijn. Het toppunt van grootmoedigheid was wel dat ze contact had gezocht met haar ex-man in de gevangenis om hem te vragen of hij verlof wilde aanvragen wegens familieomstandigheden, zodat hij vandaag bij zijn dochter kon zijn. Hij had geweigerd, misschien omdat hij zich te erg schaamde om haar onder ogen te komen.

Alice had de zaal inmiddels verlaten en belde met haar echtgenoot om te bespreken wat er nu moest gebeuren. Het was een somber, maar positief gesprek en ook behoorlijk aangrijpend: het was duidelijk dat Alice het verleden wilde goedmaken door nu alles tot in de puntjes voor Julia te verzorgen.

Helen en Charlie voelden zich te veel en hadden zich stilletjes teruggetrokken.

Terwijl ze naar Helens motor liepen, zeiden ze weinig; ze wisten allebei wat de ander voelde. Dit soort gebeurtenissen waren altijd emotioneel, maar gaven hun werk wel inhoud, omdat ze nog maar eens onderstreepten dat mensen ertoe deden, dat het leven van een mens iets betekende en het waard was om te beschermen. Helen wenste alleen dat ze Julia eerder had leren kennen, op een moment dat ze nog echt iets voor haar had kunnen betekenen. Ze vermoedde dat Charlie precies hetzelfde dacht.

'Ga je terug naar het hoofdbureau?' vroeg Charlie uiteindelijk toen ze bijna bij Helens Kawasaki waren.

'Dat kan ik maar beter doen, ja,' verzuchtte Helen. 'Ik moet op zoek naar een nieuwe fotograaf, nu Graham Ross heeft besloten om ander werk te zoeken.'

'Dat is zijn eigen schuld,' zei Charlie somber, schuddend met haar hoofd. 'Wie met honden omgaat...'

'Precies. En verder moet ik mijn administratie van de afgelopen maand bijwerken, dus...'

'Niet te veel doen, hè?'

'Het gaat goed, heus. Ik eet weer gezond en ik slaap goed. Mijn leven is heel normaal, op het saaie af.'

'Goed zo,' zei Charlie glimlachend. 'Het werd eens tijd dat je een normaal leven ging leiden.'

'En jij?' vroeg Helen nu. 'Hoe is het met Jessica?'

'Veel beter. We slapen al drie weken als een marmot, dus hopen dat het zo blijft...'

'En met Steve en jou? Alles goed tussen jullie?'

Charlie aarzelde even, niet helemaal zeker hoe ze op die vraag moest antwoorden, iets wat Helen meteen zorgen baarde. Maar tot haar verbazing begon Charlie te glunderen.

'Het gaat heel goed. Beter dan goed, zelfs. Ik ben zwanger.'

'O,' zei Helen overdonderd. 'Ik wist niet dat je...'

'Dat was ik ook niet. Het is niet gepland en ik was er niet aan toe. Het was een ongelukje.'

'Nou ja, gefeliciteerd, dan. Ik ben heel blij voor je.'

'Dank je wel. Wij zijn er ook heel blij mee,' antwoordde Charlie, hard lachend om de toevalligheid van het bestaan. 'Het heeft blijkbaar zo moeten zijn.'

Helen gaf haar oude vriendin een knuffel en een kus op haar wang, waarna ze haar weer losliet. Ze keek Charlie even na toen die wegliep, verheugd en ontroerd. Charlie had de laatste tijd zo veel meegemaakt, net als Steve en Jessica, dat ze wel wat geluk verdiend hadden. Het maakte Helen ontzettend blij dat er straks een vierde familielid bij zou zijn dat nog meer plezier, herrie, geluk en chaos aan hun lieve gezin zou toevoegen. De laatste paar maanden waren ontzettend somber en zwaar geweest, maar nu begon de zon weer voor hen te schijnen en lag er een stralende toekomst in het verschiet.

Het herinnerde haar er maar weer eens aan dat er, naast lijden en de dood, altijd leven is.

LEES MEER VAN

M.J. Arlidge

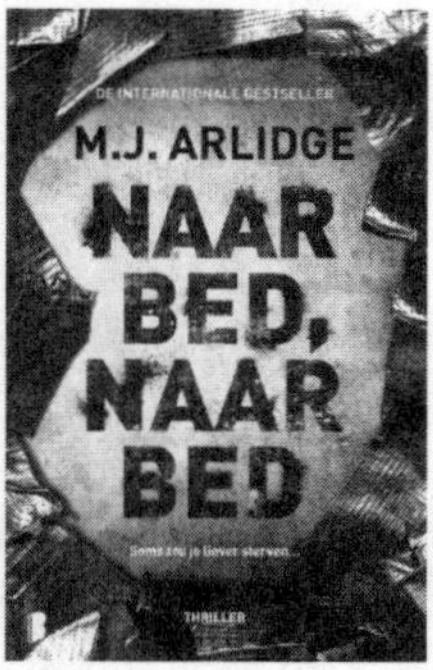

Verkrijgbaar als
e-book
& papieren boek